文学研究

CSSCI集刊

主办 南京大学文学院

第5卷·2

南京大学出版社

《文学研究》编委会

学术顾问　周勋初　董　健
主　　编　徐兴无　王彬彬
副 主 编　苗怀明　汪正龙　董　晓
编　　委（按姓氏笔画排序）
　　　　　　丁　帆　王彬彬　巩本栋　刘　俊
　　　　　　许　结　肖锦龙　吴　俊　汪正龙
　　　　　　沈卫威　张伯伟　苗怀明　金鑫荣
　　　　　　赵宪章　胡星亮　高小康　莫砺锋
　　　　　　徐兴无　董　晓
执行编委　苗怀明

目 录

【儒学与文学会通研究】

主持人语 ………………………………………………………… 赵敏俐 / 1

"孔氏有《古文尚书》"问题再探讨 ……………………… 杜　阳　马士远 / 2

理学视域下的宋代书院记 ………………………………………… 张文利 / 13

论两宋理学家"清淡"审美理想及其诗歌呈现问题 ……………… 王培友 / 25

明代儒林的诗歌世界 …………………………………… 郭万金　贾娟娟 / 39

※　　※　　※

一扇透视传统美学精神的幽窗
　　——试论中国古代器物汉字美学价值 ………………………… 陈　虹 / 50

班固《两都赋》中祭祀诗与祥瑞诗的主旨及历史背景 ……………… 丁　玎 / 57

魏晋南朝六代正史引五言诗考论 ………………………………… 葛志伟 / 71

左思《咏史》中的诗与史 ………………………………………… 张　月 / 85

中晚唐墓志中的浪漫书写 …………………………… 洪越撰　刘倩译 / 100

程千帆先生的学术个性与艺术眼光
　　——从《宋诗选》到《读宋诗随笔》…………………………… 郑　伟 / 112

改译、创译与误译：王红公译介李清照词的三重向度 ……………… 涂　慧 / 119

明清诗词与十字门的历史景观及文学形象 ………………………… 王习雯 / 128

人性的矛盾：《三国演义》中的刘备新议 ………………………… 许景昭　周昭端 / 139

《牡丹亭》与汤显祖的"戏教"思想 …………………………………………… 黄若舜 / 152

詹熙的生平和创作 ……………………………………………… 魏爱莲 撰　王碧丝 译 / 164

汪东致盛静霞论词丛札考释 …………………………………………………… 楼　培 / 177

※　　※　　※

从奥维德、卡尔维诺到拉康：论俄耳甫斯神话变奏中的爱欲问题

………………………………………………………………… 涂险峰　汪奕君 / 191

后形而上学视域中的视觉文化理论 …………………………………………… 吴天天 / 200

CONTENTS

[Study on the Convergence of Confucianism and Literature]

Host's Words ··· Zhao Minli / 1

Further Discussion on the Possession of *Classic Shang Shu* by Confucius's Descendants
·· Du Yang & Ma Shiyuan / 2

A Study of Academy Narrative Writing in Song Dynasty from the Perspective of
    Neo-Confucianism ··· Zhang Wenli / 13

On the Neo-Confucianists' 'Fresh and Elegant' Aesthetic Ideal and Its Poetry
    Presentation in Song Dynasties ······································· Wang Peiyou / 25

The Poetry World of Confucianism in Ming Dynasty
·· Guo Wanjin & Jia Juanjuan / 39

※   ※   ※

A Secret to the Spirit of Traditional Aesthetics—On the Aesthetic Value of Chinese
    Characters in Ancient Chinese Artifacts ···························· Chen Hong / 50

On the Background and Theme of the Sacrifice Poems and Auspicious Poems in the
    Fu of Two Capitals ··· Ding Ding / 57

Research on the Five-character Poems Cited in the Authorized History Books of
    the Six Dynasties of Wei-Jin and Southern Dynasties ············ Ge Zhiwei / 71

The Interaction between Poetry and History in Zuo Si's *Poems on History*
·· Zhang Yue / 85

Romantic Identity in the Funerary Inscriptions(muzhi) of Tang China
.... Hong Yue   trans. by Liu Qian / 100

Academic Personality and Artistic Eye of Cheng Qianfan—From *Anthology of Song Poems* to *Essays on Song Poetry Reading Essay* .... Zheng Wei / 112

Adaptation, Creative Translation and Mistranslation: Three Dimensions of Kenneth Rexroth's Translation of Li Ching-Chao .... Tu Hui / 119

Exploring the Historical Landscape and Literary Images of the Taipa Anchorage from the Ming and Qing Poetry .... Wang Xiwen / 128

The Stirring Soul: A New Interpretation of Liu Bei in *the Three Kingdoms*
.... Xu Jingzhao & Zhou Zhaoduan / 139

The Peony Pavilion and Tang Xianzu's Idea of "Education by Drama"
.... Huang Ruoshun / 152

Zhan Xi's Life and Writings .... Ellen Widmer   trans. by Wang Bisi / 164

A Study on Letters from Wang Dong to Sheng Jingxia .... Lou Pei / 177

※　　　※　　　※

From Ovid, Calvino to Lacan: Eros in Variations of the Orpheus Myth
.... Tu Xianfeng & Wang Yijun / 191

A Study of Visual Culture Theories From the Perspective of Post-metaphysics
.... Wu Tiantian / 200

儒学与文学会通研究

主持人语

赵敏俐

百多年来,受"西学东渐"运动影响下的中国古代儒学文学关系研究被冷落了许多年。但无论如何,作为主流意识形态的传统儒学对于中华文明的养成作用,是谁也无法掩盖的历史事实。由此而言,站在当代学术研究的新高度来审视中国古代文化及文学研究,"儒学文学研究"这一研究领域理应受到重新重视。

不过,要想在历史积淀颇为厚重的这一研究领域取得令人瞩目的研究成果,也是颇为艰难的。较为妥当的方法,是从更新研究理念、研究方法入手,通过对具体问题的考察,得出客观、科学的研究结论,方可踏踏实实地推动这一研究。本栏所收四篇文章,在儒学文学关系研究方面各有特点,可视作四位作者对儒学文学关系研究的成功尝试。

儒学文学关系研究,对儒家经典文本文献的"正本清源"研究至为重要。马士远教授等《"孔氏有〈古文尚书〉"问题再探讨》强调,刘歆作《移书让太常博士》认为孔氏古文来自鲁恭王坏孔子故宅的说法是不准确的。孔安国《古文尚书》学来自孔氏家学,今文《尚书》学来自伏生,孔安国对《古文尚书》学的传承作出过巨大贡献。另外三篇文章,分别从"文体"、"审美理想"、"诗歌内容"等方面论及儒学文学关系。张文利教授《理学视域下的宋代书院记》认为"书院记"对理学家道统地位的褒扬、书院记中的教育思想所蕴含的理学元素,以及特殊的书院记中对原始儒家用世精神的复归等,都鲜明地体现出理学对书院书写的浸润。王培友教授《论两宋理学家"清淡"审美理想及其诗歌呈现问题》认为,两宋理学家崇尚"清淡"以及在诗歌创作和诗学评价中所体现出来的"清淡"风格追求,是理学家诗人"德音清和"德性境界体认与其诗歌"清淡"创作自觉相融合的产物。理学家的"清淡"审美理想,对于理学诗的风格、面貌等特质的生成,产生了重要影响。郭万金教授等《明代儒林的诗歌世界》通过对明代诗歌世界的深入剖析,认为明代诗歌有一脉相承的哲思关怀与诗情凝聚。

"孔氏有《古文尚书》"问题再探讨

杜 阳 马士远*

摘 要：司马迁所言"孔氏有《古文尚书》"问题极其复杂。自孔子卒后，《尚书》之学一直在孔氏家族中得以传承。秦末焚书坑儒，孔子后人藏书于孔子宅庙壁中；汉兴后，孔腾曾为惠帝博士，推动废除挟书律，取出孔壁藏书，进而恢复孔氏《古文尚书》家学。由于西汉前期政治、学术环境对儒学并不理想，故孔氏家族没有上献《古文尚书》。鲁恭王刘余实则并没有拆毁孔子故宅，其营造灵光殿时曾拆除孔鲋子文故居，所得《古文尚书》实际上来自孔鲋子文宅壁所藏。刘歆作《移书让太常博士》认为孔氏古文来自鲁恭王坏孔子故宅的说法是不准确的。孔安国《古文尚书》学来自孔氏家学，今文《尚书》学来自伏生，孔安国对《古文尚书》学的传承作出过巨大贡献。

关键词：《古文尚书》；孔氏家学；孔鲋；灵光殿

司马迁在《儒林列传》中曾言"孔氏有《古文尚书》"，但这一记载未提及孔氏《古文尚书》来源问题，故后世学者对此颇有争议。观点主要有两种：第一，孔氏《古文尚书》即鲁恭王坏孔壁所出之《尚书》，而后为孔安国所得；第二，孔氏家族内部一直保有《古文尚书》，自孔子至孔安国，其传承未曾断绝。第一种观点最为常见，而第二种说法相对而言，受众较少。但根据史料中的细节来看，鲁恭王坏孔壁而出《书》的观点还是值得商榷的。武帝时孔安国对古文进行释读，可见其有深厚的古文基础。然孔安国的古文知识显然不是天生，有其家学渊源，最有可能在孔氏家族内存在古文学的家学传统，就《尚书》之学而言，当为孔氏《古文尚书》家学传统。

一、孔腾恢复孔氏《古文尚书》之学

史料皆言"孔壁藏书"即收藏于孔子故宅壁中之书，此点当无疑问。而孔壁藏书者为何人，根据目前的史料来看，主要有三种说法，即孔鲋、孔腾、孔惠。

---

* **作者简介**：杜阳，曲阜师范大学孔子文化研究院博士研究生，主要研究方向为历史文献学、经学及儒学；马士远，曲阜师范大学孔子文化研究院教授，主要研究方向为经学及儒学、《尚书》学。本文系国家社科基金重大招标项目《尚书》学研究"（18ZDA245）阶段性成果，山东省社科重大委托项目"农耕文明与大国文道"（18AWTJ58）阶段性成果。

孔鲋藏书说：孔鲋，字子鱼，据《孔子世家》所言，为孔子第八世孙，《孔丛子》中《独治》《问军礼》《答问》等篇对其言行有较为详细的记载。关于孔鲋藏书之事，《独治》篇载：陈余谓子鱼曰："秦将灭先王之籍，而子为书籍之主，其危矣！"子鱼曰："顾有可惧者，必或求天下之书焚之。书不出则有祸，吾将先藏之，以待其求，求至无患矣。"①

孔腾藏书说：孔腾，字子襄，孔鲋之弟。其藏书之事见于《孔子家语·后孔安国序》："子襄以好经书博学，畏秦法峻急，乃藏其《家语》《孝经》《尚书》及《论语》于夫子之旧堂壁中。"②

孔惠藏书说：孔惠据说为孔腾之子，而根据《史记》《汉书》等记载，孔腾有子即孔忠，"惠""忠"字形相似，因此有学者疑是后人转写誊抄时误笔，孔惠实为孔忠。但由于史料缺失，孔氏早期世系难以确考，故孔腾或确有一子名为孔惠。孔惠之说见于陆德明《经典释文》："又秦禁学，孔子之末孙惠壁藏之……《古文尚书》者，孔惠之所藏也，鲁恭王坏孔子旧宅，于壁中得之，并《礼》《论语》《孝经》，皆科斗文字。"③

三种说法虽都有争议，但记载都颇为详细，显然是藏书之时有人目击或耳闻，而三说又可互为补充。陈余警告孔鲋，秦人欲焚禁书籍，而孔鲋明确透露自己将藏书以备不测。但根据《独治》篇记载，孔鲋此时尚在魏国故地，并未即刻返鲁藏书，故应是以书信通知其弟孔腾，将家中图书藏入孔子旧宅壁中。不久后，又有陈涉起事，而陈余引荐孔鲋为陈王博士、大师，"而鲁诸儒持孔氏之礼器往归陈王"。孔鲋或为防止书籍毁于兵火，在途经鲁城时索性将剩余图书藏于壁中。在这一过程中，孔惠（或孔忠）在帮助长辈藏书时，也一同将自己的收藏封入壁中。

据《孔子世家》记载，孔腾曾为汉惠帝博士，后又为长沙太守，五十七岁时去世。而《孔子家语·后序》中录有孔安国之孙孔衍奏疏，故有人称之为孔衍序，其序曰："子文（即孔树，亦有记载称其为孔树，孔鲋、孔腾之弟）生藂（或作最、聚），字子产。子产……年五十二而卒，谥曰夷侯……次子襄，字子士，后名让，为孝惠皇帝博士，迁长沙王太傅，年五十而卒。"④除死亡年龄与晚年官职不同外，孔襄事迹与《孔子世家》中孔腾事迹几乎一致，然二人为祖孙辈关系，显然并非一人。张固也在《西汉孔子世系与孔壁古文之真伪》一文指出："西汉私人编纂家谱的风气尚未兴起，司马迁可能只是从孔子后人采访其世系，不慎将子襄腾、子士襄误合为一人。而孔衍序所述是今存最早的西汉孔子后人记载的世系，其以子襄腾、子士襄为二人应更可信。"⑤但孔襄在惠帝之时尚且年少，不可能任博士，而汉代"太守"一职则设立于景帝时期，故张固也在上文中疑"惠帝"为"景帝"之误，孔襄当为景帝博士。然孔腾博学多才，其侄孔藂（或作最、聚）子产为高祖功臣，叔孙通曾师从其兄孔鲋，惠帝或因此二人推荐，并爱惜孔腾之才，故命其为博士。司马迁曾为太史令，能接触到各类文档，其中当不乏人事任命文件，孔腾为惠帝博士的记载当在其中，《汉书·孔光传》中也指孔腾晚年为长沙太傅，《孔子世家》中"长沙太守"当为笔误。

---

① 傅亚庶撰：《孔丛子校释》，卷六《独治第十九》，中华书局2011年版，第410页。
② 杨朝明、宋立林编：《孔子家语通解》，齐鲁书社2009年版，第580页。
③ 陆德明撰：《经典释文》，《序录第一》，上海古籍出版社2012年版，第10页。
④ 杨朝明、宋立林编：《孔子家语通解》，齐鲁书社2009年版，第580页。
⑤ 张固也：《西汉孔子世系与孔壁古文之真伪》，《史学集刊》2008年第2期。

据《惠帝纪》《高后纪》记载,汉惠帝四年三月废除挟书律,高后元年春正月废除妖言令,从国家法律层面上承认了民间学术的合法性。惠帝、吕后当政时,公卿仍多为武力功臣,对复兴学术无甚兴趣,因此推动废除文化禁令者应当为在朝中任职的儒生。此时朝中为官的儒生见于史料记载的有叔孙通、陆贾、随何、孔腾等。叔孙通以制定汉礼而闻名,其偏重点在于仪容、礼制而非文献典籍;陆贾因吕后专权,担忧时局对己不利,故称病辞官;随何能言善辩,不似专注学术之人;孔腾身为孔子后裔,本人亦"好经书博学",不会甘于先辈之书就此没落,废挟书律当有其功劳。

孔氏家族以好学闻名,但并不意味着他们只会死守经书,不问世事,相反,孔氏族人更乐于将学术与政治相结合。孔腾等在孔子旧宅埋藏书籍,皆因秦法严峻,而汉兴以来,朝廷欲休养生息,学术管制有所放松,政治氛围相对宽容。孔腾身为博士,向皇帝上书建议废除挟书律,为孔子故宅内的藏书能重见天日寻求法律依据,以便于孔氏族人继承与研习先人之业。因此,在挟书律废除后不久,甚至在此之前,孔腾等即将孔壁中藏书取出,孔氏《古文尚书》家学就此恢复。

二、武帝之前孔氏未上献《古文尚书》

孔氏族人既已将所藏书籍取出,挟书律废除后理应上献朝廷,但史书并未记载孔安国之前孔氏有献书之举,此事貌似不合情理。但查看《史记》《汉书》中对西汉前期学术史的记载,儒学并没有得到应有的重视,献书不合时宜。

高祖虽对儒生讲习放松管制,"然尚有干戈,平定四海,亦未暇遑庠序之事也"。据《史记》《汉书》等记载,高祖时,内有臧荼、张敖、韩王信、彭越、韩信、英布等异姓诸侯谋反,外有匈奴、南越骚扰,朝廷当务之急乃是稳定秩序,自然无暇顾及学术。

"孝惠、吕后时,公卿皆武力有功之臣。"此时,樊哙、周勃、郦商、灌婴等武力功臣尚在,皆为朝廷之砥柱,自是不会对学术有太大兴趣;实际掌权者吕后则忙于巩固权力,显然也不会将太多精力用于学术。

文、景二帝对学术予以关注,如刘歆在《移书让太常博士》中记载:"至孝文皇帝……天下众书,往往颇出,皆诸子传说,犹广立于学官,为置博士。"汉文帝时设置诸子专书博士,而据《后汉书·翟酺传》记载,翟酺曾上书,提及"孝文皇帝始置一经博士",即文帝开始设置《诗》《书》等专经博士。《鲁诗》大师申公弟子在景帝朝有十余人为博士,可见其学派颇具实力。但"孝文时颇征用,然孝文帝本好刑名之言。及至孝景,不任儒者,而窦太后又好黄老之术,故诸博士具官待问,未有进者"。文、景两代治国思想仍是黄老学说,其"无为"思想虽不排斥儒家学说,但也不会推崇其说。如贾谊迁长沙王太傅,数年后文帝召其入京,却是"因感鬼神事,而问鬼神之本"。景帝本人对儒家有好感,但窦太后却反之,甚至于有辕固生被迫"入圈刺豕"这样的荒唐事。

《汉书·武帝纪》记载,建元元年,丞相卫绾上奏云:"所举贤良,或治申、商、韩非、苏秦、张仪之言,乱国政,请皆罢。"请求罢黜法家、纵横家等学说,武帝即刻批准。而后武帝在推崇儒术的窦婴、田蚡等支持下,任用申公弟子赵绾、王臧等人为官,"欲立明堂以朝诸侯"。但建元二年,"太皇窦太后好老子言,不说儒术,得赵绾、王臧之过以让上,上因废明堂事,尽下赵绾、王臧吏,后皆自杀。申公亦疾免以归,数年卒"①。窦婴、田蚡也一同被免官。《武帝纪》中记载了这一事件的起因:"御史大夫赵绾坐请毋奏事太皇太后",即赵绾上书武帝不必事事请示太皇太后,而应有所主见。根本原因则是青年皇帝不愿再受祖母摆布,尝试早日亲政,而窦太后"好黄帝、老子言,帝及太子、诸窦不得不读黄帝、老子,尊其术"②。作为武帝亲政的第一步,首先要在理论上能够压制窦太后提倡的黄老之道。儒家学派日渐兴盛,其徒众遍及朝野,其学说可与黄老相抗衡,然其理论却未能成为汉家治国之道,亟须获得统治者认可。皇帝与儒家一拍即合,但皇帝年轻气盛,儒生意气用事,两者都急于求成,激怒了以窦氏为首的利益集团,以至"诸所兴为者皆废"。

孔氏虽有《古文尚书》,然而自高祖至武帝早期,政局都不利于儒家尽情发挥,献书之事不可行。《孔子家语·孔安国序》记载:始皇之世,李斯焚书,而《孔子家语》与诸子同列,故不见灭。高祖克秦,悉敛得之,皆载于二尺竹简,多有古文字。及吕氏专权,取归藏之,其后被诛亡,而《孔子家语》乃散在人间。好事者或各以意增损其言,故使同是一事而辄异辞。③从《孔安国序》中可知,高祖时孔氏曾将《孔子家语》献上,并成为吕氏藏书,然因之后朝堂争斗,《家语》流散,而后遭他人肆意篡改。《孔子家语》在汉初的遭遇令孔氏族人痛心,而其原因在于他们当初误以为汉帝会复兴儒术,孔氏从此自守《古文尚书》家学,至孔安国时不再有献书之举。

三、鲁恭王未坏孔子故宅

"鲁恭王坏孔子宅得古文"一事因刘歆《移书让太常博士》而为人皆知:"及鲁恭王坏孔子宅,欲以为宫,而得古文于坏壁之中。《逸礼》有三十九篇,《书》十六篇。"④但《史记》中从未提及"坏孔宅"或"孔壁出书",这也是后世学者指责刘歆伪造古文经的理由之一。如康有为就曾指出:"古文诸伪经,皆托于河间献王、鲁恭王,以史迁考之,寥寥仅尔。昔有搜经之功,立博士之典,史迁尊信《六艺》,岂容遗忽?若谓其未见,则左氏仍其精熟援引者,天下遗文古事靡不毕集太史公,不容不见矣。"⑤刘起釪更是直言:"孔壁出书是民间传说的子虚乌有的事,是由孔家家传本《尚书》与鲁恭王善治宫室这两件事附会推衍、演变出来的传说。"⑥

《史记·孔子世家》记载:"故所居堂弟子内,后世因庙藏孔子衣冠琴车书,至于汉二百余年不绝。高皇帝过鲁,以太牢祠焉。诸侯卿相至,常先谒然后从政。"⑦从这段记载中可知二事:第一,早期的曲阜孔庙(春秋末至汉初)是由孔子故居改建而来,即因宅为庙;第二,孔庙自高祖以来便得到了汉廷的重视,是鲁故城中一处重要的场所。

汉初孔庙的规模史书无载,然其因宅为庙,可以根据先秦时期的尺度进行推测。史载,

---

① 司马迁撰,裴骃集解,司马贞索隐,张守节正义:《史记·儒林列传》,中华书局1982年版,第3177页。
② 司马迁撰,裴骃集解,司马贞索隐,张守节正义:《史记·外戚世家》,中华书局1982年版,第1975页。
③ 杨朝明、宋立林编:《孔子家语通解》,齐鲁书社2009年版,第578页。
④ 班固撰,颜师古注:《汉书·楚元王传》,中华书局1982年版,第1966页。
⑤ 康有为:《新学伪经考》,中华书局1986年版,第19页。
⑥ 刘起釪:《尚书学史》,中华书局1989年版,第117页。
⑦ 司马迁撰,裴骃集解,司马贞索隐,张守节正义:《史记·孔子世家》,中华书局1982年版,第1949页。

孔子56岁为鲁司寇,并行摄相事,此时其身份为大夫。《初学记》中有《尉缭子》佚文:"天子宅千亩,诸侯百亩,大夫以下里舍九亩。"①孔子既为鲁大夫,其宅邸亦应扩建至九亩。先秦的尺度可以确定的为战国时代,当时各国的尺度大体相同,通行尺长22.5厘米。②汉人考论先秦田制,通常认为"六尺为步,步百为亩"③,则九亩之宅周长约为121.5米,折方计算则是东西、南北各长60.75米。

宋代《东家杂记》记载:"先圣殿前有坛一所,即先圣教授堂之遗址也……后汉显宗东巡,幸孔子宅,亦尝亲御于此,命皇太子、诸王说经于堂上,后世因以为殿。本朝乾兴间传大父中宪监修祖庙,因增广殿庭,移大殿于后,讲堂旧基不欲毁拆,即以甃甓为坛,环植以杏,鲁人因名曰'杏坛'。"④北宋乾兴年间,孔庙大修,将原大殿即孔子讲堂迁建于今大成殿处,大殿旧址改建为杏坛,由此可知孔子旧宅应在今日杏坛与大成殿之间,而其大门则应在今日杏坛附近。若以大成殿后墙为起点,至杏坛为终点,南北长六十余米;若以东庑为起点,西庑为终点,东西长约40米。如再将围墙、附属建筑计算在内的话,孔子旧宅或原始孔庙确与先秦"九亩之宅"规模相近。

据现有史料记载,孔庙自春秋晚期设立,直至唐初,其间多次修缮改造,但并未进行扩建,大体上保持着初建时的规模。唐高宗乾封元年,"甲午,次曲阜县,幸孔子庙。追赠太师,增修祠宇,以少牢致祭。其褒圣侯德伦子孙,并免赋役"⑤。至此,孔庙规模方有增扩。

孔子去世后,其故居即被改建为孔庙,成为鲁地儒生习礼讲学之处。东汉韩敕碑碑文载:"存古旧宇,殷勤宅庙。"史晨碑碑阳刻文:"依依旧宅,神之所安。"碑阴刻文:"臣以建宁元年到官,行秋飨,饮酒畔宫,毕,复礼孔子宅,拜谒神坐。"⑥韩敕、史晨二碑记录了东汉官方孔庙祭祀之事,碑文皆称孔庙为"宅"。由于故宅改建为庙宇,常有礼仪、祭祀、讲学等活动,若继续居住于此则不合时宜,孔子后人自然也从中迁出。早期孔庙同时也是孔氏家庙,孔氏家族当在家庙附近居住,今日孔庙东部近孔府处尚有鲁壁、诗礼堂、孔宅故井、孔子故宅门等遗迹,其虽为后人追思孔子所设纪念性建筑,但其前身当为早期孔子后裔居所遗存。

司马迁青年时游历四方,"二十而南游江、淮……北涉汶、泗,讲业齐、鲁之都,观孔子之遗风,乡射邹、峄"⑦。其亲至鲁故城参观孔庙,"适鲁,观仲尼庙堂车服礼器,诸生以时习礼其家,余祗回留之不能去云"⑧。另据《汉书·儒林传》记载,司马迁曾师从孔安国学习《古文尚书》,司马迁在《太史公自序》中也自言本人"十岁则诵古文",其所诵古文当为孔安国所授⑨。因此,如果鲁恭王真有拆毁孔庙之事,司马迁一则可以自其师安国处得知,二则在游

---

① 徐坚等:《初学记》(第三册),卷二十四《宅第八》,中华书局1962年版,第578页。
② 曾武秀:《中国历代尺度概述》,《历史研究》1964年第3期。
③ 班固撰,颜师古注:《汉书·食货志上》,中华书局1982年版,第1118页。
④ 孔传撰:《东家杂记》,卷下《杏坛》,山东友谊出版社1990年版,第104—106页。
⑤ 刘昫等撰:《旧唐书·高宗本纪》,中华书局1982年版,第90页。
⑥ 孔繁银:《曲阜的历史名人与文物》,齐鲁书社2002年版,第330—335页。
⑦ 司马迁撰,裴骃集解,司马贞索隐,张守节正义:《史记·太史公自序》,中华书局1982年版,第3293页。
⑧ 司马迁撰,裴骃集解,司马贞索隐,张守节正义:《史记·孔子世家》,中华书局1982年版,第1949页。
⑨ 索隐云:迁及事伏生,是学诵古文《尚书》,刘氏以为《左传》《国语》《系本》等书,是亦名古文也。泷川资言在《史记会注考证》中指出,司马迁跟随伏生学习古文《尚书》为误记,实际为从孔安国问故。

历鲁故城时必有听闻,当会在《史记》中加以记录。

鲁地为儒家发源地,当地居民"俗好儒,备于礼"①。刘邦攻鲁城,欲引天下兵屠之,在此危急关头"鲁中诸儒尚讲诵习礼乐,弦歌之音不绝"②。西汉朝廷文官中,来自鲁地者甚众,其中又以儒家弟子居多。刘余居鲁城,应知鲁地受儒家影响之大,儒家信徒遍布天下,孔子旧宅(原始孔庙)在鲁城中几乎为神圣之地。如果鲁恭王刘余一意孤行,为建灵光殿而拆除孔庙的话,势必会引发公愤,然而景、武时期的文献也未见有抨击、弹劾恭王之语,故刘余实则并未破坏孔庙。

但完全否认"孔壁出书"显然也不可取,历代都有发现古时文献的记载,不断刷新时人对古代文化的认知。20世纪70年代在临沂银雀山汉墓中发掘出《孙膑兵法》,证明了孙武、孙膑各有其人,而学界争论数百年之久的《孙膑兵法》真伪问题也自此画上句号。唐兰曾指出:"后世的今文经学家往往怀疑孔壁出古文经的事,其实是无可疑的。刚过秦火的厄运,梁间壁里得到古书是很容易的。敦煌的唐写本正是绝好的例子。后来杜林在西州得漆书《古文尚书》一卷;晋时汲县发见竹简古书七十五卷,有《周易》《纪年》《琐语》《穆天子传》等;南齐时雍州发现竹简,有《考工记》;梁时任昉得一篇缺简书,是《古文尚书》所删逸篇。可见这类简书在唐以前是常有发现的。"③

刘歆曾受诏与父亲刘向校秘书,其间见到古文《左传》,由此对古文经学产生了兴趣。后刘歆试图将古文经学立于学官,遭到诸儒反对,刘歆怒儒生"专已守残,党同门,妒道真,违明诏,失圣意",故作《移书让太常博士》一文反击诸儒。《孔子家语·后序》中记载孔衍上书成帝,云:"时鲁恭王坏孔子故宅,得古文科斗《尚书》《孝经》《论语》,世人莫有能言者。"④孔衍其人事迹多不可考,《后序》称其为成帝时博士,其奏疏中称"臣祖故临淮太守安国",可知孔衍为孔安国之孙。孔衍身为孔氏后人,其说当有所依据,而非凭空捏造。刘歆校书时也曾接触过部分档案文件,其中也包括诸臣奏章,其《移书让太常博士》文当曾摘抄于此。

前文已言孔腾约在惠帝、高后时期将藏书取出,孔子宅庙之中当再无古书遗留,而孔衍却明言故宅之中发现过古文经,此处显然不合常理。但细究之下,可以推断,孔衍所指故宅并非孔子故宅,而是孔䩱子文之宅。

四、鲁恭王所坏者为孔䩱子文之宅

记载孔氏家族西汉早期世系的《史记·孔子世家》《汉书·孔光传》《孔子家语·后序》《连丛子·叙书》等,除在孔子至其七世孙孔慎(《汉书》作孔顺,《家语》作孔武)谱系上大致相同外,记载到八世孙孔鲋等时则大相径庭。《史记》《汉书》仅记孔慎生孔鲋子鱼、孔腾子襄,皆未言第三子孔䩱子文,而《家语》《连丛子》则称蓼侯孔藂子产为孔䩱(又作孔树)之子。孔氏家族历来重视书籍的收藏与研究,除孔鲋、孔腾、孔惠三人外,或许还有其他孔氏族人

---

① 司马迁撰,裴骃集解,司马贞索隐,张守节正义:《史记·货殖列传》,中华书局1982年版,第3266页。
② 司马迁撰,裴骃集解,司马贞索隐,张守节正义:《史记·儒林列传》,中华书局1982年版,第3117页。
③ 唐兰:《古文字学导论》,齐鲁书社1981年版,第319页。
④ 杨朝明、宋立林编:《孔子家语通解》,齐鲁书社2009年版,第581页。

亦有藏书之举。据《连丛子》记载,孔氏家族自孔子起,"家之族胤,一世相承,以至九世相魏,居大梁,始有三子焉"①。前文已述孔鲋等藏书于孔子旧宅壁中,因此其他的孔氏藏书者只能是孔袝这一支系。

孔袝子文不见于《史记》《汉书》记载,或因其为人低调,或与兄长关系疏远,甚至无所建树。其既未如长兄子鱼"积怨而发愤于陈王",为理想而殉难;也未能与次兄子襄一样,入职于朝堂。其人其事不见于记载,最大可能性为孔袝在汉兴之前便已去世。孔袝子文藏书之举可能早于兄长,且藏书之地即为自家宅壁,然由于其早逝,藏书之事并未告知族人。古人有聚族而居的习俗,同族宅院往往比邻而建,孔氏家族也不例外,今日孔庙诗礼堂一带为早期孔氏住宅区,孔袝子文当曾居于此。

孔袝之子孔藂事迹见《高祖功臣侯者年表》:"以执盾前元年从起砀,以左司马入汉,为将军,三以都尉击项羽,属韩信,功侯。"孔藂在汉室功臣中属于资历较老者,其在砀县起兵时便已跟随刘邦,此后历经反秦、伐楚之战,一直奔波于战场之上。汉兴之后,孔藂因军功封蓼侯,置蓼侯国,居今河南固始(一说在安徽霍山),未再返鲁。其父子文之宅自此处于闲置状态,也就无人发现其宅壁中尚有藏书。

鲁恭王刘余好为宫室,史家皆有共识。《五宗世家》即云:"(刘余)好治宫室、苑囿、狗马,季年好音,不喜辞。"②曲阜周公庙高地一带原为周代鲁故宫,近年来的考古调查证明该处遗址沿用至汉代,并且还进行过改扩建,或许即刘余所授意。③刘余在鲁故城所建宫室中,最有名者即灵光殿,并为后汉东海王刘彊沿用。《后汉书·光武十王列传》记载:"初,鲁恭王好宫室,起灵光殿,甚壮丽,是时犹存,故诏彊都鲁。"④后汉王元寿作《鲁灵光殿赋》,其序云:"鲁灵光殿者,盖景帝程姬之子恭王余之所立也。初,恭王始都下国,好治宫室,遂因鲁僖基兆而营焉。"⑤

郦道元在《水经注·泗水》中记载:"孔庙东南五百步,有双石阙,即灵光之南闉。北百余步,即灵光殿基,东西二十四丈,南北十二丈,高丈余。东西廊庑别舍,中间方七百余步。阙之东北有浴池,方四十许步。池中有钓台,方十步,台之基岸悉石也。遗基尚整,故王延寿赋曰:'周行数里,仰不见日者也。'是汉景帝程姬子鲁恭王之所造也。殿之东南,即泮宫也,在高门直北道西。宫中有台,高八十尺,台南水东西百步,南北六十步,台西水南北四百步,东西六十步,台池咸结石为之,《诗》所谓'思乐泮水'也。"⑥

郦道元所见灵光殿建筑群遗址位于孔庙东南方向,若采用北魏尺⑦计算,以今日杏坛处

---

① 傅亚庶撰:《孔丛子校释》,卷七《连丛子上第二十二》,中华书局2011年版,第447页。
② 司马迁撰,裴骃集解,司马贞索隐,张守节正义:《史记·五宗世家》,中华书局1982年版,第2095页。
③ 日人驹井和爱、关野雄等曾于20世纪40年代在周公庙一带进行发掘,认为此处宫殿遗址即灵光殿。70年代山东省文物考古研究所对鲁故城进行了勘察,仍采纳驹井的说法,即周公庙汉代遗址为灵光殿遗存。然而历代文献皆称灵光殿在孔庙东南,日人之说当纠正。
④ 范晔撰,李贤等注:《后汉书·光武十王列传》,中华书局1982年版,第1423页。
⑤ 萧统编,李善注:《文选》第十一卷赋己《游览·宫殿》,中华书局1997年版,第230页。
⑥ 郦道元撰,陈桥驿点校:《水经注》卷二十五《泗水》,上海古籍出版社1990年版,第486页。
⑦ 曾武秀《中国历代尺度概述》:北魏前尺"实比晋前尺一尺二寸七厘",则一尺之长为 $23.1 \times 1.207 = 27.9$ 厘米;北魏中尺"实比晋前尺一尺二寸一分一厘",则一尺之长为 $23.1 \times 1.211 = 28$ 厘米;北魏后尺"实比晋前尺一尺二寸八分一厘",则一尺之长为 $23.1 \times 1.281 = 29.6$ 厘米。

为起点,则灵光殿距孔庙有八九百米远,在明清曲阜城墙东南角处。但根据雕刻于南宋绍兴二十四年的《鲁国之图》①显示,太子池、灵光殿基、灵光里等灵光殿遗存部分与宋代孔庙(文宣王庙)相距不远,可见"五百步"的说法颇为可疑。故曲英杰指出:"当依宋刻本《太平御览》作'孔子庙东南立百步有双石阙,即灵光殿之南阙也'。而'立百步'似当'百步立'之误。《灵光殿赋》中有'朱阙岩岩而双立'句,'立有双石阙'正与此同。准此,《水经注》原文当作:'孔子庙东南百步立有双石阙,即灵光殿之南阙也。'其百步,依北魏铜尺计,合今约185.4米。"②如改为"百步",则孔庙、灵光殿二者方位便与《鲁国之图》相一致。

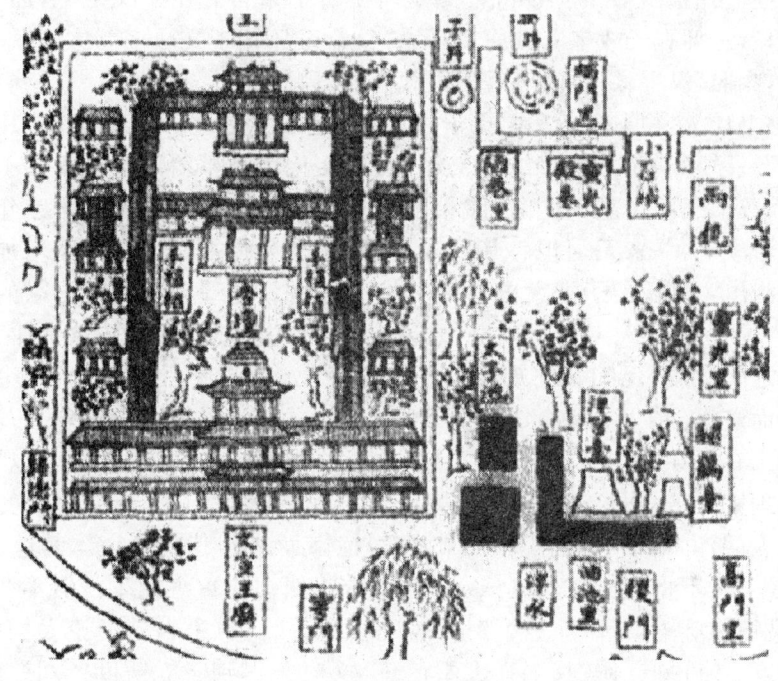

南宋《鲁国之图》局部

根据《水经注》记载判断,灵光殿遗址南门双石阙大约在今日阙里宾舍(即旧时孔府戏房/喜房)一带。由此向北行一百八九十米,即是灵光殿殿基遗址,大约在今日孔府大堂、三堂之间。其东西廊庑别舍环绕灵光殿而建,对主体建筑呈半包围状,周长大约在1260米。由此可见,整个灵光殿建筑群大致与今日孔府重叠,亦即其遗址已被孔府所覆压。

《鲁灵光殿赋》赞曰:"锡介珪以作瑞,宅附庸而开宇。乃立灵光之秘殿,配紫微而为辅。承明堂于少阳,昭列显于奎之分野。"可见在汉人眼中,灵光殿营建乃是合乎礼制的,未有违礼之举。刘余建灵光殿应是经过仔细规划,自然也会考虑到保护孔庙的问题,甚至不排除其刻意将殿址靠近孔庙以彰显身份的可能性。《鲁灵光殿赋》中又曰:"于是乎连阁承宫,驰道周环……周行数里,仰不见日。"其指围绕着灵光殿建筑群还建有驰道,以

---

① 中国测绘科学研究院编:《中华古地图珍品选集》,哈尔滨地图出版社1998年版,第43页。
② 曲英杰:《汉鲁城灵光殿考辨》,《中国史研究》1994年第1期。

供往来,同时西段驰道还是灵光殿与孔庙之间的分界线。为铺筑西段驰道,显然需要对灵光殿与孔庙之间的其他建筑进行清拆,而这些清拆的对象应当就在今日鲁壁、诗礼堂等建筑附近。

孔祔之宅此时或已荒废多年,或曾有小规模修缮但无人久居,而其本人事迹几乎为人遗忘,自然成为拆除对象。而就在拆除过程中,施工人员发现了隐藏于壁中的古书,并告知鲁王。鲁王闻讯后即赶赴现场,《汉书》称其"闻钟磬琴瑟之声",此并非所谓神迹,很有可能是左近孔庙之内有儒生在演习乐舞,"遂不敢复坏,于其壁中得古文经传"。之后将壁中书归还孔氏。因此,"孔壁出书"仍然可信,只是所出古书来自孔祔子文之宅,而非孔子故宅。孔衍奏疏中"鲁恭王坏孔子故宅",其原文当为"鲁恭王坏孔子文故宅",中间脱一"文"字,当因后人校对时,参照《汉书》《论衡》等后书记载而加以删改。

而刘歆《移书让太常博士》文称"孔子故宅"则是故意为之。纵观该文,其语气多有怨意,责备诸儒因一己私利而不肯接纳古文经,以至文化传承不得延续。鲁恭王好为宫室尽人皆知,其后人鲁文王晙无子而国除,晙弟闵复立为鲁王则要到哀帝建平三年。刘歆宣称刘余曾拆毁孔子故宅,一来无须担心其后人反驳,二来为将古文列入学官增加神圣性与紧迫性。陈梦家指出:"刘氏父子把太史公关于伏生《尚书》的壁藏和孔安国家的《古文尚书》逸篇结合起来,遂有孔子壁中《古文尚书》之说。这应该是他们争立《古文尚书》的借口。在太史公和二刘之间,郡国民间又出现了若干古文经书,因此使后来记述者夸大增饰'壁中书'的内容,进而产生许多壁藏者的异说。"①

孔氏学者未有揭穿、批驳刘歆者,则因其亦意欲将家传古文列为学官,以增强影响力。孔安国曾将整理完成的《古文尚书》献于朝廷,以期立入学官。恰逢巫蛊之变,政局动荡,《古文尚书》无人问津,而后孔安国为临淮太守,抱憾而终。其孙孔衍承其遗志,上书汉成帝,斥责刘向校书时不将孔氏古文列入《别录》,希望朝廷能重视此事。但不久后,成帝、刘向先后去世,孔衍愿望落空。《连丛子》记载,孔子立善《诗》《书》,曾贬论大儒史丹(师丹),而与刘歆为好友,或许刘歆作《移书让太常博士》文时曾得到子立协助。刘歆作《移书让太常博士》文,正合诸孔学者心意,尽管其文多有不确之处,而孔氏却不加指责。

五、孔安国为功于《古文尚书》学的传承

孔子生前对《书》类文献颇为重视。据《礼记·经解》记载,"孔子曰:'入其国,其教可知也……疏通知远,《书》教也……疏通知远而不诬,则深于《书》者也。'"②可见在孔子眼中《尚书》有着"疏通知远而不诬"的价值。

汉兴之前孔氏后裔《书》学传承,即有孔伋子思之学、孔白子上之学、孔穿子高之学、孔谦子顺(或作子慎)之学、孔鲋子鱼之学。以孔子、孔伋、孔白、孔穿、孔谦、孔鲋为代表的周秦时期的孔氏家族学者共同塑造了绵延不断的周秦孔氏《尚书》家学传统,并构成了基本可

---

① 陈梦家:《尚书通论》,中华书局2005年版,第36页。
② 郑玄注,孔颖达正义:《礼记正义》,卷五十八《经解第二十六》,上海古籍出版社2008年版,第1903页。

信的孔氏《尚书》家学承传脉络。①

孔氏《尚书》之学因秦时禁书以及楚汉战争而短暂停滞过。汉兴之后,在孔腾的努力下,汉庭废除了钳制学术的挟书律和妖言令,使孔氏《古文尚书》重见天日,其传授即刻恢复。然而西汉前期儒学未得到统治者扶持,孔氏古文经学长期以来只能流传于家族成员中,体现出孔氏家学保守的一面。自孔安国起,孔氏古文经学不再局限于家族之内,开始面向社会任何有志于此的学者。《汉书·儒林传》记载都尉朝、司马迁曾向孔安国学习《古文尚书》,即是明证。

而孔安国最大的贡献则是对家传《古文尚书》"以今文字读之"。先秦时期六国文字由于秦代"书同文"政策的影响,汉人能识读者已寥寥无几,近似于"死文字"。而孔氏古文之学未曾间断,故孔安国自幼便能得到族中长辈指导,其古文字基础可谓坚实。据《儒林列传》记载,孔安国今文《尚书》之学传自伏生,又曾跟随申公学习《鲁诗》,其今文之学皆来自大师之传,可见其今文功底也颇为了得。孔安国良好的学术功底为其"读"古文奠定了基础,而汉武帝亲政之后,采纳董仲舒"罢黜百家,独尊儒术"之言,大力推动儒学成为当世显学,又为儒学发展提供了良好的政治环境。孔安国身为博士,深厚的家学功底和友善的外部环境促使他有志于贯通今、古文经,令儒家学术发扬光大。

《儒林列传》记载:"安国以今文读之,因以起其家,逸《书》得十余篇,盖《尚书》兹多于是矣。"②孔鲋、孔腾藏书于夫子宅庙壁中,本就是应急权宜之计,但宅壁显然并不适合储藏书简。秦末伏生亦曾藏书于宅壁,待天下平定后将书取出,发现其所藏《尚书》仅余二十九篇。若伏生藏书时间以公元前213年秦始皇下令焚禁书籍算起,至公元前190年汉惠帝宣布废除挟书律,中间不过23年,书简即损毁如斯。由伏生所藏《尚书》遭遇来看,孔鲋兄弟壁中藏书状况亦堪忧,待孔腾取出时恐怕也已散乱不堪。鲁恭王为建灵光殿而拆除孔衬子文旧宅,在宅壁中发现藏书,此时汉兴已百余年,该批藏书保存状况会更差。孔安国兼通今文、古文,除继续整理古书之外,"以所闻伏生之《书》考论文义,定其可知者为隶古定,更以竹简写之"③。在此过程中,孔安国发现《古文尚书》有不见于今文者,即所谓逸《书》,由此丰富了《尚书》内容。

《家语后序》所录孔衍奏疏云:"古文科斗《尚书》《孝经》《论语》,世人莫有能言者,安国为之今文,读而训其义。又撰次《孔子家语》。"④从孔衍处可知,孔安国不只"隶古定"《古文尚书》,还对古文《孝经》《论语》进行了整理、训读,《家语》也成书于其手。《汉书·艺文志》记载,有出自鲁淹中及孔氏的《礼古经》,孔安国或许也曾对该书进行过释读。可见孔安国在古文整理上实有大功。

《史记》称孔安国以《古文尚书》故,"因以起其家"。孔安国以今文读《古文尚书》,初衷或为释读少有人识的古文字以便利时人。随着对古文整理工作的深入,"读古文"已不再是单纯的"隶古定",而是融入自己对今、古文的观点,别起为家法。王引之指出:"起,兴起也;

---

① 马士远:《两汉尚书学研究》,中国社会科学出版社2014年版,第224页。
② 司马迁撰,裴骃集解,司马贞索隐,张守节正义:《史记·儒林列传》,中华书局1982年版,第3117页。
③ 孔安国传,孔颖达正义:《尚书正义》,卷一《尚书序》,上海古籍出版社2007年版,第17页。
④ 杨朝明、宋立林编:《孔子家语通解》,齐鲁书社2009年版,第581页。

家,家法也。汉世《尚书》多用今文,自孔氏治古文经,读之说之,传以教人,其后遂有古文家。是古文家法自孔氏兴起也,故曰'因以起其家'。"① 孔安国兼通今、古,其虽未成为古文经学的开创者,但却打破了今文《尚书》在学界的垄断地位,对之后的学术、思想、政治等影响颇深。

---

① 王念孙撰,徐炜君、樊波成、虞思徵、张靖伟等点校:《读书杂志》(一),上海古籍出版社2015年版,第410页。

理学视域下的宋代书院记

张文利[*]

摘　要：书院记是宋代记体文中的新品种，带有明显的理学印痕。书院记对书院叙写的要素中大多包含理学因子，书院记对理学家道统地位的褒扬、书院记中的教育思想所蕴含的理学元素以及特殊的书院记中对原始儒家用世精神的复归等，都鲜明地体现出理学对书院记书写的浸润。理学在书院记中的呈现模式，既有规律可循，亦具有一定的文学审美性，值得关注。

关键词：宋代书院；书院记；理学；关联性

引　言

记是古代文体之一，得名于梁代任昉的《文章缘起》，其文体的基本功能与特点是叙事。熊礼汇认为记体文具有形式上的特征："记属叙事文体。……这类记记事、记物，一般题目都标明为记。"[①]如果我们把题目中含有"记"当作记体文的形式特征并且以此来考察先唐的记体文，会发现这种文体在唐代以前很不发达。明代徐师曾说："阙后扬雄作《蜀记》，而《文选》不列其类，刘勰不著其说，则知汉魏以前，作者尚少，其盛自唐始也。"[②]可见，记体文是在唐代开始兴盛的。中唐韩愈、柳宗元的记体文向来为人所称道。"大抵韩愈对记的贡献，在于他用作品突出了作为文体的本质特征，即实叙其事。……柳宗元的贡献在于别创山水游记一体，其记牢笼百态，刻雕众形，而能移人之情。"[③]韩愈的记体文，以纪事为主；柳宗元的记体文，如《永州八记》之类，在写景纪事中掺入个人的主观情感，具有较为明显的抒情色彩，但仍不失纪事的基本特征，故吴讷说："后之作者，固以韩退之《画记》、柳子厚游山诸记为体之正。"[④]所谓的"体之正"，就是指韩柳的记体文注重纪事的特点。

---

[*]　**作者简介**：张文利，西北大学文学院教授，主要研究方向为宋代文化与文学。本文系国家社会科学基金项目"唐宋转型与宋代家学、家风及文学研究"（17BZW101）阶段性成果。
① 熊礼汇：《先唐散文艺术论》，学苑出版社1999年版，第126页。
② 徐师曾：《文体明辨序说》，吴讷、徐师曾著，罗根泽校点：《文章辨体序说·文体明辨序说》，人民文学出版社1998年版，第145页。
③ 熊礼汇：《先唐散文艺术论》，学苑出版社1999年版，第126页。
④ 吴讷：《文章辨体序说》，吴讷、徐师曾著，罗根泽校点：《文章辨体序说·文体明辨序说》，人民文学出版社1998年版，第43页。

既然有体之正,就有体之变。记体文之变是怎样的面貌呢?徐师曾在评价韩愈记体文时说:"其文以叙事为主,后人不知其体,顾以议论杂之。……然观《燕喜亭记》已涉议论,而欧苏以下,议论漫多,则记体之变,岂一朝一夕之故哉。"①则可知记体文之变为杂以议论。值得注意的是,徐师曾指出韩愈的记体文中已有议论的笔墨,则记体文在中唐古文家手中成熟之时就已蕴含着变的因子,正体现了所谓事物正与变的辩证关系。

其实,早在宋人那里,就已经发现了记体文在唐宋时期的正与变的发展变化。陈师道尝云:"退之作记,记其事耳;今之记,乃论也。"②陈师道觉察宋人记体文中议论性的突显,并且对这种变化似有不满之意。金代王若虚则对陈师道强分唐宋记体文之别不以为然,说:"唐人本短于议论,故每如此。议论虽多,何害为记?盖文之大体,固有不同,而其理则一。殆后山妄为分别,正犹评东坡以诗为词也。且宋人视汉唐,百体皆异,其开廓横放,自一代之变,而后山独怪其一二,何耶?"③

由上可知,记体文在唐代发展兴盛,至宋代则产生新变,遂有唐代记体文以纪事为本的正体和宋代记体文纪事兼议论的变体的区别。宋代的记体文不仅与唐代相比有正变之别,在记体文的具体类别上还有创新之处,产生了一些记体文的新种类。有学者指出:"学记和藏书记属宋人新创。"④宋代的学记,包括官学记和书院记两大类,书院记是宋代散文中的新生事物。

一、书院记对书院叙写中的理学元素

顾名思义,书院记是指为书院所作的记。据笔者粗略统计,两宋的书院记数量有100篇左右。书院记专为书院而作,书院本身自然是其主要的叙写对象。书院叙写一般包括这几个方面的内容:创办人、地理位置、建造时间、营建过程、建筑布局、师资和生源、设置目的、历史沿革等,其中的大部分要素都与理学有关,而在具体的篇目中又有所侧重。这里撮要述之。

书院创办人——以弘扬道学为己任。早期书院均为私人办学机构,书院记的撰写者一般会在文中记述创办者的相关事迹,以志不忘其首建之功。为了避免书院记变成书院创办者的个人传记,大部分记文中对创办人记述都比较简略,一般仅书其姓名、官职、籍贯等基本信息。如:"延平乃杨、罗、李、朱四先生传道之邦。……嘉定二年,陈复斋宓来守是邦,遂仿白鹿规式,创书院于南山之下,以为奉祀、讲学之地。"⑤"潭州岳麓书院,开宝九年知州朱洞之所作也。后四十有五年,李允则来为请于朝,因得赐书藏焉。"⑥也有个别书院记对创办者的事迹记述较多,如王禹偁《潭州岳麓山书院记》就用大量笔墨叙写书院创办人李允则的

---

① 徐师曾:《文体明辨序说》,吴讷、徐师曾著,罗根泽校点:《文章辨体序说·文体明辨序说》,人民文学出版社1998年版,第145页。
② 陈师道:《后山诗话》,《后山集》卷二十三,影印文渊阁四库全书本。
③ 王若虚:《文辨》,《滹南集》卷三十五,影印文渊阁四库全书本。
④ 杨庆存:《宋代散文研究》,人民文学出版社2002年版,第198页。
⑤ 李天同:《延平先生书院纪原》,影印文渊阁四库全书本。
⑥ 张栻:《潭州重修岳麓书院记》,影印文渊阁四库全书本。

事迹。

宋代书院记记述创办者对于书院所做的贡献,一般体现为两方面的内容:一是叙写其创办书院的功劳;二是褒扬其在书院的具体所为。

一是叙写其创办书院的功劳。这类书院记中的书院创办者往往是重视教育的地方官员。王禹偁《潭州岳麓山书院记》云:"谁谓潇湘,兹为洙泗;谁谓荆蛮,兹为邹鲁。"洙泗和邹鲁都指代孔子及其所代表的儒学。王禹偁意谓岳麓书院的教化之功使落后的潇湘之地变得像孔孟之乡一样礼乐化成,从而高度肯定李允则的办学功绩。吕祖谦《白鹿洞书院记》云:"淳熙六年,南康军秋雨不时,高仰之田告病,郡守新安朱侯熹行眡陂塘,并庐山而东,得白鹿洞书院废址,慨然顾其僚曰……乃属军学教授杨君大法、星子县令王君仲杰董其事,又以书命某记其成。"这篇书院记在开篇就交代了白鹿洞书院的重建者是朱熹,以表彰他"上以宣布本朝崇建人文之大指,下以续先贤之风声于方来"的重建心愿。黄榦的《南康军新修白鹿书院记》则记载嘉定十年朱熹之子任职南康军,在朱熹当年重修的白鹿洞书院的基础上大力扩建,使之"规模闳壮,皆它郡学所不及"的功绩。

二是褒扬其在书院的具体所为。这类书院记中的书院创办者往往就是书院山长本人。石介《泰山书院记》中肯定孙复在泰山书院的贡献有两方面——传授弟子和著书立说,文中对孙复传授弟子的具体做法和撰述的著作篇目及著述意图均做了细致说明,孙复对书院的贡献廓然无遗。王应麟《慈湖书院记》中称赞慈湖先生杨简的书院贡献说:"东海之滨,有大儒曰慈湖先生文元杨公,立心以诚明笃敬为主,立言以孝弟忠信为本,躬行实践,仁熟道凝,清风肃然,闻者兴起,可谓百世之师矣。遗老见而知之,后进闻而知之,春木之芚矣,其人若存兮,此书院之所为作也。"杨简立心立言皆本于儒学教义,躬身践行,教化他人,堪称百世之师。

书院地理位置——借山水以悟道。记述一座建筑,对它的地理位置加以描述,是记体文题内应有之义。宋代书院记对其地理位置的记述,还有更深一层的意味。宋代书院一般都选择依山傍水、栽花植树、环境清幽的地方,书院记突出书院环境,意在显示其利于读书治学的一面。徐铉的《洪州华山胡氏书堂记》一文曰:"又以为学者常存神闲旷之地,游目清虚之境,然后粹和内充,道德来应。于是列植松竹,间以葩华,涌泉清池,环流于其间,虚亭菌阁,鼎峙于其上,处者无斁,游者忘归,兰亭石室不能加也。又按图牒云,昔陶丘公、李八百皆修道于此,是知人境相得,其道乃光,勤而行之,古犹今也。"①这段话,把书院选址的理由归结为"人境相得,其道乃光",充分说明前人已经注意到环境之于人读书修养的重要性。徐铉此文是现存宋代最早的书院记,其关于书院环境的理念对其后的书院建设和书院记的写作具有示范意义。

宋代书院大多在嘉山秀水、风景优美之处,恰如吕祖谦在《白鹿洞书院记》中所说"儒先往往依山林、即闲旷以讲授"。山石林泉构成书院优美的外部环境,书院中人颇有借山水以悟道的意图。韩元吉《武夷精舍记》记述朱熹在武夷山五曲处修建精舍时说:"夫元晦儒者也,方以学行其乡,善其徒,非若畸人隐士遁藏山谷,服气茹芝,以慕夫道家者流也。然秦汉以来,道之不明久矣,吾夫子所谓志于道亦何事哉!夫子,圣人也,其步与趋,莫不有则,至

---

① 徐铉:《骑省集》卷二十八,影印文渊阁四库全书本。

于登泰山之巅而诵言于舞雩之下,未尝不游,胸中盖自有地,而一时弟子鼓瑟铿然,春服既成之咏,乃独为圣人所予。古之君子息焉者,岂以是拘拘乎!"①文中指出,朱熹选择武夷山水胜概修建精舍,是因为有志于道而借助适当的方式来修习,就像孔子登泰山而小鲁,风乎舞雩而悟道一样,在游息中悟道明志。书院地理位置的意义不仅是空间生态的,也是精神生态的。

宋代许多书院记都提到孔子的浴沂之乐。浴沂咏归,体现了儒家在自然中求道问学的方式,以及人与自然亲密和谐的关系。依山傍水的书院建设,践履了孔子"仁者乐山,智者乐水"的思想智慧。书院记中的地理位置叙写,体现着宋代书院文化与传统儒家精神的一脉相承。书院的选址,与中国古代士人读书山林的传统有关。入宋以后,理学强调的天人合一的思想也对书院的选址起着重要的影响。职是之故,宋代书院选址风景幽美宜人的山林就是顺理成章的事情了。

书院建筑命名凝结着理学思想。书院建成之后,其厅堂阁楼馆舍的命名具有明显的理学色彩。如下文所记:

李韶《南溪书院记》:作屋三楹,中设二先生祠位,翼以两斋,曰"景行"、曰"传心",将延邑士相与读文公之书,敞前楹,跨池为梁,中植蒲荷,左右松竹,背山面溪,景物自胜。②

真德秀《明道先生书堂记》:为堂三间,中严像设,而扁之曰"春风",其上为楼,高明洁清。内为斋二,东曰"主敬",西曰"行恕"。后为小室焉,曰"读易"。外为斋一,曰"近思"。斋之侧为亭;曰"静观"。又将为两庑翼之,而刻墓表与河南雅言于其壁。③

袁甫《番江书堂记》:书堂凡四斋,曰"达源""止善""存诚""养正",而讲道之堂则名曰"自得"。④

程珌《札溪书院记》:方且考卜奇胜,肇造书宇,讲堂其中,扁以"达善",前有涌泉,疏池涤研。两庑旁翼,为东西斋,斋上为阁,左曰"明经",经史子集之书藏焉;右曰"见贤",古先贤哲之像列焉。门之外,垒土为坛,环植以杏,结亭曰"风雩"。⑤

这些书院记中建筑物的命名,或记载理学家化育子弟的掌故,如"春风""风雩"等;或揭橥书院学习内容,如"读易""明经"等;或表明书院修习目标,如"传心""景行""达善""见贤"等;或浓缩理学教义,如"主敬""行恕""静观""存诚""养正"等。从其命名,即可见出书院与

---

① 韩元吉:《武夷精舍记》,见曾枣庄、刘琳主编《全宋文》,上海辞书出版社、安徽教育出版社2006年版,第216册,第227页。
② 李韶:《南溪书院记》,《福建通志》卷七十一,影印文渊阁四库全书本。
③ 真德秀:《明道先生书堂记》,《西山文集》卷二十四,影印文渊阁四库全书本。
④ 袁甫:《蒙斋集》卷十四,丛书集成本。
⑤ 程珌:《洺水集》卷七,影印文渊阁四库全书本。

理学的密切关联。

书院师资的理学家身份。首先是书院山长的设立。山长也称山主、洞主等,是书院最高的业务管理者。宋代民办书院中,办学者本身是学行兼修的知名人士,往往自任山长;办学者如仅仅是出资者,则会延聘学问道德高深的著名人士担任山长。官办书院中,山长一般由朝廷或地方官任命,其人选也是德高望重、品学兼优者。宋代许多著名理学家都担任过书院山长,如周敦颐、程颢、朱熹、陆九渊、魏了翁、陈著等。除山长外,书院的授业者,一般也是家族中或乡里饱学知名之士,即"文学行义之士众所推服者"①。也有致仕归乡的官员,如程珌《札溪书院记》中所称的"古之已仕而归者"即是。

书院设置目的——理学教化。书院作为一种教育机构,其教化之功自不待言。宋代的书院建设,因为理学的影响,其设置目的更倾向于对儒家学说的传承。徐铉的《洪州华山胡氏书堂记》,彰显的是胡氏书堂对"上古之风""六经之旨"的驯致化成。② 袁甫的《象山书院记》明确指出"书院之建,为明道也"③。而其所谓的"道",就是黄幹《南康军新修白鹿书院记》中所说的由周敦颐和二程承续而来的孔孟之道。④ 此一点是南宋书院办学目的的共性特征,在书院记中或详细或简略地都有记载。

二、书院记对理学家道统地位的褒扬

宋代书院之设,往往和理学家有密切关系。或者书院的创办者本身是理学中人,或者书院之建是缘于对某位理学前辈的崇仰和纪念,因此在书院记中,常常涉及对理学家道统地位的评价。如高斯得《宝庆府濂溪书堂记》中评价周敦颐说:"惟先生卓然特立于群圣人绝响之后,亲承洙泗道统之传,二程先生受业者也。先儒拟以颜、孟,然则舍夫子无以拟先生矣。"⑤认为周敦颐承绪孔子道统,导启二程,他人以为堪比孔门的颜子和孟子,而高斯得则比为宋代的孔子,其评价不可谓不高。真德秀《明道先生书堂记》评价程颢说:"世谓记礼之书,类出汉儒,汉儒之言传者多矣,有及于是者乎!自时厥后,道日晦冥。更千余年,以及我朝,治教休明,风气浓厚,于是始有濂溪周子出焉,独得不传之妙。明道先生程公见而知之,阐幽发微,益明益章。今观遗书所载,先生论学,必以达天德为本;论治,必以行王道为宗。有天德而后可语王道,天人内外,一以贯之,无殊辙也。故先生尝语学者曰:'吾学虽有所受,然天理二字自吾体验而表出之。'呜呼,至哉!此所以上继尧、舜、孔、孟之统绪,而下开万世学者之准的也欤!"⑥此文对明道先生程颢的理学地位评价甚高。黄幹《南康军新修白鹿书院记》评价朱熹说:"周衰道晦,且千余载。周程夫子始得孔孟不传之绪,未及百年,

---

① 高斯得:《公安南阳二书院记》,影印文渊阁四库全书本。
② 曾枣庄、刘琳主编:《全宋文》,上海辞书出版社、安徽教育出版社2006年版,第23卷,第1册,第421页。
③ 袁甫:《蒙斋集》卷十三,丛书集成本。
④ 黄幹《南康军新修白鹿书院记》曰:"周衰道晦,且千余载。周程夫子始得孔孟不传之绪,未及百年,大义乖矣。……今侯亦招致尝从学先生而通其说者,使长其事讲授焉,所望于诸生岂浅哉。"《全宋文》第6557卷,第393册,第393页。
⑤ 高斯得:《耻堂存稿》卷四,影印文渊阁四库全书本。
⑥ 真德秀:《明道先生书堂记》,《西山文集》卷二十四,影印文渊阁四库全书本。

大义乖矣。先生洞究其道,而推其所未发。"指出朱熹对于孔孟周程之学的继承与发扬。以上是相关书院记中对周程朱子学派统绪承传作用的高度肯定。

陆九渊的心学学派同样存在统绪承传问题。文及翁的《慈湖书院记》高度评价慈湖先生杨简的心学地位及贡献。杨简在太学求学期间,晏坐反观,思索悟道,而未能达洞明之境。"及见象山陆文安公,发本心之问,举扇讼是非以对,忽省此心之清明,忽省此心之无始末,忽省此心之无所不通",达到了一个新的悟道境界。故而此文开篇即谓:"慈湖杨文元公之学,心学也。学孰为大?心为大。……心之本体也,太极此心也,皇极此心也,尧兢兢此心也,舜业业此心也,禹孜孜此心也,汤栗栗此心也,文王翼翼此心也,武王无贰此心也,周公无逸此心也,孔子孟子操则存此心也,曾子子思谨其独此心也。《易》说心,《书》传心,《礼》制心,《乐》治心,《诗》声心,《春秋》诛心,故其帝所以为帝,王所以为王,圣贤所以为圣贤,焉有心外置学乎?"这段话把儒家道统都归之于心学,杨简是心学的传承者,其道学地位自然很高。

中唐韩愈在理学史上是一位贡献突出的特殊人物,他虽然没有多少富有建设性的理学思想,但他对于儒家道统在中唐时期的恢复和发扬起到了积极的鼓吹宣传作用,故而宋代理学家对其评价颇高。林希逸的《潮州重修韩山书院记》评价韩愈说:"今潮人之所师者,文公也,而况游泳于斯,日瞻遗像,其可不知所敬慕乎?慕之云何?是必曰起八代之衰者文矣,济一世之溺者道矣,疏犯人主之怒者忠,语折三军之帅者勇,挹衡山之灵而云雾去之,恶鳄鱼之暴而风雷驱之,是固公之可传可敬者,抑所谓浩然而独存者果何物哉?状公之本末莫妙于坡仙一记,吾侪必以是思之。"[1]文中援引苏轼《潮州韩文公庙碑》的观点,对韩愈的儒学贡献及生平事迹做了高度评价。

三、书院记中的教育思想所蕴含的理学因子

无论官办还是私办,宋代书院作为教育机构的基本功能毋庸置疑。书院记中所涉及的有关教育的内容大致包括:第一,书院教育的目标;第二,书院中德育教育的理念。而这二者都浸润着理学思想。

第一,书院教育目标的理学化。

宋代书院教育的目标具有较为明显的阶段性特征。北宋初期,书院之设是为了弥补官学教育的不足。赵宋立国以来,提倡以儒治国,帝王身体力行,重视读书。宋太宗在百忙之中坚持读书,主张"开卷有益"。宋真宗为了鼓励读书,亲自作有《劝学诗》[2]。朝野上下的读书风气甚浓。然而官学数量有限,不能满足百姓读书需求。故北宋初的书院之设,首先是为士子们提供了一个安心读书的场所,如王禹偁《潭州岳麓山书院记》中所云:"使里人有必葺之志,学者无将落之忧。"王禹偁此记文作于真宗咸平三年(1000),其时距赵宋立国已过四秩,士人对读书场所的需求还是很大的。

由于宋初书院之设具有弥补官学数量不足的作用,故这些书院在教学内容上与官学基

---

[1] 林希逸:《竹溪鬳斋十一稿续集》卷十一,影印文渊阁四库全书本。
[2] 此《劝学诗》是否出自真宗御笔,学界尚有争论。这里姑且取其一说,暂归之于真宗名下。

本保持一致,也服务于科举应试的目的。杨亿《南康军建昌县义居洪氏雷塘书院记》中述及书院建成后,教育效果很好,生徒中举之人有十多人。有学者指出,北宋前期的书院教育内容较之于官学教育内容,更适合科举考试,文人士子因此很愿意进入书院读书。① 范仲淹在《南京书院题名记》中谈到人才的培养,指出书院人才是多元化的,有不同层级和用途,有可为朝廷卿大夫的,有可为乡塾先生的等。而"二十年间相继登科"的生徒,则是书院的骄傲,足以名刊金石,为后学之模范。此文作于仁宗天圣六年(1028),其时书院的人才培养与科举制度保持着高度的同步性。但南京书院"讲议乎经,咏思乎文"的以经、文为主要教学内容,以及"经以明道""文以通理"的教学目标,又与理学密切契合。

石介的《泰山书院记》则展示出北宋书院教育目标的另一面。石介在文中高度肯定泰山先生孙复"亦以其道授弟子,既授之弟子,亦将传之于书,将使其书大行,其道大耀"。此文作于仁宗康定元年(1040),其时赵宋经过几十年的休养生息,经济发展,文化昌明,理学先驱们不遗余力弘扬道统,泰山书院之设顺应了这股潮流,故石介在书院记中大肆褒奖孙复之功,将其视为承绪韩愈的贤人。书院的理学色彩加浓,书院记也渗入了理学的意味。

南宋时期的书院实现了和理学的一体化,其书院建设目标中对道统和义理的强调日益突出。张栻《潭州重修岳麓书院记》云:"侯之为是举也,岂将使子群居佚潭,但为决科利禄计乎? 抑岂使子习为言语文词之工而已乎? 盖欲成就人才,以传斯道而济斯民也。"意谓书院之设乃为传道济民而非科名利禄。

南宋时期的书院记中,以"明道""传道"为书院教育目标的阐说比比可见。袁甫《重修白鹿洞书院记》说自己"建象山书院于贵溪,兴白鹿书院于庐阜,岂徒然哉,正欲力辨道谊功利,使士心不昧所趋,以庶几实有益于国家耳"。其《象山书院记》亦云:"甫窃叹世降佑敝,学失师传,梏章句者自谓质实,溺空虚者自诡高明,二者交病而道愈晦。书院之建,为明道也。"袁燮《东湖书院记》中说:"虽然,君子之学,岂徒屑屑于记诵之末者,固将求斯道焉。何谓道? 曰:吾心是也。……儒者相与讲习,有志于斯,以养其心、立其身,而宏大其器业。斯馆之作,固有望于斯也。"对书院的传道功能寄予厚望。以上种种,表明南宋书院的道学气日益浓厚,其学术色彩更加明显,而与科举及政治的关系则逐渐远离。

第二,书院德育教育与宋代理学家以德治国理念的高度契合。

宋代书院教育对德育的重视,基于两方面因素:首先,宋代官学对于道德教育的漠视;其次,理学家以德治国的理念。

首先,宋代官学对于德育教育的漠视。宋代官学的性质,决定了他们必然要服务于国家机器的统治需要,因此,官学士子基本上就是官吏的储备军,官学教育服务科举的意图非常明确。由于一味强调科举应试教育,官学弊端日益严重。朱熹在《学校贡举私议》一文中指出科举应试教育导致学风败坏:"治经者不复读经之本文与先儒之传注,但取近时科举中选之文,讽诵摹仿,择取经中可为题目之句,以意扭捏,妄作主张。"② 科举教育的大棒下,士子沦落为应试机器,急功近利,研习儒家经典不务深意,只求科场之胜。在这样的教育制度下,即便学子从科场中胜出,也不过是在应考方面比他人略擅胜场而已。惟功名是图的教

---

① 参阅李兵《书院与科举关系研究》,华中师范大学出版社 2005 年版,第 42 页。
② 朱熹著,尹波、郭齐点校:《朱熹集》,四川教育出版社 1996 年版,第 6 册,第 3633 页。

育，使得举子目光短浅，利禄熏心，步入社会后，其做人做事令人担忧。事实证明，宋代急功近利的应举教育的确带来了不良的社会风气。宋末文天祥针对当时情形，不无忧虑地指出，应举教育制度下培养出的奔竞利禄之徒，步入仕途后，必然也是汲汲于功名利禄，对国家社稷毫无益处。① 这是因教育不当导致的士风和世风的堕败，也有力地反证了德育教育的必要性和重要性。

其次，理学家以德治国的理念。宋统治者立国伊始，就重视尊儒读经，力图通过恢复和弘扬儒家道统，建立与新政权相适应的道德伦理规范。经过宋初三先生、北宋五子等人的相继努力，北宋理学家在这方面已经作出了很大的贡献，也渗透到书院教育之中，如孙复在泰山书院中就着重"以其道授弟子"②。南渡以后，理学家参与书院建设越来越普遍，在书院教育中强调德育就是情理之中的事。朱熹说："古先圣所以制御夷狄之道，其本不在乎威强而在乎德业，其任不在乎边境而在于朝廷，其具不在乎兵食而在乎纪纲，盖决然矣。"③因此，在《白鹿洞书院学规》中，他明确说道："熹窃观古昔圣贤所以教人为学之意，莫非使之讲明义理以修其身，然后推己及人，非徒欲其务记览为词章，以钓声名利禄而已。"就连以诗文著称的杨万里也说："若夫学文者，孝悌之余力也；修辞者，立诚之宅里也。"④

那么，宋代理学家在书院记中所呼吁的道德教育具体内容是什么呢？不同学派的理学家理解有所不同。张栻在《潭州重修岳麓书院记》中说："是以二帝三王之政，莫不以教化为先务。至于孔子，述作大备，遂启万世无穷之传。其传果何欤？曰仁也。仁，人心也，率性立命，知天下而宰万物者也。"他把"仁"当作德育教化的主要内容。陆九渊心学则把"心"看作德育教育的根本："学孰为大？心为大。心之精神是谓圣。……故其帝所以为帝，王所以为王，圣贤所以为圣贤，焉有心外之学乎？"⑤无论学派为何，德业修为的具体途径为何，培养生徒良好的品德都是南宋书院不二的目标。否则，就像袁甫《番江书堂记》所说的："然则群居书院，相与切磨，亦求其所以为人者如何耳？在家庭则孝友，处乡党则信睦，莅官则坚公廉之操，立朝则崇正直之风。果若是，奚必问其自白鹿乎？自象山乎？不然，饱读旧书，熟习遗训，孝友信睦，公廉正直，一有愧怍，自白鹿，则白鹿之羞也；自象山，则象山之玷也。可不惧哉！"⑥

如前所述，理学大师们一方面并不反对科举制度，一方面大力提倡德育教育，如何在书院教育中取舍二者或者平衡二者？理学家们给出的建议是——德业与举业并重，而以德业为举业之根基。朱熹说："若高见远识之士，读圣贤之书，据吾所见而为文以应之，得失利害之度外，虽日日应举，亦不累也。""熹窃观古昔圣贤所以教人为学之意，莫非使之讲明义理以修其身，然后推以及人。非徒欲其务记览为词章，以钓声名利禄而已也。"把德业修习当作首要任务，兼及举业，不仅不废举业，而且会收到德业举业并兴的效果。他还认为，德业之修需要花费大气力才能达到，而举业则相对容易，合理分配时间精力于二者非常重要：

---

① 文天祥：《对策·御试策一道》，《文天祥全集》卷三，中国书店1985年版，第48页。
② 石介：《泰山书院记》，《徂徕集》卷十九，影印文渊阁四库全书本。
③ 朱熹著，尹波、郭齐点校，《朱熹集》，四川教育出版社1996年版，第6册，第3894页。
④ 杨万里：《秀溪书院记》，《诚斋集》卷七十七，影印文渊阁四库全书本。
⑤ 文及翁：《慈湖书院记》，浙江《延祐四明志》卷十四，清咸丰四年刊本。
⑥ 《番江书堂记》，《蒙斋集》卷十四，丛书集成本。

"士人先要分别科举与读书两件,孰轻孰重。若读书上有七分志,科举上有三分,犹自可;若科举七分,读书三分,将来必被他胜却,况此志全是科举!"①

四、特殊的书院记中对原始儒家用世精神的复归

南宋后期,蒙古军事力量对南宋朝廷的威胁日甚一日,就连书院这样的教育机构也不免受到冲击和影响。"文变染乎世情,兴废系乎时序"②。南宋后期的书院记也反映出这种时代气脉变化。

理宗端平元年(1234)正月,南宋联合蒙古军事力量攻灭了金朝。端平二年,蒙古大汗窝阔台南下征宋,从此拉开了蒙宋战争的序幕。川蜀地区是蒙古军队和南宋的战争前线,兵燹之祸尤甚。川蜀文人亦因此流离出峡,寄寓在荆襄一带者甚多。制置使孟珙在指挥宋军对蒙古军事力量的战斗之余,在湖北公安和武昌分别建立公安书院、南阳书院,以蓄纳流离的川蜀士人读书修业。高斯得《公安南阳二书院记》专为此而作,文中记述道:"自吾有兵难,襄、蜀之人十九血于虎口,其幸而免者,率聚于荆鄂之间,四民皆穷,而士为甚。故制置使少保孟公珙肃矜之,各即其所聚,而筑室以教育焉。在公安者即名曰公安书院,实维寇祠旧址。在武昌者曰南阳书院,则取武侯躬耕之地以名。公安以馆蜀产,南阳以舍襄人。"李曾伯的《公安竹林书院记》则专记公安书院事,亦称述孟珙创设书院之缘由道:"蜀自端平中两罹兵难,士之流离出峡者,荆州实繁。淳祐二年,制置大使孟公珙闵其无以教养,不以武备废文事,因僚属袁渐、袁鼎东、史子犟请,聚精舍而量试之,与补弟子员,度地于公安邑东,辟书院,取莱公竹遗迹,扁曰竹林,置田拨钱以给廪用,既而仿四书院,乞赐额于朝。六年夏,上亲洒宸翰,赐名公安书院。"李曾伯文对竹林书院的建造始末记述甚详,高度称颂孟珙"不以武备废文事"的远见卓识。竹林书院虽然创建于忧患之中,却十分规范,在士人心目中赢得"视中州学校有加焉"的评价。

特殊年代的书院,既因特殊原因为特殊人群所设立,其书院教育的目标也自有其特殊之处。公安竹林书院和南阳书院为收纳落难士子而设,其书院的教育目标因材施教,既强调自我涵养修习,也强调士子的现实关注情怀。诚如高斯得所言,两书院之设,"非徒以养其口体而脱其死亡,亦所以养其恒心而纳诸君子也"③。故他在书院记中希望诸学子"反观内照,常心复存,而无愧于士之名,乃为不失建学之意"。李曾伯在《公安竹林书院记》中也寄语书院诸生"心莱公之心,毋安竹林,毋忘石室"。既克己复礼,涵养自我,又心系天下,关怀民瘼,是这两篇书院记共同强调的书院生徒应该具备的素质和能力。"处而为雍参,出而为伊傅"④,居家则像孔孟圣贤一样淡泊居静,出仕则像辅弼之臣一样谋事庙堂,将独善其身和兼济天下的穷通之道,视作"皆仁者、静者之能事",统一于一人之身,是国家用人之时的现实需求在书院教育目标上的直接体现。汀州卧龙书院"刻诸葛忠武侯遗像于其间,图八

---

① 黎靖德编,王星贤点校:《朱子语类》卷十三《学七·力行》,中华书局1986年版,第243页。
② 刘勰著,周振甫注:《文心雕龙》,人民文学出版社1981年版,第479页。
③ 高斯得:《公安南阳二书院记》,影印文渊阁四库全书本。
④ 家铉翁:《道山书院记》,影印文渊阁四库全书本。

阵奇正之势,书'王业不偏安,汉贼不两立'语于左右壁,而朝夕瞻敬,以寓愿学思齐之意"①的做法,则把书院当成了警示民族大恨、砥砺士子奋发图强的场所。这与宋代书院的传统精神甚不相侔,却反映出面临国家民族危难之时,文人士子应该具有的淑世精神,是儒家用世理念在特殊时期的书院教育中的深刻展现。另外,宋室南渡以后,还专门设立书院以教育宗室子弟,其"择老成之士训以经史"的教学内容以及"人知为善之乐,以荡陵德者鲜矣"②的教学效果,均能看出这类书院教育中的理学印痕及现实关怀精神。

五、宋代理学在书院记写作中的呈现模式

记体文始于唐,盛于宋。唐代记体文擅叙事,宋代记体文擅议论。然此不同并非泾渭。唐代记体文亦有涉议论者,宋代记体文亦有兼叙事者。综观两宋书院记,其在写法上形成一定的模式,或以议论起笔,或以叙事开篇,叙议结合,卒成完篇。理学在其中的呈现,亦有不同的形态。

1. 先叙写书院后阐说理学

这类书院记首先记述书院建设始末,然后在此基础上申发议论。或以叙述为主,议论为辅;或以议论为主,叙述为辅。张栻《潭州重修岳麓书院记》、赵与泺《岱山书院记》等叙述简洁,议论充沛。叶适《石洞书院记》、文天祥《赣州兴国县安湖书院记》等叙述详赡,议论精粹。这些都是宋代书院记中的名篇。

为了避免叙述笔墨的单调,宋代书院记有的会采取一些灵活多样的手法。如吕祖谦《白鹿洞书院记》开篇借朱熹之语交代白鹿洞书院的来由、在宋代的兴废以及淳熙八年的重修,较之客观的叙述更为真实亲切。接着由此引申,叙述儒学从宋初到当下的发展嬗变,犹如一篇简短的宋代儒学兴衰史,最后以凝练的文字小议书院建设的重要性。李韶的《南溪书院记》则以县令李修的信札叙述他倡导监修南溪书院的缘由和经过,然后以作者口吻议论之,形式稍显活泼。朱熹的《明道先生书院记》采用同样笔法。周必大《太和县龙洲书院记》的议论之笔则采用问答形式,以减少议论文字的板滞凝重。

2. 先阐说理学后叙写书院

这类书院记开篇即是议论笔墨。议论文字或集中谈论教育的意义,或阐说书院建设的必要性。王应麟《广平书院记》讨论兴学传统;楼钥《建宁府紫芝书院记》讲述兴建书院的重要性;高斯得《宝庆府濂溪书堂记》赞颂周敦颐的学术及理学地位;王应麟《慈湖书院记》大谈心学思想等。议论之后,接以叙述文字,交代书院建设情形。

3. 叙写书院与阐说理学有机结合的基本模式

如前所述,宋代书院记形成了叙事与议论相结合的基本模式。叙事与议论无论孰先孰后,书院记的基本内容都是相同的。叙事者,主要交代书院修建的缘起、经过等内容;议论者,主要就书院的功能及必要性申发开去。叙议结合,构成书院记的完整内容。

在具体的书院记写作中,作者往往在叙议结合的基本框架下灵活变通,使得书院记不

---

① 陈元晋:《汀州卧龙书院记》,影印文渊阁四库全书本。
② 周必大:《筠州乐善书院记》,《文忠集》卷六十,影印文渊阁四库全书本。

至于总是一副单调的面孔。陈傅良《潭州重修岳麓书院记》采取叙述—议论—叙述的方式。记文开篇记述朱洞修建岳麓书院事以及书院在当时发挥的积极的教化作用；其次就书院渊源及建设目的稍作阐说；最后记述乾道元年书院重建事。叙—议—叙的结合运用，清楚地交代了书院的历史沿革、教育意义及重建必要性。王应麟《慈湖书院记》则采用议论—叙事—议论相结合的模式。记文开篇曰："古者乡有庠，党有序，闾有塾，里居有父师少师之教，是以道德一而礼义明。书院之设，意犹近古，睢阳、白鹿为称首。若周、程、朱、吕治教之地，文献尤盛，天典民彝之统纪，赖以不坠。"以简洁之笔高度概括书院的历史传承和教育功能。接着，记述慈湖先生杨简修建慈湖书院事。最后，就杨简的道学修习功夫大加赞誉，发出"得心学之传，必有人焉"的议论。

宋代也有一些写法上比较特殊的书院记。石介的《泰山书院记》记述泰山先生孙复修建书院教化子弟的道学贡献，除"乃于泰山之阳起学舍斋堂，聚先圣之书满屋，与群弟子而居之"数句外，其余全部以议论文字高度评价孙复传承道学的功绩，通篇记文几乎是纯议论笔墨，把宋代记体文好议论的特点发挥到极致。陆游的《桥南书院记》记述徐载叔卜居桥南修建书院读书治学、教化生徒之事，纯是叙述笔墨，写法上是对记体文以叙事为主的传统的回归。《泰山书院记》作于北宋前期，《桥南书院记》作于南宋中期，说明宋代记体文的写作，文体的时代性流变并无明显的规律可循，倒是作者的个性化特征更多一些。

4. 实用和审美俱佳的书院记名篇

书院记是一种实用性文体，纪事乃其基本功能，故以明晰畅达为要求，文学审美不是其追求的主要目标。即便如此，宋代书院记也有一些比较精彩的文字，实现了记体文实用和审美的双赢。王应麟《慈湖书院记》叙述慈湖书院的兴建过程曰："相攸先生旧宅，熙光故址，爰启我龟，鸠工庀材，经之营之，礼殿崇崇，祠宇奕奕，敷经之席，肄业之舍，规格视昔，不愆于素。"描述师生的书院生活曰："侁侁衿佩，游于斯，习于斯，如咏舞雩之风，如升阙里之堂，闻金石丝竹之音，莫不油然而乐，跃如而悟。咸曰：自堂徂基，轮奂新矣，陟降庭止，惠我光明，盍亦勉新德而进新知。"以骈语行文，文字精练，抑扬顿挫，富整饬之美。袁燮《东湖书院记》描述东湖书院的幽雅环境："长堤回环，柳荫四合，水光照耀，芙蕖舒红，烂如云锦，重之以古木森列飞梁之外，佳致无穷。此固拔俗之士所欲藏修息游于其间者。"其景色之优美，引人向往。叶适《石洞书院记》描述郭钦止兴建书院的过程说：

东阳郭君钦止，作书院于石洞之下。石洞，郭氏名山也。初，洞深复无行径，薪者给采而已。君始以意疏治，益前，阻崖壁，众不知所为，欲止。君逼视其罅，遥闻水声出空中，曰："嘻！是也。"盖凿崖百步，梯级而后进，土开谷明，俄若异境。稍复深入，臻于旷平，则石之高翔俯踞，而竹坚木瘦皆衣被于其上；水之飞湍瀑流，而蕉红蒲绿皆浸灌于其下。潭涧之洼衍，阿岭之嵌突，以亭以宇，可钓可弈，巧智所欲集，皆不谋而先成。君又荫茂密以崇其幽，植芳妍以绚其阳，左右面势，彼此回薄，而山之向背曲折，阴晴早暮，姿态备矣。君甚乐之，以为山水之美，千载而潜，譬犹赵璧、随珠，璞于外而韫于中，其一日忽彰，何异武陵、天台显于今而閟于昔也！既而叹曰："吾寒生也，地之偶出于吾庐，非赐余者，吾其可自泰而游！将使子孙勤而学于斯，学其可以专，盍使乡里之秀并焉！"于是度为书院。

这段文字，笔墨生动，绘声绘色。石洞之曲径通幽、豁然开朗，仿佛陶渊明笔下的世外桃源。而发现石洞的过程描写，又令人联想到苏轼的《石钟山记》。文章景致描摹细腻，人物语言传神，空间描述清晰，色彩画面鲜明。骈散结合、文辞优美的表达形式和跌宕起伏的情感意绪，使得有可能枯燥单调的事件叙述，变成了令人心旷神怡、赏心悦目的美文欣赏。

不惟书院记的叙述文字可以文采斐然，有些书院记的议论笔墨也气势充沛，文理兼备。赵与洬《岱山书院记》在记述岱山书院的修建过程后，以排比句式申述学道书院的重要性说："矧高堂大宇，明窗净几，良朋益友，切思丽泽云乎。道尊而人知，德盛而人不悔，吾德行海岱也；师友渊源，汪洋大肆，吾学问海岱也；事业日已彰，声名日以起，吾声誉海岱也；有舍生而取义，虽颓高岱不吾压，吾节义海岱也。"又以反问语气肯定书院读书的效果说："若希孔孟之徒，苟能效石鼓、白鹿、岳麓、武夷之成规，纵未能孔孟伊周，宁不朱张吕韩乎？纵未能朱张吕韩，宁不徐魏朱许乎？"最后再以排比句式和递进语句，张扬书院学习的重要意义："若夫充石鼓扩充之善，固白鹿淳固悫实之风，率岳麓天地合德之神，宏武夷学行其乡、善其徒之学，则充其徐魏朱许者，可以朱张吕韩矣；充其朱张吕韩者，可以孔孟伊周矣。"①这段文势丰沛、颇为讲究的文字，既阐述观点、讲明道理，同时富含打动人心的情感力量。

六、结　语

宋代是书院繁荣兴盛时期，书院记是宋代记体文中的新品种。书院的设立及建设与理学呈现出日益紧密的联系，书院记中也烙下明显的理学印痕。从理学视角审视宋代书院记的创作，对于深刻理解宋代理学的发展状态以及宋代书院记的写作特征，都有着重要的意义，值得关注和探究。

---

① 赵与洬：《岱山书院记》，《全宋文》卷八二五三，第356册，第297页。

论两宋理学家"清淡"审美理想及其诗歌呈现问题

王培友*

摘 要：宋代"清淡"及其相关话语的诗学呈现问题，受到深刻复杂的历史文化因素和时代文化环境因素的影响。历史文化传统、理学传统与宋代诗学传统，互相交融而汇成了理学家的这一重要审美理想。两宋理学家崇尚"清淡"以及在诗歌创作和诗学评价中所体现出来的"清淡"风格追求，是理学家诗人"德音清和"德性境界体认与其诗歌"清淡"创作自觉相融合的产物。理学家的"清淡"审美理想，对于理学诗的风格、面貌等特质的生成，产生了重要影响。

关键词：宋代；理学诗；清淡；德性境界

两宋理学家在其理学著作及诗文作品中，常常使用"清"、"淡"、"清淡"、"清和"、"淡雅"等话语。从其理学著作来看，他们往往以"静坐"、"求静"、"寡欲"等方式来求得心性的"淡然"，以实现其"明理"、"求道"等存养追求。从其诗学实践而言，理学家常常使用"清淡"、"淡雅"、"清和"等话语来对宋前及宋代诗人诗文作品加以评论。而从其诗歌作品来看，宋代不少理学家的诗歌作品也呈现出"闲适"、"平淡"等风格。这种情况表明，两宋理学家在其心性道德实践和诗歌创作实践中似乎有较为自觉的"清淡"思想认同存在。从理学家的理学实践而言，这一思想认同因有实践主体的道德践行和察识等参于其中，故而具备实践性、伦理性和功用性等特征。而从理学家的诗歌创作实践而言，因为创作主体藉以表达了自觉的审美情趣和审美指向，故而具备了情感性、审美性和体验性等特性。可见，"清淡"审美理想具备横跨理学、诗学的特性。

就已有研究成果看，除了寥寥数篇论文注意到理学家尚"淡"、"平淡"等之外，尚未有对理学家"清淡"审美理想及其诗歌呈现问题进行专题研究的论文。因此，本文打算对理学家"清淡"审美理想的理论元点、发展历程及诗歌呈现等进行探讨，兼及玄言诗与理学诗的隔代相承、宋代文人诗尚"平淡"诗美对于理学诗人的影响等。

---

* 作者简介：王培友，曲阜师范大学孔子文化研究院教授、北京语言大学人文社会科学部教授，主要研究方向为宋明理学与诗学关系研究、历代理学文论研究等。本文系国家社科基金项目"两宋理学诗研究"（13BZW065）阶段性成果。

一、"清淡"话语的生成条件及其文化因素

"清淡"及其相关话语,是中国文化史上较为复杂的语言现象,其背后有着深刻复杂的生成环境因素和文化因素。两宋理学家之"清淡"审美理想,除了与前有所不同之外,也具备了自身的某些重要特质。为了便于对理学家之"清淡"审美理想有更为准确的认识,有必要对"清淡"话语的生成环境及文化因素予以简要叙述,并对宋前"清淡"话语的演进历程有所交代。

先来看"清"、"淡"审美思想的理论发生元点。广为后世所重视的"清淡"话语,其元初状态应是"清"、"淡"两词。比较来看,"清"较之"淡"似乎产生时间更早。"清"的思想观念,可能源自"水原说"。从目前已有的研究成果来看,郭店楚简《老子》有"太一生水"章,已经有了比较自觉的宇宙生成论,庞朴先生研究成果已经为很多学者所接受。① 而战国稷下学派《管子·水地》亦有把水视作万物本源的说法:"水者何也?万物之本源也,诸生之宗室也,美恶贤不肖愚俊之所产也。"②李学勤先生认为,此中包含着"水原说"的思想。从先秦诸子学说来看,"水原说"是普遍被推崇的思想。如《老子》亦云:"上善若水,水利万物又不争。"③《庄子·天下》亦引关尹之说云:"在己无居,形物自著,其动若水,其静若镜,其应若响,芴乎若忘,寂乎若清。"④这里,"其动若水"与"寂乎若清"都用来说明"古之有道术者有在于是者"的"得道"气象。而作为万物本源的"水",其外在的表现形式,则在"其静若镜"、"其应若响"等水之"用"中得到呈现。从关尹学派、老庄等以水为喻的用法来看,"水"之"性"颇与"道"之"体"相同。由此,"其静若镜"负载着先民的"水镜"意识。⑤ 而《老子》的"玄鉴"分明与"水镜"意识密切相关。值得注意的是,《庄子》发挥了老子的"玄鉴"而以之为"圣人之心"观照万物的方法:"圣人之心,静乎天地之鉴,万物之镜也。"⑥其《庄子·应帝王》则云:"圣人之用心若镜。"⑦韩经太先生据此认为,这里,"'用心若镜'观的形成过程,既是'水镜'经验的哲学化过程,也是'其静若镜'之'水原'意象的人格化过程,……'涤除玄览'的主体修养是与'照物明白'的客观目的相统一的,而两者赖以同构的基础正是'静'而'清'的境界。"从而,"中国传统的艺术哲学,因此就有了一种集创作论、鉴赏论、风格论于一体的'清'美阐释系统,而其相关思维之聚焦点,正在于清水明镜的文化意象'原型'。"⑧韩经太先生以令人信服的严密论证,说明了"清"美的文化"原型"问题,其观点是正确的。

同样,"淡"也与"水原"、"水镜"等相关。《庄子·天道》云:"水静则明烛须眉,平中准,大匠取法焉。水静犹明,而况精神!圣人之心静乎!天地之鉴也,万物之镜也。夫虚静、恬

---

① 庞朴:《"太一生水"论》,《郭店简与儒学研究》,辽宁教育出版社2000年版。
② 黎翔凤撰,梁运华整理:《管子校注》,中华书局2004年版,第831页。
③ 沙少海、徐子宏译注:《老子全译》,中华书局1983年版,第12页。
④ 陈鼓应:《庄子今注今译》,中华书局1983年版,第935页。
⑤ 韩经太:《清淡美论辨析》,百花洲文艺出版社2005年版,第5页。
⑥ 陈鼓应:《庄子今注今译》,中华书局1983年版,第364页。
⑦ 陈鼓应:《庄子今注今译》,中华书局1983年版,第248页。
⑧ 韩经太:《清淡美论辨析》,百花洲文艺出版社2005年版,第6—7页。

淡、寂漠、无为者,天地之平而道德之至,故帝王圣人休焉。"①这里,庄子提及"圣人之心"法"水"而如"镜",故其心表征为"虚静、恬淡、寂漠、无为"等。这里,"淡"是圣人藉以把握"道"体的规定性要求,换而言之,"淡"即是实践主体实现对道体把握的规定性条件。故《老子》亦云:"执大象,天下往。往而不害,安平太。乐与饵,过客止。道之出口,淡乎其无味,视之不足见,听之不足闻,用之不足既。"②显然,这里以"淡"来形容"道"的特征。从"道"的特征和规定性来讲,"道"当然是依靠实践主体才能感受和把握的,由此,"淡"就成为得道者的重要外在气象之表现。而由"淡"入手求道,无疑是重要的得道门径。故《庄子·应帝王》无名人回答天根问治理天下之法时回答说:"汝游心于淡,合气于漠,顺物自然而无容私焉,而天下治矣。"③这里,"游心于淡"自然是洞悉、把握了"道"的外显性特质,以道而行,当然治理天下并不是什么难事。类似的用法,也见于《礼记·缁衣》。文中记载孔子之言曰:"故君子之接如水,小人之接如醴。君子淡以成,小人甘以坏。"④这里的"淡"与《庄子·应帝王》之"游心于淡"用法相同,均是实践主体实现得道境界的途径或者方法。

从"清"、"淡"相联系生成"清淡"的路径及以"清淡"美论文、论诗的文献记载来看,"清"、"淡"两个话语相连而形成"清淡"审美理想,经历了比较长的历史进程。"清淡"一词,在裴注《三国志·魏书十三》已经出现,华歆之长子华表"性清淡,常虑天下退理"⑤。而《南史·卷三十一》亦记:"宋明帝每见(张)绪,辄叹其清淡。"⑥显然,此两处之"清淡"均指人物不热衷于功名、清净自守的处世持身态度。可见,"清淡"最早的用法,指的是人物的生活态度以及由此决定了的性格行为方式。以"清"、"淡"等论文论诗,在《文心雕龙》等文论著作中已有应用。《文心雕龙·时序》有云:"于时正始余风,篇体轻澹,而嵇阮应缪,并驰文路矣。……然晋虽不文,人才实盛,茂先摇笔而散珠,太冲动墨而横锦,岳湛曜联璧之华,机云标二俊之采,应傅三张之徒,孙挚成公之属,并结藻清英,流韵绮靡,……简文勃兴,渊乎清峻,微言精理,函满玄席,淡思浓采,时洒文囿。"⑦这里提到"正始余风,篇体轻澹"是就彼时文坛总体风尚而言的。而在《文心雕龙·明诗》中,刘勰又云:"正始明道,诗杂仙心,何晏之徒,率多浮浅,唯嵇志清峻,阮旨遥深,故能标焉。若乃应璩《百一》,独立不惧,辞谲义贞,亦魏之遗直也。"⑧提及嵇康之诗"清峻"、阮籍之诗"遥深"、应璩《百一》诗"辞谲义贞",那么,按照刘勰的判断,"轻淡"当包括"清峻"、"遥深"、"辞谲义贞"等诗歌风格。而按照字面来说,"轻淡"当与"清峻"等不可能一致。可能的解释,正如韩经太先生所云:"阮籍已经将天人之理合于自然之道,并且以'太一朴素'为之理念表述,故"'轻淡'乃有'轻淡之思'的意蕴,而'清英'应是'绮语'、'清省'"的结合,也就是'清绮'"。故而,"我们可以很自然地组成'清

---

① 陈鼓应:《庄子今注今译》,中华书局1983年版,第364页。
② 沙少海、徐子宏译注:《老子全译》,贵州人民出版社1989年版,第235页。
③ 陈鼓应:《庄子今注今译》,中华书局1983年版,第235页。
④ 李学勤主编:《礼记正义》,北京大学出版社1999年版,第1493页。
⑤ 《三国志·魏书十三》,中华书局1983年版,第406页。
⑥ 李延寿撰:《南史》卷三十一,中华书局1977年版,第808页。
⑦ 范文澜注:《文心雕龙注》,人民文学出版社1958年版,第674页。
⑧ 范文澜注:《文心雕龙注》,人民文学出版社1958年版,第67页。

淡'一词,而余下的'轻绮本身就是当时的流行语'"①。可以说,从《文心雕龙》时代来看,作为文学审美理想的"清淡"美,已经是呼之欲出了。

从文献来看,唐人才开始以"清淡"论诗。尤袤《全唐诗话》记唐人高仲武评钱起诗云:"员外诗体格清奇,理致清淡。粤从登第,挺冠词林。文宗右丞,许以高格,右丞没后,员外为雄。革齐、宋之浮游,削梁、陈之靡曼,迥然独立,莫之与京。"②使用了"清淡"一词来评价钱起诗,这可算是"清淡"美在诗论中的具体应用之例。成书于北宋末期(1123 年)阮阅的《诗话总龟前集·留题门上》,亦评李建中诗歌风格为"作诗清淡"③。但在之前或者同期的诗论中,以"清淡"论诗颇为少见。可见在理学"五子"时代,以"清淡"论诗仍属个别现象。不过,随着两宋理学家登上文化舞台,"清淡"美逐渐成为中国近古时期重要的审美类型,产生了相当大的文化影响。

魏晋玄学"清谈"及玄言诗的"淡乎寡味"可能对"清淡"话语之生成也有重要影响。魏晋时期的"清谈",乃是因应着汉末两次党锢之祸,读书人的谈论由"政治方面转到人物的方面"④。自然,"清谈"所关注于人物品性之时,必然向着有意识地回避现实政治内容转换,由此,抽象的哲理辩论也就成为一种风尚了。对此,汤用彤言及彼时名士谈玄之情形:"虽颇排斥神仙图谶之说,而仍不免本天人感应之义,由物象之盛衰,明人事之隆污。稽察自然之理,符之于政事法度。其所游心,未超于象数。其所研求,常在乎吉凶。"其谈玄方法,乃在于"依寡御众,而归于无极(王弼《易略例·明彖章》);忘象得意,而游于物外(《易略例·明象章》)。于是脱离汉代宇宙之论(Cosmology of Cosmogony)而留恋于存存本本(Ontology of theory of heing)之真"⑤。至于谈玄的内容,无非是合《易》、《老》而言之,其辩论的核心则在于王弼之注《老子》"贵无",向秀、郭象之释《庄子》"崇有"以及裴頠反"虚胜之道"的《崇有》、《贵无》二论。至于谈玄风格,有的以繁缛著称,如支道林"作数千言,才藻新奇,花烂映发"⑥,有的则以简约知名,如乐广"辞约旨达"⑦。言谈的不同风格,当然与其信奉的思想观念有一定联系。在彼时流行的话语之中,"虚胜"、"玄远"、"名理"等,很多时候是彼此通融的。韩经太先生据此认为,值此之际的"清"美范畴,是一个多维意义的辩证统一体,"玄远"、"虚胜"、循名以实、不言、善言亦为"清",才藻丰美等均可为"清",他强调以思辨、论辩来解释"清谈"之"清",恰恰能够揭示出魏晋乃至中古时期表征为"清"、"浊"、"浓"、"淡"之辨识的美思美论的特殊内涵。⑧ 韩先生把"玄远"、"虚胜"等统统认为是"清",恐怕脱离了历史实际。"清谈"表征为"玄远"、"虚胜"等不同的风格,但风格不应是"清"之本质。这一点其实很好理解:事物的属性永远不应是事物本身。自然,魏晋玄学"清谈"之"清",无论从其"体"还是从其"用"而言,都是内涵丰富的历史存在。要而言之,"清谈"之"清"指的离弃世

---

① 韩经太:《清淡美论辨析》,百花洲文艺出版社 2005 年版,第 117 页。
② 何文焕辑:《历代诗话》,中华书局 1981 年版,第 101 页。
③ 周本淳校点:《诗话总龟前集》,人民文学出版社 1987 年版,第 174 页。
④ 刘大杰:《魏晋思想论》,上海古籍出版社 1998 年版,第 157 页。
⑤ 转引自韩经太《清淡美论辨析》,百花洲文艺出版社 2005 年版,第 91 页。
⑥ 徐震堮:《世说新语校笺》,中华书局 1984 年版,第 121 页。
⑦ 徐震堮:《世说新语校笺》,中华书局 1984 年版,第 111 页。
⑧ 转引自韩经太《清淡美论辨析》,百花洲文艺出版社 2005 年版,第 113 页。

俗、无关政治话题，而以谈玄为主要特征的历史存在。至于"清谈"的内容、话语、方法等，可视作"谈"话语体系下涵盖的内容，而不能视为"清"之本身。

玄言诗具有"淡乎寡味"的特征，钟嵘《诗品·序》批评西汉末至东晋初年的玄言诗风格为"淡乎寡味"："永嘉时，贵黄、老，稍尚虚谈。于时篇什，理过其辞，淡乎寡味。爰及江表，微波尚传，孙绰、许询、桓、庾诸公诗，皆平典似《道德论》，建安风力尽矣。"①这里的"淡"是就其"理"而言的，正是玄言之"理"过于诗作之文辞，才被认为是"淡"，其特征乃在于"寡味"。必须注意，钟嵘之"味"指的是强调情感的感染力，强调的是"气之动物，物之感人。摇荡性情，形诸舞咏"，不管是"若乃春风春鸟，秋月秋蝉，夏云暑雨，冬月祁寒，斯四候之感诸诗者"，还是"嘉会寄诗以亲，离群托诗以怨。至于楚臣去境，汉妾辞宫；或骨横朔野，或魂逐飞蓬；或负戈外戍，杀气雄边；塞客衣单，孀闺泪尽；或士有解佩出朝，一去忘反；女有扬蛾入宠，再盼倾国"②，皆因为能够"感荡心灵"，才因此而有陈诗展义、长歌骋情。因此，这里的"味"强调的包含着创作主体的较为强烈的感情在内的主观体验。故而，钟嵘所批评的玄言诗"淡乎寡味"，实质上正指出了玄言诗因为重视言"理"而表现为创作主体情感体验性的相对减弱。同样是对于玄言诗的认识，刘勰却与钟嵘不同。刘勰在《文心雕龙·时序》谈及玄言诗产生的原因："自中朝贵玄，江左称盛，因谈余气，流成文体。是以世极迍邅，而辞意夷泰，诗必柱下之旨归，赋乃漆园之义疏。"③文中指出，玄言诗的成因在于彼时的贵玄风尚、谈玄风气所致。由此，可以推知，玄学家正因为推重"清"，而表征为玄言诗的"淡"。这一推理，可在刘勰《文心雕龙·时序》中得到验证："简文勃兴，渊乎清峻，微言精理，函满玄席，淡思浓采，时洒文囿。"④"言理"、"谈玄"才表征为诗文的"淡思浓采"风格。亦由此可见，刘勰对"简文勃兴"之际玄言精理的"淡思"、"夷泰"等风格，均表达了肯定、赞赏之意。从上述钟嵘、刘勰对于玄言诗的评价来看，玄言诗正是因为重视言理而降低了创作主体的情感体验或表达的强烈程度，因此被钟嵘批评为"寡味"，却被刘勰认为"淡思"、"夷泰"而受到肯定。由此可知，百多年来，大多数文学史都以钟嵘的认识为基础而贬低玄言诗，实际上是基于现代意义上的"文学"、"诗歌"等文体认知而有意识地选择的结果。

魏晋玄学、宋代理学的学理相通性，也可能对玄言诗、理学诗的"隔代相承"问题有一定助力。魏晋玄学的理论重点是会通儒、道。王弼、何晏等人，既有以道释儒的著作，亦把儒家的伦理纲常等名教思想，纳入以"自然"为纲领的天人关系探讨中。因此，《世说新语》才把"德行"、"言语"、"政事"、"文学"等孔门四教放在三十六门类之前列。何晏因"老子非圣人，绝礼弃学"而转从"道"去看待孔、老的相容相通，提出了"圣人无喜怒哀乐"说，为钟会等接受⑤，又认为圣人"述古而不自作，处群萃而不自异，惟道是从，故不有其身"⑥。这样，就把道、儒之同归纳到"道"上。而何晏等人又把"水鉴"、"水镜"、"玄览"等视作道家与儒家共同尊奉的基本求"道"方法来看待。如何晏所提到的"圣人无情"，即为修心如镜，不为外物所

---

① 何文焕辑：《历代诗话》，中华书局1981年版，第2页。
② 何文焕辑：《历代诗话》，中华书局1981年版，第3页。
③ 范文澜注：《文心雕龙注》，人民文学出版社1958年版，第675页。
④ 范文澜注：《文心雕龙注》，人民文学出版社1958年版，第676页。
⑤ 《三国志》卷二十八《魏书·钟会传》注引，中华书局1964年版，第795页。
⑥ 何晏：《论语集解义疏·子罕注》，上海古籍出版社景印《文渊阁四库全书》本，第195册，第397页。

累。值得注意的是,何晏对于"性与天道"问题也提出了自己的观点:"性者,人之所受以生也;天道者,元亨日新之道,深微,故不可得而闻也。"①何晏所言"性"与"天道"之关系问题,正是宋代理学家周敦颐、邵雍、程颐、张载、张栻、朱熹等重点关注的理学重大问题。而何晏以"镜"为喻,所谈的修养心性的方法,亦与两宋理学家完全相同。作为魏晋玄学另一位代表性人物,王弼的"复本"论主要涉及了对于"天地之心"问题的探讨:"复者,反本之谓也。天地以心为本者也。凡动息则静,静非对动者也;语息则默,默非对语者也。然则天地虽大,富有万物,雷动风行,运化万变,寂然至无是其本矣。故动息地中,乃天地之心见也。若其以有为心,则异类未获具存矣。"②"天地之心"的"本",王弼认为是"静默至无"。这样,从"无"的角度,圣人、天地就成为本体论意义上的统一体。并且,从"无"的意义上,就兼容了万有的存在,又确定了无的最终本体。周敦颐的《通书》、张载的《西铭》、程颢的《定性书》等,所论证的路径和路数,均与王弼相近。而二程以"性"、"心"、天地之"本"、"德"等为同体而异名的做法,在思理上亦与王弼十分接近。

上述所言,是就魏晋玄学与宋代理学的话语使用、关注重点和论证思理的相近或者相同点而言的。实际上,魏晋玄学、宋代理学之所以在话语体系、关注重点和学理上具有相通性,还可以从其他方面来认识。从学理来讲,不管是魏晋玄学也好,还是宋代理学也好,都具有会合儒、道的特征,当然宋代理学更复杂一些,还具有融合佛教的特点。其着手的途径和方法,都不可避免地涉及天人关系和道德伦理关系问题。只不过,魏晋玄学是以"无"为本体,而宋代理学则强调"有"为本体。但无论如何,其会合融通的角度、话语和路径,都有相近或者相同之处。从这个意义上讲,魏晋玄学、宋代理学的学理相通性,是客观存在的。由此而言,魏晋玄学所推崇的"清"以及玄言诗等所呈现出来的"淡",同样也会为理学家所吸取,而表征为理学及理学诗的某些特征。由此,也就容易理解魏晋玄言诗与宋代理学诗的"隔代相承"问题。魏晋玄言诗之特征在于"言理",其风格特征在于"淡",因此贬之者谓之"寡味",而褒之者谓之"微言精理"、"淡思浓采"。而宋代理学诗,其本质也是以"言理"、"明理"或者"载道"、"言道"及述写心性存养等为主要内容。既然玄言诗、理学诗都与"言理"密切相关,因此,魏晋玄言诗的上述特征同样就会表现为理学诗的特征。从而,理学诗必然具有"淡"、"精理"等特性。这些相同或者相似的诗歌特性,与创作主体的独特身份、学养及思想观念等密切相关。正是从这个意义上说,魏晋玄言诗与宋代理学诗,具有"隔代相承"的特征。

二、两宋理学家"清淡"审美理想的演进历程

值得注意的是,两宋理学家对于"清淡"之美的推重,与魏晋时期已经有了很大的不同。理学家常常把"清"与"淡"分开来认识,"清"、"淡"之美的意蕴发生了明显的变化。而在论文时,却又更为重视"淡",以及由此而发挥出的"淡和"、"淡然"等话语,而很少有以"清"美论文。至于在整体上使用"清淡"的情况,大多发生在以"清淡"描述景物、天气以及社会实

---

① 何晏:《论语集解义疏·公冶长》,上海古籍出版社景印《文渊阁四库全书》本,第195册,第436页。
② 王弼:《周易注·复》,上海古籍出版社景印《文渊阁四库全书》本,第8册,第223页。

践主体的气度境界等,在很少的情况下偶尔以之论文论诗。因此,对两宋理学家"清淡"审美理想的考察,还是应从其对"清"、"淡"的相关论述中展开。

理学家对"清"美理想的表述,散见于他们的经、史、子、集各部著述中。通过整理来看,主要有以下几个方面的内容。

其一,关学、洛学对于"清"美理想的认识有所差异。需要注意的是,在早期理学家那里,"清"到底是德性发生元点的本体,还是功用表现,张载与程颢、程颐等人是有不同认识的。如张载讲:"太虚为清,清则无碍,无碍故神,反清为浊,浊则碍,碍则形。"①他把"太虚"定义为"清",也就是说,"清"即是"太虚",即是"气",亦即是天地之"本"。对此,程颢、程颐是不同意的。《二程遗书》记载:"形而上者谓之道,形而下者谓之器。若如或者以清、虚、一、大为天道,则乃以器言而非道也。"②道体器用是两宋理学家普遍承认的原则。以此而言,程颢、程颐兄弟均以"清"为器、用,而不同于张载的气本论中,以"清、虚、一、大"为"气"之本体。一些学者对此认识不足,往往混淆了张载的"气本论"与二程学说的差异。如今人注说《正蒙·太和篇第一》中的一段文字:"起知于易者干乎!效法于简者坤乎!散殊而可象为气,清通而不可象为神。不如野马、纲缊,不足谓之太和。"这里的"清",注者认为是"清明,气的纯粹之状"③,形状、外部状态等是物之"用"。这恰恰不是张载的观点,而是二程的认识。南宋早期之后的理学家,如胡寅、张栻、朱熹、陈淳等,基本遵从了二程的观点。如陈淳曾言:"敬者主一无适之谓,所以提撕警省此心,使之惺惺。乃心之生道,而圣学之所以贯动静、彻终始之功也。能敬则中有涵养,而大本清明。由是而致知,则心与理相涵,而无颠冥之患。由是而力行,则身与事相安,而不复有扞挌之病矣。"④这里,仍然以"清明"为心性之"大本"的外显特性,亦即从"用"上来定义"清明"。这与二程显然是一脉相承的。

其二,理学家的"清"美理想论述,重点之一是与"德"、"道"等相关,"清"往往被视作实践主体"得道"气象或者德性的外现特征,而成为实践主体在德性境界、与物关系和处世方式等方面的表征。如程颢为邵雍所作墓志即以"清明坦夷"为邵雍德性品格的表现形式之一:"及其(邵雍)学益老,德益邵,玩心高明,观天地运化,阴阳消长,以达乎万物之变,然后颓然乎顺,浩然乎归。德气粹然,望之可知其贤,然不事表暴,不设防畛,正而不谅,通而不污,清明坦夷,洞彻中外。"⑤文中"玩心"、"观天地运化"等乃是总结邵雍学说之大要,而"德气粹然"之外显"清明坦夷"等,指的是德性修养而外显的气度、境界。程颢《定性书》亦把"清"视作"性"之外显"用":"善固性也,然恶亦不可不谓之性也。盖生之谓性,人生而静以上不容说,才说性时便已不是性也。凡人说性,只是说继之者善也。孟子言人性善是也。夫所谓继之者善也者,犹水流而就下也,皆水也。……有流而未远固已渐浊,有出而甚远方有所浊,……清浊虽不同,然不可以浊者不为水也。……故用力敏勇则疾清,用力缓怠则迟清,及其清也则却只是元初水也。"⑥程颢以水喻性,强调"清"、"拙"乃是因物而外显的表现,

---

① 张栻:《张栻集》,中华书局2015年版,第9页。
② 程颢、程颐著,王孝鱼点校:《二程集》,中华书局1981年版,第118页。
③ 李峰注说:《正蒙》,河南大学出版社2016年版,第78页。
④ 陈淳:《北溪字义》,中华书局1983年版,第78页。
⑤ 邵雍著,郭彧整理:《邵雍集》,中华书局2010年版,第579页。
⑥ 黄宗羲原著,全祖望补修:《宋元学案》,中华书局1986年版,第564—565页。

只不过"清"是水(性)的未曾污染的形态表现,而"浊"则为水(性)受到污染的形态表现。因此,不管"清"还是"浊",其根本(体)则未曾变化。他又有"清明在躬,志气如神"、"涵养着落处,养心便到清明高远"等论述,所言之"清",无非是从"德"、"性"、"心"之"用"而言的。此"用"为德性之功用、运化而外显为成效、功用与价值等,因此,程颢才强调于德性之"用"的"清"做工夫而希冀于改变、变化德性之"本"。在以"清"为德性之"用"这一观点上,二程门人杨时亦云:"横渠说气质之性,亦云人之性有刚柔、缓急、强弱、昏明而已非,谓天地之性然也。今夫水清者,其常然也。至于汩浊,则沙泥混之矣。沙泥既去,其清者自若也。是故君子于气质之性,必有以变之。其澄浊而永清之议欤!"①其观点继承自二程而阐说更为明白,也是以"清"为"气质之性"的"用"。实际上,"清"是本体还是功用,涉及"性"的本原和表现等重大问题,也是张载与二程理论的重大分歧之一。二程于此颇为重视:"气有善不善,性则无不善也。人之所以不知善者,气昏而塞之耳。孟子所以养气者,养之至,斯清明纯全而昏塞之患去矣。或曰养心,或曰养气,何也?曰养心则勿害而已,养气则志有所帅也。"②其中,二程以"清明纯全"为以"养气"手段实现了"复性"、"心善"而呈现出的德性境界,可见"清明"仍是基于"用"的表现、呈现形式和类属特征,而非性之"体"、"心"之"体"。

其三,两宋理学家因对德性之"清"的重视,而延展到对自然界之"清"境、人物之"清"德、诗文之"清"风等也给予关注,从而,"清"美理想追求成为理学家的重要审美思想。在这方面,邵雍的诗歌作品体现得最为充分。如邵雍有诗:"清淡晓凝霜,宜乎殿颢商。自知能洁白,谁念独芬芳。"③以晓霜之"清淡"比喻德性之"芬芳",比喻新奇警省。又如其诗:"先秋颢气已潜生,洛邑方知节候平。庭院乍凉人共喜,园林经雨气尤清。清景几人爱,爱之当远寻。及临韩岳近,始见洛川深。"④以秋气潜生而庭院乍凉之天气与园林经雨之景物的清丽无尘为述写对象,表达其怡情悦心之意。"清景"成为作者脱俗情怀的写照。从邵雍《击壤集》来看,他对"清"十分重视,诗句中常有"清平"、"清淡"、"清欢"、"清池"、"清泉"、"清冷"、"清芬"、"清白"、"清香"、"清闲"、"清世"、"清吟"、"清和"、"清明"等话语。这些话语大致分为三类:一类是纯粹的写景取象之作,但其地点名物之"清池"、"清泉"、"清芬",与物候季节之"清冷"、"清芬"、"清香"等,往往沾染着作者的情趣胸怀。另一类是书写作者的主观感受和行为方式,如"清欢"、"清谈"、"清白"、"清吟"、"清和"等,这一类话语往往表达了作者的德性品格和德性追求。第三类则以"清平"、"清和"、"清闲"等述写政治安定、相对公平的所谓"治平"统治秩序。

一些理学家也以"清切"、"清淡"等来评价他人之诗。如杨时《杨希旦文集序》称:"先生诗文清切平易,不以雕琢为工。览之者亦足想见其风度云。"⑤以"清切"来论诗,虽属理学家较为少见的诗学批评内容,但毕竟说明了理学家对于"清淡"、"清切"等诗歌风格的推崇和重视。这也算是理学家"清"审美理想对于其诗学批评的影响和转移吧。

---

① 杨时:《龟山集》卷十六,上海古籍出版社影印《文渊阁四库全书》本,第1125册,第230页。
② 程颢、程颐著,王孝鱼点校:《二程集》,中华书局1981年版,第274页。
③ 邵雍著,郭彧整理:《邵雍集》,中华书局2010年版,第188页。
④ 邵雍著,郭彧整理:《邵雍集》,中华书局2010年版,第197页。
⑤ 杨时:《龟山集》卷二十五,上海古籍出版社影印《文渊阁四库全书》本,第351页。

比较而言,两宋理学家对于"淡"美理想的重视,较之"清"更为突出。周敦颐已经把"淡"提升到"平心"、"崇礼"、"为政"等高度。他说:"故乐声淡而不伤,和而不淫,入其耳,感其心,莫不淡且和焉。淡则欲心平,和则躁心释。"①这里,"淡"、"和"成为"感其心"的条件和前提。对此,朱熹注云:"淡者,理之发;和者,声之为。先淡后和,亦主静之意也。然古圣贤之论乐曰:'和而已。'此所谓淡,盖以今乐形之而后见其本于庄正齐肃之意尔。"②朱熹认为,周敦颐所谓"淡",乃是立足于"理"而言的。而"和"则是"理"的实现或实践。这样,"乐"就指向了以"理"来感化和育成人心。反过来讲,以天地万物之客观之"体"而成为"乐"的内容,此内容以乐声的方式发之于外,以实现和合上下、贯通天地万物之功用。朱熹又认为,"淡"是就今乐而言的,唯有今乐之"淡"才能与古乐之"庄正齐肃"功用相当。依朱熹注释来看,周敦颐之"淡",就具有了比较明显的理性意味了。周敦颐特地强调,"淡"之于道德伦理、政治伦理及国家政局之作用:"后世礼法不修,政刑苛紊,纵欲败度,下民困苦,谓古乐不足听也,代变新声,妖淫愁怨,导欲增悲,不能自止。故有贼君弃父、轻生败伦不可禁者矣。"③观此,则"淡"之"乐"的重要性是不言而喻的。故此,朱熹深有会意:"古今之异,淡与不淡,和与不和而已。"④

周敦颐之后,很多理学家也表达出对"淡"美的重视。如二程就认为:"颜回在陋巷,淡然进德,其声气若不可闻者。有孔子在焉。若孟子,安得不以行道为己任哉!"⑤这里的"淡然"自然是德性之美,但"淡然"是主体具有德性之美的外显形式而非德性本身。游酢在《衣锦尚䌹章》讲:"无藏于中,无交于物,泊然纯素,独与神明居,此淡也。"⑥这里,"淡"就是德性圆满的境界和内容,颇与张载认定"清"为气"本"相类似。显然,游酢之"淡"异于二程。二程之"淡"具备近似于"清"的德性气度、境界,而非"德性"本体,但游酢却把"淡"视作德性之本体。张九成则讲:"学问于平淡处得味,方可以入道。不然,则往往流于异端,不识真味,遂致误人一生。"⑦以"于平淡处得味"视作"入道"之标准,似有把求"平淡"为治学路径的倾向。而陆九渊则强调:"君子之道,淡而不厌。淡味长,有滋味,便是欲。"⑧竟以"淡"为君子之道的外在表现,其思想与二程前后相承。再如许景衡评刘安节:"温温刘子其美璞,斯文有传与敦琢。始乎致知物斯格,沉涵充积卒自得。……众人利欲独淡泊,洞然无碍油然乐。"⑨以"淡泊"评价其德性境界,颇为深刻。此外,《宋元学案》载彼时理学人物之德性品格,很多人具有"淡然"、"淡"等特征。如周长孺"淡然若无意于世"⑩,吕祖谦评其先祖吕本

---

① 周敦颐著,陆克明点校:《周敦颐集》,中华书局1990年版,第29页。
② 周敦颐著,陆克明点校:《周敦颐集》,中华书局1990年版,第29页。
③ 周敦颐著,陆克明点校:《周敦颐集》,中华书局1990年版,第29页。
④ 周敦颐著,陆克明点校:《周敦颐集》,中华书局1990年版,第30页。
⑤ 杨时:《二程粹言》(上),上海古籍出版社景印《文渊阁四库全书》本,第698册,第403页。
⑥ 游酢:《游廌山集》卷三,上海古籍出版社景印《文渊阁四库全书》本,第1121册,第652页。
⑦ 黄宗羲原著,全祖望补修:《宋元学案》,中华书局1986年版,第1303页。
⑧ 黄宗羲原著,全祖望补修:《宋元学案》,中华书局1986年版,第1892页。
⑨ 黄宗羲原著,全祖望补修:《宋元学案》,中华书局1986年版,第1138页。
⑩ 黄宗羲原著,全祖望补修:《宋元学案》,中华书局1986年版,第1162页。

中"冷淡静工夫"①,胡宪"质本恬淡,而培养深固"②等,皆说明彼时理学家对"淡"美理想的重视。

"清"、"淡"之审美理想,也表现为理学家的对于陶渊明、孟浩然、王维、韦应物等人的诗歌评论中,或者潜含在理学家另外的一些诗文评论述之中。如李复《读陶渊明诗》有句:"渊明才力高,诗语最萧散。……旷然闲寂中,奇趣高寋嵯。……雕刻虽云工,真风在平淡。"③以"旷然闲寂"等为"平淡"。而《宋元学案》亦记,婺学唐仲友门人傅寅,"其诗闲远古淡,有渊明、康节风"④,说明傅寅推重"古淡"诗歌风格。值得注意的是,两宋理学家在评价陶渊明、孟浩然及当代一些诗人的诗歌风格的时候,往往把"清"、"淡"等审美理想并举。如杨时说:"陶渊明诗所不可及者,冲淡深粹,出于自然,若曾用力学,然后知渊明诗非着力之所能成。"⑤强调"冲淡"乃是陶诗重要特征。又评陈少卿诗文:"其文纯深,析理论事,足见其志。其为诗,平淡清远,有晋人之风。虽应制辞章,咸有典则。"⑥以"平淡清远"来评价陈氏之诗,可见杨时对"清淡"美的重视。而朱熹在评韦应物诗作"气象近道"论述中,即同时含有对"清"、"淡"等审美理想的评价。朱熹既然认为韦诗"气象近道",那么,古代文论中对韦应物诗歌某些特征、意蕴的评点和体味,自然就与"近道"有所联系。历代对韦诗的评价,就涉及"淡"、"清"等风格。大致说来,前人以为韦诗具有"淡"的特征,类似说法还有"闲淡"、"淡泊"、"萧散"等,这些说法都可以归纳为"淡"。《全唐文》卷八〇七记载时人评价韦应物诗歌特征、《石洲诗话》、《宾退录》等已有相关评价。这些文献对韦诗特征的评价,其共同点是以为韦诗具有"淡"的审美意味。再就是,前人以为韦诗具有格韵"清"的特征。《岁寒堂诗话》、《诗镜总论》等已有总结。这些文献中,诗论家都是从"格"、"韵"出发对韦诗进行评价的,格韵"清"可视作上述诗论对韦诗的评价。既然朱熹推崇韦诗"气象近道",那么,韦应物诗歌的"清"、"淡"等风格当为朱熹所肯定。⑦

上述考察可见,两宋理学家对于包括"清"、"淡"、"淡然"等在内的"清淡"审美理想是比较看重的,他们视"清淡"等为实践主体的德性境界、气度的表现形式,可能由此而推重具有"清淡"之美的景物、物候等外在之物。并且,"清淡"话语也成为他们对于诗人诗文风格的重要评价标准。或者可以认为,可能是基于实现德性圆满境界的理想追求,而造成了理学家对于"清淡"之美的物象、物候等内容的重视,也许,具有"清淡"特征的物象、物候等,是作为理学家实现德性圆满境界的审美对象而存在的。至于理学家诗文评中推重"清淡"之美,可能与这一文化因素密不可分。

---

① 黄宗羲原著,全祖望补修:《宋元学案》,中华书局1986年版,第1241页。
② 黄宗羲原著,全祖望补修:《宋元学案》,中华书局1986年版,第1398页。
③ 傅璇琮等主编:《全宋诗》,北京大学出版社1998年版,第12407页。
④ 黄宗羲原著,全祖望补修:《宋元学案》,中华书局1986年版,第1963页。
⑤ 杨时:《龟山集》卷十,上海古籍出版社影印《文渊阁四库全书》本,第1125册,第191页。
⑥ 杨时:《龟山集》卷三十四,上海古籍出版社影印《文渊阁四库全书》本,第1125册,第419页。
⑦ 参见拙作《"气象"何以"近道"》,《中国诗歌研究动态》,文苑出版社2009年版。

三、两宋理学家"清淡"审美理想的诗歌呈现

我们讲的"诗歌呈现",主要指的是两宋理学家在诗歌题材、内容、主旨及表达方式等方面,所呈现出的"清淡"审美理想。通过对两宋理学家的诗歌作品及相关文献留存来分析,两宋理学家"清淡"审美理想的诗歌呈现,可以从显性和隐性两个方面来分析。

两宋理学家之"清淡"审美理想,很容易在其诗歌作品中看到其显性的呈现方式。大致而言,这些显性的呈现方式,可以看作理学家"清淡"审美理想的自觉性表达。从其诗歌作品来看,可分三种显性表达方式。

其一,两宋理学家"清淡"审美理想的重要诗歌呈现方式,是表达对实践主体或者歌咏对象的德性境界、气度等的推重和赞许。如何平仲有诗《赠周茂叔》:"及物人心称物情,更将和气助春荣。智深大易知幽赜,乐本咸池得正声。竹箭生来元有节,冰壶此外更无清。几年天下闻名久,今日逢君眼倍明。"①前二句赞美周敦颐具备推己及物、洞悉人心之德,故能得万物之实际情况,此一德性品格顺物之性而化之,故人慕其德。三四句赞美周敦颐深于《周易》、《乐》等儒家典籍,这里是以《易》、《乐》代指六经。五六句则赞美周敦颐具有高尚品节,而呈现为德性清明的气度、境界。最后两句,则属应酬客套之语。再如李复有诗《春日北园早起》:"雨断云犹在,风回气已明。林花含宿润,露沼散余清。喜静心常澹,居闲意寡营。流光随转盼,所向达吾生。"②诗作强调因"喜静"而"心常淡"、"意寡营",表达出作者安于春景而所乐在于追求"达"的人生志趣。联系李复的理学思想来看,此"达"当是以求理、践礼等以"达道"等为目的的心性存养追求。再如林焕《题濂溪》:"我来濂溪拜夫子,马蹄深入一尺雪。长嗟岂惟溪泉濂,化得草木皆清洁。夫子德行万古师,坡云廉退乃一隅。有室既乐赋以拙,有溪何减名之愚。水性本清挠之浊,人心本善失则恶。安得此泉变作天下雨,饮者犹如梦之觉。"③诗作五六句突出周敦颐之"德行"乃万古之师,指出苏轼所推重的周之"廉退"仅是其"德行"之一。七、八句点出周氏重要思想之所在《拙赋》与诗作《濂溪》。九、十句以水性对人心,以清浊对善恶,实际上引用的是二程的学说,以"清"为德性之"用"。最后两句引用了朱熹的"梦觉"学说,希冀天下之人能够由"格物"而"致知"以入德。显然,此诗之"清"乃是推美周敦颐之光风霁月般的德性圆满境界和气象。再如吴锡畴《竹洲重葺仁寿堂》:"抗章当日勇辞荣,三咏循陔世念轻。娱悦高堂仁者寿,壅培遗植圣之清。云涵翠葆添新荫,秋逼青琅戛旧声。故址依然成栋宇,水心题扁尚晶明。"④仁寿堂为吴锡畴先祖所建,叶适为之题写堂名。诗中,吴锡畴以"壅培遗植圣之清"颇有意味:一则隐含有推重先祖之德如伯夷,暗指其先祖忠于宋室之节;二则提到"培植"强调其先祖对于宋室之贡献;三则指出其先祖抗章辞官而建堂悦母,具有德性之"仁"与闲适自好之高义。由此可见,此中之"清"乃是作者褒扬其先祖道德境界之意。再如刘黻《寄缪景文》:"髫年闻俊发,两岁喜相

---

① 傅璇琮等主编:《全宋诗》,北京大学出版社1998年版,第5067页。
② 傅璇琮等主编:《全宋诗》,北京大学出版社1998年版,第12454页。
③ 傅璇琮等主编:《全宋诗》,北京大学出版社1998年版,第16039页。
④ 傅璇琮等主编:《全宋诗》,北京大学出版社1998年版,第40409页。

过。薄俗交游少,清淡警处多。巷深留虎迹,树老集禽窠。无计买邻住,青铜谁共磨。"①以"清淡"赞美缪氏之德性,希望其多多警省自己。总的来看,理学家这方面的诗作是很多的。可以说,以"清"、"淡"等表达对实践主体或者歌咏对象的德性境界、气度等的推重和赞许,是理学家"清淡"审美理想在其理学诗中常见的呈现形式。

其二,重物景之"清"、"淡"、"清淡"之象,此"象"往往同天理、性、德等相联系。前文已经指出,两宋理学家诗歌作品中,邵雍的诗作常常述写"清"、"淡"、"清淡"等景物,连带而及也表达了对具有"清"、"淡"等德性境界的推重。两宋时期,其他一些理学家对此也多有表现。如张栻《路出祝融背仰见上封寺遂登绝顶》:"我寻西园路,径上上封寺。竹舆不留行,及此秋容霁。磴危霜叶滑,林空山果坠。……永惟元化功,清浊分万类。运行有机缄,浩荡见根柢。此理复何穷,临风但三喟。"②诗作述写秋登祝融,幽壑阴崖,苍翠清芬,宇肃而净翳,人之身心俱得以净化。诗篇最后,作者因观景而明理,赞美天地生生不已之元化发育之功,因而联想到万物由之而分清浊而万千品类滋生。反观天地生机运行,当因物而见其"根柢"亦即"天地化育"之本原。诗中"清芬"指的是秋花如兰等的芳菲之气,而"清浊"指的是万物的"气质之性"。再如张栻《三月七日城南书院偶成》:"积雨欣始霁,清和在兹时。林叶既敷荣,禽声亦融怡。鸣泉来不穷,湖风起沦漪。西山卷余云,逾觉秀色滋。……敢云昔贤志,亦复咏而归。寄言山中友,和我和平诗。"③诗作因春景"清和"而书写其"生生"之意:林叶敷荣而禽声融怡,鸣泉湖风,山雪丛绿,游鱼野鹤,皆为天地发育、大化流行之景象。这里的"清"当为万物之景,而"和"则为万物和悦融融之象。诗篇最后,作者表露出希慕孔门"咏而归",以存养德性为旨归的情怀。值得注意的是,作者尾句特别点明此诗之主旨乃是大有意味的"和平"。这里的"和平"乃是心物无二、心气平和而涵育、存养心性之意。再如许月卿有诗《闲赋》:"老大天谙练,殷勤月往还。岩峦有奇操,泉石亦清淡。隔浦飞秋叶,开窗看夕山。天心端正月,潭水夜深参。"④天、月、山峦、岩石之"清淡",正是实践主体内心的写照。作者保有"清淡"之心性,其目的乃在于"深参"天理。此诗说明许月卿理学受到了佛教禅宗的影响。与张栻、许月卿诗作类似,朱熹、彭龟年、杨万里、刘黻、王柏、吴泳、丘葵等人亦写有不少以"清淡"审美理想来选取物景及连带而及"言理"的诗作。总的来看,两宋理学家的以"清平"、"清淡"、"清池"、"清泉"、"清冷"、"清芬"、"清白"、"清香"、"清和"、"清明"等审美标准而书写景物,表现出理学旨趣、理学思理的巨大影响。

其三,以"清"、"淡"或者"清淡"来论诗,或者理学家的诗歌表现出来"清"、"淡"、"清淡"等风格特征。前文提及理学家论陶渊明、孟浩然、韦应物等人诗歌风格时,往往以"清淡"审美理想为标准,并分析了其中的若干诗句。从中可见,理学家十分重视"清淡"之美的诗歌追求。实际上,理学家的相关论述和诗歌作品中,还有不少这方面的文献记载。如吴锡畴《还友人诗卷》:"坛荒杜陵后,何以续诗名。千里江山秀,一襟风露清。淡中无浅短,豪处有

---

① 傅璇琮等主编:《全宋诗》,北京大学出版社1998年版,第40703页。
② 傅璇琮等主编:《全宋诗》,北京大学出版社1998年版,第27871页。
③ 傅璇琮等主编:《全宋诗》,北京大学出版社1998年版,第27883页。
④ 傅璇琮等主编:《全宋诗》,北京大学出版社1998年版,第40535页。

和平。细读松间集,如闻雅奏声。"①诗篇推扬作者具有"清"美胸襟,诗风为"淡"而"无浅短",具有既"豪"且"和平"的风格。显然,此中之"淡"为符合儒家审美理想的"中和"、"和平"与德性的美好、圆满等境界之意。

除此之外,一些诗话、诗论中,也以"清淡"、"淡"、"清"等论及理学家的诗作。如《围炉诗话》:"刘屏山、朱韦斋诗最可喜。……屏山绝句云:'偶临沙岸立多时,淡淡烟村日向低。幽事挽人归不得,一枝梅影浸澄溪。'乔谓绝似杨诚斋清淡诗。"②认为刘子翚"偶临"诗与杨万里"清淡"诗相似。可见,《围炉诗话》认为杨万里一些诗属于"清淡"诗。《四库全书总目提要》也提及吴芾等数人诗风具有"清"、"淡"等特征。如在吴芾《湖山集》下云:"退闲者十有余年,年几八十,乃渐趋平淡。和陶诸诗,当作于其时,亦殊见闲适清旷之致。集中有《寄朱元晦》一诗曰:'夫子于此道,妙处固已臻。尚欲传后学,使闻所不闻。顾我景慕久,愿见亦良勤。'是其末年亦颇欲附托于讲学。然其诗吐属高雅,究非有韵语录之比也。"③吴芾与朱熹等理学家多有唱和应酬,可视作理学诗人。其晚年诗作趋于"平淡"。在林季仲《竹轩杂著》下注云:"《庚溪诗话》称季仲颇喜为诗,语佳而意新。今观所作,虽边幅稍狭,已近江湖一派。而笔力挺拔,其清隽亦可喜也。"④强调林季仲诗作具有"清隽"之风。在许景衡《横塘集》下云:"至其诗篇,乃吐言清拔,不露伉厉之气。"⑤指明许景衡诗作有"清拔"之风。在刘黻《蒙山遗稿》下云:"其诗亦淳古淡泊,虽限于风会,格律未纯,而人品既高,神思自别。"⑥说明刘黻诗作具有"淳古淡泊"之风。上述数则可见,一些理学家的诗作风格具有"清淡"之美的特征。

两宋时期,理学诗人的"清淡"审美理想,可能影响到他们的景物诗撷取。两宋理学诗人重写景而少抒情诗作,在写景诗中选取的景物往往是比较简单的景物,明显不是如文人诗那样追求以优美、精致的物象来建构诗境。如程颢有诗《盆荷二首》之二:"衡茅岑寂掩柴关,庭下萧疏竹数竿。狭地难容大池沼,浅盆聊作小波澜。澄澄皓月供宵影,瑟瑟凉风助晓寒。不校蹄涔与沧海,未知清兴有谁安。"⑦所咏之物乃是盆荷,连带而及书写盆荷所在之环境:柴门与几竿疏竹。作者以寥寥数物而起兴,所表达的主旨并非描摹景物,而是借以抒发自己安于日常生活、定止心性的态度。再如张九成有诗《题竹轩》:"听说竹轩趣,清幽尽此房。春禽一声杳,夏簟五更凉。落雪鸣寒玉,啼蛩泣古簧。因君诗意到,欲罢不能忘。"⑧诗中景物只有春禽、夏簟、落雪、啼蛩,除了夏簟是从感受角度来写外,其他与春、秋、冬相关的三物是从其声音来写的。这样,诗篇立足人的感受(触觉与声觉)来书写竹轩所处环境,诗篇因之具有了灵动之美。再如张栻有诗《和宇文正甫探梅》:"天与孤清迥莫邻,只应空谷伴幽人。千林扫迹愁无那,一点横梢眼便亲。顾影莫惊身易老,哦诗尚觉句能新。几多生意

---

① 傅璇琮等主编:《全宋诗》,北京大学出版社 1998 年版,第 40405 页。
② 《围炉诗话》卷五,载郭绍虞编《清诗话续编》,上海古籍出版社 1983 年版,第 637 页。
③ 永瑢等撰:《四库全书总目》,中华书局 1965 年版,第 1362 页。
④ 永瑢等撰:《四库全书总目》,中华书局 1965 年版,第 1365 页。
⑤ 永瑢等撰:《四库全书总目》,中华书局 1965 年版,第 1354 页。
⑥ 永瑢等撰:《四库全书总目》,中华书局 1965 年版,第 1405 页。
⑦ 程颢、程颐著,王孝鱼点校:《二程集》,中华书局 1981 年版,第 479 页。
⑧ 傅璇琮等主编:《全宋诗》,北京大学出版社 1998 年版,第 20005 页。

冰霜里,说与夭桃自在春。"①南宋时期,包括理学诗人在内的士人咏叹梅、竹等成为流行的风尚。张栻此诗,颇能代表理学诗人的写作视角:一二句抒写梅之孤清之德颇与幽人相近,三四句写严冬万物凋零之际,唯有雪梅横梢吐露,使人倍感亲切。最后两句则转写冰霜之中梅花所呈现出的天地生生不已,正是天德之显露,昭示着繁花季节马上就要来临了。张栻诗篇中所及之内容极少,只有梅与赏梅之人而已,但所表达的诗旨却极为深刻。理学诗人的上述诗作中,所咏及之物数量少且诗作内容简单的特征,虽不能说一定是受到了其"清淡"审美理想的影响,但至少应与之有关。因为"清淡"之审美理想的影响,才会在选取景物时趋向于简单。反过来看,也唯有简单才会造成"清淡"的审美效果。

两宋时期,理学诗人的"清淡"审美理想也可能对他们的诗歌主题选择产生了影响。理学诗人的诗歌主题,注重明理、言道等理学内容,而对于社会重大政治问题等方面关注较少。关于这一点,其原因当然并非只是受到理学诗人"清淡"审美理想的影响。两宋时期的国家矛盾、民族矛盾、党争以及政治制度、理学家文道观念等,都是重要因素。理学诗人的"清淡"审美理想,仅是其中的一种因素而已。举例来讲,南宋理学家赵鼎、李光、周必大、杨万里、度正等作为彼时影响极大的诗人、干吏,在其诗作中却很少涉及社会重大政治问题。周旋于党争,避祸于朝政,自然是这些人物的明智之举。但彼时理学人物推崇"清淡"之审美理想,亦应是其原因之一。

本文研究结论是:两宋理学家崇尚"清淡"的理学观念,以及在诗歌创作和诗学评价中所体现出来的"清淡"审美理想,是兼有理学实践主体身份和诗歌创作主体身份的理学家诗人,"德音清和"德性境界追求与其诗歌"清风"风格追求相融合的产物。在理学家诗人的"清淡"审美理想的生成和发展历程中,历史文化传统、理学传统与宋代诗学传统,互相交融而汇成了理学家的这一重要审美理想。理学家的诗歌创作实践,忠实地反映出理学家的这一审美理想。从这个意义上讲,理学家的"清淡"审美理想,对于理学诗的风格、面貌等特质的生成,具有一定的影响。

---

① 傅璇琮等主编:《全宋诗》,北京大学出版社1998年版,第27898页。

明代儒林的诗歌世界

郭万金　贾娟娟*

摘　要：明儒的诗歌话题，大抵祖述成说，重学而不废诗，明道而可论文，乃是明儒最为寻常的人文选择，渊源有自的诗教传统成为明儒最为认同的诗歌实践，恒以宗经卫道为任。《诗经》之外的诗歌行为，勉强跻身以末学之位，附庸于诗教传统，不仅须保持性情之正，更被视为道学余事。但其作为中国诗史传统中最为认真的一段儒学实践，承前启后，不当忽略。

关键词：明代；儒林；诗学；诗趣；诗教

言及明代，诗歌或不是引人入胜的话题，无论本朝的议论，还是后世的评价，虽不至门庭冷落，却难称热闹；较之理学话题的炙手可热，更显失色。然而，有明一代，讲学虽盛，但诗篇更伙；列名儒林的人物绝大多数有诗集流传，专门写诗的文人却很少不受儒学影响；明代别集的数量固然远胜于子部的儒学著作，但诗文警句脍炙人口的程度却未必胜过儒者讲习的精彩话语。从话题的冷热，到人数的众寡，再及著述的多少，颇具差异的表象似乎标识着明代儒林、诗界的分立。对此，偏重分科的现代学术不免有所放大，文学史关注中的明诗每每忽略儒林之作，哲学史视野下的明代理学则甚少涉及儒者的诗作。于现代学科而言文、哲分立下的知识判断自然不错，但于数百年前的明人而言却未必如此，表象差异之后更有一脉相承的哲思关怀与诗情凝聚。

传统诗作素以"言志"、"缘情"为归，言志抒情的诗歌虽非哲理的最佳载体，却是古代知识阶层最为认同的身份标识与交际媒介，儒学理念则是儒林最为寻常的知识构成与基本信仰，理学与诗歌作为明代士子最为典范的身份标志，二者的绾结自然水到渠成。"有明文章事功，皆不及前代，独于理学，前代之所不及也。"[①]理学作为明代最为凸显的文化标识，一代士人最为寻常的知识构成。其于一代士人心态、言行风尚影响至巨。朱明一朝，理学最盛，众儒芸芸，以《明儒学案》所录而计，即有二百余人，若其碌碌无名、隐居藏名者，更不知其数。儒林之内，诗篇颇著，其中不乏作者，然诗名每每为他事掩盖。"近代如薛敬轩、陈公

---

* 作者简介：郭万金，山西大学国学院教授，主要研究方向为明清经学与文学；贾娟娟，山西大学文学院博士生，主要研究方向为明清经学与文学。本文为国家社科基金重大项目"中日韩诗经百家汇注"（10&ZD101）阶段性成果。

① 黄宗羲：《明儒学案·发凡》，中华书局2008年版，第14页。

甫、王伯安、赵梦白、高云从诗并佳,特以理学、事功、风节掩之。今重其人,不知爱其诗,故为表出。"①世之所重,自在其学问德行,功业气节;即作者而言,亦多半不以此耀,性情所至,亦颇有佳句。当然,对于明儒诗歌世界的关注,自不应停留于"发现佳作,故为表出"的"开掘"意义,而是要在诗与诗学、主体心志、思想学术的交织互渗中描述明代士人的思想脉络、美学旨趣、文化心理。

一、诗学话题的提出与转移

诗学之名,古已有之。所谓"古已有之",导源于传统学术的宗祖——经学,所云之"诗",则系六经之一的《诗经》。"一时代之名词,有一时代之界说。其涵义之广狭,随政治社会之变迁而不同。"②传统语境中的"诗学"话题自是老生常谈,然而究其本旨,多半在《诗经》之学,并非后世所言"关于诗歌的学问",更迥异于西方的专有名词。"文学批评里的许多术语沿用日久,像滚雪球似的,意义越来越多。沿用的人有时取这个意义,有时取那个意义;或依照一般习惯,或依照行文方便,极其错综复杂。"③由专名《诗经》而扩展到广义的诗歌,正是时代沿用的一般习惯,"诗学"的涵义似乎亦当随之拓展。然而,"诗"之名可泛,"学"之用却慎,翻检文献,"诗学"字样虽然屡见不鲜,但将一般诗歌的创作、批评视以为"学"的,着实不多。若就儒林而言,更是少之又少。

"君子学以致其道",于儒家而言,"学"为安身立命之所在、进德修业之必由,自《论语》首章而《大学》三纲,一以贯之,最为所重。不学无术,最为儒林所耻;而可以称之为"学"者,亦不可随意。虽曰"博学以文",又称"一事不知,儒者所耻"。但真正可以进阶为"学",终身修习者,却非一般意义上的知识可以担当。"古圣贤之所以为学者矣。必明人伦,究物理,必去私欲,存本心,使一身有主,而处事曲当,如斯而已矣。"④对于道德心性的特别关注,正是"所以为学"的核心所在。"夫学者研理于经,可以正天下之是非。征事于史,可以明古今之成败。余皆杂学也。"⑤所谓"杂学",大抵指以经史之外,能自名一家,以一节之足以自立者。至于子部之后的集部,则在"杂学"之外;又若"文人词翰,所争者名誉而已"⑥。以争名为念的文人词翰自难纳入以道德为归的学术视野,作为文人标识的诗歌当然也无法担负"学"之重名。以书籍而论,以"诗学"为名者,绝大多数为诠释《诗经》之作,偶有书名标有"诗学"字样,而内容关涉诗歌创作、评论者,为数甚少。即以《四库全书总目》而论,如此之作,不过三五,皆列入存目,且不获好评。如元人严毅《增修诗学集成押韵渊海》称"其猥陋可想见也"⑦。对题名李攀龙所撰的《诗学事类》,则曰"然其学终有根柢、不应疏芜至此,必

---

① 乔亿:《剑溪说诗》卷下,清诗话续编本,上海古籍出版社1983年版。
② 陈寅恪:《金明馆丛稿二编》,上海古籍出版社1981年版,第95页。
③ 朱自清:《朱自清古典文学论文集》,上海古籍出版社2009年版,第548页。
④ 元吴澄:《吴文正集》卷二十九,上海古籍出版社1987年版,文渊阁四库全书本。
⑤ 永瑢:《四库全书总目》卷九十一,中华书局1965年版,第769页。
⑥ 永瑢:《四库全书总目》卷一四八,中华书局1965年版,第1267页。
⑦ 永瑢:《四库全书总目》卷一三七,中华书局1965年版,第1164页。

讬名也"①。认为明人胡文焕所编《诗学汇选》"妍媸并列、殊为猥杂"②。评价明人黄溥所编《诗学权舆》,"可谓不知而作矣"③。明人浦南金所编《诗学正宗》,"分系殊多未当","体例亦殊丛脞"④。题名范德机所撰的《诗学禁脔》则被视为"浅陋尤甚"⑤。无论是置之"存目",还是评以"猥陋",儒臣的态度甚是明了:如此之作,何堪以"诗学"为名?着意的贬抑之后恰是尊崇经学的普遍态度。古人著述,若非关《诗经》的专门训释,则无以当"诗学"之重。士人以作诗、论诗诸事著书立说,自然可行,但若标以"诗学"之名,则不免受讥,于儒者而言,更是持论严谨,恪守经学门限,不肯度越一步。

有明一代,宗经述朱,"学者非五经孔孟之书不读,非濂洛关闽之学不讲"⑥,《五经大全》、《四书大全》、《性理全书》的颁布风行更有着规范思想的普及意义。明代儒林,著述颇丰,诗作亦伙,更不乏作诗、论诗之文字,皆不敢以标榜"诗学",凡以"诗学"标名者,皆为训释《诗经》之作。⑦ 非但如此,即是在日常言语文字中所提及"诗学"二字,也多指《诗经》之学,甚少以作诗、论诗为学者。明儒之中,以陈白沙诗名最著、诗兴最浓,然其文集之中并无一言涉及"诗学"。⑧ 晋江蔡清,"所著《蒙引》等书。学者宗之"⑨,亦是一代名儒,更系清代最早增祀孔庙者⑩,蔡氏"极重白沙,而以新学小生自处,读其《终养疏》,谓'钞读之余,揭蓬一视,惟北有斗,其光烂然,可仰而不可近也。'其敬信可谓至矣"⑪。然而,这位"平生饬躬砥行"⑫的虚斋先生,风节素著,虽有数十首诗作存世,却甚少有人以诗人视之⑬。尝"论诗"曰:"诗学在程、朱,当为后世主张了,奈何亦混众人作律诗。夫诗以言志耳,岂必用平仄对偶而后成其言哉!既拘对偶,则有当言者以不谐声律而已之;又有不必言者,姑以凑押声律矣。是何趣味?是何道理?其始创为律诗者,决非有大人之志,有不俗之见者也,不可复以导士。"⑭虽言称"诗学",本意却在批评律诗,既归结为"不可导士",则"不以为学"的态度已然明白无疑。列入"崇仁学案"的夏尚朴,曾与王阳明同受业于娄谅,然论学颇异于守仁。"正嘉之际、学问渐岐、而尚朴独恪守先儒、不为高论、可谓笃实之士矣。"⑮颇得好评。其尚有《东岩诗集》八卷,则被四库馆臣置于存目,并称"多涉理语,近白沙、定山流派。集中《读击

---

① 永瑢:《四库全书总目》卷一三八,中华书局1965年版,第1167—1168页。
② 永瑢:《四库全书总目》卷一三八,中华书局1965年版,第1175页。
③ 永瑢:《四库全书总目》卷一三八,中华书局1965年版,第1741页。
④ 永瑢:《四库全书总目》卷一九二,中华书局1965年版,第1747页。
⑤ 永瑢:《四库全书总目》卷一九七,中华书局1965年版,第1799页。
⑥ 陈鼎:《东林列传》卷二,上海古籍出版社1987年版,文渊阁四库全书本。
⑦ 如周汝登《诗学解》、何应奇《新刻诗学精义渊源》、杨征元《诗学正旨》等。
⑧ 《陈献章集》中,惟《与王乐用金宪》一文中论及庄孔时,称其"取陶、谢、少陵诸大家之诗学之"。"诗学"仅此一见,然其义中断,非此类也。
⑨ 谈迁:《国榷》卷四十七,中华书局1958年版,第2946页。
⑩ 蔡清于雍正二年,增祀孔庙。同时补入者尚有罗钦顺。
⑪ 黄宗羲:《明儒学案》卷四十六,中华书局2008年版,第1094页。
⑫ 张廷玉等:《明史》卷二八二,中华书局1974年版,第7234页。
⑬ 《列朝诗集》《明诗综》皆不录,陈田《明诗纪事》仅录一首。
⑭ 蔡清:《虚斋集》卷一,上海古籍出版社1987年版,文渊阁四库全书本。
⑮ 永瑢:《四库全书总目》卷一六二,中华书局1965年版,第1502页。

壤集》绝句云:'闲中风月吟边见,始信尧夫是我师。'其宗法可知也"①。然而,夏氏对于白沙并不十分认同,曾就陈献章一首《论学诗》,逐句辨析,指其谬误,如此读法,实为论学。其又称,白沙之诗"本之庄定山,定山本之刘静修,规模意气绝相类,诗学为之大变"②。此处之"诗学",似就后世诗作而言,然引出此言的发端却是"圣贤之训,明白恳切,无不欲人通晓"。夏氏之议论因之而发,更近追庄昶,远溯刘因,因出"诗学大变"之语,其中非但有"诗"之评论,更深蕴"学"之关注。夏氏曾言:"古人之学,惟务养性情,故其为诗,自然止乎礼义。后世先王之教废,而人不知所养,其为诗也,率皆凿空强作,不复发乎性情之正矣。虽汉魏盛唐等作,犹不能无憾,况其下者哉。"③能够与"学"关涉之诗,须得"发乎情,止乎礼义"。由此而论,无憾之作大抵只有六经之《诗》。

  明儒的"诗学"话题自以《诗经》为本,所撰所言,不离经旨。以《诗经》学而论,明人之作,诚为可观。④ 明儒眼中的作诗、论诗虽非学术正宗,毕竟有着无可争议的《诗经》远祖,更有古今大儒不曾中断的诗歌行为,仍可归入旁门末学。故而,儒者重学,亦不废诗,写作、议论之间每每关涉牵连。儒臣宋濂即言:"诗之为学,自古难言,必有忠信近道之质,蕴优柔不迫之思,形主文谲谏之言,将以洗濯其襟灵,发挥其文藻,扬厉其体裁,低昂其音节,使读者鼓舞而有得,闻者感发而知劝,此岂细故也哉!奈何习之者多如牛毛,而专之者少如麟角也。"⑤所谓"难言",正在"学"之沉重。因作者的质、思、言以致读者和闻者的鼓舞知劝,儒学关怀贯穿始终,"诗"与"学"的基本关联正在于此,"习之者多"而"专之者少"的总体判断亦以此为标。宋濂弟子方孝孺,更被视作明儒学宗,曾特别阐明此中之道,其曰:"诗者,文之成音者也,所以道情志,而施诸上下也。《三百篇》,诗之本也;风、雅、颂,诗之体也;赋、比、兴,诗之法也;喜怒哀乐动乎中,而形为褒贬讽刺者,诗之义也;大而明天地之理、辩性命之故,小而具事物之凡、汇纲常之正者。诗之所以为道也。"⑥本之于经的诗道阐发,纯和敦厚,格高气正。这位正学先生特别指出:"体之变,时也,不变于时者,道也。……世之言诗者而不知道,犹车而无轮,舟而无柂也,虽工且美奚以哉!"⑦诗以道成,言诗者必"因其时而师古道",方称有志。并自称:"余之于诗,学之非不专,而独无盈简之藁。屡书而屡毁,愧而不止,盖将求合乎斯道也,而后置焉,然亦难矣。"因个人经验的诗道探求而引发"诗难"之叹,正与其师宋濂的态度前后映照,一脉相承。因"诗学"而"诗道",自非刻意的话题转化,原是儒家"载道"传统的自然流露。

  "诗"之为"学",略显不足,然置之"文以载道"的传统之下,则因"道"之承载而备受重视。明代诸儒,幼读《三百》,久习四书,承程、朱遗绪,大抵以恢扬圣学为任,以续接道统为念,立言行事中多有此意贯穿。诗之载道,成为续接经学传统,进入儒林世界的基本准则。

---

① 永瑢:《四库全书总目》卷一七六,中华书局1965年版,第1573页。
② 夏尚朴:《东岩集》卷一,上海古籍出版社1987年版,文渊阁四库全书本。
③ 夏尚朴:《东岩集》卷二,上海古籍出版社1987年版,文渊阁四库全书本。
④ 请参阅业师刘毓庆先生《明代诗经学史论》《明代诗经著述考》相关论述。
⑤ 宋濂:《宋濂全集》卷七,浙江古籍出版社2014年版,第630页。
⑥ 方孝孺:《方孝孺集》卷十二,浙江古籍出版社2013年版,第466页。
⑦ 方孝孺:《方孝孺集》卷十二,浙江古籍出版社2013年版,第466页。

大儒曹端尝偶成一诗,曰:"作文不必巧,载道则为宝。不载道之文,臧文桷上藻。"①言语无味,明白如画。末句用《论语》"臧文仲居蔡"之典,明言:文不载道,即为无用之雕饰。以诗而论,固非佳作,以道而言,阐发甚明。另一位大儒胡居仁,布衣终身,粹然醇正。在其所定的《丽泽堂学约》中明确规定"凡学以德行为先,才能次之,诗文末焉"②。诗文被毫无疑问的视为"末事",坦言:"今天下第一无用是老释,第二无用是俗儒所作诗对与时文……诗以理性情,文以载道义,又何咎焉,乃不去身心性情上理会,所以无用也。"③故而,诗之作,需在"养性情,明道义,使吾心正气和"的层面展开,最基本手法便是"熟读三百篇,玩其词,求其义,涵泳讽味,使吾心之意与之相孚而俱化"④。身为经典的《诗》三百向来是明代儒林的诗歌楷模。"诗虽三百篇,然人情之邪正,风俗之美恶,政事之得失,无不备见。学者欲择善,而固执之,莫切于此。故孔子谓,何莫学夫《诗》。程子谓,学《诗》使人长一格价"⑤。儒学观念下的诗歌载道,大抵以有裨世用、风化天下为念,作为诗之宗祖的三百篇自然有着无可企及的地位,在儒学主潮之下,以《诗经》为最高典范实已成为传统士人的"诗学公理"。

二、诗教传统的延续与开新

诗之为教,由来久矣。自《尚书》所云的胄子启蒙到《左传》所载的贵族修养,从《论语》的"思无邪"到《礼记》的"其教可知",根植既深,涵养更滋。自孔子发明诗教,百世遵守不易,泽溉后儒,固非一代。儒者素以立教成人为职守,对于诗教传统的承续践履自是毋庸置疑。较之"诗学"的学理意味,"诗教"无疑更为浓厚的实践指向。《论语》《礼记》语焉不详,大体以道德完善、君子养成为归,至于具体的实现手段、完成路径却未规限。所谓"六艺惟《诗》教为至广也"⑥,亦可从此角度作一理解。虽以《诗经》为本源,却未局限其中,后世诗作,亦可纳入;除却《三百篇》的诵读、训解,一般意义上的读诗、作诗、论诗,亦可于修身立德的层面纳入诗教之实践,并不如"诗学"使用之限定严格。

诗教传统之展开,自以《诗经》为本,明儒所诵所教,大抵以《三百》为先。方孝孺自言:"金华刘养浩与余俱学经于太史公,公教人为诗,必以三百篇为本。"⑦太史公即宋濂。"宗经"理念下的诗教展开"必以三百篇为本",态度明白无疑,后儒躬行即可。文章源出六经,学诗以《诗经》作为榜样,自是老生常谈,然儒者所重迥异于诗家,举凡辞章、文字、声调等,略不留意,全副精神多在"教化"二字处用心。学《诗》以章句,用于科考,原是士子通例,能于章句之外,发明诗教深蕴,自非寻常俗儒可比。有明一代,科第之重,自不待言,如此之学《诗》,虽不免功利,但诗教传统的延续在一定程度上亦得益于此。进士出身,官至武英殿大学士的黄淮称:"《诗》以温柔敦厚为教,其发于言也,本乎性情,而被之弦歌,于以神祇,和上

---

① 曹端:《曹端集》卷二,中华书局2003年版,第90页。
② 胡居仁:《胡文敬集》卷二,上海古籍出版社1987年版,文渊阁四库全书本。
③ 胡居仁:《居业录》卷五,上海古籍出版社1987年版,文渊阁四库全书本。
④ 胡居仁:《胡文敬集》卷二,上海古籍出版社1987年版,文渊阁四库全书本。
⑤ 胡居仁:《居业录》卷八,上海古籍出版社1987年版,文渊阁四库全书本。
⑥ 章学诚:《文史通义校注》卷一,中华书局1985年版,第78页。
⑦ 方孝孺:《方孝孺集》卷十二,浙江古籍出版社2013年版,第466页。

下,淑人心,与天地功用相为流通,观于三百篇可见矣。"①身份不同,腔调自异,虽同以"温柔敦厚"为念,然神人相和、达通天地的诗教视野诚为宏阔。与之相较,同为进士出身的王廷相的理解则更为贴近现实的操作,其曰:"诗之教尚矣。三百之旨,缘之性情,恶有乎古今之不可及耶?子之感于流代,然尔,《风》述俗,《雅》赞治,《颂》明德,其义例也;《风》旷以逸,《雅》则以丽,《颂》简而实,其体裁也。"②所谓"今古可及"者,自非等肩《诗经》之想,却是延续诗教传统之志。后之作者,承续前圣,明源流正变,教化于当下,自有可取之处。此段文字因杨慎所选《选诗外编》而言,文末更称:"遡而上之,三百之旨,可以径造,右之性情,风教不于是循以立之。"③更得杨慎所赞同。王廷相论学持正,"为诸家所推重"④,著述颇丰,"自言知道以来,仰观俯察二十余年,言积数万,其与仲尼之道卫守之严,不敢异端杂之"⑤。以卫道之心承续诗教,正是儒者常心。明儒之诗教传承,大体以《诗经》为宗主,循孔门之道而立心,虽在科第重压之下,亦努力保持纯正姿态,虽无创新之论,却得不易之功。

传统诗教,教化为本。无论是宗祖《诗经》,还是后世诗作;无论是作者的言志抒情,还是作品的高下褒贬,皆以教化为旨归。方孝孺持论甚严,坦言:"道之不明,学经者皆失古人之意,而诗为尤甚。古之诗,其为用虽不同,然本于伦理之正,发于性情之真,而归乎礼义之极。三百篇鲜有违乎此者,故其化能使人改德厉行,其效至于格神祇,和邦国,岂特辞语之工、音节之比而已哉。"⑥于对《诗经》推崇备至相为呼应的则是对后世诗作的贬抑苛评,"苟出乎道,有益于教,而不失其法,则可以为诗矣。于世教无补焉,兴趣极乎幽闲,声律极乎精协,简而止乎数十言,繁而至于数千言,皆苟而已,何足以为诗哉!"⑦"何足为诗"的鄙夷忽视虽略显偏执,究其心理底色却是护持诗教的养正本色。在胡居仁看来,《诗经》之后,"世降风移,变而为骚,又变而为排韵,为顺体为调为律诗联句则,诗之体制义理,性情风韵,衰坏尽矣……后世王道不行,教化日衰,风气日薄,而能言之士,不务养性情,明天理乃欲专工于诗,以此名家,犹不务培养其根,而欲枝叶之盛也,其可得乎?"⑧较之方孝孺的严词相向,胡居仁所流露出则是面对诗道凌夷的无限叹惋,溯其卫道明教之心,却是异曲同工。

诗歌的代降,原是道学家最为寻常的文学史观,究其背后学理,正是诗教传统下的世风关注与性情转移。与不甚作诗的胡居仁不同,陈白沙爱作诗,读诗亦多,但对于魏晋至唐的诗家作者同样不满,"恨其拘声律、工对偶,穷年卒岁,为江山草木、云烟鱼鸟粉饰文貌,盖亦无补于世焉。若李杜者,雄峙其间,号称大家,然语其至则未也"⑨。对于李杜的微词正是道学思路的习惯论调,"诗之工,诗之衰也"⑩。诗教理念下的指斥厌恶最是儒者心态,既如以

---

① 黄淮:《介庵集》卷十一,齐鲁书社1997年版,四库存目丛书本。
② 王廷相:《王廷相集》附录佚文,中华书局1989年版,第1441页。
③ 王廷相:《王廷相集》附录佚文,中华书局1989年版,第1441页。
④ 张卤:《少保王肃敏公传》,见《王廷相集》,中华书局1989年版,第1497页。
⑤ 何乔远:《王廷相传》,见《王廷相集》,中华书局1989年版,第1505页。
⑥ 方孝孺:《方孝孺集》卷十二,浙江古籍出版社2013年版,第465页。
⑦ 方孝孺:《方孝孺集》卷十二,浙江古籍出版社2013年版,第465页。
⑧ 胡居仁:《胡文敬集》卷二,上海古籍出版社1987年版,文渊阁四库全书本。
⑨ 陈献章:《陈献章集》卷一,中华书局1987年版,第11页。
⑩ 陈献章:《陈献章集》卷一,中华书局1987年版,第5页。

《毛诗古音考》传世的儒者陈第即言:"若夫《洛神》之赋,徒夸窈窕而寄悲思,匪有关于世教也,君子又奚取乎?"①又如关中大儒吕柟,将南朝诗家归为导致"宋齐梁陈之不振"的重要原因,称:"兹其所以不振也,其志与道可悲矣。使天下随风而靡者其谁乎?且其反君事雠,正与后世冯道等,又何足与论诗与文哉!"②不计工拙的诗文评价,原非衡文,实为论道。

明儒魏骥,"生平学行醇笃,心术正大"。"所行动应礼法,倡理学,勖后进。虽在林野,有补治化",殁后,"萧山民德骥不已,诣阙请祀于德惠祠,以配杨时"。③ 考其生平,自是醇儒风范,论其文字,则根于理道,不事雕琢,其德行文章可谓明儒典范。其曰:"夫诗自三百篇后,历汉魏数千年来,以至于今,其体裁节奏,盖不知其几变矣!中间求其如三百篇之作,有美、有刺、有劝、有惩者能几人哉?且古人之诗,贵平易而不贵奇怪,惟在发乎情性而归乎理义。使人可兴、可观、可群、可怨,被之邦国乡人,孝敬以之而成,人伦以之而厚,教化以之而美,风俗以之而移,斯足谓之诗也!"④此论醇正,本之经,归于教,自是儒家诗教精神所注。儒者的诗歌认可大抵沿着宗经卫道的诗教理念展开,偶有专门论诗的语录,但数量有限;更多则呈现于为他人诗作所撰序跋,数量尤众。此类文字颇为常见,最是明儒诗教观念的集中体现,多有模式可循。首先,论其言行,观其诗文,知其为人,所谓"积于中而著于外"者。同时,多半自谦不能诗,文末通常要强调诗作之价值,并及自己所以作序的原因,则每每结穴于"有补于世教"数字。虽有套路之嫌,却是一代儒者们的普遍态度与核心理念。

诗教之行,自不能止步诗歌的创作与讨论,对于扶持名教、养正人心的关注更需落到实处。所谓"以诗为教",并非空谈,乃是要落于培养子弟、成就学生的教化实处。能作诗论诗,多已成人,诗教之功,乃在个人学问、性情之涵养,德行敦厚之导引;而未能作诗论诗前的启蒙教化,同样不得忽略。何以为教?如何为教?王阳明的一段文字尤当留心:

> 古之教者,教以人伦。后世记诵词章之习起,而先王之教亡。今教童子,惟当以孝弟忠信礼义廉耻为专务。其栽培涵养之方,则宜诱之歌诗以发其志意,导之习礼以肃其威仪,讽之读书以开其知觉。今人往往以歌诗习礼为不切时务,此皆末俗庸鄙之见,乌足以知古人立教之意哉!大抵童子之情,乐嬉游而惮拘检,如草木之始萌芽,舒畅之则条达,摧挠之则衰痿。今教童子,必使其趋向鼓舞,中心喜悦,则其进自不能已。譬之时雨春风,沾被卉木,莫不萌动发越,自然日长月化;若冰霜剥落,则生意萧索,日就枯槁矣。故凡诱之歌诗者,非但发其志意而已,亦以泄其跳号呼啸于咏歌,宣其幽抑结滞于音节也;导之习礼者,非但肃其威仪而已,亦所以周旋揖让而动荡其血脉,拜起屈伸而固束其筋骸也;讽之读书者,非但开其知觉而已,亦所以沈潜反复而存其心,抑扬讽诵以宣其志也。凡此皆所以顺导其志意;调理其性情,潜消其鄙吝,默化其粗顽,日使其渐于礼义而不苦其难,入于中和而不知其故。是盖先王立教之微意也。⑤

---

① 陈第:《屈宋古音义》卷三,新文丰公司1984年版,新编丛书集成本。
② 吕柟:《泾野子内篇》卷一,中华书局1992年版,第11页。
③ 张廷玉等:《明史》卷一五八,中华书局1974年版,第4320页。
④ 魏骥:《魏文靖公摘稿》卷五,齐鲁书社1997年版,四库存目丛书本。
⑤ 王守仁:《王阳明全集》卷二,上海古籍出版社1992年版,第87—88页。

究其学理脉络,依旧是传统教化思路的延续,并无新意,同时用于童子启蒙的"歌诗习礼"亦有见其于诗歌的特别推重。然而,尤需注意的是,作为启蒙的歌诗并未限制于《诗经》——当然,《诗》三百自是毋庸多言的核心教材。在这段文字里,王阳明特意强调了诗歌对于童子之情的诱导、培养、宣泄,就教育学而言,或可称之为一种素质教育,就文学批评而言,或可称之为对诗言志的一种心理诠释,而在阐释中,实已蕴含着王阳明对于歌诗功用的价值认可。童子歌诗与古之诵经颇有渊源,自是诗教中不可忽略的范畴,人颇习见,未曾多为留意,故而,王阳明于此的特别关注与专门阐发却不可滑过,无论以大儒身份探究童蒙之诗教,还是乐、诗、歌、教的综合考虑,颇具开新之功。

又如明儒吕柟,躬行礼教,集关学之大成,"时先生讲席几与阳明氏中分其盛,一时笃行自好之士多出先生之门"。曾有人问:"动物感人,莫如音乐。尝见世之所谓戏子扮岳飞、秦桧故事,坐客往往泣下,而况先王之雅歌者与!故《天保》以上,《采薇》以下,《关雎》、《鹿鸣》、《棠棣》、《伐木》、《蓼莪》之章,苟时复咏歌,亦未必无补于德性。"曰:"于田夫野老之前,扮岳飞、秦桧即泣下沾襟,若歌《采薇》、《关雎》等诗,虽千百遍恐亦不欲闻也。是故世变不同,人品亦异,教君子小人亦异术。"①如此论断,似有贬抑《诗经》教化效力的嫌疑,然其所述,却是不争事实。宗经崇儒,却不妄自尊大,能够注重受众的文化层次,宽容戏文歌演,因人施教,如此教化思维,于醇儒之中诚然可贵。还可留意者,湛甘泉编选《白沙子古诗教解》,称:"白沙先生无著作也,著作之意寓于诗也。是故道德之精,必于诗焉发之。"②陈献章以诗为著述的道学传承依旧是儒家诗教的历史延续,然而,作为具体知识的承载方式,个体思想的表达途径,湛甘泉为乃师特别标举的"诗教"却也堪称主流意识下的开新之举。

三、诗歌兴趣的正当与合法

学以修身,教以化民,因学以教,教以成学,二者相辅相成,正是儒者立身正途。作为经的《诗》,参与其中,诵读琢磨,本正源清,最是要务;至于三百之后的诸多诗作,却须认真淘汰一番,才勉强列入末席。儒者固以宗经卫道为念,诗歌的地位虽然不济,却未被排斥于大小儒生的人生之外。诗不妨作,亦可以品评议论,关键在于此类诗歌行为之后的作者情志。"诗者,志之所之也,在心为志,发言为诗,情动于中而形于言。"③较之形诸文字的外在表达,儒者更为留意的乃是蕴发情志的内在涵养;相对于"诗写得如何","如何写诗"方是核心关注,所谓"如何写",自不是雕琢词句的文学训练,而是抱持怎样的兴趣来进入诗歌,与《大学》所云"正心诚意",颇有相通之处。唯有如此,本为末事的诗歌行为才会被认可接受,正因如此,故而对儒者之诗歌兴趣有着正当、合法的格外要求,作为标准的则是"发乎情,止乎礼义"的黄金准则。

所谓"正当",大抵就"发乎情"而论,于儒者而言,发而为诗的"情"必须合乎"无邪"的要求,符合诗教的规范。心志性情的陶冶抒发须以"正"为归,"君子务本,本立而道生"。以儒

---

① 吕柟:《泾野子内篇》卷四,中华书局1992年版,第28—29页。
② 湛若水:《诗教解原序》,《陈献章集》附录一,中华书局1987年版,第699页。
③ 阮元校:《十三经注疏·毛诗正义》卷一,中华书局2009年版,第563页。

者诗作而言,"本"之所在即是"正"之涵养。方孝孺《正学箴》曰:"古学务实,体立用随,始诸身心,验于设施,后世失之,攻乎文艺,观听是娱,道德是弃,王者之学,以古为师,穷理正心,固守勇为。"①"攻乎文艺"的欢娱诗作被视作"失德"之行,"穷理正心"的固守方是儒家正路。又言:"后世之诗,出于一时之言,殆若可以感人矣,而病于道德不足而辞采有余,故虽可以感人,而不能使人知性情之正。夫人莫不有仁让敬义之心也,恒患不能言之,以其心之所同然者入其耳。戾者化,悍者革,悔者至于涕泣自讼,喜者至于拊手蹈足,此仁声之所以为深者乎。"②此段文字恰可成为《正学箴》之注解,论析剀切,于诗作"感人"特别拈出的"性情之正"即是核心所在。无论是最为当行的《诗经》研习,还是作为末事的写诗论诗,皆须以"正"为念,涵养性情。如初读《毛诗》的曹端,最大的收获便是"可以识性情之正"③。弘治榜眼董玘更明确反对以科举利禄为目的的学《诗》论《诗》,称:"《诗》之为经,其词微以婉,其声和以平,其义博以奥,其用使人得夫情性之正。"④而大儒吕柟对于唐诗的态度亦可回味:"不惟不暇看,亦不必看。唐诗题目多不正大,且煅字炼句,夸多斗美,无益于身心。一家诗已害事,况百家诗乎!"⑤呈现于诗界的儒者,刻意保持着与一般文士的距离,虽然作诗、论诗,却不以辞章之美为念,不计工拙,所谓"一出于正",便是底线。

  得之于天的性情如何以正当整体体现于诗歌?诗歌行为中的"性情之正"如何收放保持?儒家的"养正"功夫如何与经学之外的诗歌结合?效法《诗经》,依然是首选答案。"求诸三百之旨,径域乃真耳。其教,温柔敦厚;其志,发乎情,止乎义礼;其究,形四方之风而已。能由是而修之,诗之正始得矣。今观梅国之诗,厥才广博、岳藏海蓄;厥气逸荡,霆奔风掉;厥辞精润,金相玉质;又皆本乎性情之真,发乎伦义之正,无虚饰,无险索,无淫取,可以移风易俗,可以助流政教。所谓温柔敦厚,发乎情,止乎义礼,以形诸四方之风者,不其在是乎?"⑥以经为本,自是不错的选择,经学之外,最可作为仿效对象便是历代大儒,于明儒而言,朱熹自是不二的人选。夏尚朴称:"予观子朱子《感兴》之作才二十篇耳,天人禀赋之理,圣贤传授之旨,异端悖谬之失,俗学支离之陋,与夫千古史学难决之是非,而超然得于独断之余者,率于此发之,诚无愧于三百篇之作矣。然公岂尝规规学为如是之文哉?盖由平日涵养之功已至,故其性情所发,自然止乎礼义如此。"⑦朱子之外,乃有邵雍。理学诸儒虽多能为诗,然于诗最具兴趣且以之作为道学性情之寄托者,自以邵雍为最。相似身份下的相近性情自然有着天生的亲近,屡屡效仿、次韵。阳明弟子邹守益曾在广德为官,则"聚州之童子而教以诗礼"。特别选取"《诗经》之关于伦理而易晓者,及晋靖节、宋周、程、张、朱及我朝文清、康斋、白沙、一峰、甘泉、阳明诸君子之诗切于身心而易晓者,属王生仰编而刻之,俾童子讽咏焉"⑧。除去效法对象的认真选取外,明儒更在作诗、论诗中自我戒慎,处处以"养

---

① 方孝孺:《方孝孺集》卷一,浙江古籍出版社2013年版,第46页。
② 方孝孺:《方孝孺集》卷十三,浙江古籍出版社2013年版,第495页。
③ 张信民:《曹月川先生年谱》,《曹端集》,中华书局2003年版,第260页。
④ 董玘:《中峰集卷四》,中华书局2016年版,第106页。
⑤ 吕柟:《泾野子内篇》卷九,中华书局1992年版,第80页。
⑥ 王廷相:《王廷相集》卷二十二,中华书局1989年版,第417页。
⑦ 夏尚朴:《东岩集》卷二,上海古籍出版社1987年版,文渊阁四库全书本。
⑧ 邹守益:《邹守益集》卷二,凤凰出版社2007年版,第24页。

正"提醒。如,嘉靖时,与王阳明论学相抗的大儒罗钦顺,曾与乡大夫十余人相会于龙福寺,群儒雅集,不免有诗,但"诗意宜一切以正俗为主,勿为留连光景之辞"①。众皆曰诺。又若,阳明弟子钱德洪录湛甘泉语曰:"后世学问,不在性情上求,终身劳苦,不知所学何事。比如作一诗,只见性情不见诗,是为好诗;作一文字,只见性情不见文字,是为好文字。若不是性情上学,疲神瘁思,终身无得,安能悦乐,又安得无愠?"②用力处全在性情,至于"文字"功夫,则要落于"不见",而最终指向则在"悦乐、无愠"的孔门修养。邹守益自称:"诗稿中间尽有得意者,亦有错杂意思不相浃洽者。大抵情景相感,盎然而发,则喜愉非苦,皆得其实。若无所感触,而强作语言以模写之,正恐无病而呻吟耳。"③此处的得意、喜愉恰与甘泉语录相为映照,最怕"无病呻吟",一则勉强而作,已是为写诗而写诗;再则无感而发,则性情已伪,皆失"养正"之本。

所谓"合法",大抵体现于"止乎礼义"的思考。儒家言行规矩一准于礼义,承认诗歌的可作、可论,并不意味着可以如寻常诗人般随意挥洒。所谓"非礼勿视,非礼勿听,非礼勿言,非礼勿动",并非简单言行规定,藏于其后的乃至关重要的"克己"功夫。以儒者的诗歌行为而论,诗的文字表达、内容涉及、语气声调,诸种形之于外的文字表现大体可归入"非礼"的四勿之中,回避不为即可,关键所在,乃是儒者以怎样的态度来作诗? 在被认可的诗情之下,投入精神多少? 对于诗的喜爱达到怎样的程度? 如此种种,不仅涉及儒者个人的诗歌兴趣,更要考究此种兴趣在其人生的支配能力,作为儒者,能否克制自己的诗情诗趣,即是克己功夫的重要体现。"克己复礼"原是孔门要义,后学奉从,躬行不二,非止诗作,正学道统之外的诸般种种,皆须克制,不仅是言行的规范,更是心性之修炼。于诗而言,儒者最为合法的态度便是:无论个人兴趣的浓淡深浅,不得过分喜爱,不得过分投入,以余事视之。

视作诗为余事,自然不是明儒的首创,对诗极有兴趣的儒者,亦不开始于明代。较之于"立德立功",衡之于"济世安民",诗为游艺余事,亦是古已有之。言及明代,程、朱态度最是关键。程颐以为,但凡为文作诗,必须"专意""用心"方得为工,而此,必然妨害学者的情性修养,故当以闲事视之,宁可不为。④朱熹亦称,"才要作文章,便是枝叶,害着学问,反两失也"⑤。程、朱态度自是明确:诗文妨道,乃至害道。对于理学训练下的明儒而言,承程朱遗绪,将诗歌视为道学余事自是毋庸置疑的基本态度,尽管各自的性情、兴趣各不相同,但以诗为第二义,乃至更低层次的"末事"却大体相近。

醇儒薛瑄称"作诗、作文、写字,疲弊精神,荒耗志气,而无得于己。惟从事于心学,则气完体胖,有休休自得之趣。惟亲历者知其味,殆难以语人也"⑥,此言直可看作朱熹"诗不必作"一言之注脚;又曰"用力于词章之学者,其心荒而劳;用力于性情之学者,其心泰然而

---

① 罗钦顺:《整庵存稿》卷七,上海古籍出版社1987年版,文渊阁四库全书本。
② 黄宗羲:《明儒学案》卷十一,中华书局2008年版,第230页。
③ 邹守益:《邹守益集》卷十三,凤凰出版社2007年版,第678页。
④ 朱熹编:《河南程氏遗书》第十八,台湾商务印书馆股份有限公司1978年版,第262页。
⑤ 黎靖德编:《朱子语类》卷一三九,中华书局1986年版,第3320页。
⑥ 薛瑄:《薛瑄全书》,山西人民出版社1990年版,第1069页。

乐"①,则是于心理层面为朱熹的"作诗无益"论进行辩护。以"余力"游于"诗"成为经典认可的合法行为,而这位道学醇儒遂将"修己教人"外的"余力"交与艺文。诗在薛瑄心中的确确被当作"余事"——并非"时文之余",乃是"性理之余"。王阳明的心学主张虽与程朱理学略有分歧,但道学关注下的基本诗歌态度却大体相似。"诗文之习,儒者虽亦不废,孔子所谓'有德者必有言'也。若着意安排组织,未有不起于胜心者,先辈号为有志斯道,而亦复如是,亦只是习心未除耳。"②其于"诗文之好"的担心则在溺志分心,有碍德业。溯其学理逻辑,却是程朱一脉。早岁能诗溺诗的王守仁不仅依照道学的规范放弃了自身的诗歌兴趣,而且毫无例外地将诗歌视为道学余事。

四、结 语

诗源于《三百》,诗学本于经学,乃至作为"载道"末事的存在,种种话题,大抵皆非明儒所创,不过祖述成说,发明而已。自无新变之奇,却得守成之功。阐明道学固是儒者本职,写诗作文则是可以选择的媒介载体,更是凸显身份的最佳标识。重学而不废诗,明道而可论文,乃是明儒最为寻常的人文选择,更是儒学传统于诗歌领域的历史延续。渊源有自的诗教传统成为明儒最为认同的诗歌实践,作诗论诗大抵以辟异端、扶世教、淑人心为念。无论评骘诗篇,还是为人作序,谆谆以宗经卫道为任,明儒的诗教承续以儒之常心展开,努力于科第功名中维持古道、养正人心。其中更有大儒,或关注童蒙歌诗,或广开教途,颇具开新之力。诗教传统所强调的是儒者作诗、论诗的历史使命与集体责任,诗歌兴趣所关注的则是儒者于诗歌中展现的个人志趣与当下情怀。《诗经》之外的诗歌行为,勉强跻身以末学之位,附庸于诗教传统,虽得允入儒者之人生,却须遵循"发乎情,止乎礼义"的基本要求。发言为诗的"情"当持正无邪,更得时时克己,视之道学余事。

明儒之诗界:学之重,教之严,趣之正,循其学理,探其思想,并无新奇之论,尽管阳明心学曾是石破天惊的思想飓风,落足于诗,却亦持中守正,作为中国诗史传统中最为认真的一段儒学实践,承前启后,功不可没!明儒之诗界,自然不乏警句佳制③,诗情诗兴,亦为不浅,置之文学史中,亦不可轻易滑过。对于明儒诗歌世界的重新审视,当然不是作家加作品的补苴罅漏,诗史序列上几位诗人的增补,自有其价值意义,需要注意的是,"对于表达哲学史和一般思想史中某种知识的诗文所做的评注,其价值无论怎样估计都不会过分"④。这个"无论怎样估计都不会过分"的价值远不限于几位诗家的文献增补,涉及学术、思想、文化、心灵诸多层面的深刻内蕴,当然不能以单一的文学审美来品评估计。对于明儒诗学、诗教、诗趣的讨论,即以此发端,抛砖引玉,敬祈赐教!

---

① 薛瑄:《薛瑄全书》,山西人民出版社 1990 年版,第 1075 页。
② 王守仁:《王文成公全书》卷五,中华书局 2015 年版,第 225 页。
③ 王世贞曾专门罗列诸儒七言,称以"极致"之评。见《弇州四部稿》卷一四九。
④ 勒内·韦勒克、奥斯汀·沃伦:《文学理论》,刘象愚等译,江苏教育出版社 2005 年版,第 125 页。

一扇透视传统美学精神的幽窗
——试论中国古代器物汉字美学价值

陈 虹[*]

摘 要：不同于字母文字，汉字书写是一种意象的显现，其显现面貌也与器物载体密切相关。由于中国观物取象、寓道于器的造物观，器物上的汉字书刻是多种意象的交汇。我国传统的器物文化较完整地保存着汉字发展演变的完整形态轨迹，在观照汉字书刻物的过程中，可以寻找本民族独特的美学精神密码，从而达到对我国传统美学精神更深刻的洞察。

关键词：汉字；器物；意象；美学

汉字因其立象尽意的构形方式，不仅有着信息传播的实用功能，还可以传达形象、蕴含情感、喻示哲理，具有丰富的美学价值。然而长期以来，我们对汉字之美的认识几乎完全等同于书法之美，却忽略了汉字由于某种材料、工具和技术，或是某一些特定身份的人在特定的历史时期，感性具体地生成、建构出物质实在的汉字形体所显现出来的美学价值。其实，我们不仅可以从古文字学、考古学、书法的角度去考察古代器物上的铭文，也可以从美学的角度，用现象学的方法去观照古器物上的汉字，把它作为透视传统美学精神的一扇幽窗。

一、现象学视野中的汉字

文字作为人类交流讯息、记录语言的书写符号，是文明得以开启的钥匙，也是文化得以传播的重要载体。在古老中国人的心目中，文字可以通神明之德，亦可类万物之情，具有神圣的地位。而在西方传统语言观中，文字一直被认为是思想和语言的影像，是作为言语缺席的替补出现，言语重于文字。这种对文字的轻视态度一直到20世纪初胡塞尔的现象学那里才得以改观，胡塞尔提出"要朝向事物本身"，寻找个别与一般、现象与本质等得到沟通的某种方式，从而克服古希腊以来西方哲学中二元对立的问题。在他看来，纯几何学和一般关于时空的纯形式的数学最能体现他所说的"朝向事物本身"的意义，因为它的书写公式是超越时空的客观存在。胡塞尔对几何学形式的关注，继而引起了他对书写和语言文字问题

---

[*] **作者简介**：陈虹，铜陵学院文学与艺术传媒学院副教授，主要研究方向为汉字文化、美学。本文系安徽省高校人文社会科学研究重大项目"读图时代汉字的审美价值研究"（SK2016SD59）、安徽省高校优秀青年骨干人才国内访问研修项目（gxgnfx2018041）、2017年度铜陵学院人才科研启动基金项目（2017tlxyrc09）阶段性成果。

的注意,他认为书写文字的形式及起源问题和原始意义问题就有了直接的关系。

德里达对西方传统中文字与言语的关系进行了彻底解构。他认为传统的对言语与文字的看法是典型的逻格斯中心主义的表现,这种思想即表现为西方哲学中的在场形而上学思想即二元对立。他在《论文字学》中肯定了文字的地位,认为文字概念既不是索绪尔所说的言语的能指而被所指所决定,也不是言语的派生形式,而是作为本原的所指的替补化和替补的本原化。在所谓的表音文字出现之前,在有概念之前,文字书写早已存在。德里达认为这些"书写"先于一切的概念。

正如象形文字或是舞蹈行为,或是劳作等"书写"比起语言(声音)还更早。因为在原始人眼里还没有所谓的概念,在概念形成之前,事物的意义与象形文字、手语、姿势有直接的联系。人们只有用手势语来表示自己的思想、情感、经验、意图等,而不像我们今天这样自如地运用"文字"(书写)来表达心声与传递信息。古人的结绳记事就是对形象、事物的一种认识方式,这既是一种实践活动,也是一种书写方式。这里不存在所指与能指的对立,在此象形文字成了一种事物,事物便是一种符号,事物是一种在场,这种"在场"问题与传统的形而上学的"在场"问题有根本的区别,它不需要以声音为中介,而直接把事物看成一种符号。

德里达非常重视弗洛伊德的精神分析学。在《释梦》里,弗洛伊德认为梦与图画形象及视觉有关,而与声音无关。他把梦当作意义的隐喻,"显梦好比是一篇象形文字手稿"①,我们不应按照画面价值而是按其象征意义去破译它们。弗洛伊德认为人的潜意识、无意识所形成的意识是由形象的事物元素所组成,而并非声音,是一种不言之"图画",并且这些元素是不符合逻辑、语法的,也就是说它先于逻辑、概念。德里达在《书写与差异》一书里对弗洛伊德的书写问题进行了深入分析,得出这样的结论:"即语音文字的一种文本被心灵能量所占据并且作为梦的一般书写中的一种隐蔽的、特殊的、可翻译的而且是无特权的因素而发挥作用。即语音文字作为文字书写的书写。"②由此,德里达认为表音文字源自象形文字、书写。象形文字、表意文字和汉字是理想的文字,原因是这些文字没有受到言语的控制,同时直接指向意义。德里达认为象形文字、汉字就像"延异"(diffrance)、"痕迹"(trace)、"划道道"。他认为:"用'文字'(书写)来表示这些东西,不仅表示书面铭文、象形文字或表意文字的物质形态,而且表示使它成为可能的东西的总体;并且它超越了能指方面而表示所指方面本身。"③他从弗洛伊德对梦的解析也看出梦与书写的相似:"梦的一般书写溢出了语音,书写并将语言打回其原位。就如象形文字或字谜那样,语音不在其位的。"④

在德里达看来汉字具有"延异"的作用,因为象形文字如同自然之物,在未被人们理解之前,它无法给我们明确的意义。在德里达看来,汉字是非言语中心论的,对一个陌生的汉字无法直接读出,因为声音只是汉字的一部分,它不能控制汉字,汉字的意义在自身差异中显示。正如他所说的"物自身是一种符号"⑤。不需要声音来传达,不再反映口语,从而也不

---

① 弗洛伊德:《释梦》,孙名之译,商务印书馆1996年版,第277页。
② 雅克·德里达:《书写与差异》(下),张宁译,生活·读书·新知三联书店2001年版,第375页。
③ 雅克·德里达:《论文字学》,汪堂家译,译文出版社2005年版,第11页。
④ 雅克·德里达:《书写与差异》(下),张宁译,生活·读书·新知三联书店2001年版,第393页。
⑤ 雅克·德里达:《论文字学》,汪堂家译,译文出版社2005年版,第68页。

再受言语控制,而是直接指向意义。德里达在这里贬低表音文字,强调汉字书写的优越性,显然过于偏颇,因为汉字在作为某种符号时,也不可避免地受到能指的限制;汉字具有言语和书写的性能,但它作为意义的符号时,同样也被用于作概念、定义等,自然也会出现"文字中心论"等问题。但是可从另一角度帮助我们加深对汉字特点的认识。的确,中国的汉字是古人长期观察自然界和人自身形象的结果,是人类一种寻迹观象的生命活动,以"物象为本"的甲骨文是古人运用刻痕和留迹的方式留存的语言与记忆,是人的原初文化活动所产生的人与世界融为一体的迹象表征。

事实上,世界上许多地区都曾出现过象形文字,如古埃及的圣书体和巴比伦的楔形文字以及拉丁美洲的玛雅文字,但都因为种种原因而消匿于历史的尘烟之中,唯有汉字能够始终屹立不倒,不仅成为言语的记录符号,还发展为独特的书写形式,以"形"来区分自己,来"表达"自己,这确是汉字引以为豪的魅力所在。这种魅力让20世纪初的美国学者厄内斯特·费诺罗萨大加赞赏,他在《作为诗歌手段的中国文字》一文中认为,汉字远不是任意的符号,汉字的思维图画由符号唤起,但又比符号生动具体得多。同时汉字中包含了诗的品质,即将"大自然的真理一大部分隐藏在细微得看不见的过程之中"[①],用特殊的形体"物",以"隐喻"的方式,从可见进入不可见的世界,用物质的形象暗示非物质的形象。"汉字不但吸收了大自然的诗的实质,而且用它建立了一个比喻的第二世界,用其图画式的可见性保持了其初始的创造性诗歌,比任何语音语言更有利更生动。"[②]费诺罗萨实际上也是运用了诗的语言揭示了汉字作为实用工具之外的一个重要特质:象形文字与物一直紧密而和谐地联系在一起,也即在汉字形体始终寄寓着人类所观所感的物的形象,另外,汉字书写者又借助于声音的不在场将书写者的自我意识变为语言意义的在场形式,使汉字的书写中蕴含了一种包含了书写者情感的形象,从而使汉字成为一种审美意象的载体。这种对汉字诗性思维的认知也直接启发了埃兹拉·庞德对意象派诗歌的创作。

二、作为书写物的金石器物

张祥龙教授曾从现象学角度分析为何独有汉字能成为一门艺术,是因为汉字本身就具有语境化的特性,其意义形成还依赖于语境的完形成意。[③] 汉字以自身的"象"参与构意,去完成和丰富整个语境的生成。此外,汉字之"象"的显现又与其显现方式休戚相关——铭刻或书写,从一定意义上说,汉字与它的载体一起作为书写的结果——书写物而呈现在世界上的。许慎在《说文解字》中对"书"字的解释是:"书,著也。从聿。"[④]也即书之本意本是动词,指右手执笔进行言说。这种言说是对人的生活经验世界的表达和揭示,也是文字书写的最初缘起。而汉字作为先民俯仰观察、摹物取象的产物,正是以"文"与字的形式将自然

---

① 厄内斯特·费诺罗萨著,埃兹拉·庞德编:《作为诗歌手段的中国文字》,赵毅衡译,《诗探索》1994年第3期。
② 厄内斯特·费诺罗萨著,埃兹拉·庞德编:《作为诗歌手段的中国文字》,赵毅衡译,《诗探索》1994年第3期。
③ 张祥龙:《从现象学到孔夫子》,商务印书馆2011年版,第463页。
④ 许慎著,段玉裁注,许惟贤整理:《说文解字注》(上),凤凰出版社2017年版,第210页。

界某物得以呈现。

　　最早的汉字多以锲刻的形式显现。在藉物象通天的时代,为了留存记忆,或是明示神谕,为了重温情感,或是提供垂范……汉字被刻铸在岩石、陶器、甲骨、青铜以及后来的砖瓦碑石等种种器物之上,使之成为一种特殊的历史遗留物。这些文字刻痕凝固了大量的历史事实和丰富的审美信息,再现了华夏先人的生活世界和心灵奥秘,成为后世人们心中永远的文化记忆,昭示着民族发展的文明轨辙并融入了世代华夏族人的生命基因。在与不同器物载体相结合之中,汉字显现出不同的美学风貌,言说着不一样的生命状态:或质朴神秘,或圆媚典雅,或端庄雄健,或恣意奔放……器物载体材料的质感、光泽、强度、硬度、颜色一起参与了汉字意象的生成,召唤着人们的想象力,引领着人们的精神。而"器物"在传统文化和人们的精神世界中特殊的象征与隐喻意义,为汉字的显现又构建了一个个特定的言说之境,使汉字超越了书写者的自我意识和书写意图成为一种无限蕴藉的存在,那些生命刻痕与"印迹"的文字仿佛可以随时唤醒我们记忆中遗失的岁月陈迹,引领我们进入深邃的历史隧道,觉悟属于我们自己的文化之根。

　　诚然,世界上许多古老的民族都留下过铭刻文字的历史,苏美尔人的钉头字泥版、钉头字太阳神碑,古埃及的记功碑、墓室文字和刻字陶俑,玛雅人的96字碑……然而遗憾的是,这些文字所代表的文化传统都在历史的某个阶段终止了、消亡了。纵使这些冰冷的器物上所镌刻的文字仍让人叹为观止,却大多只能是用于考据历史的失去生命力的死文字。而汉字这种古老的象形文字却以其独有的生命智慧实现了五千多年的穿越,一直步入了21世纪,在这个拼音文字大行天下的世界中继续彰显其强健的生命力。奇妙的是,当代中国人在面对几千年前的文字时,仍能依稀辨识其中的意义,甲骨文、大篆、小篆各种古文字还能以艺术的形式实现它们的当代价值,这不能不说是一个文化奇迹。究其原因,一方面来自汉字立象尽意的构形方式,使之不仅可不受言语的控制直接到达意义本身,还可传达形象、蕴含情感、喻示哲理,具有言语信息传播之外的丰富的美学价值;而另一个重要的因素恐怕是因为我国传统文化中的厚葬之风、阴阳之说的影响,在地下世界为我们深藏着一个丰富、完整而又具有历史延续性的器物文化链,保存了汉字发展演变的完整形态轨迹,并由此产生了我国文化历史上对古器物与铭刻其上的古汉字的鉴藏、考辨、传拓、研究的专门学问——金石学。

　　何谓"金石"?朱剑心先生的《金石学》一书曾有所说明:"金"是"以钟鼎彝器为大宗,旁及兵器、度量衡器、符玺、钱币、镜鉴等物,凡古铜器之有铭识或无铭识者皆属之……石者,则以碑碣墓志为大宗,旁及摩崖、造像、经幢、柱础、石阙等物,凡古石刻之有文字图象者,皆属之"①。也即,他认为"金"一般以商周彝器为主,"石"多以汉以后的碑志为大宗。

　　对金石的关注和研究在我国有着悠久的历史。早在西汉时期,便有人对古铜器和竹简进行零星考释。东汉许慎在《说文解字》中也特意提到铭刻在出土彝器上的"前代之古文"。唐代初期凤翔出土的石鼓文引起了当时学者与书家的考据热情。北宋欧阳修将自己置于毕生所爱的金石、书琴酒棋之间,自称"六一居士"。宋代的赵明诚夫妇每见古器不惜重金收购,甚至"脱衣市易",购回后抄录研考,倾尽心血著成《金石录》一书。自宋以后的一千多

---

① 朱剑心:《金石学》,文物出版社1981年版,第3页。

年,金石学曾成为中国学术史上非常兴盛的一门学科。元明时期对金石的研究因被认为玩物丧志而一时衰微。但清代对金石的收藏和研究很快蔚然复兴,出现了以金石文字证经订史的"乾嘉学派"和像《金石萃编》、《古石录》、《金石索》这样的有分量的著作。随着古代陶器、兵符、封泥等文物的不断出土和发现,金石所收藏的范围在不断扩大,文人雅士把大量的精力投入到对金石的收藏把玩和辨识研究之中,金石学达到极度的辉煌。清朝覆灭后,从五四新文化运动到新中国的成立,学者文人对金石的文字热爱依然久盛不衰,特别是在甲骨文、汉晋简牍残纸、敦煌写经等新材料被发现以后,金石学研究吸引了一大批学识卓越的学者,出现了像王国维、罗振玉、董作宾、郭沫若这样的甲骨文研究大家。他们在金石器物和古文字方面卓有成效的研究为训诂字义、证经补史作出了极大的贡献,也为书法篆刻的研究、实践提供了丰富的范本和重要的文献。然而随着现代教育体系的建立,金石之学被分解到"古文字"、"古器物学"、"考古学"等新的学科之中,为新学科的成立提供原点和支撑,作为母体的"金石学"正在逐渐淡出人们的视野。身兼学者与书法大家的陈振濂教授曾不无遗憾地表示:"金石学在当代的'淡出'不仅仅是一门学术的淡出,还意味着一种理念意识,甚至是一门丰富的传统技艺的淡出甚至消亡。"①其实对金石文化忽视的后果恐怕还远非如此。清代金石学家吴云说:"天地间宝器其铭识皆古人精神命脉所寄,守之者能精拓传世,则器传人亦与之俱传。"②精要地指出了:这些经历过时间、穿越了空间的"宝物"并不只是非人的、无生命的、无情感的、无个性的客体,更不仅是在商品市场上穿梭、被争夺、被膜拜的奢侈品,它携带了人的情感精神穿越了岁月风尘而成为记忆、时间和生命意味的负荷者。

  康德曾主张:我们应该以一种感性直观的形式来把握事物。所谓纯直观的形式就是时间和空间。康德认为,人类以时间和空间来主观把握感知世界,这是一切感性经验形成的基础。人的认识是感觉材料与先验感性直观的结合,而感性的直观形式又占了主导地位。若此,当我们面对穿越历史风尘的文物,也应该通过时间和空间这些感性形式来先天地直观,去透视一个时代的秘密。海德格尔在《存在与时间》里说,对于博物馆里保存着的"古董"而言,它属于过去的时间,"那世界不再存在。然而一度在那世界之内的东西还现成存在着。但作为属于世界的用具,现在仍还现成的东西却可能属于'过去'。但世界不再存在意味着什么?生存着的此在作为在世界之中的存在实际存在着,而世界只有以这种生存着的此在的方式存在。"③这一段话极其经典地阐述了历史遗留之物的存在问题,此在是世界之中的存在。当一件历史遗物被搁置在安静而隐蔽的角落,远离了人们实用的生活,物之物性自身被遮蔽。只有当人们与之照面时,发出对存在者之存在的追问之思,其自身的世界才会呈现在世人的面前。物才会敞开它们自身的本质空间如其所是地显示,一个与使用物相联系的世界和时代才会与我们照面,那个文物的自身的本真性才会得到充分的展示,

---

① 陈振濂:《"金石学"研究的当代意义与我们的作用》,《艺术百家》2008年第3期。
② 吴云:《两罍轩尺牍卷九·陈簠斋太史介祺》,载《近代中国史料丛刊第二十七集》,台北文海出版社1987年版,第695—696页。
③ 马丁·海德格尔:《存在与时间》,陈嘉映、王庆节译,生活·读书·新知三联书店2014年版,第430页。

而我们也可从"敞开"的作品所包含的世界走进海德格尔所说的"存在者的真理"。①

三、古代器物汉字书刻的美学价值

以甲骨文、金文与碑刻文字为例,我们可以发现器物载体对汉字显现审美形态及意蕴的重要影响。作为最早的成熟文字:甲骨文字在笔法线条、结字章法等方面都形成了一套完整的系统,有着较稳定的空间格局。其线条瘦劲挺拔,结体纵横欹斜,章法错落有致,风格丰卓多姿。作为巫神文化的载体,甲骨文的审美形态,反映了人类童年时期对神灵质朴的虔诚,以及对自身命运的关切和对美好生活的企盼;钟鼎彝器上的汉字是商周祭神通祖、通天喻礼的工具,总体上呈现出浑厚典雅的审美风貌,体现出商周先民们从巫史文化走入礼乐社会时期,宇宙观和理性意识成长及形成的过程。刻石碑文在我国有着悠久的历史,由于内容、字体、书家、刻工、书写材料以及种种因素的影响,碑刻的文字形态往往表现得多姿多彩,同时又具有所处时代字符群所共有的宏观审美风貌。汉碑、魏碑与唐碑是中国碑刻文化的三座高峰,也相对集中地反映了汉字在书体演变最关键阶段的审美特征。无论是苍劲浑朴的汉碑、浑厚峻伟的魏碑、还是雄健华丽的唐碑,都向人们昭显了华夏先人对生命意义的思考,并给后人提供永远的精神指引。因此,甲骨、金石文字犹如书家与刻者的精神"现"象,字迹刀痕之间蕴含的是书写者的审美趣味和时代的审美风尚。

阿恩海姆的艺术视知觉认为,视觉往往犹如一个"场",将展现在时空中的每一个事物摘要或部分都作为一个整体的结构。以现象学的观点来看,甲骨、金石等器物作为一种特殊的"言说之境"而存在。书写器物的色彩、材质、造型等"有意味的形式"构成汉字显现的"视域",参与了意义的生成,与其上显现的汉字共同构建了一个内涵丰厚的言说之境。使汉字超越了书写者的自我意识和书写意图,成为一种无限蕴藉的存在。器物上的汉字铭文也首先是作为一个整体意象显现于审美观照之中,其中有着多种意象的交汇。因此,从审美接受的角度来看:器物上的铭文是时代审美精神的感性显现,它作为一种历史文化符号,可以让我们在对历史的追溯中激荡思绪,再现、重构乃至创造出形形色色的"象",并在多重意象的交织中体验对人生的反思,达到对现实生活的超越。

上海社科院许明教授曾表示,我国当前的美学研究"大致都以文本考据为主,忽略了对陶器、青铜器、书画等器物的考证和研究……这实为当代中国审美文化发展的一个制度性缺陷"②。因为当代美学学者大多局限于自己的书斋,鲜少有机会与凝固着我国传统审美文化历史秘密的古代文物接近;而客观因素是,在传统的学科分工中,研究古器物被当作文物界的事,美学研究者们因此既无机遇也无条件去关注这个蕴含着丰富传统美学精神的富矿。这样的见解可谓慧眼独具而又切中要害。因此,当代艺术理论研究者、美学研究者应该从本土的审美材料、审美经验和实践出发来思考问题,努力寻找本民族"独特的审美文化的自有密码"③,并力求创建出既符合本民族审美习惯和审美需要,也能够思考和回答人类

---

① 马丁·海德格尔:《林中路》,孙周兴译,商务印书馆2018年版,第23页。
② 许明:《从纯粹形而上的建构到对审美器物的重视——中国美学的突围》,《理论学刊》2012年第9期。
③ 许明:《从纯粹形而上的建构到对审美器物的重视——中国美学的突围》,《理论学刊》2012年第9期。

审美普遍问题的原创理论。

在中国传统文化的各种形式中,汉字可谓是最典型代表,其意象性的审美特质使汉字的书写成为一种独特的文化形态。自古以来,中国人在纪念重大事件时,常会铸器铭文、立碑刻字,使汉字书法具有了如西方文化中的雕塑、建筑一般的重要性。那么,作为一种源初性书写的结果——汉字书写物是如何在通过器物载体营造之"境"去显现其自身,言说出那个时代人的存在、敞开其生活境遇?而华夏民族对金石铭刻文字的格外青睐又反映了怎样的审美心理和生命体验?对这些问题的探讨应该是中国审美文化与西方美学理论交融对话的一次新的尝试,由此对传统美学思想达到更深刻的认知。

班固《两都赋》中祭祀诗与祥瑞诗的主旨及历史背景

丁 玗*

内容摘要：班固在《两都赋》的末尾附上了《明堂诗》等五首,并不是可有可无的事。这五首诗是当日史实的描述,它与正文共同构成了一个完整的主题,即宣扬了光武帝与上帝的并列,正统性不容置疑。这也是被宝鼎、白雉等祥瑞所证实了的。汉代以孝悌治理天下,在仪式中推尊三老、五更,自然能"洪化惟神,永观厥成"。尊崇灵台,时时登临祈福,则能使天下丰穰。或者说,沿袭东都主人所盛称的"今之法度",阵阵礼乐声中,在一片祥和、丰穰的图景中结束了对当下政治、社会的赞美。但是,班固没有论及北方强大匈奴及西域诸国的威胁,对一些民生疾苦、社会弊端也视而不见。在这种背景下,突显了《两都赋》的创作倾向。

关键词：两都赋；祭祀诗；祥瑞诗

作为汉大赋的典范——班固的《两都赋》,位列《文选》之首,主要是源自其中所彰显的正统观念,也即赋中所一再言及的"义正乎杨雄"、"既闻正道"等。时至今日,对《两都赋》的研究已日趋深入,但对文末所附的五首诗,即《明堂诗》、《辟雍诗》、《灵台诗》、《宝鼎诗》、《白雉诗》,并没有进行深入研究,或者只是作为几首小诗略过。这几首诗记颂了汉室兴礼作乐的事迹,也歌颂了与王室符命有关的祥瑞迹象。体制虽微小,却透露出班固所要彰显的题旨和意图。

一、《两都赋》诗歌主旨及背景

班固在《两都赋》的末尾,模拟主客酬答、赋诗以传达主旨的形式,附上了五首诗。这也是班固为东汉朝廷所作的乐府诗,按照内容分为祭祀和祥瑞两类。兹摘录如下

明堂诗

於昭明堂,明堂孔阳。圣皇宗祀,穆穆煌煌。上帝宴飨,五位时序。谁其配之,世祖光武。普天率土,各以其职。猗欤缉熙,允怀多福。

---

* 作者简介：丁玗,华东师范大学古籍研究所博士研究生,主要研究方向为中国古代诗文。

辟雍诗

乃流辟雍,辟雍汤汤。圣皇莅止,造舟为梁。皤皤国老,乃父乃兄。抑抑威仪,孝友光明。于赫太上,示我汉行。洪化惟神,永观厥成。

灵台诗

乃经灵台,灵台既崇。帝勤时登,爰考休征兆。三光宣精,五行布序。习习祥风,祁祁甘雨。百谷蓁蓁,庶草蕃庑。屡惟丰年,于皇乐胥。

宝鼎诗

岳修贡兮川效珍,吐金景兮歊浮云。宝鼎见兮色纷缊,焕其炳兮被龙文。登祖庙兮享圣神,昭灵德兮弥亿年。

白雉诗

启灵篇兮披瑞图,获白雉兮效素乌。嘉祥阜兮集皇都。发皓羽兮奋翘英,容洁朗兮于纯精。彰皇德兮侔周成,永延长兮膺天庆。

前三首所述皆是当时兴作明堂、辟雍、灵台的盛事,后两首则是典型的发现宝鼎、远方来献白雉的故事。据赋中"义正乎杨雄,事实乎相如",即是源自当日的史实;"盖乃遭遇乎斯时也",则显然为当时不可不录的盛事。实际上直到点出五首诗,整个《两都赋》的写作用意和其政治寓意才明晰显现。——东汉从光武帝开始就一直在试图改正祭祀制度,树立起具有正统地位、继承西汉传统而又更加具有王者气象的新的王朝形象。这一努力,在班固的笔下是前所未有的盛事,所以他要大加盛赞东都洛阳的王者气象。也如《东都赋》中所说:"子徒习秦阿房之造天,而不知京洛之有制也;识函谷之可关,而不知王者之无外也。"

这些诗与赋一样,是为了纪念前所未有之盛事而作的。

明堂、辟雍、灵台都属于一个系统。班固的郊祀诗,其历史背景正是这一礼仪兴作的时刻,即明帝(显宗)永平二年(公元59年)。明帝之后,东汉的祭祀制度才真正确立。在这以前,东都洛阳一度尚未能确立其中心地位,光武帝时期从封禅到祭祀,都无定所。

光武帝初建国时,曾经设立了一个较为简陋的祭祀仪式。《后汉书》中司马彪所续《祭祀志》载:"(建武)二年正月,初制郊兆于洛阳城南七里,依鄗。采元始中古史。为圆坛八陛,中又为重坛,天地位其上,皆南向,西上。其外坛上为五帝位。"[1]所近鄗地也是光武初即皇帝位时设立祭坛的地点。《后汉书·光武纪》:"(建武元年)六月,己未,即皇帝位,燔燎告天,禋[2]于六宗。"李贤注云:"平帝元始中,谓六宗为易卦六子之气水火雷风山泽也。光武中兴,遵而不改。"[3]光武初即位时,南北郊合祭、五帝、二十八星宿及五星都合为一处。直到光

---

[1] 班固:《后汉书·祭祀上》,中华书局1973年版,第3159页。
[2] 作者按:禋,指古代燔烧柴火及祭品,使香气上达神明,用于祭天。
[3] 班固:《后汉书·光武帝纪上》,中华书局1973年版,第22—23页。

武帝晚年,即建武三十二年(是年四月改元中元,即公元56年),才开始考虑北郊祭地之礼。见《后汉书》中司马彪所续《祭祀志》上:"(正月)二十五日甲午,禅,祭地于梁阴,以高后配,山川群神从,如元始中北郊故事。"①《后汉书·光武纪》记载是年正式确立北郊祭祀:"初起明堂、灵台、辟雍,及北郊兆域。宣布图谶于天下。"②次年正月即立北郊、祀后土,二月光武薨。中元元年正月,冬巡狩,封泰山、祭天之后,光武初步奠定了东汉王室的神圣地位。随之北郊祭祀也得以确立。随之而来的,将会是这个最初合诸多神祇于一体的北郊祭祀模式逐渐被分化成一个个具体的祭祀仪式和地点。随着王室地位的稳固,其方位也趋近于洛阳城。

光武晚年封禅泰山之后未及再改进祭祀制度,但设立北郊后,其祭祀活动就逐渐转移到北郊了。继续完善北郊制度的是继任汉明帝,司马彪续《祭祀志》记载:"明帝即位,永平二年正月辛未,初祀五帝于明堂,光武帝配。五帝坐位堂上,各处其方。黄帝在位,皆如南郊之位。光武帝位在青帝之南少退,西面。牲各一犊,奏乐如南郊。卒事,遂升灵台,以望云物。"③明帝时因袭光武,都遵从西汉平帝元始元年所定对六宗的解释,因此这里也不再重复。需要注意的是,明帝时确定的制度恰好又重新以平帝制度为准。

因此,《明堂诗》中所述:"上帝宴享,五位时序。谁其配之,世祖光武。"正是永平二年正月行北郊之礼,以光武配上帝,④隐含在文本中的另一重含义是:汉室逐渐轻忽南郊,而转而选择近处洛阳的北郊。而明堂、辟雍、灵台均属于这个祭祀系统。

《辟雍诗》中"皤皤国老,乃父乃兄,抑抑威仪,孝友光明",其中的国老是指当时的三老五更,见司马彪补《后汉书·礼仪志》:"明帝永平二年三月,上始帅群臣躬养三老、五更于辟雍。行大射之礼。郡、县、道行乡饮酒于学校,皆祀圣师周公、孔子,牲以犬。于是七郊礼乐三雍之义备矣。"一个"始"字,正说明是从明帝永平二年开始,即北郊营建完毕后,祭典也正式提上了日程,而辟雍是用于宣扬教化、尊敬乡里长老,以为天下表章的。《汉书·礼乐志》是司马彪续《祭祀志》的史源,班固在其中记载当时这一事件:"显宗祀光武皇帝于明堂,养三老、五更于辟雍,威仪既盛矣;德化未流洽者,以其礼乐未具,群下无所诵说,而庠序尚未设之故也。孔子曰:'譬如为山,未成一篑,止,吾止也。'"⑤班固引述《论语》中的话,正是因为这一彰显孝道的仪式和整个祭祀仪式在当时都是创制的第一步。至于李善注,引"《孝经援神契》曰:'天子尊事三老,兄事五更。'应劭《汉官仪》曰:'天子父事三老'",即敬事三老、五更。而《礼仪志》章怀太子李贤也是引《孝经援神契》,"尊三老者,父象也。谒者奉几,安车软轮,供绥执事五更,宠以度,接礼交容,谦恭顺貌"。并且,《灵台诗》中"帝勤时登,爰考

---

① 《后汉书·祭祀上》,中华书局1973年版,第3170页。
② 《后汉书》李贤注引《礼图》曰:"建武三十一年,作明堂,上圆下方。十二堂法日辰。九室法九州。室八窗,八九七十二,法一时之王。室有十二户,法阴阳之数。"中华书局1973年版,第84页。按,建武三十二年正月封禅祭天,因改元中元,方有北郊祭后土之礼。《礼图》所录时间不确。
③ 《后汉书·祭祀中》,中华书局1973年版,第3181页。
④ 《文选·两都赋》李善注引《孝经》"宗祀文王于明堂以配上帝",故郑玄曰:"上帝者,天之别名。神无二主,故异其处,避后稷也。"
⑤ 王先谦:《汉书补注》,上海古籍出版社2009年版,第1456页。

休征"。李善注引《东观汉记》曰:"永平二年,诏曰:'登灵台,正仪度。'"可见李善的意见也是认为永平二年是一个关键年份。至于《灵台诗》中"三光宣精、五行布序",李善引《淮南子》高诱注和《尚书·洪范》,都只停留在表面释"三光日月星"和"金木水火土"上,因为在汉武帝时就一直立太一、五帝于明堂,成帝时更建议移甘泉宫太畤、河东后土祠于长安,以便于就近祭祀。① 光武帝建武初年,南郊祭祀是一个复杂的综合系统,将天地、五帝、星辰、山川河流都集中在一起,并且此时没有太一。所以《后汉书·郊祀上》会说:"其外坛上为五帝位。……其外为壝,重营皆紫,以像紫宫,有四通道以为门。日月在中营内南道,日在东,月在西,北斗在北道之西,皆别位,不在群神列中。"所以随着祭祀仪式的完善和转移,洛阳明堂配备的格式也都如南郊(鄗地)的规格,并且成为一种范式。证据就是章帝时期对光武、明帝的完善:"……(元和二年)二月,上东巡狩,将至泰山……壬申,宗祀五帝于孝武所作汶上明堂,光武帝配,如洛阳明堂礼。"②至此,光武帝上配天地,宗主的地位也得以确立。可见,从建武二十六年,张纯等奏议,请立明堂制度③,到中元元年"初营北郊,明堂、辟雍、灵台未用事"④,再到章帝时增祀"高祖、太宗"等,正是一个渐趋发展的历程。因此,诗中"谁其配之,世祖光武",正是明帝永平二年以后的事。这也吻合赋中自言的"今将语子以建武之治,永平之事"。与此一脉相承的是祥瑞诗。

本来,祥瑞的种类不一,班固在《两都赋序》中就言"是以众庶悦豫,福应尤盛,白麟、赤雁、芝房、宝鼎之歌,荐于郊庙",但这里只选宝鼎和白雉,其实也是有原因的:

《东观汉记》曰:"永平六年,庐江太守献宝鼎,出王洛山。"《汉书》曰:"武帝为人祠后土营旁,得鼎,有黄云焉。公卿大夫议尊宝鼎,有司曰:'今鼎至甘泉,光润龙变,承休无疆也。'"

范晔《后汉书》曰:"永平十年,白雉所在出焉。"《东观汉记》章帝诏曰:"乃者白鸟、神雀屡臻,降自京师也。"⑤

即都是有史实支撑的,《后汉书》卷八十六《南蛮传》亦载"肃宗元和元年,日南徼外蛮夷究不事人,邑豪献生犀、白雉";因此,宝鼎、白雉都是这一时节各种祥瑞的典型反映。宝鼎为重器,秦汉以来,一直有得鼎者得天下的观念,也即如上所载的"光润龙变,承休无疆"。班固选入宝鼎和白雉,而不载白麟、赤雁、芝房,正见出其对这两种祥瑞的高度重视。

又,以上史实,也足以佐证《两都赋》的写作时间最早在永平中期以后。这也是下文考

---

① 据《汉书·郊祀志下》,汉武帝曾郊五畤,并有意修明堂,济南人公玉带上黄帝时明堂图。王先谦注引沈钦韩注及钱大昭注,明堂形制的传说,见于《淮南子》,而公玉这一姓氏多见于东方国家,汉碑中有渤海公玉子举。王先谦《汉书补注》,虚受堂本影印,中华书局1983年版,第550页上。
② 《后汉书·祭祀中》,中华书局1973年版,第3181页。
③ 事见《后汉书》卷三十五《张纯传》,中华书局1973年版,第1195页。
④ 光武帝建武三十二年四月改元中元元年(公元56年),见《后汉书·祭祀中》,中华书局1973年版,第3177页。
⑤ 两则引文皆为《文选·两都赋》李善注引。

二、祭祀诗中的礼制渊源:南北郊祭祀

既然明帝永平二年真正确立了洛阳明堂的仪制,基本确定五首诗所作时间在永平十年(公元 67 年)以后,洛阳明堂制对天下后世的影响就表现在了乐府诗上。明堂祭祀时一般均作歌,殆以乐诸神,如傅玄造《晋天地郊明堂夕牲歌》六首,见《晋书》卷二十二《乐志上》;谢庄造《宋明堂歌》九首,见《宋书》卷二十《乐志二》。这也是秦人以来一个久远的传统。

公元前 221 年秦始皇统一六国后,就花很大的力气统计各地神祠。而太祝常主之祠,也只是各地名山大川以及雍地之祠,至于边远郡县,则"民各自奉祠,不领于天子之祝官"①。汉初官方一开始也维持雍地四畤以祭四帝的情形。《封禅书》亦记载,汉高祖曾问关中人:"故秦时上帝祠何帝也?"对曰:"四帝,有白、青、黄、赤帝之祠。"高祖于是立黑帝祠,名之为北畤,以备传说五帝之数。高祖、孝惠帝时期对国家祭祀也无暇重视,主要祭祀活动按秦人习惯由太祝、太常主持。文帝时任用赵人新垣平。新垣平望气,谓"长安东北有神人,成五采,若人冠冕焉"。此时,汉廷祭祀形式仍然是尊奉秦代规格,虽又立黑帝,但所用神祠均从秦人雍地之旧祠。新垣平又说:"或曰东北神明之舍,西方神明之墓也,天瑞下,宜立祠上帝,以合符应。"②新垣平所说五帝形象深为文帝所信服,并且依照描述立渭阳五帝庙。这一形制是所谓"复庙重屋"③,五庙各像其神之服色,向其方位。

随后在汾阴南治庙,欲出周鼎,符命色彩就更加明显。④《汉书·五行志》则着意叙述这两件事的前后联系:为上立渭阳五帝庙,欲出周鼎。所谓周鼎的传说在战国本已盛传。战

---

① 泷川资言:《史记会注考证·封禅书》,文学古籍刊行社 1955 年版,第 35 页。且此句下司马迁自注曰:"祝官有秘祝,即有灾,辄祝祠,移过于下。"祝祷之官有类巫术,《春秋左氏传》里已有记载。

② 泷川资言:《史记会注考证·封禅书》,文学古籍刊行社 1955 年版,第 1942 页。

③ 东汉时期的明堂形制,在《水经注》中有一段记录和分析,从中可以窥见西汉到东汉祭祀形式的流变。东汉时的形制与西汉时期基本相同,只是祭祀的房间更多一些,共有九间,也是复庙重屋的形式。《后汉书》中司马彪续《郊祀志》也记载明帝时:"永平二年正月辛未,初祀五帝于明堂。光武帝配。五帝坐位堂上,各处其方。黄帝在未,皆如南郊之位。光武帝在青帝之南少退,西面。牲各一犊,奏乐如南郊。卒事,遂升灵台,以望云物。"(杨守敬、熊会贞:《水经注疏》,江苏古籍出版社 1989 年版,第 3181 页。)所云即南北郊合祭。在光武帝时已如此了。更为显著的一点是明堂、灵台这些重要祭祀场所所包含的神仙色彩。《水经注》第十六卷《漻水》引《汉官典职》曰:"偃师去洛阳四十五里,望朱雀阙,其上郁然与天连,是明峻极矣。"又引逸《白虎通》曰:"门必有阙者何?阙者,所以饰门,别尊卑也。今闾阖门外,夹建巨阙,以应天宿,虽不如礼,犹象而魏之,上加复思,以易观矣。"陈桥驿:《水经注校证》,中华书局 2007 年版,第 1411 页。这些形制既包含了君主的权威,又神化了国家的形象。从《白虎通》的逸文中也可以看出,大型建筑的功能必有一条是"以应天宿"。

④ 见《史记·封禅书》:"(是年)夏四月,文帝亲拜霸渭之会,以郊见渭阳五帝。五帝庙南临渭,北穿蒲池沟水,权火举而祠,若光辉然属天焉。"次年新垣平言曰:"周鼎亡在泗水中,今河溢通泗,臣望东北汾阴直有金宝气,意周鼎出乎?兆见不迎则不至。"于是又于汾阴南作庙,此即后世汾阴祠之原型。《史记》,中华书局 1972 年版,第 1382—1383 页。

国各家说三代之事,其中都会言及所谓大禹铸九鼎的传说。①

相较于秦,汉人又突出了两个神祠的地位,即太一神和后土神。这两个神祇的祭祀活动又必须有歌有乐。《风俗通义》卷六"箜篌"目下曰:

> 谨按,《汉书》:孝武帝养南越,祷祠太一后土,始用乐人侯调,依琴作坎坎之乐,言其坎坎应节奏也,侯以姓冠章耳。或说,空侯取其空中。琴瑟皆空,何独坎侯耶?斯论是也。《诗》云:坎坎鼓我,是其文也。②

对箜篌来历的解释,后世都从前说,可见当时祭祀太一后土神时乐师演奏必不可少,而且形式也比较正式。③

《史记·封禅书》记载"亳人谬忌祠太一方,曰:天神贵者太一,太一佐曰五帝",于是武帝命太祝于长安东南郊立其祠。自此,继秦以来以雍四畤祀四帝,由汉高祖加一黑帝配水德成为五畤,又加一太一神。此太一神的地位,即《史记天官书》中的"中官天极星"中最明者。而拱卫太一的,则是东南西北四区之二十八宿。索隐引《春秋元命苞》曰:"官之为言宣也,宣气立精为神桓"。又正义曰:"泰一,天帝之别名也。刘伯庄云:太一,天神之最珍贵者也。"秦人所敬祠之上帝,转而被东来之天神太一所取代。武帝时期从此长于祭太一坛上祭。又祠天一、地一、太一三神。④后六年,又立后土祠。史载"有司与太史公、祠官宽舒议论:天地牲角茧栗。今陛下亲祠后土,后土宜于泽中圜丘为五坛,坛一黄犊太牢具,已祠尽瘗,而从祠衣上黄"。后土神为地,故埋牲以祭祀。《汉官仪》记载:"祭地于河东汾阴后土宫。宫曲入河,古之祭地,泽中方丘也。以夏至日祭,其礼仪如祭天。"⑤后土祠设立后,南郊与北郊两个祭祀场所才真正完备。两个神祇的地位确立之后就是汉朝最重要的一件事:改其符命,服土德。所以后土神在西汉及东汉都有非常重要的地位。更是常见于郊庙歌词中。后土神和太一神的出现与确立,是在雍地四畤及各种神祠的基础上完成的。

除了太一、后土外,武帝也重视将各地鬼神纳入雍地的祭祀系统。这一点和秦始皇的意图是一样的。秦始皇曾经命令太祝立吴、楚等地的神祠。此外,还于雍畤外建立多个祭祀场所。自秦人定居雍地之后,祭祀活动已经甚为频繁,形制多不同于周人以宗庙为中心的礼乐文化。对秦人祭祀活动与汉代帝王多好祭祀鬼神、封禅之间的承袭关系,《汉书·郊祀志》利用《史记·封禅书》中材料,追溯出一个清晰的脉络。

---

① 《吕氏春秋》、《墨子》、《商君书》等子书中已有不少材料,且墨子尤擅以三代之说阐发其学说。又有周鼎之传说,亦见录于《史记·封禅书》。
② 应劭撰,王利器校注:《风俗通义校注》,中华书局1981年版,第297页。
③ 可见《乐府诗集》所录汉郊庙祭祀乐。
④ 卫宏《汉旧仪》:皇帝祭天,居云阳宫,斋百日,上甘泉通天台高三十丈,以候天神之下,见如流火。舞女童三百人,皆年八岁。天神下坛所,举烽火。皇帝就竹宫中,不至坛所。甘泉台去长安三百里,望见长安城,皇帝所以祭天之圆丘也。见《汉官六种》,中华书局2008年版,第98页。又见于《汉书·礼乐志》。
⑤ 据孙星衍辑《汉官六种·汉官仪》,中华书局2008年版。此条又见李贤《后汉书》注。

自未作鄜畤，而雍旁故有吴阳武畤。雍东有好畤，皆废无祀。或曰：自古以雍州积高，神明之隩，故立畤郊上帝，诸神祠皆聚云。盖黄帝时尝用事，虽晚周亦郊焉。其语不经见，缙绅者弗道。①

　　文中所述"郊上帝"，很有可能是当时秦人祭祀天神时的真实情形。而所谓"黄帝时尝用事"则可能是当时汉人逐渐开始成形的黄帝、五帝的传说。这些传说伊始均以"上帝"这一天神为指代，随时代变化而逐渐分化名目。五帝诸种本非实有之神祇，直到汉成帝、元帝之后才逐渐确立为有所指之具体五神。②

　　周秦到两汉时期，均为疆域向东、向南开拓时期，祭祀活动也因纳入所征伐地区的神祇而更为丰富。汉武帝时征服百越、南粤，也立其神祠。《汉书·郊祀志》曰："是时既灭两粤，粤人勇之乃言粤人俗鬼，而其祠皆见鬼，数有效。……乃命粤巫立粤祝，祠安台，亦祠天神帝百鬼。"张衡的《西京赋》中也追述当时信用越巫的故事："柏梁既灾，越巫陈方。建章是经，用厌火祥。营宇之制，事兼未央。"薛综注云："兼，犹倍也。所以顺巫言也。"从赋中汉武帝的好大喜功形象和崇信越巫来看，直到东汉末西汉时期好异国巫术、信仰的传说还是颇为流传也颇受评议的。这一事件还见载于《汉书》。③ 遑论将楚国的国家祭祀乐引入汉王室的国家祭祀乐系统。④ 从武帝时开始，汉代的国家祭祀活动才算成型。这类似于罗马人把古希腊神祇一并集中到万神殿的做法，其实也带来了新的问题。祭祀仪式杂糅了神仙方术。立明堂、辟雍，南北郊祭祀，并不能掩盖各种神仙信仰之间的混乱局面。从后土祭祀演

---

① 见王先谦《汉书补注》，虚受堂本影印，中华书局1983年版，第1666页。又如陈宝祠《郊祀志》"作陈宝祠后七十一年，秦德公立，卜居雍。子孙饮马于河，遂都雍。雍之诸祠自此兴。用三百牢于鄜畤。作伏祠。磔狗邑四门，以御蛊灾"。颜师古注曰："孟康曰：六月伏日也。周时无，至此乃有之。"师古曰："伏者，谓阴气之将起，迫于残阳而未得开，故为藏伏虎，因名伏日也。立秋之后，以金代火，金畏于火，故至庚日必伏。庚，金也。"
② 《汉书·郊祀志》引成帝时丞相匡衡所上书，其中有言："今既稽古，建定天地之大礼，郊见上帝，青赤黄黑五之帝皆毕陈，各有位馔，祭祀备具。"《汉书补注》引沈钦韩考辨，谓五帝实为五行之神，非五人之帝，本不具备独立之形象。而后世汉儒皆以之为五神祇，其原型本因为上帝而遂为后世所遗忘。见王先谦《汉书补注》，虚受堂本影印，中华书局1983年版，第759页。
③ 《汉书·郊祀志》下中多引丞相匡衡书，其中多谏议皇帝减免祭祀仪式和场所，以减少花费。成帝初即位时听从丞相匡衡及御史大夫的谏议，省却甘泉、河东、汾阴等地祭祀活动（此类均为秦人祭祀遗址），以免奔波之苦。南北郊定于长安自成帝时始。这次更改是为了省却前代所遗留的多个祭祀场所和各地神祠所带来的不便。匡衡、张谭对此事颇为着力，《汉书》引其所上文字曰："长安树官县官给祠，郡国侯神方士使者所祠，凡六百八十三所，其二百八所应礼及无明文，可奉祠如故。其余四百七十五所不应礼，或复重，请皆罢。"王先谦：《汉书补注》，上海古籍出版社2009年版，第1760页。这条统计可说明西汉后期历代及所及地方侯国之祠确实颇为冗滥，也缺乏相应礼仪。
④ 这一点主要见于孙作云对《楚辞》九歌的考察。他曾经著文论述从汉代国家祭祀乐的形式中可以推断出楚人国家祭祀乐的形式。这种祭祀乐的特点就是分章重奏。《九歌》之作实际上就是一整套完整的国家祭祀乐。见孙作云《〈九歌〉非民歌说——〈九歌〉与汉〈郊祀歌〉的比较》，《孙作云文集·〈楚辞〉研究》，河南大学出版社2003年版，第286—311页。

化出来的就是所谓黄帝,《风俗通义·正失》篇就记录了民间传说中的黄帝升仙故事。[①] 又如叶地太史令王乔成仙故事,其中所说天神尚为"天帝"。这条传说记载了几个方面的问题:如民间自立祠堂祭祀,所信仰天神与国家祭祀不一致,并且在郡县机构中尚存古制、太史及官府鸣鼓都为周秦时代制度遗存。尤其在西汉末以后,国家对祭祀的管理也颇为疏失。[②] 所谓五行谶纬学说相对完备的时期,其实到班固述《汉书》、作《两都赋》的时候才真正到来。

三、班固作诗的历史背景及寓意

如果与傅玄造《晋天地郊明堂夕牲歌》"皇矣有晋,时迈其德。受终于天,光济万国。万国既光,神定厥祥。虔于郊祀,祗事上皇","于赫大晋,膺天景祥。二帝迈德,宣兹重光。我皇受命,奄有万方。郊祀配享,礼乐孔章";谢庄造《宋明堂歌》"地纽谧,乾枢回。华盖动,紫微开。旌蔽日,车若云。驾六气,乘纲缊。晔帝京,辉天邑。圣祖降,五灵集"等比较,谢庄所造,已明显多了南朝文士的绮艳,是偏于柔弱的文风和格调。傅玄所造,虽不乏开国的自豪和气度,但却没了东汉初年的"普天率土,各以其职"昂扬、阔大的气势。这些诗作,足以张扬东汉初年时人对国家重建的一种自信。但是,在这五首诗中,并没有出现明堂诗中"我皇受命,奄有万方"、威服夷狄之类的惯用字眼,这是班固无意地疏忽?还是其有意地回避?

东汉初年所承袭的不只是西汉末、新莽时期确立的礼仪声乐,还有西域、西羌及匈奴的问题。首先是在匈奴与汉朝之间摇摆不定的西域诸国。《后汉书·西域传》总述了这段史事,兹录如下:

> 武帝时,西域内属,有三十六国。……哀、平间,自相分割为五十五国。王莽篡位,贬易侯王,由是西域怨叛,与中国遂绝,并复役属匈奴。匈奴敛税重刻,诸国不堪命,建武中,皆遣使求内属,愿请都护。光武以天下初定,未遑外事,竟不许之。会匈奴衰弱,莎车王贤诛灭诸国,贤死之后,遂更相攻伐。……永平中,北虏乃胁诸国共寇河西郡县,城门昼闭。十六年(公元73年),明帝乃命将帅,北征匈奴,取伊吾庐地,置宜禾都尉以屯田,遂通西域,于阗诸国皆遣子入侍。西域自绝六十五载,乃复通焉。明年,始置都护、戊己校尉。及明帝崩,焉耆、龟兹攻没都护陈睦,悉覆其众,匈奴、车师围戊己校

---

① 应劭《风俗通义》云:"俗说,岱宗上有金匮玉册,能知人年寿修短。武帝探策得十八,因到读曰八十,其后果用著长。(此处及秦人所好之谶书)《封禅书》说:黄帝升封泰山,于是有龙垂胡髯下迎黄帝,黄帝上骑,群臣后宫从者七十余人,小臣独不得上,乃悉持龙髯,拔堕黄帝之弓。小臣百姓仰望黄帝,不能复,乃抱其弓而号,故世因曰乌号弓。孝武皇帝时,齐人公孙卿言:汉之圣者,在高祖之孙;今历正值黄帝之日,圣主亦当上对,则能神仙矣。"见应劭撰,王利器校注,《风俗通义校注》,中华书局1981年版,第65页。所引《封禅书》言武帝谥号,明为武帝世后人所作。成仙故事多附会武帝时代。此条黄帝成仙故事,在东汉流传亦广。神仙传说兴起虽本来自齐、秦术士风习,但未经汉代国家祭祀制度的提拔,也难以大肆流传。

② 应劭撰,王利器校注:《风俗通义校注》,第82页。应劭别其本事应为春秋楚国叶公死后立祠之事,以明世代讹传。其说见原书第85页。

尉。建初元年(公元76年)春,酒泉太守段彭大破车师于交河城。章帝不欲疲敝中国以事夷狄,乃迎还戊己校尉,不复遣都护。……和帝永元元年(公元89年),大将军窦宪大破匈奴。二年,宪因遣副校尉阎槃将二千余骑掩击伊吾,破之。三年,班超遂定西域,因以超为都护,居龟兹。复置戊己校尉……六年,班超复击破焉耆,于是五十余国悉纳质内属。其条支、安息诸国至于海濒四万里外,皆重译贡献。①

从《西域传》中可见,直到明帝永平十六年(公元75年),东汉政权才第一次直面匈奴。只是《西域传》记叙年份及事件较为笼统。《明帝纪》里记载的就清晰一些:

> 永平十六年春二月,遣大仆祭肜出高阙,奉车都尉窦固出酒泉,驸马都尉耿秉出居延,骑都尉来苗出平城,伐北匈奴。窦固破呼衍王于天山,留兵屯伊吾庐城。耿秉、来苗、祭肜并无功而还。②
>
> (永平十七年)冬十一月,遣奉军都尉窦固、驸马都尉耿秉、骑都尉刘张出敦煌昆仑塞,击破白山虏于蒲类海上,遂入车师。初置西域都护、戊己校尉。③
>
> (永平十八年)六月,焉耆、龟兹攻西域都护陈睦,悉没其众。北匈奴及车师后王围戊己校尉耿恭。④

永平十六年出征讨伐北匈奴的战况并不理想,《西域传》当然只需要记载与复立都护相关的事。但十六年窦固破呼衍单于,屯兵伊吾庐城,为设立西域都护、戊己校尉开启了先机。十七年即趁机西征入车师,但这仅仅是暂时借北匈奴小退的契机。永平十八年六月,焉耆、龟兹还一度攻破西域都护陈睦,北匈奴及车师后王还围攻戊己校尉耿恭。可见直到永平末年,对匈奴的战争都进展得不顺利。匈奴的真正臣服是在和帝时期,即永元元年(公元89年)到永元三年(公元91年),窦宪、班超遂定匈奴、西域。为此,"刻石勒功,纪汉威德",班固作《封燕然山铭》:

> 鹰扬之校,螭虎之士,爰该六师,……勒以八阵,莅以威神,玄甲耀日,朱旗绛天。遂陵高阙,下鸡鹿,经碛卤,绝大漠,斩温禺以衅鼓,血尸逐以染锷。……然后四校横徂,星流彗埽,萧条万里,野无遗寇。于是域灭区单,反旆而旋,考传验图,穷览其山川。遂逾涿邪,跨安侯,乘燕然,蹑冒顿之区落,焚老上之龙庭。上以摅高、文之宿愤,光祖宗之玄灵;下以安固后嗣,恢拓境宇,振大汉之天声。

铭文中,极度宣示大汉曜天蔽日的赫赫军威,以及战争进展的神速,师不旋踵,"遂陵高

---

① 《后汉书·西域传》,中华书局1973年版,第2909—2910页。
② 《后汉书·显宗孝明帝纪》,中华书局1973年版,第120页。
③ 《后汉书·显宗孝明帝纪》,中华书局1973年版,第122页。
④ 《后汉书·显宗孝明帝纪》,中华书局1973年版第123页。

阙,下鸡鹿,经碛卤,绝大漠",一系列的动词"陵"、"下"、"经"、"绝"等,几乎是一气呵成。这种发自内心深处的狂喜可说是一泻千里,尽览无遗,但分明又受到了理性的节制。但不管怎样,这一战,最终洗雪了高祖刘邦以来的巨大耻辱(即白登山之围),拓疆复宇,重振了大汉的无上声威。

《封燕然山铭》与《两都赋》均为班固所作,但《明堂诗》、《宝鼎诗》等绝无此种类似的语句或喜悦心情的表达——这也足以佐证《两都赋》的写作时间是在明帝时期,最迟不晚于章帝时期(公元75年至88年)。可见,班固是有意地回避了这一令汉帝国统治者颇感难堪的事件。

此外,汉明帝永平年间(大约永平十年前后)也才开始制礼作乐。班固作《两都赋》,最着力夸耀的也是东都的礼乐。《后汉书·明帝纪》载:"(永平十年闰五月)甲午,南巡狩,幸南阳,祠章陵。日北至,又祠旧宅,礼毕,召校官弟子作雅乐,奏《鹿鸣》。帝自御埙篪和之,以娱乐嘉宾。"这是东汉自光武以来,帝王首次在正式场合作雅乐以倡导向学之风,所行正是士礼。郑玄在《礼记·学记》"宵雅肆三,官其始也"注中曰:"习小雅之三,谓《鹿鸣》、《四牡》、《皇皇者华》也。此皆君臣宴乐相劳苦之诗,为始学者习之,所以劝之以官,且取上下相和厚。"①

明帝以皇帝之尊而从士礼,这是迥异于前汉皇帝的,班固也极为重视明帝时期的制礼作乐,在《汉书·礼乐志》中述说:"显宗即位,躬行其礼,宗祀光武皇帝于明堂,养三老五更于辟雍,威仪既盛美矣。然德化未流洽者,礼乐未具,群下无所诵说,而庠序尚未设之故也。……今学者不能昭见,但推士礼以及天子,说义又颇谬异,故君臣长幼交接之道浸以不章。"②在儒家眼里,礼乐兴作是一个新朝廷最重要的事务。而班固的祥瑞诗《宝鼎诗》和《白雉诗》,就更与汉室所兴起的乐府制度有关。汉宣帝时期就最重视祥瑞诗。乐府制度也经由宣帝得以完善确立,祥瑞诗是当时应景之作,见《汉书·何武传》:

> 宣帝时,天下和平,四夷宾服,神爵、五凤之间娄蒙瑞应。而益州刺史王襄使辩士王褒颂汉德,作《中和》、《乐职》、《宣布》诗三篇。武年十四五,与成都杨覆众等共习歌之。是时,宣帝循武帝故事,求通达茂异士,召见武等于宣室。上曰:"此盛德之事,吾何足以当之哉!"以褒为待诏,武等赐帛罢。③

此外,《汉书·王嘉传》记载了王嘉的经历。和何武一样,王嘉也是以诗学闻名,而以《春秋》治狱之法进仕的:"王嘉于鸿嘉中,举敦朴能直言,召见宣室,对政事得失,超迁太中大夫。后为御史大夫。"

---

① 《礼记·学记第十八》,《礼记正义》卷三十六,清光绪阮刻十三经注疏本,中华书局1980年影印版,第1522页。
② 王先谦:《汉书补注·礼乐志》,虚受堂本影印,中华书局1983年版,第1456页。
③ 王先谦:《汉书补注》,虚受堂本影印,中华书局1983年版,第3481页,余下引文出自同书第3488、3502—3503页,《汉书补注》之《礼乐志》第1453、1471、1516页。

王嘉所上封事中，多引《尚书·皋陶谟》《左传》中语，亦兼治今文经，而耿直超拔。哀帝时，嘉为御史大夫，屡次封还诏书，哀帝怒之，遂下狱。曰："幸得充备宰相，不能进贤退不肖，以是负国，死有余责。"吏问贤不肖主名，嘉曰："贤，故丞相孔光、故大司空何武，不能进；恶，高安侯董贤父子，佞邪乱朝，而不能退。罪当死，死无所恨。"

从中可见，何武早年正值宣帝制礼作乐，而古文经当时虽行于世，与礼乐故无太大干系。其实对西汉礼制的态度，从《汉书·礼乐志》中可以见出端倪。其中王吉上书进言宣帝，要求复古礼、致太平，宣帝则不予以重视，足见其兴乐府的策略与儒生诉求并不全然一致。王吉所言如下：

> 至宣帝时，琅邪王吉为谏大夫，又上述言："欲治之主不世出，公卿幸得遭遇其时，未有建万世之长策，举明主于三代之隆者也。其务在于簿书、断狱、听讼而已，此非太平之基也。……孔子曰'安上治民，莫善于礼'，非空言也。愿与大臣延及儒生，述旧礼，明王制，驱一世之民，济之仁寿之域，则俗何以不若成、康？寿何以不若高宗？"上不纳其言，吉以病去。

在班固记叙前汉历史的笔触中，可见他的理解：宣帝时期对礼乐的态度，只是遵从了礼乐的形式，而没有真正重视儒家赋予礼乐的独特意义。显然他也不认同仅以士礼（即如前文所述依从《礼记》所录礼仪习俗定皇帝制度）推而论之于各种尊尊亲亲及君臣关系中。这至于后世，则渐以古文经学术以干谒，刘歆甚至嘲笑扬雄作《太玄》，以为当时人皆忙于著《易》，何尝有工夫读今人著作。实际上，汉末风气，都是崇尚便于发挥的易学和长于治狱的春秋学。《左传》之流行，还与其中的预言占卜之说大有关系。皆为当时显学，有益于仕途而已。比如刘向《洪范五行》，即班固所补充完成的《五行志》。汉唐人即有传说，认为是太一精所授。这也间接说明当时五行学说，太一神的形象已经深入人心。其中也暗含汉室符命为天神所授的意蕴。

如《三辅黄图》中引王嘉《拾遗记》，载刘向受《洪范》一书的故事，即是此类心理的写照：

> 刘向于成帝之末，校书天禄阁，专精覃思。夜有老人，着黄衣，植青藜杖，登阁而进，见向暗中独坐诵书。老父乃吹杖端，烟然，因以见向，说开辟以前。向因受《洪范五行》之文，恐辞说繁广忘之，乃裂裳及绅，以记其言。至曙而去，向请问姓名。云："我是太一之精，天帝命金卯之子有博学者，下而观焉。"乃出怀中竹牒，有天文地图之书，"余略授子焉"。至向子歆，从向受其术，向亦不悟此人焉。①

《汉书·礼乐志》："至武帝定郊祀之礼，祠太一于甘泉，就乾位也；祭后土于汾阴，泽中方丘也。乃立乐府，采诗夜诵，有赵、代、秦、楚之讴。以李延年为协律都尉，多举司马相如

---

① 何清古：《三辅黄图校释》，中华书局2012年版，第153页。

等数十人造为诗赋,略论律吕,以合八音之调,作十九章之歌。"王先谦补注引吴仁杰说法,认为汉武帝以乐歌祭祀后土于圆丘,当时周官礼尚未出,祭祀形式应当仍然是依从旧式,《资治通鉴》中元鼎四年(公元前113年)载"立后土祠于泽中圆丘"是符合当时信仰的。此外,在《晋书·礼志》中,也可见到汉魏时期对汉代郊祀制度的总结。实际上魏明帝时就"郊祀武帝以配天,宗祀文帝于明堂以配上帝"。魏明帝所因袭的汉代制度已经将祭天与祭地的系统划分为南郊与北郊,这都是以汉制为准,但当时对天帝与后土的理解,已经发生了转变。《晋书·礼志》记载景初元年十月乙卯营造圆丘于洛阳南委粟山,所布诏书历数两汉制度变更及魏朝南北郊制度的确立:

  昔汉氏之初,承秦灭学之后,采撼残缺,以备郊祀。自甘泉后土,雍宫五畤,神祇兆位,多不经见,并以兴废无常,一彼一此,四百余年,废无禘礼,古代之所更立者,遂有阙焉。……今祀圆丘以始祖帝舜配,号圆丘曰皇皇帝天。方丘所祭曰皇皇后地,以舜妃伊氏配。……宗祀皇考高祖文皇帝于明堂,以配上帝。①

  可见在汉魏时期,首先遵从的是自汉明帝所定的郊祀形制:南郊祭天配始祖汉高祖,北郊明堂祭后土、高后(按,光武帝以薄姬替代吕后为汉高后)并于明堂祭祀上帝并配以光武。但对圆丘、方丘的解释则是根据东汉古文经的理解,与前代相反。从中可进一步印证,东汉初光武、明帝两君对前代礼制的承袭与改进,确实是便利而久行于世。这一从武帝肇始并大兴祭祀乐,到东汉初定型的过程,也在魏晋制度中突出了其关键时间节点。由此也可见,班固也是暗中承袭了武帝时期乐府的形式,又加入宣帝时所录祥瑞诗。在与《汉书》比照时,不难看出班固对武帝、宣帝时的文治武功既认可,又有所遗憾,把希望寄托在东汉这个在当时看来也是继往开来的朝廷上。所以《汉书·礼乐志》在议论时会感慨道:"今大汉继周,久旷大仪,未有立礼成乐,此贾谊、仲舒、王吉、刘向之徒所为发愤而增叹也。"

  综上所述,《两都赋》之中的祭祀诗和祥瑞诗,时间当创制于明帝中后期(永平十年以后),最早不超过章帝初期。从内容来看,都是歌颂明帝时礼仪兴盛及政和致祥瑞的,是对明帝政治清明的歌颂,也暗含着对东汉新王朝制礼作乐、继承典章制度、焕然一新的期许。

四、余 论

  班固《两都赋》的祭祀诗和祥瑞诗,是与两篇赋一样,构成一个葫芦状的整体的。② 诚如上文所述,其中既有明帝时代雅正的意蕴、有由周秦至汉仪式演变和确立的特殊意义、班固本人对历史的总结和期许,也仍然和前代一样,包含着符命的主题。光武帝、明帝不但对王莽的遗产进行了损益,也同样接纳了符命学说所必然要求的谶纬之学。当然,在这里主要

---

① 《晋书·礼志》,中华书局1996年版,第583页。
② 参见赵逵夫《〈两都赋〉的创作背景、体制及影响》,《文学评论》2003年第1期。

是"谶"及文献中的"谶经"。《后汉书》卷二十八上《桓谭传》载：

> 是时帝方信谶，多以决定嫌疑，又酬赏少薄，天下不时安定。谭复上疏曰："盖天道性命，圣人所难言也。自子贡以下，不得而闻，况后世浅儒能通之乎？今诸巧慧小才伎数之人，增益图书，矫称谶记，以欺惑贪邪，诖误人主，焉可不抑远之哉！……"
>
> 帝省奏，愈不悦。其后有诏会议灵台所处，帝谓谭曰："吾欲谶决之，何如？"谭默然良久，曰："臣不读谶。"帝问其故，谭复极言谶之非经。帝大怒，曰："桓谭非圣无法，将下斩之。"叩头流血，良久乃得解。出为六安郡丞，意忽忽不乐，道病卒，时年七十余。

同书卷七十九上《儒林上·尹敏传》又载：

> （光武）帝以敏博通经记，令校图谶，使蠲去崔发所为王莽著录次比。敏对曰："谶书非圣人所作，其中多近鄙别字，颇类世俗之辞，恐疑误后生。"帝不纳，敏因其阙文增之曰："君无口，为汉辅。"帝见而怪之，召敏问其故。敏对曰："臣见前人增损图书，敢不自量，窃幸万一。"帝深非之，虽竟不罪，而亦以此沈滞。

桓谭上疏，认为"巧慧小才伎数之人，增益图书，矫称谶记，以欺惑贪邪，诖误人主"，实际上是否定谶语，因其与经典直接背离，人主不当遵从。结果却惹得"帝大怒"，桓谭"叩头流血，良久乃得解"，最后致一病身亡。尹敏也认为谶语中多"多近鄙别字，颇类世俗之辞"，不当遵守。后来，尹敏以其人之道还治其身，自造了一个"君无口，为汉辅"。光武帝虽没追责，却也让尹敏由此一直屈沉下僚。一句话，正如史书中所言说的"是时帝方信谶，多以决定嫌疑"。

这种时代氛围，也让《明堂》诸诗蒙上了谶纬的色彩。如上所引《辟雍诗》"皤皤国老，乃父乃兄"，李善和李贤都引用了《孝经援神契》来解释要"尊事三老，兄事五更"。《灵台诗》中"习习祥风，祁祁甘雨"，李善注引《礼斗威仪》曰："君乘火而王，其政颂平，则祥风至。"宋均曰："即景风也，其来长养万物。"而宋均，正是在东汉以注释纬书称名一时。这不是简单的比附，而是说明谶纬在现实生活中无处不在的身影，自有其当日的社会功用。

如果说，经过光武帝治理的三十余年的发展，继承天统的正统性到明帝时已无可置疑，那么，剩下的就是在实际政治生活中，用谶纬来解释那一时节人们还不能辨明的事情，如灵台的构筑，能带来"习习祥风，祁祁甘雨"，由此"百谷蓁蓁，庶草蕃庑，天下丰年"。这显然是一件不可能的事，但通过谶语的媒介——一切都变得可能了，因为沟通了天人之间的神秘联系，也就把握了主动权，或者说人力为之。

《明堂诗》突显了光武帝与上帝的并列，这一位次，也由祥瑞——宝鼎、白雉等的出现所证实。《辟雍诗》则强调了教化，汉代以孝悌治理天下，在仪式中彰显对三老、五更的推尊，自然能"洪化惟神，永观厥成"。《灵台诗》则尊崇灵台，时时登临祈福，则能"三光宣精，五行布序"，由此带来祥风、甘雨，使得天下丰穰。或者说，沿袭东都主人所盛称的"今之法度"，在阵阵礼乐声中,以一片祥和、丰稳的图景结束了对当下政治、社会的赞美。

但是,这一美好的图景恐怕是班固有意回避的结果。对外,班固没有论及北方强大的匈奴及西域诸国的威胁;对内,一些民生疾苦、社会弊端也视而不见。赋中描绘了一幅盛世图景,"莫不优游而自得,玉润而金声,是以四海以内,学校如林,庠序盈门。献酬交错,俎豆莘莘。下舞上歌,蹈德咏仁"。但是,就在这广修宫室、富人奢华的背后,却是大量投机钻营、侵吞他人田产,甚至剽掠为盗的现象:

> 帝以天下垦田多不以实自占,又户口、年纪互有增减,乃诏下州郡检覈。于是刺史、太守多为诈巧,苟以度田为名,聚民田中,并度庐屋、里落,民遮道啼呼,或优饶豪右,侵刻羸弱。①

又有道路剽掠、结党为盗之事:

> (建武十六年)秋九月,河南尹张伋及诸郡守十余人,坐度田不实,皆下狱死。郡国大姓及兵长、群盗处处并起,攻劫在所,害杀长吏。郡县追讨,到则解散,去复屯结。青、徐、幽、冀四州尤甚。冬十月,遣使者下郡国,听群盗自相纠擿,五人共斩一人者,除其罪。吏虽逗留回避故纵者,皆勿问,听以禽讨为效;其牧守令长坐界内盗贼而不收捕者,又以畏懦捐城委守者,皆不以为负,但取获贼多少为殿最;唯蔽匿者乃罪之。于是更相追捕,贼并解散。徙其魁帅于它郡,赋田受禀,使安生业。自是牛马放牧,邑门不闭。②

可以说,虽然经过光武帝、明帝的严格治理,社会状况有所好转,但《两都赋》颂扬的太平盛世背后仍然有诸种严重的问题。正是在这些舆论背景下,《两都赋》才会如此强调正统地位,将符命与道德联系起来。

---

① 《资治通鉴》,中华书局 1986 年版,第 1386 页。
② 《后汉书》卷一下《光武帝纪下》,中华书局 1973 年版,第 67 页。

魏晋南朝六代正史引五言诗考论

葛志伟*

摘　要：魏晋南朝是五言诗文体功能不断丰富的重要时期。通过对《三国志》《晋书》《宋书》《南齐书》《梁书》《陈书》等六代正史引五言诗的归纳，可为其文体功能的拓展演进觅得一些具体例证。五言诗文体功能的拓展，是其最终能替代传统四言而"居文辞之要"的主要原因。梳理魏晋南朝六代正史所引五言诗，可知齐梁之际五言诗创作作为一种"物以稀为贵"的特殊才能，已悄然成为高门子弟与寒素阶层竞相追逐的文本资本。五言诗所具备的"文义之美"正引起社会各阶层的普遍重视，成为彼时士大夫身份与个人才能的文化象征。

关键词：中古；诗歌史；五言诗；文化资本

自钟嵘《诗品》而下，古今论五言诗者多矣。或考其源流，或论其体制，或辨其风格，或述其演变。文章著作虽汗牛充栋，然诚如钱志熙先生所言，"至于五言为什么会取代四言与骚体而成为正体，关于这个重要问题几乎历来没有认真地探讨过"[①]。本文所论亦不过冰山一角，主要关注魏晋南朝四言与五言在文体功能方面此消彼长等问题，暂不涉及骚体。众所周知，四言诗体既可追溯到《诗经》这一经典源头，又在此期不断地寻求新变，也曾涌现出曹操、嵇康、陶渊明等一些杰出诗人。其诗坛地位最终被新兴的五言诗体所取代必然是个漫长的过程，绝不可能如某些论者所云完成于建安时期。五言诗体能在此期由俗而雅、蔚为大观，主要得益于其文体功能的不断丰富。通过对《三国志》《晋书》《宋书》《南齐书》《梁书》《陈书》等六代正史引五言诗的归纳分析，可为此种拓展演进觅得一些具体例证。美国学者韦勒克（René Wellek）认为，"当某一文学作品成功地发挥其作用时，快感与有用性这两个基调不应该简单地共存，而应该交汇在一起"[②]。齐梁之际，五言诗创作才能被视为一种新兴的文化资本，不仅被运用于"怜风月，狎池苑，述恩荣，叙酣宴"（《文心雕龙·明诗》）等

---

* 作者简介：葛志伟，淮阴师范学院文学院副教授，主要研究方向为魏晋南北朝文学。本文系国家社科基金后期资助项目"中古五言诗的经典化研究"（17FZW018）、江苏省社科基金青年项目"门阀士族与中古五言诗的演进"（15ZWC004）、江苏省"青蓝工程优秀青年教师"资助项目阶段性成果。

① 钱志熙：《中国诗歌通史·魏晋南北朝卷》，人民文学出版社2012年版，第38页。
② 勒内·韦勒克、奥斯汀·沃伦：《文学理论》，刘象愚等译，江苏教育出版社2005年版，第21页。

场合,更是渗透到社会政治生活的方方面面,"快感"与"有用性"得以交汇共存,成为彼时士大夫身份与才华的文化象征。

一、问题的提出

钟嵘《诗品》专论汉魏六朝五言诗,对后世诗歌批评与诗歌史建构影响深远。《诗品序》在论述完建安诗坛的空前盛况之后,紧接着就说:"尔后凌迟式微,迄于有晋。"[①]有意思的是,钟嵘建构早期五言诗史的时候,并未提及或者说是有意回避了正始年间(240—249年)五言诗的创作情况。又刘勰《文心雕龙·明诗》云:"正始明道,诗杂仙心。何晏之徒,率多浮浅。惟嵇志清峻,阮旨遥深,故能摽焉。"[②]按刘彦和于正始诗坛虽标举嵇、阮二公,然似并非专指其五言诗而论。事实上,嵇康诗歌创作更长于四言体,而阮籍亦有四言咏怀诗 13 首传世。"人才实盛"的西晋诗坛,诗歌创作风格发生较大变化,且存在一种明显的雅化现象。其最显著的表现,就是四言诗创作的再度兴盛。[③] 葛晓音先生将之形容为:"西晋诗中长篇四言泛滥成灾,上至庙堂雅乐歌辞,下至应酬赠答,无不典重奥博,僵死板滞……"[④]此类四言诗在艺术价值方面或许有所欠缺,然在数量上却颇为可观,最终成为诗歌史上不容忽视的创作潮流。

此外,逯钦立先生还曾注意到西晋诗坛的一个有趣现象。其所编《先秦汉魏晋南北朝诗》在西晋傅玄《又答程晓诗》(此为五言)后下按语云:"晋人于宴赠答等诗篇,率四言、五言并作,已属其时风习。此篇与前四言,《类聚》以序并列,皆歌颂君主之加元服者,知是同题同时之作。"[⑤]西晋荀勖有《从武帝华林园宴诗》(此为四言),又有《三月三日从华林园诗》(此为五言)。逯钦立先生亦认为二者为同时之作,"盖一用四言,一用五言也"[⑥]。此外,诗人潘岳金谷园集会作诗,亦是四言、五言并作。凡此种种似皆可表明,西晋人在创作实践上,尤其是在公共场合,对四言、五言两种文体的选择并无轩轾。然而即便如此,四言作为诗坛正体的观念亦还是深入人心。如挚虞《文章流别论》云:"夫诗虽以情志为本,而以成声为节。然则雅音之韵,四言为正,其余虽备曲折之体,而非音之正也。"[⑦]挚虞曾师从大儒皇甫谧,是西晋儒家士大夫的代表人物。今存诗六首,其中五首为四言。据此,则其"雅音之韵,四言为正"之论显非虚言。东晋玄风独盛,诗坛盛宴亦必首推兰亭集会。与会者按规定应兼赋四言和五言各一首,不能者罚酒三斗。参加此次集会者多是王、谢等高门子弟,也是当时社会主流文化群体的代表。启功先生认为,"用四言和五言两种形式,来尝试表现一个相近的主题,这或许就是兰亭诗会中一个比较重要的写作规则,也说明晋朝人当时非常关心不同

---

① 曹旭:《诗品集注》,上海古籍出版社 2011 年版,第 678 页。
② 范文澜:《文心雕龙注》,人民文学出版社 1958 年版,第 67 页。
③ 张朝富:《雅化:西晋诗风的根本成因及其历史功绩》,《武汉大学学报》2007 年第 5 期。
④ 葛晓音:《八代诗史》,陕西人民出版社 1989 年版,第 107 页。
⑤ 逯钦立:《先秦汉魏晋南北朝诗》,中华书局 1983 年版,第 570 页。
⑥ 逯钦立:《先秦汉魏晋南北朝诗》,中华书局 1983 年版,第 592 页。
⑦ 欧阳询:《艺文类聚》,汪绍楹点校,中华书局 1999 年版,第 1018—1019 页。

体式诗歌的表现功能"①。显然在此群体看来,四言与五言作为两种诗歌体式,"共同承担着精妙玄理的表述与阐发"②。由此可见,五言诗体最终代替传统四言诗体并成为诗坛主流样式,绝不会早于东晋时期。

有学者认为五言诗早在建安时期就已完成对四言诗的征服,并倾向于用数据统计的方法来予以自我证明。③ 比如建安诗坛四言、五言诗各占百分之多少,四言所占百分比若小于五言,则由此就可以得出如斯结论。但这种研究方法忽略了一个至关重要的因素:魏晋诗歌文本首先由南朝人保存与整理,后者的审美风尚在很大程度上影响着前者的存世形态。德国哲学家海德格尔(Martin Heidegger)认为,"如果作品没有直接寻找保存者从而使保存者应合于在作品中发生着的真理,那么这并不意味着,没有保存者作品也能成为作品"④。换句话说,作品要是没有合格的保存者,被创作的东西也将不复存在。此种理念与中国古代文人对著述"藏之名山,传之其人"(《汉书·司马迁传》)的心理期待可谓不谋而合。南朝文人士大夫事实上并不甚重视四言诗体的创作,或者说创作四言诗并不被社会舆论认为是一种值得仰慕的文化身份的标识。钟嵘曾声称齐梁时期的四言诗体"文繁而意少,故世罕习"(《诗品序》)。在此情形下,由于文学审美观念的转变,必然会有许多魏晋四言诗作品亡佚于诗歌文献的整理与流传过程之中。但也正是在南朝近两百年的时间里,尤其是齐梁之际,五言诗创作已是士俗竞逐、蔚然成风。可以说当时整个诗坛,完全为五言诗创作之风所笼罩。诚如萧子显所言,"五言之制,独秀众品"(《南齐书·文学传论》)。此观点在南朝史乘中还有多种间接的表达方式,如《南齐书·谢朓传》云:

　　朓善草隶,长五言诗。沈约常云:"二百年来无此诗也。"⑤

又《南齐书·陆厥传》云:

　　厥少有风概,好属文,五言诗体甚新变。⑥

又《梁书·昭明太子传》:

---

① 张廷银:《启功先生论魏晋玄学、玄言诗及玄言诗人》,《北京师范大学学报》2006年第4期。
② 葛志伟:《东晋玄言诗的第三种价值》,《福建师范大学学报》2017年第5期。
③ 许多学者在面对此类问题时都会有这种思维方式,如张朝富先生认为:"(建安)总计约290首,其中五言196首,占总数的近67.6%,四言54首,占18.4%略多。而且除孔融之外的建安六子,四言诗创作基本上是归曹以前完成的,归曹后的作品几乎都采用了五言样式,可见诗坛一时之发展趋势。五言诗的容纳量及表现力都是四言所无法比拟的,四言'文繁而意少',五言'指事造形,穷情写物,最为详切',五言兴盛、四言式微是正常地反映了诗歌的发展趋势。"参见张朝富:《雅化:西晋诗风的根本成因及其历史功绩》,《武汉大学学报》2007年第5期。
④ 马丁·海德格尔:《林中路》,孙周兴译,上海译文出版社2004年版,第54页。
⑤ 萧子显:《南齐书》,中华书局1971年版,第826页。
⑥ 萧子显:《南齐书》,中华书局1971年版,第897页。

(撰)五言诗之善者,为《文章英华》二十卷。①

又《梁书·刘孝先传》云:

兄弟并善五言诗,见重于世。②

又《梁书·伏梃传》云:

为五言诗,善效谢康乐体。父友人乐安任昉深相叹异,常曰:"此子日下无双。"③

又《陈书·张正见传》云:

有集十四卷,其五言诗尤善,大行于世。④

又《陈书·阴铿传》云:

博涉史传,尤善五言诗,为当时所重。⑤

正如上文所论,如果单就诗歌体式而言,那么五言诗对四言诗的征服并非一蹴而就,而是需要一个漫长的过程。在此过程中,作为经典样式的四言诗为寻求发展,也在不断秉持时代风气而进行自我变革,如曹操、嵇康等人的四言诗创作,可谓独具特色。但少数文化精英的努力并不能改变整个四言诗体创作趋于僵化的迹象,因此总体变革结果并不理想。其间原因,前人似已有公允之论。如清初王夫之《古诗评选》云:"四言诗《三百篇》在前,非相沿袭,则受彼压抑。"⑥又清代沈德潜《说诗晬语》亦云:"四言诗缔造良难,于《三百篇》太离不得,太肖不得。太离则失其源,太肖只袭其貌也。"⑦王、沈二人所言颇有见地,但他们只看到了作为经典样式的《诗经》四言体对后世四言诗的影响结果,而未言及具体的影响过程。对于四言诗自身的变革以及走向失败的过程,葛晓音先生指出:"汉魏到两晋长达四百年的重构体式的探索中,实字四言所找到的新句序主要是与二二节奏最相配的对偶及排比句的连缀。对偶的单调性和高密度造成了使用单音节虚字和连接词的困难,使四言最适合于需要罗列

---

① 姚思廉:《梁书》,中华书局1973年版,第171页。
② 姚思廉:《梁书》,中华书局1973年版,第595页。
③ 姚思廉:《梁书》,中华书局1973年版,第719页。
④ 姚思廉:《陈书》,中华书局1972年版,第470页。
⑤ 姚思廉:《陈书》,中华书局1972年版,第472页。
⑥ 王夫之:《古诗评选》,张国星校点,文化艺术出版社1997年版,第83页。
⑦ 沈德潜:《说诗晬语》,霍松林校注,人民文学出版社1979年版,第198页。

堆砌的内容,自然就成为颂圣述德应酬说理之首选。于是,向《诗经》的风诗和《小雅》寻求减少对偶、自然承接的句式,就成为必然趋势……而陶渊明复归《诗经》体的成功,却说明实字四言重构体式的失败。"①

此番论述与中古诗歌演进实际情形相吻合,作为结论无疑极具说服力。与此同时,四言诗体之所以在诸多文体竞争中渐失优势,在很大程度上要归因于其文体功能的僵化。文体功能的僵化又导致其自身实用价值的逐渐丧失,进而形成文繁意简、世所罕习的创作局面。四言诗体实用性的减弱在汉代已肇其端。汉武帝以后,受经学氛围的影响,西汉四言诗体"仿佛一个坚硬的外壳,只把经学当作内核"②。以韦孟《讽谏》《在邹》、韦玄成《自劾》《戒子孙》等作品为代表的四言诗,给后世读者的整体印象是"诗人之风,顿已缺丧"(《诗品序》),因而始终无法成为一代文学之代表。但起自流俗的五言诗体却恰好与之相反,其文体实用性优势在发展演进过程中逐渐显现。

不仅如此,五言诗体还全面继承《诗经》中的赋、比、兴手法,进而可比肩于既往经典——风、雅、颂,缺席的"诗人之风"在该诗体中又得以重现。③ 因此到南朝齐梁之际,也就是钟嵘、萧子显等人生活的时代,五言诗体遂能"居文辞之要""独秀众品",最终成为文人士大夫群体颇为依赖并竞相追逐的一种新型"文化资本"。

二、隐藏的证据

史传引诗较早可追溯到先秦时期的《左传》《国语》及诸子著作。传统学术观念中的"引诗",主要针对《诗经》而言,是一种对《诗经》的"语用学"色彩浓厚的运用。④ 在具体引诗语境中,其文体功能与社会功用得以彰显。此种研究方法为我们探讨中古五言诗文体功能的拓展演进,提供了值得借鉴的新视角。有鉴于此,倘若我们对魏晋南朝六代正史引五言诗的情况进行统计分析⑤,则中古诗歌创作的一些变化过程,可以更形象、更有说服力地予以揭示。兹略按朝代先后为序,以出处、作者、诗题、内容、性质、作用为纲,对魏晋南朝六代正史引五言诗案例进行归纳,并列表如下:

出处	作者	诗题	诗歌内容	性质	作用
《晋书·简文帝纪》	庾阐	从征诗	志士痛朝危,忠臣哀主辱。	传主引诗	抒情
《晋书·潘岳传》	潘岳	金谷诗	投分寄石友,白首同所归。	史官引诗	叙事

---

① 葛晓音:《汉魏两晋四言诗的新变和体式的重构》,收入《先秦汉魏六朝诗歌体式研究》,北京大学出版社2012年版,第204页。
② 田胜利:《汉代经学的演变与四言诗的走势》,《郑州大学学报》2012年第4期。
③ 葛志伟:《钟嵘〈诗品〉与中古五言诗经典谱系的建构》,《文学遗产》2017年第4期。
④ 林岗:《论引诗》,《文艺理论研究》2007年第4期。
⑤ 按此处所谓各代正史,指《三国志》《晋书》《宋书》《南齐书》《梁书》《陈书》六部史书,其中《三国志》考察范围尚不包括裴松之注所引材料。另外,由于李延寿《南史》较为晚出,且与南朝四部正史多有重合,故此处亦不作考察。

续　表

出处	作者	诗题	诗歌内容	性质	作用
《晋书·周处传》	周处	无题	去去世事已,策马观西戎。藜藿甘梁黍,期之克令终。	史官引诗	叙事
《晋书·殷浩传》	曹摅	感旧诗	富贵他人合,贫贱亲戚离。	传主引诗	抒情
《晋书·羊昙传》	曹植	箜篌引	生存华屋处,零落归山丘。	传主引诗	抒情
《晋书·桓伊传》	曹植	怨诗	为君既不易,为臣良独难……推心辅王室,二叔反流言。	传主引诗	言志
《晋书·袁淑传》	范泰	赠袁淑诗	亦有后出隽,离群颇骞骞。	史官引诗	戏谑
《晋书·刘毅传》	刘毅	无题	六国多雄士,正始出风流。	史官引诗	叙事
《晋书·吴隐之传》	吴隐之	无题	古人云此水,一歃怀千金。试使夷齐饮,终当不易心。	史官引诗	叙事
《晋书·顾恺之传》	顾恺之	无题	山崩溟海竭,鱼鸟将何依。	史官引诗	叙事
《晋书·郭澄之传》	王粲	七哀诗	南登灞陵岸,回首望长岸。	传主引诗	讽谏
《晋书·苻朗传》	苻朗	临终诗	四大起何因,聚散无穷已……命也归自天,委化任冥纪。	史官引诗	叙事
《宋书·谢晦传》	谢世基	临终诗	伟哉横海鳞,壮矣垂天翼。一旦失风水,翻为蝼蚁食。	史官引诗	叙事
《宋书·谢晦传》	谢晦	临终诗	功遂侔昔人,保退无智力。既涉太行险,斯路信难陟。	史官引诗	叙事
《宋书·傅亮传》	傅亮	迎大驾诗	凤棹发皇邑,有人祖我舟……忠谠岂假知,式微发直讴。	史官引诗	叙事
《宋书·刘义綦传》	陆机	赴洛诗	营道无烈心。	他人引诗	戏谑
《宋书·谢弘微传》	谢混	无题	昔为乌衣游,戚戚皆亲侄。	史官引诗	叙事
《宋书·谢灵运传》	谢灵运	赠王琇诗	邦君难地崄,旅客易山行。	史官引诗	叙事
《宋书·谢灵运传》	谢灵运	逆志诗	韩亡子房奋,秦帝鲁连耻。本自江海人,忠义感君子。	史官引诗	叙事
《宋书·谢灵运传》	谢灵运	临终诗	龚胜无余生,李业有终尽。恨我君子志,不获岩上泯。	史官引诗	叙事
《宋书·范晔传》	范晔	狱中赋诗	祸福本无兆,性命归有极……寄言生存子,此路行复即。	史官引诗	叙事
《宋书·王玄谟传》	宋孝武帝	四时诗	堇荼供春膳,粟浆充夏飡。飗酱调秋菜,白醝解冬寒。	史官引诗	叙事
《宋书·沈庆之传》	沈庆之	宴会赋诗	微命值多幸,得逢时运昌……辞荣此圣世,何愧张子房。	史官引诗	文义之美

续　表

出处	作者	诗题	诗歌内容	性质	作用
《宋书·索虏传》	宋文帝	滑台战守弥时遂至陷没作诗	逆虏乱壃场,边将婴寇……惆怅惧迁逝,北顾涕交流。	史官引诗	叙事
		北伐诗	季父鉴祸先,辛生识机始……无令齐晋朝,取愧邹鲁士。		
《南齐书·高帝纪》	袁 粲	无题	访迹虽中宇,循寄乃沧州。	史官引诗	叙事
《南齐书·顾欢传》	顾 欢	无题	精气因天行,游魂随物化。	史官引诗	叙事
《梁书·昭明太子传》	左 思	招隐诗	何必丝与竹,山水有清音。	传主引诗	言志
《梁书·柳恽传》	柳 恽	捣衣诗	亭皋木叶下,陇首秋云飞。	史官引诗	文义之美
		奉和高祖登景阳楼诗	太液沧波起,长杨高树秋。翠华承汉远,雕辇逐风游。		
《梁书·刘孝绰传》	任 昉	答刘孝绰诗	彼美洛阳子,投我怀秋作……子其崇锋颖,春耕励秋获。	史官引诗	叙事
《梁书·傅昭传》	虞通之	赠傅昭诗	英妙擅山东,才子倾洛阳。清尘谁能嗣,及尔遘遗芳。	史官引诗	叙事
《梁书·张率传》	梁武帝	宴会赐诗	东南有才子,故能服官政。余虽惭古昔,得人今为盛。	史官引诗	叙事
《梁书·刘孺传》	梁武帝	宴会赋诗	张率东南美,刘孺洛阳才。揽笔便应就,何事久迟回。	史官引诗	叙事
《梁书·王籍传》	王 籍	至若邪溪赋诗	蝉噪林逾静,鸟鸣山更幽。	史官引诗	文义之美
《陈书·虞寄传》	释道摽	赠陈宝应诗	送马犹临水,离旗稍引风。好看今夜月,当入紫微宫。	史官引诗	叙事
《陈书·江总传》	刘之遴	酬江总诗	上位居崇礼,寺署邻栖息……下上数千载,扬榷吐胸臆。	史官引诗	叙事
《陈书·谢贞传》	谢 贞	春日闲居诗	风定花犹落	他人引诗	文义之美
《陈书·鲁广达传》	江 总	哭鲁广达诗	黄泉虽抱恨,白日自流名。悲君感义死,不作负恩生。	史官引诗	叙事

　　从上表可知,陈寿《三国志》不见征引五言诗。这绝非偶然现象,一方面是由于陈寿本人深受儒家经学思想影响,故引诗、用诗皆以《诗经》为准的①;另一方面,当与五言诗体在当时诗坛创作者少、文体地位不高等情况有关。萧涤非先生在论述建安乐府时曾说过:"五言

---

① 参见房锐、谢俊培《〈三国志〉引诗探析》,《四川师范大学学报》2017年第1期。

在当时虽为一种新兴诗体,然在一般朝士大夫心目中,其格乃甚卑,远不如吾人今日所估计。"① 倘若我们重新审视建安文坛,就会发现上述判断非常准确。在当时,确实很少有人把写作五言诗看成是毕生不渝的追求或者是出类拔萃的才华彰显。如魏文帝曹丕,他生前最看重的并不是五言诗,而是子书创作。其《与吴质书》评徐干《中论》云:

  成一家之言,辞义典雅,足传于后,此子为不朽矣。②

《典论》作为精心建构的一家之言,曹丕对此亦自视甚高,并将其视为日后身名不朽的资本。此番心理,观其于黄初间"以素书所著《典论》及诗、赋饷孙权,又以纸写一通与张昭"③等史实亦可推知。又如曹植,虽被誉为"建安之杰",却一生都在追求"建永世之业,留金石之功"。他在《与杨德祖书》中说:

  若吾志未果,吾道不行,则将采庶官之实录,辩时俗之得失,定仁义之衷,成一家之言。④

  可见即便是功业未竟,曹植首先想到的也是通过"一家之言"的子书著述来予以现实补偿,而不是将身名不朽托付于新兴五言诗的大量创作,即便他是那个时代最好的五言诗人。

  自《晋书》(按唐修《晋书》实以南朝齐人臧荣绪所撰《晋书》为蓝本,此已为学界常识)起,南朝历代正史对五言诗句(篇)皆有所引用。这说明五言诗的价值已逐渐得到史官的关注。详察各书所引五言诗案例,大致可分为两种情形:一为传主本人引前代诗人的五言诗句;一为史官撰写时引传主生平所赋的五言诗句。简而言之,前者引诗目的多在于抒情言志(包括戏谑),而后者引诗目的则多是出于叙事本身的需要;前者是作为史料的客观存在,后者则完全出于史官书写时的选择裁剪;前者的行为当源自先秦时期即已盛行的赋诗言志传统(如《左传》引诗等),后者则似源自早期史官的经典叙事模式(如《史记》《汉书》引汉赋文本等)的影响。由此可见,上述两种情形当属于两种不同性质的引诗类型。

  赋诗言志的观念与行为在先秦时期十分兴盛。有文化修养的贵族士大夫们常在各种社交场合朗诵《诗经》中的片段,借以表明自己的立场、观点和情感。此种情形,《左传》《国语》等早期典籍中多有记载。如《左传·襄公二十七年》云:"赵孟曰:'七子从君,以宠武也。请皆赋,以卒君贶。武亦以观七子之志。'"朱自清先生在解读这则材料时认为,"在赋诗的人,诗所以'言志';在听诗的人,诗所以'观志''知志'"⑤。据此,则对于赋诗者来说,赋诗行为就是借诗歌来传达自己的思想感情,即所谓的"言志";对于听诗者来说,可以借此观察赋诗者的意图,即所谓的"观志"。很显然,赋诗言志活动的顺利展开,必得赋诗者与听诗者同

---

① 萧涤非:《汉魏六朝乐府文学史》,萧海川辑补,人民文学出版社 2011 年版,第 124 页。
② 严可均:《全上古三代秦汉三国六朝文》,中华书局 1958 年版,1089 页。
③ 陈寿:《三国志》,中华书局 1975 年版,第 89 页。
④ 赵幼文:《曹植集校注》,人民文学出版社 1998 年版,第 154 页。
⑤ 朱自清:《诗言志辨》,凤凰出版社 2008 年版,第 21 页。

时在场,且双方对所赋之诗的内容必然十分熟悉。这一必要条件与上表中所列各传主引前人五言诗的具体语境相吻合。为避免行文烦琐,兹略举一例,如东晋简文帝面对权臣桓温内逼朝廷、朝臣郗超又竭力拥护之的政治局面时,歌咏西晋庾阐《从征诗》"志士痛朝危,忠臣哀主辱"句,就是默认郗超亦熟悉此诗,如此则君臣双方之交流才能得以进行。证之于其余诸例,亦莫不如此。不过春秋战国时期贵族士大夫所赋之诗,几乎都是以《诗经》为代表的四言诗。同时由于《诗经》在当时及后世的崇高地位,这一传统影响非常深远。《汉书·艺文志》将其总结为"古者诸侯卿大夫交接邻国,以微言相感,当揖让之时,必称诗以谕其志,盖以别贤不肖而观盛衰焉"①,充分肯定了《诗经》的实际效用与政治洞察作用。可以说,赋诗言志是四言诗在当时社交场合实用性的最显著表现。但在魏晋南北朝时期,随着五言诗的逐渐兴起,人们在某些公开场合则会通过选择赋诵前人的五言诗句来抒情言志。这一文化行为在本质上与赋诗言志传统并无不同。而且,人们也还是习惯于"断章取义"的赋诗方式,很少在大庭广众之下将整首诗从头到尾机械地高歌一遍,只是所赋内容在某些社交场合却变成了新兴的五言诗。这一显著变化对五言诗文体合法化、主流化的获取至关重要。据上表所引,在此时期各正史传记中被传主引用的诗人有曹植、王粲、陆机、庾阐、曹摅、左思、谢混等。在钟嵘《诗品》序列中,曹植、王粲、陆机、左思位居上品,谢混、庾阐、曹摅厕身中品。可见这些诗人的五言诗在当时流传范围必然十分广泛。此类五言诗文本早已摆脱个人一己之情,以文化符号的形式走向公开化的社交场合,最终成为某种立场、观点、情感的载体。我们似可推测,当时欲通过赋诵前人五言诗来抒情言志的案例断然不止史书所载数例。可以说五言诗体虽较四言诗体为晚出,但其在赋诗言志的功能上已经能够与以《诗经》为传统的四言诗分庭抗礼。这大概是五言诗文体功能不断得以拓展的最好证明。

"史"字本义,按照东汉许慎《说文解字》的看法当是"记事者也。从又持中。中,正也"。清人段玉裁补充解释为"不云记言者,以记事包之也"②。记事记言是中国古代史官的本职工作,而叙事则是古代史书编撰的重要组成要素。选材客观、立论公正、书法不隐是对良史的基本要求,故刘勰《文心雕龙·史传》云:"纪传为式,编年缀事,文非泛论,按实而书。"③对史官而言,最值得信赖的原始材料莫过于传主本人的笔墨文字。这些文字对传主来说有着特定的写作背景,是具体情形下人、事、物、理、情、境的融合。因此为了实现更好的叙事效果,史官在史书编撰过程中往往会引入传主生平的诗文作品来作补充说明。此种方法在《史记》《汉书》中即已多见,后来历代正史编撰皆喜因袭。以汉代经典文学样式——汉赋为例,《史记》全文录入者9篇、《汉书》全文录入者24篇、《后汉书》全文录入者12篇。④ 另据笔者初步统计,"前三史"的作者在收录汉赋作品时多立足于文本自身的"讽谏"(亦作"风""正")"言志""说理"功能,是描述传主生平思想最可靠的原始材料。然而对于史书作者而言,则始终是以利于叙事为旨归,绝非为作品本身的文辞之美。如《后汉书·边让传》云:

---

① 班固:《汉书》,中华书局1962年版,第1755—1756页。
② 段玉裁:《说文解字注》,上海古籍出版社1988年版,第116页。
③ 范文澜:《文心雕龙注》,人民文学出版社1958年版,第286页。
④ 张新科:《唐宋时期汉赋的经典化过程》,《陕西师范大学学报》2008年第1期。

"作《章华赋》,虽多淫丽之辞,而终之以正,亦如相如之讽也。"① 这或是"前三史"所收录汉赋唯一提及文辞如何的一例。史官虽对此赋"多淫丽之辞"表示了反对,但最终仍予以收录,其根本原因还在于边让《章华赋》"终之以正"的缘故。从上表所列魏晋南朝时期史官引五言诗的情况来看,叙事功能仍然是他们最为看重的因素。如《宋书·谢灵运传》篇末引其诗云:"韩亡子房奋,秦帝鲁连耻。本自江海人,忠义感君子。"此诗本无题名,谢灵运作此诗本义我们也不得而知。沈约引用此诗,应该是为了替灵运"逆志"找到某种可靠的佐证。在史官对灵运意图的评判之下,后世学者遂按图索骥,将此诗生发出哀庐陵王之意。如黄节先生《谢康乐诗注》引清人陈胤倩语云:"累仕之后,忽发此愤,诚非情实。然吾谓康乐胸中未忘此意,于其哀庐陵信之。"② 正是出于叙事而非文饰的目的,故史官所引这一类五言诗多非名家、名篇、名句。

三、引人注目的历史书写现象

通过对上表各史书引五言诗案例的谨慎归纳,我们认为有一种有趣的历史书写现象需要引起重视,即从南朝刘宋开始,史官在某些传记中引入五言诗的动机,似乎不再是为了纯粹叙事的考虑,很多场合是为了彰显所引诗歌的"文义之美"。史官关注征引作品的"文义之美"而不是"终之以正"的讽谏劝诫功能,这应该是一种此前从未有过的史书编写新风尚。这种新风尚在南朝后期表现得尤为突出。如《梁书·柳恽传》云:

恽立行贞素,以贵公子早有令名。少工篇什,始为诗曰:"亭皋木叶下,陇首秋云飞。"琅邪王元长见而嗟赏,因书斋壁。至是预曲宴,必被诏赋诗。尝奉和高祖《登景阳楼中篇》云:"太液沧波起,长杨高树秋。翠华承汉远,雕辇逐风游。"深为高祖所美,当时咸共称传之。③

又《梁书·王籍传》云:

至若邪溪赋诗,其略云:"蝉噪林逾静,鸟鸣山更幽。"当时以为文外独绝。④

此外,还有史官不引诗歌内容而亦作揄扬者,如《梁书·文学传·到沆传》云:

时高祖燕华光殿,命群臣赋诗,独诏沆为二百字,三刻使成。沆于坐立奏,其文甚美。⑤

---

① 范晔:《后汉书》,中华书局1965年版,第2640页。
② 黄节:《谢康乐诗注》,中华书局2008年版,第170页。
③ 姚思廉:《梁书》,中华书局1973年版,第331—332页。
④ 姚思廉:《梁书》,中华书局1973年版,第713页。
⑤ 姚思廉:《梁书》,中华书局1973年版,第686页。

又《陈书·陈君范传》云：

> 初君范与尚书仆射江总友善。至是总赠君范书五言诗，以叙他乡离别之意。辞甚酸切，当世文士咸讽诵之。①

如果说史官对五言诗"文义之美"的关注还只是一种书写现象，那么此现象反复出现的背后，一定有着某种更为深刻的社会因素。笔者认为，其间原因大概就是在此时期五言诗已经成为社会政治生活中一种相当重要的"文化资本"。

所谓"文化资本"，最早是由法国社会学家皮埃尔·布尔迪厄（Pierre Bourdieu）在其研究过程中所提出的一种理论假设。布尔迪厄试图以此来解释"出身于不同社会阶级的孩子取得不同的学术成就的原因"②。我国学者在此基础上将其概念定义为"指一种标志行动者的社会身份的，被视为正统的文化趣味、消费方式、文化能力、和教育资历等的价值形式"③。与此同时，布尔迪厄还指出："任何特定的文化能力，都会从它在文化资本的分布中所占据的地位，获得一种'物以稀为贵'的价值，并为其拥有者带来明显的利润。"④"物以稀为贵"原本是经济学中价值规律得以发挥作用的基础，是相对于无限度的社会需求而言的。就中古五言诗而论，这种"物以稀为贵"即表现为创作才能的难以获取。如何通过诗歌创作为其才能的拥有者"带来明显的利润"呢？笔者认为，作为文化资本的五言诗具有一种文化稀缺性，"当这种稀缺性与一定的权力体制的合法认同结合在一起的时候，文学必然由于拥有一定的符号资本而表现为一定的符号权力"⑤。在某些特定的社交场合，诸如帝王、权贵、幕主等参与的宴会或诗会，五言诗创作并非只是一种纯粹的诗歌写作能力的表现，而是与传主的仕途经济密切相关，是他们获取声望进而迈向政治权力场的重要方式。这方面的文献材料在南朝史乘中不胜枚举。兹举数例证之，如《南齐书·萧颖胄传》云：

> 世祖登烽火楼，诏群臣赋诗。颖胄诗合旨。上谓颖胄曰："卿文弟武，宗室便不乏才。"除明威将军、安陆内史，迁中书郎。⑥

又《梁书·张率传》云：

> 侍宴赋诗。高祖乃别赐率诗曰："东南有才子，故能服官政。余虽惭古昔，得人今为盛。"率奏诗，往返数首。其年迁秘书丞，引见玉衡殿。⑦

---

① 姚思廉：《陈书》，中华书局1972年版，第361页。
② 布尔迪厄：《文化资本与社会炼金术》，包亚明译，上海人民出版社1997年版，第193页。
③ 张意：《文化资本》，见陶东风编《文化研究》（第5辑），广西师范大学出版社2005年版，第267页。
④ 布尔迪厄：《文化资本与社会炼金术》，包亚明译，上海人民出版社1997年版，第196页。
⑤ 朱国华：《文学权力：文学的文化资本》，《求是学刊》2001年第4期。
⑥ 萧子显：《南齐书》，中华书局1971年版，第665页。
⑦ 姚思廉：《梁书》，中华书局1973年版，第475页。

又《梁书·王规传》云：

> （普通）六年，高祖于文德殿饯广州刺史元景隆，诏群臣赋诗，同用五十韵。规援笔立奏，其文又美。高祖嘉焉，即日诏为侍中。①

又《陈书·阴铿传》云：

> 世祖尝燕群臣赋诗，徐陵言之于世祖。即日召铿预燕，使赋新成安乐宫。铿援笔便就，世祖甚叹赏之。累迁招远将军、晋陵太守、员外散骑常侍。②

盖此类例证，史书记载尤多。《梁书·王承传》云："时膏腴贵游，咸以文学相尚，罕以经术为业。惟承独好之，发言吐论，造次儒者。"③据此可知，当时多数门阀士族子弟似已抛弃安身立命之儒家经术，反而转向"以文学相尚"，因此王承"发言吐论"才独标时异。显然，作为一种文化资本，"文学"表现得比传统儒学经术更有现实价值，对膏腴贵游子弟也更有吸引力。

从上引诸例可以推测，文人士大夫擅长创作五言诗的才华若是能得到帝王、权贵、幕主的赏识，则往往会为他们带来社会声望乃至仕途升迁。更有甚者，一些文人还能借此机会而获得仕途超乎寻常的晋升，如《梁书·刘峻传》云："高祖招文学之士，有高才者多被引进，擢以不次。"④此条材料似可为梁武帝《赐张率诗》"东南有才子，故能服官政"句作一注解。这种社会现象对门阀士族与寒门子弟皆具吸引力，故斯风能大盛于世。正因为五言诗创作在当时与文人士大夫的仕途经济多休戚相关，故史官们才会在他们的传记中用充满艳羡的语调特别强调这种"文义之美"，而不是对历史事件本身作纯粹记录。所谓"文义之美"，实际上不仅是社会舆论的导向，也是史官本人的阅读体验。作为文化资本的五言诗，要想在社会交际的不同场域中实现"资本价值"的多重转换，最终还是离不开对以皇权为代表的政治权力的依附。

然而幸运的是，南朝历代帝王自宋武帝刘裕以下，爱赏文义、妙善诗赋者颇多。这为作为文化资本的五言诗参与当时的社会政治生活提供了持续的可能性，也成为中古诗歌史发展的独特文化景观。《梁书·文学传论》云："高祖聪明文思，光宅区宇，旁求儒雅，诏采异人。文章之盛，焕乎俱集。每所御幸，辄命群臣赋诗，其文善者赐以金帛，诣阙廷而献赋颂者，或引见焉。"⑤又《陈书·文学传论》云："后主嗣业，雅尚文词，傍求学艺，焕乎俱集。每臣下表疏及献上赋颂者，躬自省览。其有辞工，则神笔赏激，加其爵位。"⑥刘师培先生早已指出，宋、齐、梁文学之盛，皆由在上者之提倡。⑦此论若专就五言诗体而发，亦不失其通达。

---

① 姚思廉：《梁书》，中华书局1973年版，第582页。
② 姚思廉：《陈书》，中华书局1973年版，第472页。
③ 姚思廉：《梁书》，中华书局1973年版，第585页。
④ 姚思廉：《梁书》，中华书局1973年版，第702页。
⑤ 姚思廉：《梁书》，中华书局1973年版，第685页。
⑥ 姚思廉：《陈书》，中华书局1972年版，第453页。
⑦ 刘师培：《中国中古文学史》，上海古籍出版社2006年版，第63—69页。

三代帝王之中，无疑以梁武帝萧衍诗歌成就最高，"无论从其自身创作的成就还是对齐梁之际诗风的影响来看，萧衍都是齐梁之际的重要诗人"①。萧衍醉心诗文、热衷文章著述尤为史家所称赞。他不仅自己积极从事五言诗创作，而且能通过宴会赋诗、唱和赠答等方式提携同好、奖掖后进，如《梁书·刘苞传》云："自高祖即位，引后进文学之士。苞及从兄孝绰、从弟孺、同郡到溉、溉弟洽、从弟沉、吴郡陆倕、张率并以文藻见知，多预燕坐。"②那些天赋才能较为突出者，多受梁武帝侧目青睐，恩赏优渥成为士流美谈，如《梁书·刘孝绰传》云：

> 高祖雅好虫篆，时因宴幸，命沈约、任昉等言志赋诗，孝绰亦见引。尝侍宴于坐，为诗七首，高祖览其文，篇篇嗟赏，由是朝野改观焉。③

与此形成鲜明对比的是，那些才智偏弱且陋于为诗者，则多遭时人轻视鄙夷，如《梁书·胡僧祐传》云：

> 性好读书，不解缉缀。然每在公宴，必强赋诗。文辞鄙俚，多被嘲谑。④

善为诗者则"朝野改观"，不善为诗者则"多被嘲谑"，成为时论笑柄。此当为萧梁时代之典型社会风尚。作为一种新兴文化资本的五言诗，正是在梁武帝治下的天监年间（502—519年）成为朝野上下争相摹写的诗歌体式。故钟嵘在《诗品序》中感慨道"今之士俗，斯风炽矣"。因而当时文人无论社会出身如何，都试图能更好地掌握五言诗写作技巧。为给"膏腴子弟"与"后进士子"提供准的可依，钟嵘《诗品》应运而作，其撰写动机当与此社会风尚有关。⑤根据此期史书引五言诗的诸多案例可以推测，文人士大夫唯有尽可能多地占有并利用好这种文化资本，才能在当时的社会政治生活中谋求到更多的社会声望和现实利益。

当然，文学有其自身的审美独立性，作为纯粹私我化而未参与场域间价值转换的五言诗在当日诗坛亦大量存在。这是我们无法忽视的诗歌史实情。但使独立个体具备社会生活常态的原因，不是其相对于社会的封闭性，而是其对社会进程的多方面参与。而且在作为纯粹私我化五言诗与文化资本的五言诗之间，事实上并不存在难以调和的矛盾。二者作为诗歌文本的同源性，使得前者向后者的自由转化成为可能。这种可能性推动中古诗歌"在公共生活与私人化之间、在公共空间与个体空间之间追求某种协调、互动，成为诗歌发展的常态"⑥。文本资本所具备的具有隐蔽性，使得诗人的文学才华很容易成为一种"物以稀为贵"的特殊能力，进而在各种文化权力场中实现价值的自由转换。上引柳恽"亭皋木叶下，陇首秋云飞"、王籍"蝉噪林逾静，鸟鸣山更幽"等诗句，皆可为证。盖柳、王诸人当日赋

---

① 钱志熙：《中国诗歌通史·魏晋南北朝卷》，人民文学出版社2012年版，第471页。
② 姚思廉：《梁书》，中华书局1973年版，第688页。
③ 姚思廉：《梁书》，中华书局1973年版，第480页。
④ 姚思廉：《梁书》，中华书局1973年版，第639页。
⑤ 参见葛志伟《钟嵘生平三事考释——兼论〈诗品〉的撰写动机》，《社会科学论坛》2014年第1期。
⑥ 胡大雷：《论中古诗歌私人化空间的建构》，《暨南学报》2017年第1期。

诗,或为初始练笔,或为遇物辄咏,初无舍己为人之心,然因其"文义之美"而获当世赞誉,即为纯粹私我化五言诗向隐性文化资本转化的经典个案。

四、结论及其他

从《三国志》到《陈书》的六代正史,大致能为我们勾勒出中古社会生活的场景。当此时期,五言诗作为一种新兴的诗歌体式,经历了从"俗体流调"到"独秀众品"的艰难转变。促成这种转变的因素自然有很多,但其文体功能不断得以拓展则是其中不应被忽视的一个重要方面。作为新兴的诗歌样式,五言诗能很好地继承四言诗"赋诗言志"的优良传统。与此同时,作为一种史料,诗歌文本也颇受史官信任。魏晋南朝正史所引大量五言诗即可为证。南朝后期五言诗创作蔚然成风,钟嵘《诗品序》为我们描绘出当时的诗坛盛况。五言诗似已成为彼时士大夫身份与才华的象征。五言诗创作作为一种"物以稀为贵"的特殊才能,由于统治者的赏识与社会风尚的驱使,正悄然成为高门子弟与寒素阶层竞相追逐的文本资本。这种文化资本的传递,又成为家族成员之间政治权力、社会地位、文化身份继承性传递的最隐蔽方式。南朝作家的家族化作为一个特殊而重要的文学史现象,其成因或能从此种文化资本的隐性传递中找到更为可靠的解答。

左思《咏史》中的诗与史

张 月*

摘 要：中国传统文人具有强烈的历史观念，咏史诗作为一种重要的诗歌题材最好地再现了文人的历史情怀。他们借史事抒发自己怀抱、讽谏君王、教育后人。左思的《咏史》作为咏史诗的代表被历代文人反复研究，硕果累累。目前的左思《咏史》研究主要集中在两个方面：一是将其放置在咏史诗类的发展脉络中，指出其借咏史以咏怀，打破了以班固《咏史》为代表的"史传型"咏史。左思借助古人、古事来浇自己胸中块垒，用典游刃有余，影响深远。二是将《咏史》置于六朝诗歌的发展中，指出其风格、语言与以陆机、潘岳为主导的西晋诗风迥异。前者豪迈、刚劲有力，后者绮丽、繁复。左思的《咏史》成为六朝诗歌"反主流"的代表。本文从诗与史互动的角度诠释其中的数首，以期进一步展示历史在诗歌中的呈现，给《咏史》的解读带来新的维度。

关键词：历史记忆；接受；左思；《咏史》

一、左思生平及其作品流传概况[①]

左思号太冲（另作泰冲），临淄人（今山东淄博），西晋时期的著名作家。他的父亲左熹曾担任殿中侍御史、太原相等职。泰始八年（272 年），左思的妹妹左棻（另作左芬）以才女身份选入宫中，全家搬到洛阳。[②] 左思曾担任过秘书郎和祭酒等职，也曾给贾谧讲解过《汉书》，加入了以贾谧为首的"二十四友"集团。永康元年（300 年），左棻去世。同年 4 月，司马

---

* 作者简介：张月，美国 Valparaiso University 副教授。主要研究方向为古代文学与汉学研究。本文获复旦大学中华文明国际研究中心和香港中文大学亚太汉学中心访学项目的奖助支持。本文以笔者多伦多大学博士论文的部分内容为基础修改而成，先后在复旦大学"中古文学中的诗与史"工作坊与北京大学百年《文选》学研讨会中宣读，感谢与会专家学者的建议与意见。

① 本部分依据拙文"Zuo Si ji (The Collection of Zuo Si)", In *Early Medieval Chinese Texts*, edited by Cynthia L. Chennault, Keith N. Knapp, Alan J. Berkowitz, and Albert E. Dien (Berkeley: University of California Press, 2016), pp.514 - 518.

② 左棻墓志对其背景以及家人有简略的介绍。其中的很多与名字相关的信息与流传下来的历史典籍有些出入，据专家考证，应以墓志所记为是。详细讨论参见徐传武《〈左棻墓志〉及其价值》，《左思左棻研究》，台北明目文化事业有限公司 1998 年版，第 73—94 页。

伦发动兵变,废除贾后,杀死张华、贾谧。左思退居宜春里,专注于典籍。齐王司马冏曾给他提供记室督的职位,但是他谢绝了。当张方在太安二年(303年)攻打洛阳时,左思全家迁到冀州(今河北冀州)。左思很可能于此后几年因病逝世。他的传记存于唐代所编《晋书·文苑传》、其他版本晋史佚文以及《世说新语》中。

《文选》收录了绝大多数左思现存的作品,这为左思诗歌的流传奠定了坚实的基础。《隋书》卷三十五《经籍志》著录《晋齐王府记室左思集》二卷,并提及梁代曾有五卷本。《旧唐书》卷四十七和《新唐书》卷六十都著录了五卷本的《左思集》,但是《宋史·艺文志》并没有提到左思别集的流传情况。在明代,张溥在《汉魏六朝百三家集》中并没有收录左思的作品。

今日所见《左太冲集》是丁福保所辑,存于《汉魏六朝名家集初刻》,包括左思《晋书》中的本传、《三都赋》、《白发赋》、《齐都赋》佚文、《七讽》佚文、《咏史》八首、《招隐》两首、《杂诗》一首。另外,许敬宗的《文馆词林》卷一五二收录了左思的《悼离赠妹》二首。《玉台新咏》卷二收录了《娇女诗》。虞世南的《北堂书钞》卷一一九还收有《咏史》四句残句:"梁习仕魏郎,秦兵不敢出。李牧为赵将,疆场得清谧。"①左思流传下来的作品不多,代表作是《三都赋》和《咏史诗》。左思赋的通行版本可参看严可均的《全上古三代秦汉三国六朝文》之卷七十四《全晋文》。左思的诗歌收录在逯钦立《先秦汉魏晋南北朝诗》之卷七《晋诗》。

左思的《咏史》在六朝时期已经被提及和赞扬。例如,钟嵘在《诗品》中将其作为五言诗的代表:"叔源离宴,鲍照戍边,太冲咏史,颜延入洛,陶公咏贫之制,惠连捣衣之作:斯皆五言之警策者也。所谓篇章之珠泽,文彩之邓林。"②左思《咏史》的创作时间向来争议颇多。牟世金、徐传武两位学者对此做过专门研究。他们首先列出了常见的三种说法:"一主完成于灭吴之前;一主第一首完成于灭吴之前,另七首为西晋统一之后陆续写成;一主八首皆左思后期作品,第一首乃晚年的回忆之作。"③在分析八首诗歌的整体性的基础上,两位学者认为这组作品是对左思一生的回顾,"写作时间应该是较为集中的"④。通过将此组诗歌与《三都赋》、《晋书》本传等典籍的文本互文性研究,两位学者认为这组诗歌当为左思晚年之作。⑤另外一种比较有代表性的观点是徐公持教授主张的分期说:"这是一组诗歌。但从内容看,未必是一时所作,很可能是在他不同生活时期所撰写,后人整理时才将它们集结在一起。"⑥

---

① 虞世南:《北堂书钞》,天津古籍出版社1988年版,第493页。
② 曹旭:《诗品集注》,上海古籍出版社1994年版,第347页。
③ 牟世金、徐传武:《左思文学业绩新论》,《文学遗产》1988年第2期。
④ 牟世金、徐传武:《左思文学业绩新论》,《文学遗产》1988年第2期。
⑤ 牟世金、徐传武:《左思文学业绩新论》,《文学遗产》1988年第2期。其他学者也有认为左思《咏史》作于晚年的,比如韦凤娟《论左思及其文学研究创作》,《中国古典文学论丛》(第2辑),人民文学出版社1985年版,第50—52页;葛晓音《八代诗史》,陕西人民出版社1989年版,第121—126页;钱志熙《魏晋诗歌艺术原论》,北京大学出版社1993年版,第309—310页。
⑥ 徐公持:《浮华人生:徐公持讲西晋二十四友》,天津古籍出版社2010年版,第217页。

他认为第一、三、四、六为早年之作；第五、七首为中年之作；第二、八首为晚年之作。①

二、左思《咏史》的研究概述及新的研究角度

左思的《咏史》作为咏史诗的代表被历代学者反复研究，硕果累累。目前左思《咏史》研究主要集中在两个方面：一是将其放置在咏史诗类的发展脉络中，指出其借咏史以咏怀，打破了以班固《咏史》为代表的史传型咏史。左思借助古人、古事来浇自己胸中块垒，替寒士鸣不平，用典游刃有余，影响深远。② 二是将《咏史》置于六朝诗歌的发展中，指出其风格、语言与以陆机、潘岳为主导的西晋诗风迥异。前者豪迈、刚劲有力，后者绮丽、繁复。左思的《咏史》成为六朝诗歌"反主流"的代表。③ 左思风力影响了后代很多作家，包括陶渊明、鲍照、李白等。④ 本文从诗与史互动的角度诠释其中的数首。左思的《咏史》除了载史、抒情以外，还有什么功用与目的？左思在"接受"历史人物的过程中侧重哪些特点，又有哪些改变，他所塑造的历史人物如何影响后代文人？左思追忆历史人物的方式、方法有哪些？本文通过深入历史典籍，左思《咏史》，其所处的社会、政治环境以及后代的接受来聚焦其回忆历史人物的方法和手段，以期进一步展示历史在诗歌中的呈现，给《咏史》的解读带来新的维度。

三、左思为诗裁史，剪辑、截取历史人物故事，从而塑造影响后世的文化符号⑤

左思选取历史人物故事的片段而加以文学化处理，重其不遇与失时，诠释历史人物形

---

① 徐公持：《浮华人生：徐公持讲西晋二十四友》，天津古籍出版社 2010 年版，第 217—220 页。这是一种代表性观点，其他学者也有"分期说"，但是学者对于哪些诗歌是早期、中期与晚年所作仁者见仁。参见叶日光《左思生平及其诗之析论》，台北文史哲出版社 1979 年版，第 24 页；郭预衡主编《中国古代文学史长编》，首都师范大学出版社 1995 年版，第 413—415 页。

② 比如，William H. Nienhauser, ed. *The Indiana Companion to Traditional Chinese Literature* (Bloomington: Indiana University Press, 1986), pp.806-807; J. Michael Farmer, "Zuo Si", in *Classical Chinese Writers of the Pre-Tang Period*, edited by Curtis Dean Smith(Detroit: Bruccoli Clark Layman / Gale, 2011), p.328; 蒋方《论左思〈咏史〉诗的变体——兼论古代咏史诗的文化内涵》，《湖北大学学报》（哲学社会科学版）1994 年第 4 期；周玲《论左思的咏史诗》，《宝鸡文理学院学报》（人文社会科学版）1997 年总 17 卷第 21 期。

③ 例如，明代张蔚然在《西园诗尘》中提到："在六朝而无六朝习气者，左太冲、陶彭泽也。"见黄明等编《魏晋南北朝诗精品》，上海社会科学院出版社 1995 年版，第 128—129 页。徐传武教授指出："左思胸怀浩旷，志行高洁，其诗作笔力雄健挺拔，语言豪放朗畅，与当时的绮丽轻绮的诗风大不相同。"（《六朝时期左思接受状况研究》，《左思左棻研究》，台北明目文化事业有限公司 1998 年版，第 346 页。）又如叶枫宇《左思的人格及其文风的合与离》，《西晋作家的人格与文风》，上海三联书店 2006 年版。

④ 左思风力及其影响颇受学者喜爱。陶渊明与左思的关系多受学者关注，主要针对钟嵘在《诗品》中对二者的论述。相关论述较多。比如，袁行霈《钟嵘〈诗品〉陶诗源出应璩说辨析》，《陶渊明研究》，北京大学出版社 1997 年版。又如，Wendy Swartz《阅读陶渊明》，张月译，中华书局 2016 年版，第 149—164 页。

⑤ 本部分论述根据以下拙作中相关内容，增加更多文学和历史材料，分析所得。参见"Approaches to Lore in 'Poems on History' from the Selections of Refined Literature (*Wen Xuan*)", *Journal of Oriental Studies*, 49.2 (2017): pp.83-112.

象。这一方法的典型便是《咏史》的第二首,也是八首咏史诗中最为后人所熟知的。"世胄蹑高位,英俊沉下僚"更成为家喻户晓的名句。西方汉学家傅汉思曾高度评价这首诗:"通过以历史为鉴反思当下,或是通过从自然世界的角度观察人事,诗人创造出某种审美距离,使他的诗歌更具深度并合乎普遍真理。"① 在本诗中,左思对冯唐故事和形象虽然有高度节选,但是却对后代文人产生了深远的影响。②

其二③

郁郁涧底松,离离山上苗。以彼径寸茎,荫此百尺条。
世胄蹑高位,英俊沉下僚。地势使之然,由来非一朝。
金张藉旧业,七叶珥汉貂。冯公岂不伟,白首不见招。

这首诗歌以传统的比、兴开篇,由自然景物"涧底松"与"山上苗"的对比来揭示"地势"对于自然景物的巨大影响。虽然"山上苗"矮小,但是可以借助"地势"荫蔽高耸的松树。由此,左思联想到历史人物,对比了金张家族成员与冯唐的不同境遇。前者借助家族的势力,平步青云,控制朝政。与此相对比的是,冯唐虽然具有远见卓识,但是即使年老仍然不被皇帝重用。左思发出了"世胄蹑高位,英俊沉下僚"的深沉感慨,或许也是对自己的慰藉与安抚。虽然左思只对冯唐做了最后一句的点评,但是其塑造的冯唐形象却深入人心。

冯唐的形象在左思之前的多部典籍中都有提及,特别是《史记》和《汉书》中都有较为详细的记述,二者的内容颇为类似。按《史记》所言,冯唐当中郎署长时,被文帝发现,觉得年老还在为郎,进而与其攀谈。《史记》和《汉书》并没有交代文帝是在什么情况下遇到冯唐的。荀悦《汉纪》卷八《前汉孝文皇帝纪下》补足了二者见面的场景。

十四年冬。匈奴老上单于寇边。以十四万骑入萧关。……上欲自征匈奴。群臣谏不听。皇太后固止之。乃止。东阳侯张相如为大将军。内史栾布皆为将军。击匈奴出塞。师还时。上辇过郎署。见郎署长冯唐。④

这一场景的补足便于读者理解汉文帝和冯唐接下来的对话内容。二人说到代地赵将李齐的情况时,冯唐认为其不如廉颇、李牧。文帝感慨自己没有廉颇、李牧这样的良将辅佐,时常忧患匈奴问题。冯唐冒犯直谏,认为即使文帝有这样的良将,也不能重用他们。这虽然惹怒了文帝,但是冯唐并没有受到任何惩罚。等到匈奴再次进攻汉朝,文帝再次招冯唐叙

---

① 傅汉思:《梅花与宫闱佳丽》,王蓓译,生活·读书·新知三联书店 2010 年版,第 206 页。原文见 Hans H. Frankel, *The Flowering Plum and the Palace Lady: Interpretations of Chinese Poetry* (New Haven: Yale University Press, 1976), pp.107 - 108.
② 卞东波在其文章《曾原一〈选诗演义〉与宋代"文选学"》中提到冯公也可能指冯野王,在此著录,以备一说。
③ 萧统编,李善注:《文选》,上海古籍出版社 1986 年版,第 988 页。
④ 荀悦:《汉纪》卷八《前汉孝文皇帝纪下》,中华书局 2002 年版。

话,了解为什么冯唐觉得他不会用人。冯唐以李牧的故事为例阐释了自己的见解,为云中守魏尚辩护,认为文帝没有给在外的将领足够的实权,同时奖赏太轻,而惩罚太重。文帝接受冯唐的建议,恢复了魏尚的官职,同时提拔了冯唐。司马迁在冯唐的传记之后高度评价了他论"将率"的能力。班固在《汉书》卷五十《张冯汲郑传》中对其的评价与司马迁的点评有异曲同工之妙:"张释之之守法,冯唐之论将,汲黯之正直,郑当时之推士,不如是,亦何以成名哉!"①班固也是称赞冯唐论将帅的能力。就总体而言,史家传记的主要部分不是论述冯唐的坎坷经历,而是侧重其与文帝的对话,从而彰显其用人、知人的能力。另外,王符《潜夫论》之第三十五《志氏姓》与扬雄《法言》卷十《重黎》也都持有同史传作家相似的观点。通过对历史典籍与左思诗歌的对照,读者可以发现左思对冯唐故事高度截取。左思在诗歌中批判士族垄断,将冯唐与金张对比,将前者塑造为出身低微,纵然有能力,也无济于事,得不到皇帝器重的士不遇典型。左思虽然政治地位不高,但是也曾经有过高远的政治理想,在其《咏史》之一中有所提及:

> 弱冠弄柔翰,卓荦观群书。著论准过秦,作赋拟子虚。
> 边城苦鸣镝,羽檄飞京都。虽非甲胄士,畴昔览穰苴。
> 长啸激清风,志若无东吴。铅刀贵一割,梦想骋良图。
> 左眄澄江湘,右盼定羌胡。功成不受爵,长揖归田庐。②

本诗描述了诗人年轻时的理想,弱冠之年,通读各类书籍。自己有很高的文学追求,以贾谊与司马相如为自己写作的榜样。诗人不仅在文学上有自己的抱负,而且在军事上,诗人也想大展宏图。左思早年之时,东吴还没有归降,左思想以一己绵薄之力为国家的统一作出贡献。在此情况下,诗人通读司马穰苴兵法,"长啸"显示出其超然的心态,"志若无东吴"更彰显其举重若轻。"澄江湘"和"定羌胡"显示了诗人扫荡四海,使各族归顺的雄心大略。诗人想凭借自己的文学和军事才能为国家效力,难能可贵的是,在功成之后,他会全身而退不接受爵位。然而终其一生,左思的理想并没有机会实现。左思通过截取冯唐故事的一个方面,即冯唐没被发现之时,用文学反问的方式("岂不伟")将其影响扩大。冯唐从而成为士不遇、郁郁不得志的典型。

左思给贾谧讲解过《汉书》,应当对史传中的冯唐形象颇为熟悉,但是他还是选取了冯唐的一个侧面来表现他对当下门阀制度的批判。左思的这一选择有可能受到了荀悦《汉纪》批语的影响。③荀悦《汉纪》卷八《前汉孝文皇帝纪下》所记载的冯唐内容与《史记》、《汉书》大体相同,但是其点评则侧重其不遇的特点:"以孝文之明,大朝之治,百僚之贤,而贾谊见排逐,张释之十年不见省,冯唐首白屈于郎,岂不惜哉!夫以绛侯之忠,功存社稷,而犹见

---

① 班固:《汉书》卷五十《张冯汲郑传》,中华书局1962年版。
② 萧统编,李善注:《文选》,上海古籍出版社1986年版,第987—988页。
③ 荀悦将《汉书》记传体变成编年体,同时将其内容书写得通俗易懂,又加上自己的大量批语。

疑，不亦痛乎！"①荀悦对冯唐形象的评点侧重人才即使在盛世，也可能不被重用。这段话是在荀悦叙述完冯唐在汉景帝时担任楚相后（"至景帝时为楚相。卒为名臣"）所添加的评论。左思很可能在给贾谧讲《汉书》时参看过荀悦《汉纪》，受其评语影响，在《咏史》其二中便有了对冯唐士不遇的侧重。左思《咏史》八首被萧统等所编的《文选》收录，使其广为流传。②另外，左思的别集也在六朝到唐代中期左右流传于世，这使更多的唐代文人可以读到其作品。左思所刻画的冯唐形象更是深入唐朝士人的心中，兹仅从唐代诗文中略举数例来阐释其影响：

秋日登洪府滕王阁饯别序
王 勃

嗟乎！时运不齐，命途多舛，冯唐易老，李广难封。

垂白（一作《白首》）
杜 甫

垂白冯唐老，清秋宋玉悲。
江喧长少睡，楼迥独移时。
多难身何补，无家病不辞。
甘从千日醉，未许七哀诗。

偶然书怀
姚 合

十年通籍入金门，自愧名微忝缙绅。
炼得丹砂疑不食，从兹白发日相亲。
家山迢递归无路，杯酒稀疏病到身。
汉有冯唐唐有我，老为郎吏更何人。

对酒
赵 牧

云翁耕扶桑，种黍养日乌。
手捼六十花甲子，循环落落如弄珠。
长绳系日未是愚，有翁临镜捋白须。
饥魂吊骨吟古书，冯唐八十无高车。

---

① 荀悦：《汉纪》卷八《前汉孝文皇帝纪下》，中华书局 2002 年版。
② 在唐代，《文选》成为科举考试的必备书籍，影响了一代代的士人。比如，杜甫在其诗《宗武生日》中提到："诗是吾家事，人传世上情。熟精《文选》理，休觅彩衣轻。"足见《文选》在唐代的巨大影响力。有关隋唐时期的文选学，特别是李善注和五臣注的相关问题，参看汪习波《隋唐文选学研究》，上海古籍出版社 2005 年版。另外，冯唐典故也出现在类书《艺文类聚》的第十八卷"老"和第五十九卷"将帅"中，这也对其形象的传播起到了一定作用。

春夕遣怀

刘 兼

穷通分定莫凄凉,且放欢情入醉乡。
范蠡扁舟终去相,冯唐半世只为郎。
风飘玉笛梅初落,酒泛金樽月未央。
休把虚名挠怀抱,九原丘陇尽侯王。

王勃、杜甫、姚合、赵牧、刘兼等文人对左思及其《咏史》应该是比较熟悉的。例如,王勃除了在《滕王阁饯别序》中提到冯唐,在《涧底寒松赋》中也沿用了左思开创的"涧底松"与"山上苗"意象,文学笔法和手段也与左思颇为类似。这些唐代诗人所提到的冯唐形象与左思诗歌之中的形象一致。例如,王勃将冯唐与李广并列,一文一武,突出生不逢时之感慨;杜甫将冯唐与宋玉相提并论,强调了诗人悲愁情绪;姚合则是更进一步,将自己比喻成唐代的冯唐,感慨时光荏苒、华年不再。这些唐代的诗人深知即使在文帝主政的清明时期,也会出现像冯唐一样有才能但是却居于郎署的事情。唐代诗人跟随着左思的步伐将冯唐的历史形象加以截取,对冯唐典故不断引用,塑造出一个"士不遇"的诗学形象。冯唐的士不遇形象成为一个文化符号被广大士人所接受。同时随着这些作品的广泛传播,冯唐也更深入人心,为世人所知。

四、左思所选历史人物注重与其自身的相似点,以己度史,在历史记忆中实现不朽

左思在"接受"与"追忆"历史人物的过程中选择与自己境遇、人格相像的历史人物,侧重强调他们的能力和性格特点。通过这种方式,左思委婉地批评了当下的社会,浇自己胸中块垒,同时通过比附优秀的历史人物从而达到不朽。左思可能想给读者展示他像前人那样能够胜任重要的使命,然而在动荡的社会和残酷的权力斗争中,左思没有得到足够的重视,没有他伸展才能的空间。前面提到的左思《咏史》之二的冯唐和下面即将提到的扬雄(也作杨雄)便是典型的例子。

其四

济济京城内,赫赫王侯居。冠盖荫四术,朱轮竟长衢。
朝集金张馆,暮宿许史庐。南邻击钟磬,北里吹笙竽。
寂寂杨子宅,门无卿相舆。寥寥空宇中,所讲在玄虚。
言论准宣尼,辞赋拟相如。悠悠百世后,英名擅八区。①

在本首诗歌中,左思将汉代的扬雄作为自己的异代知音,加强了自我形象。诗中前两联从

---

① 萧统编,李善注:《文选》,上海古籍出版社1986年版,第989—990页。

总体宏观的角度描绘京城的喧闹景象和贵族的奢华。第三联和第四联聚焦到贵族们歌舞升平、觥筹宴饮。这组绮丽、忙乱的场景与诗歌的后半部分对扬雄的描写形成了鲜明的对比。与人声鼎沸的豪门大族相比,扬雄住所周遭门可罗雀,没有大家望族前来拜访。但是扬雄并不孤独,他在言行上以孔子为标准,在文学上以司马相如为榜样,教授门徒。虽然生前冷落,但是因其言行与著作,扬雄深受后人爱戴。扬雄模拟经典著有一系列影响深远的作品:"以为经莫大于《易》,故作《太玄》。传莫大于《论语》,作《法言》。史篇莫善于《仓颉》,作《训纂》。箴莫善于《虞箴》,作《州箴》;赋莫深于《离骚》,反而广之;辞莫丽于相如,作四赋。皆斟酌其本,相与放依而驰骋云。"①扬雄高标准、严要求,以经典文本为参照,创作了《太玄》、《法言》、《训纂》、《州箴》等作品。与之相比,扬雄同时代那些追逐名利的贵族则被历史所遗忘。左思不只看重扬雄的创作才能,也重视其道德境界。

左思通过吟咏扬雄来希冀未来的读者,希望他们像记住扬雄那样来记住自己。在赞颂扬雄的同时,左思也在称赞与肯定自己的思想境界与文学造诣,安抚自己。左思所吟咏的历史人物并非信手拈来,而是经过深思熟虑的。在这首诗歌中,读者可以对比左思与扬雄,从而找到他们之间的很多相似点。

扬雄和左思阅历甚广,读书甚多。扬雄博览群书,传记中提到:"雄少而好学,不为章句,训诂通而已,博览无所不见。"②左思为写作三都赋,做过实地考察,为了弥补知识的不足,更是拜访名人,求做秘书郎。另外,在其《咏史》之一中提及:"弱冠弄柔翰,卓荦观群书。"③

左思和扬雄都有很高的文学追求和成就。④ 例如,他们都以司马相如为学习的典型。扬雄的传记中提到:"先是时,蜀有司马相如,作赋甚弘丽温雅,雄心壮之,每作赋,常拟之以为式。"⑤左思也非常尊敬司马相如,本首诗歌中也提到:"言论准宣尼,辞赋拟相如。"另外,左思在年少之时便以司马相如的作品来严格要求自己。在其《咏史》之一中提及:"著论准过秦,作赋拟子虚。"⑥《子虚赋》乃是司马相如名篇。扬雄和左思都擅长作赋,而且都写过《蜀都赋》。

在生活方式上,扬雄和左思都在晚年选择隐居,以著作留声名。扬雄和左思都是通过创作为自己的日后声誉做铺垫,从某种程度上来说,他们在为未来的读者创作诗歌,从而达到不朽。⑦ 扬雄隐居是因为"及莽篡位,谈说之士用符命称功德获封爵者甚众,雄复不侯"⑧。扬雄在王莽篡汉以后选择隐居,因其地位和容貌的原因,不容易被重视,因而他的著作认可

---

① 班固:《汉书》卷八十七《扬雄传》,中华书局 1962 年版。
② 班固:《汉书》卷八十七《扬雄传》,中华书局 1962 年版。
③ 萧统编,李善注:《文选》,上海古籍出版社 1986 年版,第 987—988 页。
④ 日本学者兴膳宏先生提到司马相如、扬雄、左思虽然有身体缺陷,但都以文章见长。参见兴膳宏《六朝文学论稿》,彭恩华译,岳麓书社 1986 年版,第 52 页。
⑤ 班固:《汉书》卷八十七《扬雄传》,中华书局 1962 年版。
⑥ 萧统编,李善注:《文选》,上海古籍出版社 1986 年版,第 987—988 页。
⑦ 关于不朽的讨论,由来已久,较早的记载见于《左传·襄公二十四年》、司马迁《报任安书》、曹丕《典论·论文》中。
⑧ 班固:《汉书》卷八十七《扬雄传》,中华书局 1962 年版。

度也会受到影响,扬雄的本传中有相关记载:"时,大司空王邑、纳言严尤闻雄死,谓桓谭曰:'子常称扬雄书,岂能传于后世乎?'谭曰:'必传。顾君与谭不及见也。'"① 但是最终扬雄的著作影响深远。以扬雄为榜样,左思意识到他不属于京城一员,由于政治动荡,他的亲人和朋友相继离开人世,多数死于非命。所以他做出决定,离开都城,远离政治,过起隐居生活,著书立说。② 左思对隐居生活的向往与憧憬也体现在自己的《招隐》诗中,例如,其一:"石泉漱琼瑶,纤鳞或浮沉。非必丝与竹,山水有清音。何事待啸歌,灌木自悲吟。"诗人与自然界合二为一,远离世俗的骚动与打扰。③ 在这一点上,左思与扬雄相似,晚年隐居,以著述典籍为主,借此使自己的思想流传后世。

左思和扬雄的外貌与言谈也有相似之处。④ 扬雄和左思的长相都很一般而且口吃。扬雄的本传中记载:"扬子云禄位容貌不能动人","口吃不能剧谈"。⑤ 左思的本传中记载:"貌寝,口讷。"⑥《世说新语》之《容止篇》中记载了左思与潘岳一起外出,因为其长得丑,而遭到不好的待遇。⑦ 六朝时期清谈盛行,常常品评人物,其中主要看的就包括外貌形体、举止言谈。左思很难在这些方面达到人物品评的标准,所以只能靠作品来征服他人、寄托自己的理想、抱负。扬雄就是左思身前的一个活生生例子,展示了如何靠自己的文章达到不朽。

这首诗很可能反映左思在政治理想破灭之后的反思。左思的妹妹左棻曾被晋武帝选入宫中,前者的本传中记载"芬少好学,善缀文,名亚于思,武帝闻而纳之。泰始八年,拜修仪……后为贵嫔,姿陋无宠,以才德见礼"⑧。从此也可以看出武帝主要看重其文学才能。另外,左棻的相貌平平、身体虚弱,估计很少有跟武帝相处的机会,很难想到她会在仕途上给左思很大帮助。左思早年有济世之志。他也试图在官场努力过,担任过秘书郎、祭酒,加入了盛极一时的贾谧的"二十四友"。除此之外,左思也得到皇甫谧、张华等当时名人的支持。他的《三都赋》的接受虽然开始遭遇到一些挫折,但是经名人点评后,影响迅速扩展,从而出现"洛阳纸贵"的现象。⑨ 这些无不说明左思的努力与勤奋得到了回报,但是随着而来的"八王之乱",造成了西晋王朝统治的土崩瓦解,左思的亲人与好友纷纷过世或惨遭杀害。很可能鉴于此,左思最后决定归隐,专注于典籍。作为士不遇的代表,左思通过诗歌创作思索着未来的出路。他也通过诗歌来抒发和实现自己的政治抱负,这也不失为补救自己政治

---

① 班固:《汉书》卷八十七《扬雄传》,中华书局1962年版。
② 六朝隐士的生活特点是"适意"、"率性"、"求真"。对此的具体探讨可参见卞东波《六朝隐士的生活》,《中国典籍与文化》2000年第3期。左思在晚年的隐居生活与此特点相符。
③ 左思的《招隐》诗流传广泛,比如萧统曾经吟咏该诗表达远离豪奢生活的高洁操守。具体论述参看 Ping Wang, *The Age of Courtly Writing: Wen xuan Compiler Xiao Tong (501-531) and His Circle* (Leiden/Boston: Brill, 2012), p.44.
④ 兴膳宏先生在谈论左思这首吟咏扬雄的诗歌时提及了二人外貌和言谈的类似地方。本小段论述总结其核心观点。参见兴膳宏《六朝文学论稿》,彭恩华译,岳麓书社1986年版,第50—52页。
⑤ 班固:《汉书》卷八十七《扬雄传》,中华书局1962年版。
⑥ 房玄龄:《晋书》卷九十二《文苑》,中华书局1974年版。
⑦ 《世说新语》卷十四《容止篇》。刘义庆著,刘孝标注,余嘉锡笺疏,周祖谟、余淑宜、周士琦整理,《世说新语笺疏》,中华书局2007年版。
⑧ 房玄龄:《晋书》卷三十一《后妃传》,中华书局1974年版。
⑨ 房玄龄:《晋书》卷九十二《文苑》,中华书局1974年版。

理想幻灭后的一剂良药。

左思通过吟咏扬雄,承接先贤古人的思想,不是"文人相轻",而是惺惺相惜。左思通过纪念扬雄曲折隐晦地传达给后世读者一个信息,也就是他与扬雄有诸多相似的地方。通过这种联系,以后在谈到扬雄的时候,读者可能会想到左思这首诗歌;或者读左思这首诗歌的时候,会下意识地将扬雄与左思联系起来,从而左思通过诗歌的创作助其自我经典化。

五、左思《咏史》叙议结合,以道家思想为主导诠释历史人物的高尚情操与独特人格[①]

左思的《咏史》豪迈、奔放,在韵律的跳动中叙议结合抒发自己的情感。他对历史人物的选择重视其高尚情操和独特人格,解释历史人物时常常多受道家思想影响。[②] 左思之前的咏史诗也大多侧重历史人物的道德情操,但反映出来的基本上是儒家思想。班固的《咏史》是现存最早的咏史诗,叙述了缇萦救父的历史故事。她为了挽救父亲而不惜牺牲自己的生命。这一行动感动了汉文帝,促使后者废除了酷刑。该诗吟咏了缇萦的孝道,注重的是道德情操与感化。王粲的《咏史》虽然谴责了秦穆公要求三良陪葬的残酷行为,但是也承认三良备受穆公善待,陪葬也是不得已而为之,理应付出的代价,尽显尊君思想。曹植的《三良诗》更是高举忠义大旗,承认三良为君陪葬之难,但是认为陪葬表达了他们的忠义与忠君之情。左思《咏史》与前文所重视的儒家孝悌与忠君观念不同,他观察与解读历史人物的角度以及反映出的思想常常受到道家哲学理念的影响。[③] 道家思想中充满了对传统和标准的颠覆。比如《庄子·齐物论》中"夫天下莫大于秋毫之末,而太山为小;莫寿乎殇子,而彭祖为夭"。又如,《庄子·秋水》中"以道观之,物无贵贱"。左思秉承了老庄思想中对既有社会秩序与等级的挑战,对平民与贵族的颠覆性观点在其对荆轲夹叙夹议的吟咏之中尽显。

六

荆轲饮燕市,酒酣气益振。哀歌和渐离,谓若傍无人。
虽无壮士节,与世亦殊伦。高眄邈四海,豪右何足陈。
贵者虽自贵,视之若埃尘。贱者虽自贱。重之若千钧。[④]

荆轲的故事在左思之前出现在《战国策》、《史记》等叙述中。其故事的核心在于荆轲敢

[①] 在西晋时期,玄学风气盛行,儒道会通。本文所指的西晋时期的儒家、道家思想均指这种受玄学风气影响的儒家式、道家式思想。

[②] 与左思同时代的文人所创作的咏史诗也有多受道家思想影响的例子。比如西晋张协的《咏史》赞颂二疏功成身退的行为,但是其表现手法仍然以叙述为主,评论较少,而且叙评俱与史书记载类似。

[③] 左思早年受传统儒家思想的教育与影响,也有建功立业的想法,这在其《晋书》本记与《咏史》第一首中有较明显的体现,但是纵观《咏史》八首,不管是主题、内容还是所反映的思想,道家思想都更为突出。

[④] 萧统编,李善注:《文选》,上海古籍出版社1986年版,第990—991页。

于行刺秦王,刺秦的前前后后是故事最吸引人的地方,但是左思《咏史》中所提的荆轲在燕国闹市一段并未出现在《战国策》中,却出现在《史记》中,很可能左思创作诗歌的灵感源于阅读《史记》。诗歌前两联中提到的历史情节在《史记》中可以找到印证:

> 荆轲既至燕,爱燕之狗屠及善击筑者高渐离。荆轲嗜酒,日与狗屠及高渐离饮于燕市,酒酣以往,高渐离击筑,荆轲和而歌于市中,相乐也,已而相泣,旁若无人者。①

左思前两联基本上与《史记》记载无异。诗中提到"饮燕市",而《史记》中提到"饮于燕市";诗中提到"酒酣气益震",《史记》中提到"酒酣以往";诗中提到"谓若傍无人",史记中提到"旁若无人者"。很可能左思读《史记》或者与其相似的其他文本有感写作此诗。诗歌其他各联通过夹叙夹议的手法来点评荆轲,侧重其精神层面。左思认为荆轲与众不同的行为显示出他虽然离壮士还差一步,但是其不以社会地位的高低来评价人物,藐视权贵,结交像狗屠、乐师高渐离这样的布衣平民。这些特质不仅与其同时代人不同,而且与左思所处时代的人们行为方式也大不一样。最后,高渐离也非常珍重这段友谊。在荆轲刺秦失败之后,主动替荆轲复仇,再次刺杀秦王,虽然以失败告终,足见二人友谊之深。这或许就是荆轲看重布衣之交的原因。与荆轲不惧怕强秦形成对比的是协助荆轲刺秦的秦舞阳,他在秦国大庭广众之下,摄于其威严而颤抖,被告知不能面见秦王。在两相对比中,荆轲的胆识与勇气显露无遗。

左思是较早在诗歌中吟咏荆轲的。本首诗歌并没有记述荆轲的完整生平事迹。左思并没有提及谁是荆轲,为什么荆轲来到燕国。左思只是选取了其在燕国闹市饮酒的一个历史场景来显示出他的与众不同的性格和行为,这可能鉴于读者对荆轲的故事应该比较熟悉。他不需要像史学家那样对其故事进行细致入微的描述,同时诗歌这样的体裁也不容许左思花大量笔墨在人物刻画上。另外,诗人和历史学家叙述历史的目的、意义也大不相同,正如葛兆光、戴燕两位教授所言:"如果要以史家的眼界衡量诗人的心胸,无疑是用地图的精确来要求山水画的布局,用医生的手术刀来对付人像雕塑了。换句话说,史家的历史论著是为了规范人们对过去的认识,它的意义在于使人们的道德意识统一、政治意识规整,而诗人的诗歌却是为了解放人们对历史的解释,从而在其中发挥自己的感慨,寄寓自己的抱负。"②与事无巨细的史传作家相比,左思更多地鼓励读者思考荆轲故事背后的意义。左思在前两联叙述荆轲在燕市饮酒的生活,然后受到启发进而评论其人格:甘心与贫贱之人为伍,蔑视豪门贵族。也正是在这一层面左思的《咏史》也超越了传统的"史传型"咏史。③

左思挑战了传统上以社会地位来衡量个人价值的观点。如果对荆轲接受史梳理一下,并把左思这首咏荆轲的诗歌放置其中,更可以看出其独特价值。以色列汉学家尤锐(Yuri

---

① 司马迁:《史记》卷八十六《刺客列传》,中华书局1959年版。
② 葛兆光、戴燕:《晚唐风韵》,中华书局2004年版,第59页。
③ 关于"史传型"咏史,参见韦春喜《汉魏六朝咏史诗探论》,《中国韵文学刊》2004年第2期。

Pines)在一篇研究荆轲形象接受的英文论文中认为诗歌和散文对荆轲形象的接受有很大不同。① 笼统而言,诗歌中的荆轲形象比较正面;而在非诗歌文体(比如散文、历史典籍)中则常常批评荆轲的失算或者燕太子的短视。比如,陶渊明的《咏荆轲》便是从"君子死知己"角度认为荆轲和太子丹之间君臣的和睦关系。整首诗歌赞扬荆轲的豪情风骨、慷慨就义,诗中有言:"雄发指危冠,猛气冲长缨。饮饯易水上,四座列群英。渐离击悲筑,宋意唱高声。"结尾处陶渊明叹息道:"惜哉剑术疏,奇功遂不成。其人虽已没,千载有余情。"陶渊明认为荆轲剑术不精,从而导致刺秦失败,但是其成就还是会流传给后人的。这就与叙事类文章对荆轲刺秦的态度不同。比如,《资治通鉴》卷七提到司马光对此事的看法:"燕丹不胜一朝之忿以犯虎狼之秦,轻虑浅谋,挑怨速祸,使召公之庙不祀忽诸,罪孰大焉!而论者或谓之贤,岂不过哉!"而对荆轲的行动也颇多微词:"荆轲怀其豢养之私,不顾七族,欲以尺八匕首强燕而弱秦,不亦愚乎!故扬子论之,以要离为蛛蝥之靡,聂政为壮士之靡,荆轲为刺客之靡,皆不可谓之义。"司马光认为荆轲为了一己私情而采取刺杀行动是不理智的。在荆轲的接受史中,大多数是探讨荆轲刺秦的准备、动机,失败的原因和燕太子丹处理危机的方法是否得当。左思诗歌中对贵族与贫民的颠覆论述是在荆轲形象的接受中鲜有论及的。

左思对人格特质与情操的追求,不只停留在藐视权贵、重视贫贱之交的荆轲身上,还有高蹈绝俗的理想,其中最重要的是功成身退的思想。关于功成身退的较早记载可见于《道德经》,比如第二章:

> 是以圣人处无为之事,行不言之教。万物作焉而不辞(司);生而不有;为而不恃;功成而弗居。夫唯弗居,是以不去。②

《道德经》提到圣人会让万物自然而然地发展,不会人为地去干预,不会去占有,也不会居功不让。反倒是因为不居功,功绩反而挥之不去。这种辩证的思想在《道德经》第九章中得到了进一步的发展:

> 持而盈之,不如其已;揣而梲(锐)之,不可长保;金玉满堂,莫之能守;富贵而骄,自遗其咎。功遂身退天之道。③

第九章从反方向举例论述,如果做事情不适度会造成的不良后果。从自然界说到人世间,功成身退适应林林总总的不同事物。这一思想成为中国士人考虑仕途发展的核心思想之一。很多历史人物都是这一思想的典范代表,比如左思《咏史》之三中提到的段干木和鲁仲连。其诗如下:

---

① Yuri Pines, "A Hero Terrorist: Adoration of Jing Ke Revisited", *Asia Major* THIRD SERIES, Vol.21, No.2 (2008).
② 《道德经》第二章。陈鼓应:《老子注译及评介》,中华书局 2009 年版。
③ 《道德经》第九章。陈鼓应:《老子注译及评介》,中华书局 2009 年版。

三

> 吾希段干木，偃息藩魏君。吾慕鲁仲连，谈笑却秦军。
> 当世贵不羁，遭难能解纷。功成不受赏，高节卓不群。
> 临组不肯绁，对珪宁肯分。连玺曜前庭，比之犹浮云。①

左思在这首诗歌中盛赞段干木、鲁仲连两个人。《吕氏春秋》、《史记》、《高士传》等典籍中对段干木多有记载。这些典籍大多选取了魏文侯礼贤下士、对其尊重，因而秦兵不敢贸然进攻魏国。历史的记载大都是为了通过写秦军的行动和决定侧面烘托强调文侯的影响力，同时强调段干本的高节。左思选取段干木的事迹不仅是受其被广泛记载的影响，也有可能还受到班固《幽通赋》和自己《魏都赋》的影响。二赋关于段干木的相关内容如下：

> 班固《幽通赋》：所贵圣人至论兮，顺天性而断谊。物有欲而不居兮，亦有恶而不避。守孔约而不贰兮，乃辖德而无累。三仁殊于一致兮，夷惠舛而齐声。木偃息以蕃魏兮，申重茧以存荆。纪焚躬以卫上兮，皓颐志而弗倾。侯草木之区别兮，苟能实其必荣。

> 左思《魏都赋》：闲居隘巷，室迩心遐，富仁宠义，职竞弗罗，千乘为之轼庐，诸侯为之止戈，则干木之德，自解纷也。

班固《幽通赋》以及左思《魏都赋》中的语言已经与诗歌中非常相近。左思的诗中提到"吾希段干木，偃息藩魏君"，班固《幽通赋》中有"木偃息以蕃魏兮"；左思的《咏史》赞扬段干木和鲁仲连"遭难能解纷"，自己的《魏都赋》中有"则干木之德，自解纷也"。关于鲁仲连，左思之前的历代典籍中也多有记载，比如《史记》、《淮南子》，内容大都相同。鲁仲连与辛垣衍谈论帝秦的问题，利用自己的才谋和胆识为赵国立下大功。二十年之后，他又为燕国排忧解难。他将受赏赐之事看作商业行为而不屑一顾。段干木先是隐居而后成为魏文侯师，利用自己的智慧和影响力辅佐文侯，而鲁仲连运用自己的智慧力挽狂澜、化险为夷。他们二位都帮助不同的国家避免与强秦直接的军事碰撞。

左思对历史人物的刻画善于抓住其特定时刻，左思常常借助历史人物塑造自己的理想人格。段干木和鲁仲连的能力，经过诗人的艺术升华，用"偃息"、"谈笑"变成了不费摧毁之力便完成了形势的逆转。②"吾"第一人称代词直接出现，则表现出左思对历史人物的崇

---

① 萧统编，李善注：《文选》，上海古籍出版社1986年版，第988—989页。
② 左思诗中用语对后世影响很大。比如在唐代经由《文选》的传播，唐代文人对左思的《咏史》非常熟悉。本诗中所用的"谈笑"一词，常常被李白所用，也都是谈及鲁仲连。现举两首为例："谈笑三军却，交游七贵疏。仍留一只箭，未射鲁连书。"（《奔亡道中五首》之三）"鲁连卖谈笑，岂是顾千金。陶朱虽相越，本有五湖心。"（《留别王司马嵩》）感谢罗宁先生提及此点。

敬。① 从这首诗歌也可以看出左思的处世哲学和历史观。左思崇尚的是不羁之人,像段干木、鲁仲连、荆轲等人物。他们在需要的时候会为国效力,然后功成身退。左思看重的不是他们的文治武功,而是他们在功成之后,而不接受犒劳与酬赏的伟岸人格。这种"高节"正是左思所看重的。

在诗歌的最后,左思化用《论语》中"不义而富且贵,于我如浮云",他间接借历史人物表达了功成名就后对赏赐的摒弃。左思对"功成不受赏"的重视在第一首和第三首诗歌中都有集中的体现。这一理想也似乎是左思一直向往的。对于建功立业,左思通过文学活动参与其中。左思历时十载写作的《三都赋》,不仅展现了自己的文学创作才能,而且积极参与到"晋承魏统"的讨论中。② 通过大赋的写作,左思希望能够有一展宏图的契机,但是事不遂人愿。《三都赋》起初反响平平,但是"思自以其作不谢班张",所以拜访了皇甫谧、张华等名人。在他们的共同努力下,《三都赋》的接受越来越好,后来竟出现了"洛阳纸贵"的现象。此时,也有很多人为其作注释,"张载为注《魏都》,刘逵注《吴》《蜀》而序之","陈留卫权又为思赋作《略解》"。《三都赋》的最终成功可能帮助左思赢得一些官场进阶的机会,但是他只担任过过秘书郎、祭酒等官职,很难实现年少时的梦想,再加上后期的八王之乱,左思不大可能有机会实现自己的抱负。功成不受赏也就成为他的高远理想,在现实社会中并没有实现。

六、结　语

本文从诗与史互动的角度,深入历史典籍,从其所处的社会、政治环境以及后代的接受诠释左思《咏史》中的数首。左思咏史具有载史、抒情的功用,正如蒋方教授所言:"他是透过史事来思考自己的境遇,来选择出路。"③此外,他还希望通过诗歌来补偿自己政治上的失意,为天下寒士扼腕叹息,以期他们得到统治者重视。我们也可以通过他的诗歌接触到他的"诗学自我"。另外,从历史记忆的角度,左思通过诗歌建立起自己与所吟咏的历史人物之间的联系,从而在后世读者缅怀杰出历史人物的同时也将自己的声名流传下去,达到文学上的自我经典化与不朽。左思在"接受"历史人物的过程中侧重截取人物故事的片段,通过文学化手段加以扩大与夸张,从而使人物更加形象化、直观化,使其塑造的人物影响深远、泽被后世,从某种程度上丰富了历史典籍中对该人物的刻画。在选取历史人物时,左思尤其喜欢选择故事性较强的人物,饱经世故且经历坎坷,左思通过以道家为主导的思想解读历史人物的高尚情操和伟岸人格。左思崇尚的是挑战既有传统与标准的历史人物。在众多高节中,左思认可功成身退,既能建功立业,又能明哲保身。他所选取的历史人物也正

---

① 左思开篇的写法对后人影响深远,徐传武指出:"左思这种'吾希'、'吾慕'的句式,后人多有仿之者,如唐诗人皮日休在《七爱》诗中曰:'吾爱房与杜,贫贱共联步','吾爱李太尉,崛起定中原'。"参见徐传武《左思五言诗佳句品评》(上),《集宁师专学报》(社科版)1998年第1期。

② 关于左思如何参与到"晋承魏统"的讨论中,详见郑训佐、张晨《左思与左棻》,山东文艺出版社2004年版,第35—38页。

③ 蒋方:《论左思〈咏史〉诗的变体——兼论古代咏史诗的文化内涵》,《湖北大学学报》(哲学社会科学版)1994年第4期。

体现了他的人生追求与理想。正如左思称赞扬雄所说:"悠悠百世后,英名擅八区。"我们在千年之后,继续学习、研究、欣赏左思的作品,从而使其声名继续流传。虽然左思存留下来的作品不多,他的《咏史》确实帮助他确立了其在中国文学史中的地位。在谈到六朝文学和咏史诗的发展时,我们都不得不谈左思及其《咏史》。

中晚唐墓志中的浪漫书写

洪　越撰　刘　倩译*

摘　要：本文讨论三篇中晚唐墓志铭，其中两篇为亡妾作，一篇为亡妓作。与其他此类作品不同，这三篇墓志铭不是颂扬死者的女德或对家族的贡献，而是赞美她们身上的"浪漫情感"，或者别人对她们生发的"浪漫情感"。通过如此描述三位女子的人生，墓志铭作者对妓妾的人生意义提出新的主张，即一个人的价值可以取决于她的情感生活，而不是家世、地位与道德。本文考察这种观念的产生与中晚唐"浪漫文化"的关系，并探讨精英士人如何通过墓志铭写作建立社会关系，建构自我身份，确立自己在精英群体中的位置。

关键词：墓志铭；妓妾；浪漫文化；中晚唐

中唐出现的一个引人瞩目的现象是浪漫文化。"浪漫文化"的概念由宇文所安提出。这种文化涉及年轻精英士子和身份低于精英阶层的女性，如妓、妾、良家女子。他们痴迷于激情，并通过讲述和写作分享以情欲和爱恋为主题的诗歌和故事，从而参与了浪漫话语。宇文所安认为，浪漫文化的兴起是中唐文人建立私人空间的一种形式，其所营造的是一个建立在两情相悦和个人选择基础上的情爱世界。但是，这个理想化的浪漫情爱世界在以等级秩序、道德规范为主导的社会中难以长期维系，而我们熟知的中唐传奇故事如《霍小玉传》、《莺莺传》就是探讨在情爱世界与社会秩序发生冲突时，情人做出何种反应，公众又如何对他们进行道德判断。[①]

构成这个"浪漫文化"的除了传奇，还有诗歌、逸事等文体，它们都描写激情、相思和哀怨等情感；我把这类表达统称为"浪漫情感"。譬如，很多作品描写精英士人与风尘女子一见钟情的场景：女子先是被诗歌所吸引，然后爱上诗人；而男子则倾倒于她的美貌和歌舞表

---

*　作者简介：洪越，中国人民大学文学院副教授，主要研究方向为唐代文学文化；刘倩，中国社会科学院文学研究所研究员，主要研究方向为中国古代小说、海外汉学译介。本文原发表于《泰东》(*Asia Major*)第25期，2012年，题作"Romantic Identity in the Funerary Inscriptions (*muzhi*) of Tang China"。译成中文后有部分改写。

①　宇文所安(Stephen Owen)：《柳枝听到了什么：〈燕台〉诗与中唐浪漫文化》(What Did Liuzhi Hear? The "Yan Terrace Poems" and the Culture of Romance)，《唐学报》(*T'ang Studies*)1995年第13期。宇文所安：《浪漫传奇》,《中国"中世纪"的终结：中唐文学文化论集》("Romance," *The End of the Chinese 'Middle Ages': Essays in Mid-Tang Literary Culture*)，斯坦福大学出版社1996年版，第130—148页。

演才华。① 也有很多作品描写等待恋人归来的"弃妇"形象。在漫长的等待中,孤独的女子给爱人寄去亲手制作的情真意切的诗歌、书信或自画像。在有些时候,女子寄赠这些充满激情的物件后就因为孤独悲伤而死去。② 诗歌和故事也讲述男子的激情:油蔚在一首赠别诗中发誓要永远爱一个营妓③,而欧阳詹在得知自己相好太原妓的死讯后伤心而绝④。

与这种不断增长的话语相伴随的是新型社会身份的出现。除了用家世、官职、社会家庭地位、道德品质定义一个人的身份,人们开始用浪漫情感对一个人做出判断。上文提及的欧阳詹就是一个例子。欧阳詹与韩愈同榜进士,去世后韩愈在哀辞中把他描述为闽地才士、孝子、信友。与此同时,在欧阳詹前一年进士登第的孟简撰写了《咏欧阳行周事并序》,其中用大量篇幅描写欧阳詹与某太原妓的恋情。⑤ 据孟简记载,欧阳詹在太原迷恋一位妓人,离开时约定回来接她。太原妓在等待中相思成疾,抑郁而终。得知她的死讯后,欧阳詹也感伤而亡。这个故事在欧阳詹身后流传很广,不仅晚唐笔记《云溪友议》提到,唐末五代黄滔《闽川名士传》也记载了这个事情。这说明在中晚唐五代,欧阳詹在人们记忆中不但是才士、孝子、信友,也是至诚爱人。⑥

欧阳詹的情事由他人记述,也有不少中晚唐精英士人书写自己的情感经历,以表现个性中风流的一面。李商隐在《柳枝五首》序文中描述自己与一位叫柳枝的女子在洛阳里巷的邂逅,孙棨在《北里志》中追忆自己与平康里妓福娘的一段感情,杜牧也在诗中写到自己在江南沉醉于宴乐青楼。如王凌靓华指出,"风流"这个词在中晚唐开始描写精英士人与女妓之间的浪漫情感。⑦ 譬如,刘禹锡歌咏"风流太守"韦夏卿被泰娘吸引,把她录为家妓;白居易在苏州作诗,称自己是沉醉于江南丽人、歌舞妓席的"风流吴中客";韩偓自述狭斜北里,说被人称作"风流";王仁裕记载晚唐人称长安平康坊妓女所居之地为"风流薮泽"。⑧ 此外,晚唐诗人杜牧的风流形象与他流连青楼密切相关。一些妓人也因浪漫情感而被人铭记。蜀中官妓薛涛的形象就和她与韦皋、元稹的恋情故事联系在一起。⑨ 她的诗歌作品也

---

① 如李商隐《柳枝五首》写洛阳商人的女儿柳枝在听到自己的诗作后追求自己,见彭定求等编《全唐诗》卷五四一,中华书局 1960 年版,第 6232 页。另如《霍小玉传》,霍小玉对李益诗歌的热爱使她对李益产生爱慕,见李昉等编《太平广记》卷四八七,中华书局 1961 年版,第 4006—4011 页。关于 9 世纪以爱恋女伎为题材的诗作,王凌靓华有专著讨论,见《歌唇一世衔雨看:九世纪诗歌与伎乐文化研究》,复旦大学出版社 2016 年版。
② 如崔徽送给裴敬中自画像后一病不起;刘国容在郭昭述离开赴任后寄书传情;玉箫在韦皋没有按照约定回来后自杀。见《全唐诗》卷四二三,第 4652 页;《唐五代笔记小说大观》,上海古籍出版社 2000 年版,第 1733、1277 页。
③ 油蔚:《赠别营妓卿卿》,《全唐诗》卷七六八,第 8719 页。
④ 李昉等编:《太平广记》卷二七四,第 2161—2162 页。
⑤ 彭定求等编:《全唐诗》卷四七三,第 5369—5370 页。
⑥ 范摅《云溪友议》"南海非"条提及欧阳詹情事,见《唐五代笔记小说大观》,第 1268—1269 页。《闽川名士传》中的欧阳詹条,见《太平广记》卷二七四,第 2161—2162 页。
⑦ 王凌靓华:《歌唇一世衔雨看:九世纪诗歌与伎乐文化研究》,复旦大学出版社 2016 年版,第 194—198 页。
⑧ 刘禹锡:《泰娘歌》,《全唐诗》卷三五六,第 3996—3997 页;白居易:《郡斋旬假始命宴呈座客示郡寮》,《全唐诗》卷四四四,第 4967 页;韩偓:《自负》,《全唐诗》卷六八三,第 7845 页;王仁裕:《开元天宝遗事》,《唐五代笔记小说大观》,第 1725 页。
⑨ 薛涛、元稹情事,见《云溪友议》"艳阳词"条,《唐五代笔记小说大观》,第 1308 页。薛涛、韦皋情事,见何光远《鉴诫录》"蜀才妇"条,卷十,中华书局 1985 年版,第 75—76 页。

经常被置于情爱语境中加以解读,譬如《十离诗》就被读为她想要重新获得元稹(或韦皋)的宠爱。①

本文考察墓志中因浪漫情感而被人铭记的三位唐人,其中两位是妾,一位是妓。综合陈尚君统计由夫主为亡妾所作的 19 篇唐代墓志,以及姚平统计为女妓和由妓转为妾作的 18 篇唐代墓志,去掉重合的 7 篇,可考的为妾作的唐代墓志有 29 篇,为妓作的有 1 篇。② 两位学者分析了亡妾墓志的基本特征。与其他墓志一样,亡妾墓志大致由四个部分组成,先叙妾的简历和家世,次叙其品行才能,再述亡故及丧葬事宜,最后表达作者和家人对死者的悼念。③ 陈尚君注意到,与亡妻墓志重在表彰其知书达礼、相夫教子的道德操行不同,亡妾墓志较多直接描写妾的美貌色艺和歌舞技能。但另一方面,如姚平所说,唐代的亡妾墓志铭也经常"强调她们的谦顺、俭朴的品德以及对家族的贡献"④。妾对夫家最重要的贡献之一被描写为生育子嗣。李肱在为亡妾所作的墓志中,就称赞她是五个儿子的母亲。他对亡妾母亲身份的强调也体现在墓志的标题上:《前邢州刺史李肱儿母太仪墓志》。⑤ 这篇墓志中关于死者本人的信息很少,表现出一个妾的价值很大程度上仰仗于她生育男性后嗣的能力。除了生子,衡量女性价值的另一个重要标准是妇德。妾往往因"鸣谦自牧"、"恭谨柔顺"、"奉上以敬顺,接下以谦和"这类美德受到赞誉。⑥ 譬如,元稹为亡妾所作的墓志就强调她谦顺简朴、任劳任怨。⑦ 安氏去世后,元稹检点她的遗物,震惊于她"无盈余之帛,无成袭之衣,无完里之衾",这才发现安氏生前的生活是如此艰难,而她又是如此隐忍。元稹的描写经常被当作特例,说明他对亡妾的深挚感情;不过,他所赞美的这类妇德在亡妾墓志中非常普遍。

本文将要讨论的三篇墓志颇为与众不同,它们不是颂扬亡妾、亡妓的女德或对家族的贡献,而是赞美她们身上的浪漫情感,或者别人对她们产生的浪漫情感。其中,崔倬将幕主的亡妾描写成迷人的歌舞伎人,沈亚之赞美自己的妾对歌舞表演的执着热忱,源匡秀歌咏自己深爱的妓女。⑧ 这三篇墓志的作者都对妓妾的人生意义提出了新的主张,即一个人的价值可以取决于她的情感生活,而不是家族关系、社会地位、道德品质。

---

① 据王定保《唐摭言》,薛涛在酒席上争骰子误伤元稹侄子,所以写《十离诗》试图挽回元稹。见《唐五代笔记小说大观》,第 1690—1691 页。据《鉴诫录》,薛涛写作此诗是为了挽回韦皋。见《鉴诫录》第 75—76 页。
② 姚平:《唐代妇女的生命历程》,上海古籍出版社 2004 年版,第 202 页;陈尚君:《唐代的亡妻与亡妾墓志》,见其著《贞石诠唐》,复旦大学出版社 2016 年版,第 87—89 页。
③ 陈尚君:《贞石诠唐》,第 60、68 页。
④ 陈尚君:《贞石诠唐》,第 68—69 页;姚平:《唐代妇女的生命历程》,第 144 页。
⑤ 周绍良等编:《唐代墓志汇编》,上海古籍出版社 1997 年版,第 2401 页。
⑥ 周绍良等编:《唐代墓志汇编》,第 1562、2425、2442 页。
⑦ 元稹:《葬安氏志》,见冀勤点校《元稹集》卷五十八,中华书局 1982 年版,第 707 页。
⑧ 崔倬文,见周绍良等编《唐代墓志汇编续集》,上海古籍出版社 2001 年版,第 728 页;沈亚之文,见肖占鹏、李勃洋《沈下贤集校注》,南开大学出版社 2003 年版,第 250—251 页;源匡秀文,见周绍良等编《唐代墓志汇编续集》,第 1085 页。

郝闰:迷人的女伎

先来看崔倬的《郝氏女墓志铭》。墓志这样介绍死者的简历家世、品行才能,亡故原因和丧葬事宜:

郝氏女墓志铭并序

郝氏女名闰,字九华子,出于赵郡李氏。父遑,左武卫大将军,禀温恭之纯行。外祖邊,皇韶州刺史,为轩冕之著姓。储祉舍芳,而生九华。九华聪敏柔懿,婉淑明秀,亭亭闲态,艳艳丽容,善吹笙,舞柘枝等十余曲。每至移指遗声,回眸应节,则闻者专听,睹者专视,而倾人城矣。年十有六,侍巾栉于柱史李君之门,历四年而无□顺。李君门风肃素之子,性所慕尚。诵习诗礼,不出帷房。时人思复见之,杳杳然如隔云霄而望神仙矣。悲夫!怀孕八月而构疾,弥留。以建中四年八月七日终于河阳县花林里之私第,享年一十有九。即以其年八月廿一日,窆于缑氏县之东原,从外祖之茔,涂迩故也。

崔倬此文具有墓志的一些基本特征。它包括死者的生平信息如姓名、故里、家世、婚姻状况、年龄、死亡时间、死因、下葬时间和安葬地点。据这些信息我们知道,死者名叫郝闰,783年19岁孕中病逝;在成为妾以前,她是高层武官家庭的女儿,也是颇受欢迎的妓人。虽然墓志中没有明说郝闰曾是妓人,但是描写她歌舞表演说明她伎的身份。唐代妓人的社会地位属于奴婢,所以精英家庭出身的年轻女性学习歌舞不受鼓励,更不用说公开表演了。郝闰成为妾后,就停止了表演活动,开始"诵习诗礼"。这个细节说明郝闰由妓转为妾后社会地位的提升。

我们不知道这个高官之女是如何沦落为妓人的。有可能她是在某个家庭成员获罪后隶籍教坊的,当时有不少轶事谈及这种现象。还有一个可能是她母亲地位卑微。崔倬提到郝闰的母亲"赵郡李氏",但没有交代李氏的家世或婚姻状况。有可能李氏不是精英家庭的女儿,也不是郝闰父亲的妻子,而是婢女或妾。官员和婢妾所生的女儿后来失去精英地位,唐代文献有很多这方面的记载。一个例子是《霍小玉传》。霍小玉是藩王与婢女的女儿,父亲死后,她被诸弟兄逐出王府,失去尊贵的社会地位。

这篇墓志由郝闰夫主的掌书记崔倬撰写。我们对崔倬知之甚少,只知道他是清河人,783年撰写墓志时是"河阳怀卫度使掌书记大理评事"。墓志没有给出郝闰夫主的名字,只称其为"柱史李君"。不过,结合墓志和其他材料,我们可以推断这位"柱史李君"是崔倬的幕主河阳节度使李芃。一条材料来自《旧唐书》,记载李芃在780年成为河阳三城镇遏使,间隔一年后,即782年,为"河阳三城怀州节度观察使";783年仍在任上,并与河东节度使等诸军破魏博节度使田悦叛军。[①]《旧唐书》中所说的"河阳三城怀州节度观察使"和崔倬墓志中所说的"河阳怀卫节度使"是同一个官职。所以,783年崔倬写郝闰墓志铭的时候,他的幕主"河阳怀卫节度使"正是李芃。还有一条材料可以作为辅证。崔倬说779年纳郝

---

① 《旧唐书》"李芃传",卷一三二,中华书局1975年版,第3655页。

闺为妾的李君是"柱史"。"柱史"是"柱下史"的简称,二者常指侍御史。开元以后,御史台的官衔授予地方官员和军事官员作为宪衔非常普遍,侍御史为其中一种。①《旧唐书·李芃传》记载他在代宗后期宪衔为侍御史,到德宗780年继位时升为御史中丞。也就是说,779年李芃的宪衔是侍御史,与墓志提供夫主的"柱史"宪衔相符。所以,据墓志提到的姓氏和宪衔,再结合李芃的任官履历,这个"柱史李君"是李芃,是他委托掌书记崔倬撰写这篇墓志铭的。

这篇墓志很特别的一点是,郝闺受到赞誉不是因为她的美德,而是因为她作为表演者的技艺和魅力。文中对她演艺才能的描写十分生动,没有使用"善音律,妙歌舞"、"皓齿工歌,长袖妙舞"、"七盘长袖之能,三日遗音之妙"等程式化套语②,而是选取她演出时的迷人特殊时刻加以描绘。崔倬这样写道:"每至移指遗声,回眸应节,则闻者专听,睹者专视。"通过渲染郝闺对观众的吸引力描写出她的表演技艺。

崔倬对郝闺才艺的赞美,与其他一些墓志中对出身于妓的妾的描写大异其趣。杨筹在864年为他亡妾王娇娇撰写的墓志是一个很好的例子。③杨筹说,王娇娇虽然是个有才艺的妓人,习歌舞于女兄④,"颇得出蓝之妙",但最终让她超越其卑微出身的是她异乎寻常的忠诚。杨筹用一个细节阐明自己的观点:当他获罪受到严厉惩罚,处于"待死"状态,王娇娇没有离开他回到"女兄"那里,而是"坚不去,愿同殁于荒墅"。正是因为她忠诚不渝,他才"遂忘前所谓出蓝之妙"。换句话说,王娇娇的妓人出身被视为胜任贤妾这个新角色的障碍。为表彰其德行,杨筹必须"忘记"她的从妓经历。

和杨筹不同,崔倬并不想淡化郝闺的妓人出身,反而是着力强调和赞美她这方面的经历。对于这种非常规的做法,我们该作何理解?我们必须假定崔倬赞美郝闺的演艺才华意在取悦李芃,即郝闺的夫主、崔倬的幕主。在中晚唐,中央、地方朝官的举荐对年轻士人仕途晋升非常重要。这一时期不少轶事都提到年轻精英士人寻求有权势的官员举荐,以通过科举考试,谋取官职。与此同时,朝官也四处延揽年轻士子,以增加自己的政治文化资本。崔倬担任的节度使掌书记这个职位,对于有文学才华的年轻士人来说是非常理想的位置。赖瑞和《唐代基层文官》描述中晚唐精英士子的仕途,最成功的途径是这样的:进士出身,又考中制科或博学宏词,先在京城任校书郎,然后被某节度使或观察使辟为掌书记。⑤当崔倬为郝闺撰写这篇墓志时,他正走在赖瑞和描述的成功仕途上,提笔时一定会考虑李芃的好恶。这篇墓志用于丧葬,也说明李芃对它十分满意。

崔倬对郝闺不同寻常的赞美可以取悦李芃,个中缘由必须在中晚唐浪漫文化的语境中加以理解。有权势的朝官在宴会上使家妓歌舞表演,并邀请宾客作诗助兴,在当时很常见。

---

① 许倬云:《唐代御史制度》,《中国历史论文集》,台北商务印书馆1986年版,第186—191页。
② 周绍良等编:《唐代墓志汇编》,第2376、1724页;周绍良等编:《唐代墓志汇编续集》,第625页。
③ 周绍良等编:《唐代墓志汇编》,第2407—2408页。
④ 《教坊记》和《北里志》都提到妓人互称"兄弟"、"女弟女兄",见《唐五代笔记小说大观》,第125、1404页。
⑤ 赖瑞和:《唐代基层文官》,台北联经出版社2004年版,第441页。

李商隐《席上作》序就提到这种现象:"予为桂州从事,故府郑公出家妓,令赋高唐诗。"① 如宇文所安所言:这首命题诗"调子是艳情的"②。在这类诗作中,诗人经常通过表达自己对女子的欲望而赞美她的情色魅力。有时候,就像李商隐此诗一样,诗人甚至描写女性对诗人的欲望:

> 淡云轻雨拂高唐,玉殿秋来夜正长。
> 料得也应怜宋玉,一生惟事楚襄王。

在第二联,李商隐自比宋玉,把郑公比作楚襄王。这样一来,李商隐暗示歌者更喜欢自己(宋玉)而不是她的主人(楚襄王),尽管诗人强调说歌者只侍奉她的主人。③ 这种挑逗性书写带有明显的情欲底色,在当时不仅是允许的,而且受到鼓励。虽然诗人与歌者彼此欲念,但只有歌者的主人郑公才有资格在公开聚会和私人卧寝这两个场合都享受她的表演。诗人表达对歌者的欲望,是为了强调歌者的价值。诗人对歌者的欲望无法满足,又突出了主人对歌者的独占权。

崔倬赞美李芃亡妾的用语,与李商隐赞美郑公家妓的用语有类似之处。崔倬描写观众对郝闰的迷恋,以强调她的魅力不可抗拒;然后在写观众对郝闰的欲望的同时,又特别强调说李芃才是她唯一的主人。在郝闰成为李芃的妾后,崔倬这样写道:"时人思复见之,杳杳然如隔云霄而望神仙矣。"简言之,公众对郝闰的浪漫情感增加她的价值:观众越渴望她,她对李芃就越有价值。因此,在墓志结尾伤悼死者的部分,崔倬也着力描写公众因郝闰去世而感到的震惊和悲伤:

> 呜呼!红萼初折,秋霜忽零。舞榭方春,泉台已夕。闾巷惊怛,行路凄欷。盖赏动群目,而悲牵众情,况其亲属乎?况其宠爱乎?余之室尝谓人曰:姬人常妇所恶,□若九华,复为所好焉。及其殁也。

卢金兰:充满激情的女子

本文所要讨论的第二篇墓志由沈亚之为亡妾卢金兰撰写。我们对崔倬知之甚少,沈亚之却留下了不少作品,使我们可以了解他的生平经历以及他在当时的名声。④ 沈亚之在780

---

① 彭定求等编:《全唐诗》卷五三九,第6167页。《高唐赋》叙楚国巫山神女故事,见萧统《文选》卷十九,台北艺文印书馆1998年版,第270—272页。"高唐"是唐诗中的一个常见隐喻,常指精英士人与妓女之间的性爱或浪漫邂逅。如李涉《寄荆娘写真》,《全唐诗》卷四七七,第5424页;薛能《戏题》,《全唐诗》卷五五八,第6477页。
② 宇文所安:《晚唐:九世纪中叶的中国诗歌(826—860)》(The Late Tang: Chinese Poetry of the Mod-Ninth Century 827-860),哈佛大学亚洲中心2006年版,第361页。
③ 宇文所安:《晚唐:九世纪中叶的中国诗歌(826—860)》(The Late Tang: Chinese Poetry of the Mod-Ninth Century 827-860),哈佛大学亚洲中心2006年版,第363页。
④ 对沈亚之生平的考察,见王梦鸥《沈亚之生平及其小说》,《唐人小说研究二集》,台北艺文印书馆1973年版,第97—106页;《沈下贤集校注》,第1—3页。

年前后出生,原籍吴兴,在长安长大,但早年也往来吴地。吴兴沈氏在六朝和唐代是南方望族,①但是沈亚之的直系亲属籍籍无名,父祖已不可考。815年,沈亚之进士登第。此前,他四处游历,结识朝官和有文学声誉的文士,寻求资助推荐。

814年沈亚之为卢金兰撰写墓志时,他的作品已广为人知。李贺作于812年的《送沈亚之歌》已称他为吴兴才子。《送沈亚之歌》首章如下:②

>吴兴才人怨春风,桃花满陌千里红。
>紫丝竹断骢马小③,家住钱塘东复东。

钱塘是名妓苏小小的家乡,苏小小也是中晚唐诗人喜爱的题材。在李贺和沈亚之的时代,钱塘这个地名已经和浪漫与声色联系在一起。通过将沈亚之与钱塘、春风、桃花、骢马这些意象联系起来,李贺把沈亚之塑造为吴地风流才子。

沈亚之深以自己的文名为荣,经常谈到受人请托撰文。在一篇文章中,他提到某士人因为知道沈亚之"工文,又能创窈窕之思",所以请他为自己的妓妇李容子写《乞巧文》,"撰为情语,以导所欲"④。撰写卢金兰墓志的次年,沈亚之作《表刘熏兰》,赞美房叔豹的妾刘熏兰。⑤ 房叔豹和沈亚之的朋友南卓,在其《题刘熏兰表后》中赞美沈亚之的文才,说"下贤诚才,尤精为太史公言";南卓还开玩笑说沈之才堪比刘之色,因此沈亚之是为刘熏兰作文的合适人选:"余知薰之色,而待沈之才,才色两相宜耶。"⑥

由于清楚自己的文学声誉,沈亚之在写作这篇墓志时很可能心中也以当时和后世的读者为念。也就是说,沈亚之的亡妾墓志不只是丧葬文本,也是意在传世的文学作品。这篇墓志收入11世纪编成的《沈下贤集》,说明沈亚之自己留有底稿。无论是作为丧葬文本还是文学作品,这篇墓志都具有唐代墓志和中晚唐浪漫文化的诸多特征。墓志散文部分如下:

卢金兰墓志(九年冬作)⑦

卢金兰,字昭华。本亦良家子。家长安中,无昆弟,有姊四人。其母以昭华父殁而

---

① 唐燮军:《六朝吴兴沈氏及其宗族文化研究》,中国社会科学出版社2007年版;周扬波:《从士族到绅族:唐以后吴兴沈氏宗族的变迁》,浙江大学出版社2009年版。
② 彭定求等编:《全唐诗》卷三九〇,第4394页。
③ 第三句不好理解。紫丝,可能指《世说新语》中记载的王恺、石崇炫富争豪故事。王恺作紫丝布步障碧绫里四十里,石崇作五十里锦步障以敌之。见杨勇《世说新语校笺》卷三十,台北正文书局2000年版,第787页。紫丝形容沈亚之的家乡乃绚烂奢华之地。竹断,所指不明。霍华德·古德曼(Howard L. Goodman)认为"断"字或乃"簖"字之误;簖,渔具。9世纪时"簖"在吴语中也作"沪"。陆龟蒙《渔具诗·沪》自注:"吴人今谓之簖。见《全唐诗》(卷六二〇),第7136页。""竹断"可能是强调沈亚之家乡吴地。"骢马"在六朝诗歌中就与江南少年的形象联系在一起,如鲍照《代结客少年场行》:"骢马金络头,锦带佩吴钩。"见逯钦立《先秦汉魏晋南北朝诗·宋诗》卷七,中华书局1983年版,第1267页。
④ 沈亚之:《为人撰乞巧文》,《沈下贤集校注》,第28页。
⑤ 肖占鹏、李勃洋:《沈下贤集校注》,第251—252页。
⑥ 肖占鹏、李勃洋:《沈下贤集校注》,第252—253页。
⑦ 九年,指元和九年(814年)。

生,私怜之,独得纵所欲。欲学伎,即令从师舍。岁余,为绿腰、玉树之舞,故衣制大袂长裾,作新眉愁鬈,顶鬓为娥丛小鬟。① 自是而归,诸姊不为列矣。因恚泣,谓其母曰:今不等我,不若从所当耳。年自十五归于沈。居二年,从沈东南,浮水行吴越之间。从七年,乃还都。又二年,沈复东南,而昭华留止京师,不得随。病且逝。从沈凡十一年,年二十六。生男一人,女一人。葬于城南尹村原之下。

和其他唐代墓志一样,这篇墓志的散文部分也包含了死者的家世、婚姻、年龄、子嗣、死亡时间、死因、安葬地点等常规内容。卢金兰生于普通人家,在长安长大,15岁为沈亚之妾,生有一子一女,26岁病逝,葬于长安城南的一个村庄。这篇墓志与其他墓志的最大区别在于,它描写了卢金兰这样一个"良家子"从师学习伎乐的细节。卢金兰学习歌舞伎乐,在她这个社会阶层的女性中是很罕见的。像她这样的女子,社会家庭对她的预期是学习女工等技能,好在婚后成为对夫家有用的人。女工是女子教育的重要部分,这一点从墓志中对贤德女性的赞美可以看出,譬如"三岁知让,五岁知戒,七岁能女事"②。学习歌舞伎乐是为年轻女性成为女妓做准备。而因为妓的社会地位低于"良家子",这方面的训练也意味着社会地位的下滑。

唐妓社会地位低下,所以沦落为妓通常被描绘为父母去世、诱拐、重要家族成员获罪等不幸事件的后果。以纪念和赞美为目标的墓志,大多对女子如何成为妓人不予说明,也是讳言的意思。譬如崔倬就没有交代郝闰是如何从高官之女成为妓人的。相对比,沈亚之则详细描写亡妾如何以良家子身份学习伎乐,不过他不是把这种转变写成社会地位的下滑,而是写成一个年轻女子对伎乐表演充满激情的表现。沈亚之说得很清楚,卢金兰是"欲学伎";她不是为环境所迫才学习表演的,这是她的个人选择。

沈亚之对卢金兰的赞美,也必须置于9世纪浪漫文化的语境中加以理解。他对卢金兰的描写,与李商隐在追忆浪漫邂逅的《柳枝五首》序中对柳枝的描写有诸多共同之处。③ 卢金兰和柳枝都生于都城良人家庭,卢金兰是长安人,柳枝是洛阳人。二人都年幼丧父,由宠爱她们的母亲抚养成人。城市背景和父亲的缺席,说明她们缺乏保护,但同时也更自由。和卢金兰一样,柳枝对婚姻所需的那些实用技能毫无兴趣,而是喜欢"吹叶嚼蕊,调丝撅管,作天海风涛之曲,幽忆怨断之音"。除了热爱音乐,柳枝和卢金兰都决意追随自己的激情。从这个角度看,她们都是"浪漫主义者"。用柳枝邻居的话来说,她们"醉眠梦物"。

两个女子的追求都招致物议,被视为良家女子极不得体的行为。柳枝的亲戚和邻居中没有人来下聘定亲;卢金兰的亲姊妹也排斥她,不愿与她为伍。卢金兰和柳枝都被描绘成富有激情的人,其离经叛道之举不被旁人理解。这些反对的声音,与两位作者的激赏态度形成鲜明对比。通过赞美柳枝和卢金兰,李商隐和沈亚之表现出他们自己也同两位女子一

---

① 卢金兰的发型和妆容,乃元和年间时尚,其在白居易乐府诗《时世妆》中有生动描写,见《全唐诗》卷四二七,第4705页。卢金兰的"愁鬈"眉,可以对应白居易诗的"双眉画作八字低"、"妆成尽似含悲啼"。卢金兰的发式"娥丛小鬟"也与白居易诗"圆鬟无鬓堆髻样"的描写相似。

② 周绍良等编:《唐代墓志汇编续集》,第853页。

③ 彭定求等编:《全唐诗》卷五四一,第6232页。

样浪漫不羁。两位作者也都与他们赞赏的女子发生恋情：李商隐和柳枝有一次短暂的约会，沈亚之则纳卢金兰为妾。他们的结合被描写成两个志趣相投者的结合。

李商隐和沈亚之的作品有很多共同之处，但是因为文体差异，他们的浪漫表达又传达出不同的意义。李商隐在《柳枝五首》序中描写自己的浪漫邂逅，把这些诗写在洛阳里巷的墙上广泛传播，将自己呈现为一个不拘一格的浪漫诗人。沈亚之则在墓志中肯定卢金兰的浪漫激情，对她的人生意义提出了不同寻常的看法。他指出，卢金兰的人生价值不取决于她生育子嗣，或者具有妇德，而在于她不妥协的浪漫个性。

沈子柔：青楼爱人

最后讨论的是源匡秀为亡妓沈子柔所作的墓志。此文作于870年，是现存唯一为亡妓作的唐代墓志。志文中叙述死者生平的部分如下：

有唐吴兴沈氏墓志铭并序

吴兴沈子柔，洛阳青楼之美丽也。居留府官籍，名冠于辈流间，为从事柱史源匡秀所瞩殊厚。子柔幼字小娇，凡洛阳风流贵人，博雅名士，每千金就聘，必问达辛勤，品流高卑，议不降志。居思恭里。实刘媪所生①，有弟有姨，皆亲骨肉。善晓音律，妙攻弦歌，敏惠自天，孝慈成性。咸通寅年，年多疠疫，里社比屋，人无吉全。子柔一日晏寝香闺，扶衾见接，饮展欢密，倏然吁嗟曰：妾幸辱郎之顾厚矣，保郎之信坚矣。然也，妾自度所赋无几，甚疑旬朔与疠疫随波。虽问卜可禳，虑不能脱。余只谓抚讯多阙，怨兴是词。时属物景喧秋，栏花竞发，余因招同舍毕来醉欢。俄而未及浃旬，青衣告疾，雷犇电掣，火烈风摧，医救不施，奄忽长逝。

源匡秀介绍沈子柔为"洛阳青楼之美丽"，说明她是妓女，身份与《北里志》中描写的长安平康坊妓女相同。墓志作者源匡秀是沈子柔的客人；可能是沈家，或者沈子柔本人委托他撰写此文的。孙棨所作《北里志》有类似记载，说妓女颜令宾临终前举办宴会，请赴宴的精英士人为自己撰写挽词。② 孙棨的颜令宾故事和源匡秀的沈子柔墓志，虽然都是客人为亡妓撰写丧葬文本，但是亡妓与客人的关系却不一样。颜令宾与其客人的关系建立在欣赏彼此诗才的基础上。孙棨描写颜令宾"举止风流，好尚甚雅"，因好尚诗歌"为时贤所厚"。染病后，她写了一首诗表达举办告别宴会的愿望，然后遣童仆持诗邀请"新第郎君及举人"前来赴宴。可见，颜令宾看中的是能欣赏她的诗情并具有诗才的士子。颜令宾与精英士子的关系基于诗歌实践，沈子柔与源匡秀的关系则基于二人之间的感情。墓志开篇，源匡秀就点明自己对沈子柔"所瞩殊厚"。沈子柔是和源匡秀单独在一起时，在自己卧室这个私密场所预言自己死期的，这也显示出二人的亲密关系。孙棨《北里志》也以类似方式记述了自

---

① 据《北里志》，长安平康里妓女多为"假母"购得。源匡秀强调沈子柔和其他妓女不同，她是刘媪的亲生女儿。

② 《唐五代笔记小说大观》，第1408页。

己与福娘的长期交往。孙棨写到,有时在宴会中间福娘会神情惨然,等到二人有机会独处时,她才开口解释个中缘由。① 通过强调福娘只向自己袒露心扉,孙棨暗示两个人的关系超越了妓与客之间的关系。

在墓志结尾的悼念部分和铭文部分,源匡秀直接表达了他对沈子柔的爱:

> 呜呼!天植万物,物固有尤,况乎人之最灵,得不自知生死。所恨者贻情爱于后人,便销魂于触响。空虞陵谷,乃作铭云:
> 丽如花而少如水,生何来而去何自?火燃我爱爱不销,刀断我情情不已。
> 虽分生死,难圬因缘。刻书贞珉,吉安下泉。

铭文包括了四个常见主题:(一)颂美死者;(二)关心死者的身后安乐;(三)表达对死者的哀悼;(四)祈祷死者泉下安息。源匡秀对(一)(二)(四)的处理遵照传统惯例,但是他对主题(三)的处理却与众不同。在伤悼亡妻的诗歌传统中,最著名的是潘岳的悼亡诗,回忆亡妻生前的音容笑貌,描写她死后自己的孤独。在中晚唐,悼亡诗中一些常见意象和主题,如泪水、悲伤和孤独,也见于哀悼亡妾、亡妓的文字。如李德裕为亡妾徐盼所作铭文就有"郁余思兮哀淑人"、"洒余涕兮沾巾"的句子②。但是,源匡秀没有借用悼亡诗的传统意象表现他的悲伤,而是大张旗鼓地宣布自己对沈子柔的爱:

> 火燃我爱爱不销,刀断我情情不已。

"我爱""我情"都是口语。最常使用这两个词的唐代诗人是李白和白居易,他们都以口语体著称。③ 源匡秀这联诗呼应的是李白的著名诗句:

> 抽刀断水水更流,举杯销愁愁更愁。

李白和源匡秀都描写了不可阻挡的力量。在李白诗中,这种力量是水和诗人的忧愁。在源匡秀铭文中,这种力量是他对沈子柔的爱。选用指代不可阻挡力量的字(李白诗中的"水"和"愁",源匡秀铭文中的"爱"和"情")营造出一种紧迫感。像这样直接而富有激情地表达精英士人对亡妓的爱,在铭文传统中极为罕见。

像源匡秀这样表达对沈子柔的爱,在中晚唐对士人妓女关系的书写中也相当独特。《北里志》是晚唐长安青楼生活的重要文献,其中孙棨记述的咸通、乾符年间士子游平康里,大致同源匡秀与沈子柔的交往在同一时期。在《北里志》所呈现的士妓交往中,欣赏妓女的才智可以接受,但不能爱上妓女。以孙棨追忆与福娘的长期交往为例。他描写自己对福娘敏感个性的欣赏,对她不幸遭遇的同情,也述说福娘对自己诗歌的偏爱和对自己的特殊

---

① 周绍良等编:《唐五代笔记小说大观》,第1410—1412页。
② 周绍良等编:《唐代墓志汇编》,第2114页。
③ 李白有四首诗用过"我爱",七首诗用过"我情";白居易有四首诗用过"我爱",五首诗用过"我情"。

感情。通过使用这种方式描述与福娘的关系,孙棨渲染自己风雅有才,也标榜自己在北里的士人群体中具有竞争力。不过,孙棨并未表现他对福娘的激情与爱恋。在《北里志》描写的那个环境中,精英士人对妓女的迷恋被看作误入歧途。保罗·劳泽(Paul Rouzer)研究《北里志》时注意到,青楼并没有被描写成客人和妓女坠入爱河的私密空间,而是被描写成一个可以从中汲取经验、展开竞争的公共场所。① 需要汲取的最重要的一个经验,便是不受诱惑。孙棨把强烈偏爱、迷恋某一位妓女描写为"惑"与"溺",认为那是应该避免的行为。② 像源匡秀这样渲染对沈子柔的爱,放在《北里志》描写的平康坊,应该会遭到精英群体的嘲讽,负面影响他的声誉。那么,怎么理解源匡秀的做法?

一种解释是,虽然源匡秀知道他的情爱表达如果公之于众会遭到非议,但是因为这篇墓志铭只为丧葬而作,他无须担心精英社会的反应。墓志铭的读者往往取决于死者和作者的社会地位。如果死者是官员或社会精英,他们的墓志铭可以作为传记资料保存下来,供日后公私史家采纳。如果作者是著名作家,其所作墓志铭可以像其他文学作品一样保存和流传。传世文献中就保存了很多具有政治、历史、文学价值的墓志铭。另一方面,很多墓志铭只为丧葬而作。如果死者不是重要的精英或官员,作者也无意以文名传世,人们就不会保存墓志铭的抄本。这样一来,墓志铭只有少数读者,如死者的家人。很多出土的墓志,尤其是为低级官员、普通民众、女性撰写的就属于这一类。由于读者有限,这类墓志是相对"私人"的写作,作者有更多的空间表达非正统的思想情感。

还有一种解释是,源匡秀之所以公开表达自己对妓女的强烈感情,是因为他所在的精英圈子崇尚这种表达,他们的价值观与孙棨的圈子不尽相同。如果我们承认在同一时代,不同精英群体因为地域、年龄、身份、位置的差别可能持有不同的价值观的话,就存在着这样一种可能性,即一个精英群体贬斥士人对妓女的爱,另一个则对之推崇有加。当时的写作不仅证实这种迥异态度的存在,有时甚至同一个文本中也可以看到完全不同的看法。譬如,801年孟简所作的《咏欧阳行周事》,一方面以同情的笔调将欧阳詹与太原妓的感情描写为相互的爱慕和忠诚,另一方面又批评这种情感的破坏力,最终导致了两人的死亡。这个例子说明大家对精英士人爱恋妓女这个问题有截然不同的看法,也有复杂矛盾的心情。所以,对于源匡秀的沈子柔墓志,不同的精英群体可能有不同的看法。孙棨和他的朋友们很可能会嘲笑源匡秀不知节制,源匡秀的朋友们可能会予以同情理解。

结　语

本文讨论的三位女性,都因为她们身上的浪漫情感,或别人对她们生发的浪漫情感而被人铭记。郝闰因其音乐、舞蹈表演让观众如痴如醉而受到称赞,卢金兰因追逐自己的激情和梦想而受到赞誉,沈子柔被尊为墓志作者的至爱。在每一篇墓志中,作者都基于浪漫情感,而不是家世与地位塑造死者的价值,尝试赋予妓妾生活以新的意义。

---

① 保罗·劳泽:《被表述的女性:早期中国文本中的性别与男性社群》(Articulated Ladies: Gender and the Male Community in Early Chinese Texts),哈佛大学亚洲中心2001年版,第256页。
② 《能言的淑女》,第260页。

中晚唐悼念亡妾亡妓的作品比初盛唐明显增多。在姚平和陈尚君统计的为亡妾所作的29篇唐代墓志中，没有7世纪作品，8世纪6篇，9世纪23篇。这个变化与唐代悼妓诗的情况是一致的。初盛唐士人虽然写诗描写观看家妓表演，却很少作诗悼亡妓妾；张说《伤妓人董氏四首》是个例外。中晚唐出现很多悼妓诗，或表达对亡故家妓的思念，或同情友人失去宠妓。① 这说明在中晚唐精英群体，士人对亡故妓妾的追念相思成为可以被接受，甚至被赞美的情感。这种观念变化与中晚唐的浪漫文化密切相关。当精英士人把他们与地位低微女子间的关系营造为浪漫情爱世界，士人对亡故妓妾的思念也成为一种"浪漫情感"。这种新价值观念的出现，使一些地位低微的女性成为精英书写的对象。出身于妓的妾和妓女在墓志铭中得到一席之地，也是这个变化的结果。

与其他中晚唐浪漫书写一样，悼妓诗与亡妾墓志不只为表达男女之情，也是精英士人巩固朋友情谊、经营社会关系、建构自我身份的方式。很多悼妓诗是精英士人的诗歌唱和作品。家妓亡故的士人会作悼妓诗寄送给友人，并请友人和诗。譬如，杨虞卿在家妓英英亡故后作《过小妓英英墓》，描写自己的思念之情，把徘徊在英英墓前的自己比作"狂夫"。读到这首诗后，杨虞卿好友白居易与刘禹锡和诗伤悼。他们回忆英英的娇容与音乐表演，同情杨虞卿失去宠姬、人去"床空"的孤单，并表达自己的伤痛之情。最特别的是姚合诗，题为《杨给事师皋哭亡爱姬英英，窃闻诗人多赋，因而继和》。与白居易、刘禹锡应友人之请和诗不同，姚合在异地听说众人诗歌唱和的盛事，便也加入。他不属于杨虞卿的朋友圈子，也从未在杨虞卿家宴见过英英，所以以圈外人身份表达伤悼之情。他先叙哀悼："未识遥闻鼻亦辛"，再感慨英英红颜薄命，最后称颂杨虞卿不能"忘情"。② 在这个悼念亡妓的诗歌活动中，杨虞卿展现其多情"狂夫"的不羁品格，白居易与刘禹锡传达朋友情谊，姚合则借此机会与杨虞卿圈子建立联系。同时，他们的悼妓诗在不同的精英圈子广泛流传，也能彰显他们的才情。

与悼妓诗作者一样，本文讨论的三位精英作家也通过墓志铭写作建构自我身份，确立自己在男性精英群体中的位置。通过描写观众对郝闰歌舞表演的痴迷，崔倬得以恭维幕主的艳福，并向他展示自己的才华。作为著名作家，沈亚之在为卢金兰撰写墓志时，其预期读者也包括当时的精英士人群体。通过赞美卢金兰热情追逐自己的梦想，并把丧葬文本作为文章流传保存，沈亚之把自己塑造为深情雅人，奠定自己作为风流才子的文学声誉。至于源匡秀，通过描写与沈子柔的亲密关系，使得他有可能区别于其他精英士人，在所属的精英群体中展现自己的超群才华与不羁。

---

① 如长孙佐辅《伤故人歌妓》、杨虞卿《过小妓英英墓》、崔涯《悼妓》、杜牧《伤友人悼吹箫妓》、李群玉《伤柘枝妓》，见《全唐诗》卷四六九，第5333页；卷四八四，第5498页；卷五〇五，第5741页；卷五二五，第6009页；卷五七〇，第6613页。

② 杨虞卿诗、白居易《和杨师皋伤小姬英英》、刘禹锡《和杨师皋给事伤小姬英英》、姚合诗，见《全唐诗》卷四八四，第5498页；卷四四九，第5071页；卷三六〇，第4066页；卷五〇二，第5711页。

程千帆先生的学术个性与艺术眼光
——从《宋诗选》到《读宋诗随笔》

郑 伟[*]

摘　要：程千帆先生的《宋诗选》是新中国成立后的第一个宋诗选本，早于钱锺书先生的《宋诗选注》。程先生在此基础上几经损益，《古诗今选》见其底色，《读宋诗随笔》更见其特色，展示了鲜明的学术个性和精辟的艺术眼光。《读宋诗随笔》加入了一些不见于旧本却见于《宋诗选注》的篇目，这些重叠的篇目可以彰显两者的学术取径之不同：程先生力求"简约"，以萃取英华；钱先生学识渊博，且不避"繁芜"。程先生精进不已的治学态度、由博返约的学术取径、简洁凝练的文章风格，都是值得我们珍视的文化遗产和精神财富。

关键词：程千帆；钱锺书；《宋诗选》；《读宋诗随笔》；《宋诗选注》

　　春日里，远在西安的勇蝶君送我一本新版的《读宋诗随笔》，是程千帆先生的书，已经是第三版了。由于工作忙乱，一直搁置案头，直到暑假才有闲暇，西窗下捧读一过，意蕴丰厚，亲切而有味，令我孺慕不已。读到严羽篇，程先生评曰："钱锺书先生《宋诗选注》说，神韵派'是以"不说出来"为方法，想达到"说不出来"的境界'。这乃是从严羽到清初王士禛诗论的最精简的概括，值得仔细玩味。"[①]案前展眉，不禁会心一笑，这是《读宋诗随笔》中唯一一次出现《宋诗选注》。钱氏《宋诗选注》以其卓识睿见、独具个性色彩而受到读者的爱赏，久负盛名，而程先生这本书在知名度上要稍逊一筹。我隐约觉得，由《读宋诗随笔》和《宋诗选注》仅见的这条重叠，清理两者之间的"量子纠缠"，或可以从比照中显现程先生在宋诗选本方面的学术个性与艺术眼光。

一

　　大家都知道，钱锺书先生的《宋诗选注》是60年前的产物，1958年9月由人民文学出版社出版。却很少有人知道，程千帆先生和缪琨教授合著过一本《宋诗选》，1957年8月由古典文学出版社出版，比《宋诗选注》还要早一年，这是新中国成立后的第一个宋诗选本。不

---

[*] 作者简介：郑伟，东北财经大学人文与传播学院副教授，主要研究方向为汉魏六朝文学。
[①] 程千帆：《读宋诗随笔》，陕西师范大学出版社2018年版，第223页。

过,钱先生的《宋诗选注序》以及《宋代诗人短论》分别发表于 1957 年 3 月和 9 月的《文学研究》,这些正是《宋诗选注》的主体内容。钱、程两书的内容在刊布的时间点上互有交叉。《宋诗选》选目 178 篇,《宋诗选注》选目 376 篇,重叠的篇目仅有 42 篇,不及前者的四分之一,仅及后者的九分之一。尤其是王安石、苏轼、黄庭坚等大家,仅有一两篇重叠。在选目问题上,两位先生竟有如此鲜明的分际,可谓是个性互见。

恰恰是在选目问题上,《宋诗选注》招致了一场政治风波。它出版不久即遭遇"拔白旗"运动,批判文章纷纷出笼,周汝昌、胡念贻、黄肃秋、刘敏如等群起声讨钱锺书在《宋诗选注》中的资产阶级观点。① 钱先生在港版《宋诗选注》前言中说:"在当时学术界的大气压力下,我企图识时务,守规矩,而又忍不住自作聪明,稍微别出心裁。"②那些最见钱氏"别裁"的选目饱受批判,而"识时务,守规矩"的努力也没有得到适度的宽容,诸篇文章指出了《宋诗选注》有意删落一些"反映了人民性和阶级斗争的历史的好诗"③,谓之别有用心。这些反复提及的"好诗",包括文天祥的《过零丁洋》《正气歌》,梅尧臣的《村豪》、王安石的《思王逢原》、郑思肖的《二砺》、谢翱的《西台哭所思》以及林景熙的《题陆放翁诗卷后》等。那么,这些"好诗"的参照系由何而来?其实,这些诗篇从程先生的《宋诗选》中大都可以找到,它是新中国成立之后的唯一一个宋诗选本,想要对标新时代的思想风貌,舍此别无他途。在《宋诗选注》的批判风向中,似乎可以推测,程先生的《宋诗选》在"思想正确"方面做得更为稳妥,也更为趋近于当时"政治标准第一,艺术标准第二"的政治氛围。

不久,由于日本学者的推重和政治气候的变化,针对《宋诗选注》的思想批判随之消歇,钱锺书先生平顺地渡过了这场政治风波,在随后一波未平、一波又起的政治运动中也没有受到太多的牵累。④ 程千帆先生却在《宋诗选》面世前的两个月,1957 年的 6 月被错划为"右派",从此经历了 18 年的困顿岁月,苍黄乱离,艰辛备尝。⑤ 在"幸"与"不幸"之间,两位先生的命运发生了耐人寻味的反转。

二

1957 年,程先生在《宋诗选》引言中说了一段极具历史感的话:"过去的批评家们都认为:八代、唐、宋是五七言诗的三个主要发展阶段。每一个阶段的作家作品,从内容到形式,都呈现了各不相同的、独立的创作特色。这一观点,在今天看来,仍然是正确的。"⑥事隔 20 年后,程先生回到阔别已久的母校南京大学工作,应教学之需,重新编订《古诗今选》,他依然坚持这一诗史观点,将选本分为八代、唐和宋三部分,1983 年由上海古籍出版社出版。出版后,在学界和读者界赢得了广泛好评。《古诗今选》所收宋诗 190 篇,与《宋诗选》重叠者

---

① 吴学昭:《听杨绛谈往事》,生活·读书·新知三联书店 2008 年版,第 286—287 页。
② 钱锺书:《宋诗选注》,生活·读书·新知三联书店 2002 年版,第 479 页。
③ 黄肃秋:《清除古典文学选本中的资产阶级观点——评钱锺书先生〈宋诗选注〉》,《光明日报·文学遗产》1958 年 12 月 14 日;刘敏如:《评〈宋诗选注〉》,《读书》1958 年第 20 期。
④ 吴学昭:《听杨绛谈往事》,生活·读书·新知三联书店 2008 年版,第 286—287 页。
⑤ 程千帆述,张伯伟编:《桑榆忆往》,北京大学出版社 2015 年版,第 39—45 页。
⑥ 程千帆、缪琨选注:《宋诗选》,古典文学出版社 1957 年版,第 1 页。

91篇,几居其半,可见底色之深重。程先生的《古诗今选》于1956年着手开始编纂,体例是和沈祖棻先生共同商定的,后来因故中断。随后的《宋诗选》不妨看作《古诗今选》稿本的一部分,它们从诗学传统上是一脉相承的。《宋诗选》以及后来《古诗今选》"宋诗"部分的篇目经过更换,更能展示学术生态发生变化之后程先生对于宋诗的卓识特见。其中黄庭坚入选15篇,与陆游平起平坐,陈师道与陈与义各选10篇,超过了欧阳修与范成大,还有林景熙与谢翱入选多篇,几乎列为宋诗大家,这些都是不同寻常的选法。① 值得一提的是,《古诗今选》有16篇新增篇目不见于《宋诗选》,却见于钱先生的《宋诗选注》。《宋诗选注》1979年以后大量印行,流传甚广,程先生或许做了适度的借鉴。

就在程先生损益旧本、更换新篇的同时,钱先生却遵从了"宁恨毋悔"的为文原则②,《宋诗选注》一仍旧貌,不再改动,他在港版《宋诗选注》前言中说:"我不想学摇身一变的魔术或自我整容的手术,所以这本书的'序'和选目一仍其旧,作为当时气候的原来物证。"③在这一点上,程先生的态度与之迥然不同,他不断追求着自我完善,精进不已。在晚年与学生的谈话中,程先生说:"你有我早年和缪琨先生合作的《宋诗选》,把这两部书放在一起看,就能看出我的进步了。"④如果说《古诗今选》的"宋诗"部分是《宋诗选》的2.0版,那么程先生在这里提及的另一部书则是《古诗今选》的2.0版——《宋诗精选》。

三

《宋诗精选》是1992年江苏古籍出版社出版的"文苑丛书"之一种,2000年收入《程千帆全集》时,改题为《读宋诗随笔》⑤,遂为通称。《读宋诗随笔》选目150篇,五分之四的篇目本于《古诗今选》"宋诗"部分(119篇),新增篇目仅为31篇。不过,《读宋诗随笔》较之《古诗今选》的主要变化不在于选目,而在于品评。《古诗今选》各篇之后本有简洁的案语,交代诗作的思想内容和艺术特点,限于体例,篇幅不大,多以十几字或数十字收束。《读宋诗随笔》的体例则灵活得多,品评部分少则百十字,多则上千字,更能容纳程先生对于宋诗的独到见解。在1957年的《宋诗选》引言中,程先生说:"在选的时候,我们注意到了主要的作家和重大的主题,也同时注意到了另外一些优秀作品。我们希望这本小书呈献在读者面前的时候,大致能够体现出宋诗的重点和它的全貌。"⑥到了1992年的《读宋诗随笔》,程先生已经无意于展示宋诗的全貌,也不再受制于其他的外在因素,他说,"这个小册子只选了一百多首诗……显然不可能体现宋诗发展的完整过程,这本小书只是想使读者对有异于唐诗的宋诗风味尝鼎一脔而已"⑦,"写作的时候没有任何条条框框,只要喜欢这首诗,有所体会,就选

---

① 莫砺锋:《重读〈古诗今选〉》,《古典文学知识》2010年第3期。
② 杨绛:《记钱锺书与〈围城〉》,见钱锺书《围城》,生活·读书·新知三联书店2002年版,第403页。
③ 钱锺书:《宋诗选注》,生活·读书·新知三联书店2002年版,第479页。
④ 程千帆述,张伯伟编:《桑榆忆往》,北京大学出版社2015年版,第73页。
⑤ 程千帆:《读宋诗随笔》,《程千帆全集》(第十一卷),河北教育出版社2000年版。
⑥ 程千帆、缪琨选注:《宋诗选》,古典文学出版社1957年版,第19页。
⑦ 程千帆:《读宋诗随笔·前言》,陕西师范大学出版社2018年版,第6页。

了"①。正是在这种无拘无束中,《读宋诗随笔》向读者展示了鲜明的学术个性、精辟的艺术眼光,以及深刻的私人印记。

《读宋诗随笔》选诗150篇,有的品评是个人心绪的展露,也是私人情感的纪念,比如梅尧臣《悼亡》三首,不见于《宋诗选》,也不见于《古诗今选》,程先生评曰:"梅作除第二首'窗冷'一联外,几乎全是对自己心境的白描。只有在将悲伤痛苦冷却一段时间之后,经过过滤的难以忘怀的生活细节才会在比较沉静的头脑中变得鲜明起来。而当时正被伤痛炙灼着的心灵,则是很难想到这些的。"②这段满怀忧伤的感念,应是浸透了对于沈祖棻先生的燕婉情深,读来深挚动人。黄庭坚《雨中登岳阳楼望君山》评语:"这时,他已被贬七年,流转在四川、湖北一带,环境非常恶劣,又到了对于古人来说算是高龄的五十七岁。长途漂泊,旅况萧条,在风雨中独上高楼,所以一方面为自己能够在投荒万死之后平安地通过滟滪天险生还而感到庆幸;另一方面回首平生,瞻望前路,又不能不痛定思痛,黯然伤神。因而欣慨交心,凄然一笑。"③如果联系程先生流转湖湘,以65岁高龄重返金陵的漂泊历程,这段品评何妨看作自我心境的一番写照!

程先生的品评具有两个较为突出的特点:一个是着意于将具体的现象分析导向文艺理论问题的探讨,以诗文评的传统方法回应当代文艺批评话语体系。如柳永《煮海歌》分析柳永文艺观的特异之处,汪藻《即事》探讨语法与韵律的矛盾问题,范成大《州桥》阐释艺术真实与虚构问题,岳飞《池州翠微亭》论述个性与文风的关系问题,秦观《春日》辨析对待异量之美的态度问题,陈与义《怀天经、智老,因访之》揭示宋人律诗对声律的突破和新创等。"唐音"与"宋调"之别,作为古典诗学的常见命题,程先生也深有会心,如陈师道《怀远》全篇用情语抒写,与唐人大异其趣;唐人惯于从正面描摹风物,陈师道《谢赵生惠芍药》却从侧面暗示风神,从议论中展示形象,此亦唐宋有别。另一个是将前人的评论与自身的感受结合起来,以"诗史"的眼光在诗体流变中别抉异同,显现因革,从而抉发诗篇的艺术特色,这也常为《宋诗选注》所未及。如晁端友《宿济州西门外旅馆》,钱先生仅言及苏轼和黄庭坚都很称赞他,程先生却仔细辨别晁端友和黄庭坚"闻马啮草声"的同题书写,指出二人因在梦醒之间而有不同的感受。再如品评中所阐发的欧阳修《戏答元珍》的发端之妙,罗与之《寄衣曲》的命意翻新,苏轼《饮湖上初晴后雨》"语未了便转"的诗法秘诀,刘克庄《北来人》叙事与述怀的交错手法,江端友《牛酥行》"纯用赋体"的文体特征,王禹偁《村行》篇真幻交织的艺术境界,苏舜钦《中秋夜吴江亭上对月》中月光穿透事物的奇思妙想等,别具手眼,精义纷呈。无怪乎舒芜先生致函程先生说:"尊选《宋诗精选》,初步翻阅,觉宋诗密蕴,至此大宣"。④ 程先生分析诸篇的艺术特色,均能入微破翳,探骊得珠,这绝非一时的妙悟,而是他多年来在宋诗中涵泳往复、玩索感知的结果。程先生自身即为诗人,友朋往来每以旧体诗篇相酬唱,多年来对于诗歌艺术的探索多有切身的体会,所以在评析古人的诗体嬗变与艺

---

① 程千帆述,张伯伟编:《桑榆忆往》,北京大学出版社2015年版,第73页。
② 程千帆:《读宋诗随笔》,陕西师范大学出版社2018年版,第26页。
③ 程千帆:《读宋诗随笔》,陕西师范大学出版社2018年版,第104页。
④ 南京大学档案馆藏:《程千帆友朋诗札辑存》(第二本),见徐有富编《程千帆沈祖棻年谱长编》,南京大学出版社2013年版,第651页。

术新创时,才能与古人相视一笑,莫逆于心。

四

《读宋诗随笔》选诗150篇,有55篇是与钱先生《宋诗选注》重叠的,这些重叠的篇目在对读的时候,能够体会到旨趣的不同,程先生往往从别处着眼,别开生面。比如叶绍翁《游园不值》,钱先生征引了唐宋以来句法、语境与之相似的六首诗,指出叶诗以"醒豁"取胜。① 程先生则无意于"一枝红杏出墙来"的语源追索,而是探讨古典诗词创作中境界、手法、语言的偶合与借用问题。②

至如杨万里《初入淮河四绝句》的评论,更能见出两位先生学术取径之不同。南宋诗人行至金宋边界,往往即兴感怀,诗作特多。钱先生不避繁复,先后征引了汉魏六朝以至唐宋有关边境和淮河的诗文18家,胪列如次:汉王符《潜夫论》第二十二《救边》篇,南朝陈徐陵《为始兴王让琅邪二郡太守表》,唐雍陶《渡桑干水》,白居易《西凉伎》,南宋陆游《剑南诗稿》卷二十一《醉歌》、《送霍监丞出守盱眙》,姜特立《梅山续稿》卷一《渡淮喜而有作》,袁说友《东塘集》卷三《入淮》,陈造《江湖长翁文集》卷十一《都梁》第四首,许及之《涉斋集》卷七《元日登天长城》,戴复古《石屏集》卷七《江阴浮远堂》、《盱眙北望》,《南宋群贤小集》第三册毛珝《吾竹小稿·仪真》第三首,汪元量《水云集·湖州歌》第二十四首,汪梦斗《北游诗集》自序,《诗人玉屑》卷十九载路德章《盱眙旅舍》,《瀛奎律髓》卷四十七潘柽《上龟山寺》,《《宋诗纪事》补遗》卷四十五王信《第一山》、卷五十四蒋介《第一山》,刘因《静修先生文集》卷九《白沟》。③ 学识之渊博,采择之详备,令人钦佩不已。程先生在处理杨万里这组诗的时候,显示了截断众流的学术风范,将众多的"互文性"作品一概略去,直言杨诗的悲凉意绪:"初次到了原为北宋腹地,现在却已成为宋、金国界的淮河,不禁感慨横生,写下这一组充满忧郁气氛的诗……和陆游那种充满激情、富于想象的作品不同,杨万里集中这类涉及时事的作品,却显示出一种无可奈何的悲凉。"④程先生对于这种意绪的捕捉无疑是精准的,在简练流畅的文笔中表述出来。

程先生的这种处理方式贯穿于他的学术理念中。在与学生的谈话中,他曾发表对于资料的看法:"资料占有是同发言权成正比的。占有的资料并不要全面反映在你的著作里,绝大部分或至少有一半是要排除的。不看过这些资料怎么知道排除?为了写《郭景纯、曹尧宾〈游仙诗〉辨异》,我把从魏晋到唐朝所有的游仙诗都抄了卡片,只用到一小部分最典型的例子,所有被排除的都可以此为代表,这样就不至于繁芜。"⑤程先生在强调资料占有重要性的同时,又指出资料需要甄选筛汰,要选取最典型的例子纳入论述,不要将全部资料呈现于文章中,以免过于繁芜。繁芜与简约是文风的两个取向,避免繁芜就要追求简约,程先生教

---

① 钱锺书:《宋诗选注》,生活·读书·新知三联书店2002年版,第433页。
② 程千帆:《读宋诗随笔》,陕西师范大学出版社2018年版,第243页。
③ 钱锺书:《宋诗选注》,生活·读书·新知三联书店2002年版,第265—266页。
④ 程千帆:《读宋诗随笔》,陕西师范大学出版社2018年版,第197页。
⑤ 程千帆述,张伯伟编:《桑榆忆往》,北京大学出版社2015年版,第218页。

导学生说:"文章要尽量写得精,只拣最需要、不可不说的话说。一般的话简而精说,可说可不说的话尽量不说。"①程先生这种避繁就简、精益求精的学术理念可以从刘永济先生那里找到渊源,"我曾对先生说:'您论《庄子》如此之精,却不肯著书传世,难道是'善〈易〉者不言〈易〉'吗?'先生只是微笑,没有回答。先生的著述,篇幅都不大,要言不烦,取其足以达意为止。显然属于'简约得其英华'的南派,而不是'深芜穷其枝叶'的北派。……先生治学由博反约,不废考据,但主要的是着眼于'辨章学术,考镜源流',也正是如此。"②可见程先生对于刘先生学风的体认,着眼于"简约得其英华"的南学真髓,钦赏他由博返约的治学路径。

对于简约学风的体认,必然伴随着对于繁芜学风的批判。程先生在致蒋寅的一封信中曾经谈到钱锺书的学风:"默存先生,当世无双,你就所知认真写去,必有可观。但他的体系几乎完全体现(非建立)在其非体系的表现方式之中,因而往往能博而不能约。他是无锡人,但却近乎(我只说是'近乎')'深芜穷其枝叶'的北学,而非'简约得其英华'的南学,这也是非常有意思的。"③这一看法并非程先生的一家之见,词学大家夏承焘先生在日记中也曾有过类似的评议:"阅钱锺书《谈艺录》,博览强记,殊堪爱佩。但疑其书乃积卡片而成,取证稠叠,无优游不迫之致。近人著书每多此病。"④当代学者评论"钱学",多推服其"精",而在同辈学人眼中却不免于"芜"。老辈学者在钦赏钱先生学识渊博的同时,内心中多少仍有一些保留。至于稠叠取证还是优游不迫,繁复详赡还是简约凝练?这不是意气之争,而是学术取径之不同。

五

钱先生在港版《宋诗选注》前言中说自己"忍不住自作聪明,稍微别出心裁"。程先生在《读宋诗随笔》前言中却说:"就其所知,随手写下一点读后感,既无统一的规范,也无内容的限制,信笔所之,未免零乱,这是要请读者原谅的。"⑤所谓没有统一规范,没有内容限制,信笔行文,嫌于凌乱,这些都是自谦的话,其实程先生对于内容、写法别有"心裁",也有义例在。后来谈及这本书时,程先生说:"我特别注意所选的诗有什么特点,我有什么体会。如果有特点,而我又没有能够发现,我就不写。一定要既能发现其特点,又能将它表述出来,在这个前提下,我才会写下来。"⑥《读宋诗随笔》初名《宋诗精选》,此"精"是指选目之精严,诗篇必有心解、别裁,才会下笔。在义例方面,程先生取法近代词人李冰若的《栩庄漫记》,他在闲谈时点出:"我后来作那本《宋诗精选》,就是用他的方式,有话则长,无话则短。"⑦

《读宋诗随笔》的品评篇幅不拘长短,内容也较自由,或分析诗艺,或介绍诗人事迹,或就诗中内容发感慨之言。程先生连篇比类,常旁及其他文体,或词,或文,或小说,或绘画,

---

① 程千帆述,张伯伟编:《桑榆忆往》,北京大学出版社2015年版,第152页。
② 程千帆述,张伯伟编:《桑榆忆往》,北京大学出版社2015年版,第86页。
③ 蒋寅:《千帆先生书札二三事》,《东方早报》2013年12月15日。
④ 夏承焘:《天风阁学词日记》,1948年9月17日,浙江古籍出版社1998年版,第七册第2页。
⑤ 程千帆:《读宋诗随笔·前言》,陕西师范大学出版社2018年版,第6页。
⑥ 程千帆述,张伯伟编:《桑榆忆往》,北京大学出版社2015年版,第73页。
⑦ 程千帆述,张伯伟编:《桑榆忆往》,北京大学出版社2015年版,第172页。

以至于逸出本诗的解说范围。比如王令《暑旱苦热》忆及黄季刚先生的绝笔诗《九日独吟》，李清照《咏史》述及郁达夫的《青岛杂事诗》，许棐《泥孩儿》论及张乐平的连环画《三毛流浪记》。这些"闲笔"看似可有可无，其实体现了程先生贯通文体的宏阔视野和锐利眼光。程先生的品评文字浅近，读来明白如话，但是内蕴深厚，隽永有味。如汪藻《即事》："再者，三四两句，若写成散文，便是：一雨之后，芭蕉展尽数尺之心，而无人见到。同样，下一首的三四句则应写成：钩帘卧看，百顷风烟之上，有青云载雨飘过。"①骈散不拘形迹，韵致令人叹绝。又时有性情之语，如唐庚《张求》："两相对照……真是好看煞人！"②陈造《望夫山》："两两对照，好看煞人！"③从中可以看出程先生写作时的放松心态，舒卷自如，无拘无束，文风亲切而自然。其实，这是程先生颇为自许的一种老年之境，也蕴含着对少年文风的反省，程先生说："我早年的文章多少有些矜持，有意识想把文章写得好一些，这样就不够自然。写这部书的时候，因为比较放松，写得比较快，也不苦。我觉得做学问能够做到自我放松的自在的境界，是比较高的，这个境界不是一下子能够达到的。"④"从心所欲不逾矩"，这不仅是文章风格，而是一种学问境界了。

2000年编纂《程千帆全集》时，程先生考虑到《读宋诗随笔》品评文字时与《古诗今选》"宋诗"部分相犯，恐令读者心生赘冗之感，曾对《古诗今选》的评语或改或删。⑤ 从《宋诗选》(1957)到《古诗今选》(1983)，再到《宋诗精选》(1992)以至《读宋诗随笔》(2000)，程先生不肯重复别人，也不肯重复自己，不断地抽换篇目，增订评语，进行自我更新和自我完善，展示了鲜明的学术个性和精辟的艺术眼光。程先生以"简约而得其英华"的学风来审视"渊博而不避繁芜"的学风，以浅近自然、隽永有味的文风反思"文多拘忌"⑥、"贪多、爱好"⑦的少年文风。程先生精进不已的治学态度、由博返约的学术取径、简洁凝练的文章风格，都是值得我们珍视并传承下去的文化遗产和精神财富。

---

① 程千帆：《读宋诗随笔》，陕西师范大学出版社2018年版，第144页。
② 程千帆：《读宋诗随笔》，陕西师范大学出版社2018年版，第132页。
③ 程千帆：《读宋诗随笔》，陕西师范大学出版社2018年版，第205页。
④ 程千帆述，张伯伟编：《桑榆忆往》，北京大学出版社2015年版，第73页。
⑤ 林日波：《披览汰择千载诗，奇文妙思共赏析——读〈古诗今选〉》，《书品》2010年第4期。
⑥ 钟嵘著，曹旭集注：《诗品集注》，上海古籍出版社2011年版，第452页。
⑦ 赵执信《谈龙录》评朱彝尊、王士禛语，卷二十九，人民文学出版社1981年版，第15页。

改译、创译与误译:王红公译介李清照词的三重向度

涂 慧[*]

摘 要:从跨文化和译文学角度出发,著名美国诗人王红公对李清照词的翻译主要呈现为改译、创译和误译三重向度,以叛逆性改译与创意性翻译为主,以无意误译和有意误读为辅。其中,叛逆性改译主要表现为铺展译法,创意性翻译主要表现为意象营造,误译误读主要表现为传统习俗和文化典故误读。从翻译评价角度而言,叛逆性改译既有其关注英语文化传统和接受期待的合理成分,又有其诗歌意象变形和诗意丢失的欠妥之处;创意性翻译成功地将中国文化特色与西方文化传统融合,实现了异质文化之间的交流与交融;误译误读虽无助于实现诗歌内涵与文化意象的诗意表达,但却展现出文化误读与诗歌翻译的多重教益。

关键词:叛逆性改译;创意性翻译;误译误读;王红公;李清照

宏观而言,李清照在西方世界的传播大致经历三个阶段:其一,19世纪下半叶,李清照首次被译介至法国,开始跨文化传播之旅;其二,20世纪上半叶,伴随着英国汉学研究兴起,李清照随着中国其他文学家一起被介绍至英语世界,彼时的介绍是零星散乱、不成体系的;其三,20世纪50年代以来,伴随着美国汉学的兴起与发展,在解构主义思潮的冲击与女性主义批评的盛行下,李清照在英语世界散发出夺目的光芒,一跃成为英语世界最受重视的中国词人,实现了由民族著名诗人向世界文学大师转化的世界化与经典化历程。李清照在英语世界经典化的过程中,著名美国诗人王红公的译介居功甚伟,贡献颇多。

作为20世纪上半期美国著名诗人,王红公(Kenneth Rexroth,1905—1982)自幼热爱东方文化,与美国诗人史奈德(Gary Snyder,1930—)一样,对东方文学和东方文化中的佛禅思想十分倾心。他善于从其他民族诗歌中汲取养分,译介了大量中外诗歌,译作有《日本诗百首》《法国诗百首》《西班牙爱情与流浪诗三十首》及《中国诗百首》(1956)等。除杜甫外,王红公最为倾心的中国诗人当属李清照。总体说来,王红公对李清照词的译介主要有改译、创译和误译三重向度,以改译与创译为主,兼有直译与意译、归化与异化之法。其中,改译主要表现为铺展译法,创译主要表现为意象营造,误译主要表现为典故和习俗误读。

---

[*] **作者简介**:涂慧,华中科技大学人文学院副教授,主要研究方向为比较诗学、动物文学和文学跨学科研究。本文系教育部人文社会科学研究青年基金项目(15YJC752031)阶段性成果,并受华中科技大学人文社会科学发展专项基金(5001400031)资助。

一、改译:诗人身份与铺展译法

1956年,《中国诗百首》(One Hundred Poems from the Chinese)出版后,在美国影响强烈,好评如潮,美国著名诗人威廉·卡洛斯·威廉斯(William Carlos Williams,1883—1963)称赞《中国诗百首》是他"有幸读到的以美国风格译就的最为杰出敏锐的诗歌"[①],《中国诗百首》里的诗不断在各种诗刊上被重新刊印,或被收入选集。该诗选最为突出的特点便是,作为诗人译者的王红公不拘泥于原文,不以再现原文字句的精准为目的,而是以原文为出发点,充分发挥其想象力,以地道的美国诗句、优美的意象感染读者。将译文与原文对比,就会发现整部诗集是王红公的创造性翻译,误读与发挥随处可见。但王红公高超的艺术表现力与文字驾驭力使整部诗集语言优美流畅,语调亲切自然,毫无艰涩之感,使译文不似翻译,更像王红公本人的创作。1969年,美国当代诗人作品选《赤裸的诗:近来开放形式的美国诗歌》(Naked Poetry: Recent American Poetry in Open Forms)中居然收入了王红公《中国诗百首》中的14首译作[②]。可见,这些译作是作为创作而非译作被选入的。

李清照的《蝶恋花·离情》(Alone in the Night),是王红公的一首比较有代表性的早期译诗。原词为:"暖雨晴风初破冻,柳眼梅腮,已觉春心动。酒意诗情谁与共,泪融残粉花钿重。/乍试夹衫金缕缝,山枕斜欹,枕损钗头凤。独抱浓愁无好梦,夜阑犹剪灯花弄。"在《中国诗百首》中,王红公以其丰富的诗歌创作经验,对原词予以微调变形,将其译成一首意象生动、意境铺陈、内涵变异的诗作,使之适应英语读者期待和文化语境。总体而言,该译文[③]比较明显地体现出王红公早期翻译的四个特点。

其一,忽视词作为一种独特文类的诗学特点。对于身处异质文化的译者来说,词区别于诗最为明显的外在形式特征是:依调填词的音乐特征,体现在词牌与韵律上;长短句形式与双调的结构特征。王红公的译文忽视原文调名,依原文内容自拟标题,将双调结构译为整体连贯的诗,其所译诗与词难以从外在形式特征上予以区分。显然,他抛弃了词体的形式结构特征,转而关心词体内部诗学特征。

其二,以原文为基点,合并意象,发挥想象力创造意象。与其他的词作译者不同,王红公并不追求译文与原文逐句对应,往往将词的上下句意象进行合并,并以原文为基础发挥其想象力,增添意象,使译文生动流畅。比如他将第二句中"柳"的意象融入第一句进行翻

[①] Ling Chung. "This Ancient Man is I: Kenneth Rexroth's Versions of Tu Fu." *A Brotherhood in Song*, *A Renditions Book*. Hong Kong: The Chinese University Press, 1985, p. 307.

[②] Ling Chung. "This Ancient Man is I: Kenneth Rexroth's Versions of Tu Fu." *A Brotherhood in Song*, *A Renditions Book*. Hong Kong: The Chinese University Press, 1985, p. 308.

[③] 在《中国诗百首》中,王红公将《蝶恋花·离情》译为:"The warm rain and pure wind/ Have just freed the willows from/ The ice. As I watch the peach trees,/ Spring rises from my heart and blooms on/ My cheeks. My mind is unsteady,/ As if I were drunk. I try/ To write a poem in which/ My tears will flow together/ With your tears. My rough is stale./ My hairpins are too heavy./ I throw myself across my/ Gold cushions, wrapped in my lonely/ Double quilt, and crush the phoenixes/ In my headdress. Alone, deep/ In bitter loneliness, without/ Even a good dream, I lie,/ Trimming the lamp in the passing night." See Rexroth, Kenneth. *One Hundred Poems from the Chinese*. New York: New Directions, 1956.

译,将第二句与第三句结合起来创造了与原文含义迥异的译文。"柳眼梅腮",是比喻的手法,指初生的柳芽形状似眼睛,梅花的外层花瓣如同女孩娇嫩的脸颊。王红公抛弃作者的比喻手法,将梅花当作"桃花"(peach),并将之与中心词"腮"分开,他以"梅腮"、"春心"为基础想象出令人讶异的诗句:"当我凝望桃树时,春从我心中生,开在我脸颊上。"他更将第三句的"动"与下句的"酒"进行了意象关联,"我的心在动,就像我喝醉了酒。"译文无疑改变了原文的意思,却生动形象、自然流畅,体现了作为诗人的译者本人的创造力与想象力。

其三,将中国闺房内独特的饰物意象改造为适合美国当代读者理解的意象。比如下片的"山枕"(山形的枕头)这一意象被代之以"cushion"(软垫),同时省略掉"金缕缝"这一意象,将"金"拿来修饰 cushion。

其四,虽然译者大幅度改变原文意象,但词的基调意境并未发生本质改变。可见,在揣度整首词的整体风格与主题之后,王红公对词作进行意象的变动与调整。该词通过描写女主人公的外在动作与形貌特征来折射内心的孤寂与悲愁,通过译文可以形象地看到一位美丽孤独女性的百无聊赖。这些特征在王红公后期译文中仍有体现,尤其是追求意象的形象生动这一特点更是贯穿始终。而且,他引入第一人称说话人,语调自然平实,娓娓道来,亲切动人。

1979 年,王红公与钟玲合编的《李清照全集》(Li Ch'ing-chao: Complete Poem)重译了《蝶恋花·离情》。相比 1956 年的译本,1979 年的译文无疑更贴近原文,将追求字词的准确性放在了第一位,但是,相比其他译者的译文,王红公的译文仍体现他的诗人身份,其译文富于意象美,晓畅生动。《李清照全集》基本以意象为构句单位,围绕意象敷衍展开,可称之"铺展译法"。在"角声催晓漏中"(《菩萨蛮·归鸿声断残云碧》)中,译者围绕"角声"、"晓"、"漏"三个意象,铺写成三个短句(Bugles sound. Dawn comes. Drums beat the watch.)。在"红藕香残玉簟秋"(《一剪梅》)的译文(Red lotus incense fades on/ The jeweled curtain. Autumn/Comes again)中,"秋"作为一个独立的意象,被敷衍成一个短句,在原文基础上添加了"又"(again)。对"风住尘香花已尽"(《武陵春》),王红公予以改写和改译:"The gentle breeze has died down./ The perfumed dust has settled./ It is the end of the time/ Of flowers."本句存在一定程度的误读,原文意思是大风过后,花儿被吹零落尽,碾入尘土,发出阵阵清香。译者将"风"、"尘"、"花"作为各自独立的意象,铺展成三个并列短句。

从以上分析可以看出,王红公的译文是一种铺展的翻译,围绕意象来组织词句,往往在此基础上进行适当发挥。比如,最后一句,他在原文意思基础上添加了"安定"(settle)、"晚春"(the end of the time of flowers)的含义。根据下文"闻说双溪春尚好",可见本词表现的并不是晚春时节情形。短小精练含蓄的原文,经王红公发挥后,变成了意象丰美、层次多样的英文诗歌。

为了营造丰美鲜明的意象,王红公大量改造原文,并且将原文的词意加以改造,以铺展生成更多丰美的意象,造成原文词意的大量扩容与语意衍生,可称之为"铺展译法"。原文中仅起到烘托、渲染与修辞的背景语汇,在王红公的译文中却承担起很重的意义分量。难怪有论者认为,王红公的译文是"偏向过分的翻译"(on the side of over-translation)[①],王红

[①] Peter Dragin and Paul Dresman."Forms of Open Form: A Comparison of English Translations of Li Ch'ing Chao". *Tamkang Review*, 1984-1985, (15), (1-4), p. 304.

公的译文都比原文长出很多,原文一行诗句被译成三行是很普遍的现象。

二、创译:意象营造与创意翻译

20世纪美国新诗运动以来的诗人推崇简朴、自然的语言,以对抗艾略特以来的西方现代主义诗歌的晦涩与凝重,他们重视意象的营造,喜以生动形象的意象表现一种清新的意趣。现代派诗人王红公之所以翻译世界各国的诗歌,也是希望从中获取艺术的灵感。他捕捉到中国诗歌的运思方式迥异于西方,中国诗歌的意象直观、具体,物象作为精心选择的客体,承载着传示作者深隐微幽的主观情感与心志意图的功能。意象的丰美生动是诗歌的重心,而西方诗歌中的意象却是手段与媒介,是诗人推导隐藏其后之象征意义的途径。比如,英国著名诗人华兹华斯的山水诗创造了大量的意象,但诗人扩张自我意识,动用其天才的想象力,将自我的情感与思想赋加到客观意象之上,"使日常的东西在不平常的状态下呈现在心灵面前"[1],从而建构一个言说自我的自然世界。王红公指出,在中国诗歌中,"暗喻及各种象征皆非由意象推出的结论,它们是意象本身彼此具体的关系。就是这种诉说手法的直接性,令中国诗歌的译文在大多数西方诗人那里受到如此的欢迎"[2]。中国诗歌善于以细微优美的意象含蓄暗示人物内心的情感思想,这给予他巨大的艺术灵感与启发。在翻译李清照词的过程中,王红公十分重视意象的创译与铺展,追求意象的具体、生动与形象。

第一,将形容词修饰语改造为形象鲜明的意象。诗人将"绣面芙蓉一笑开"(《浣溪沙》)创造性地改译为"She smiles as she pushes aside,/ The curtain embroidered with water lilies"。唐宋以前妇女脸上会贴纹饰花样,"绣面"指女性脸颊上贴花如绣[3],"芙蓉"指女孩面容如荷花般娇嫩美艳,两个词都形容女性的美貌。译者却将"绣"关联成"刺绣"(embroidered),进而联想成"绣着芙蓉的门帘","芙蓉"这个比拟肤色的形容词也被实指成"荷花"(water lilies),"开"在原文中应为"跑开",译者译成"推开"。经译者在原句基础上进行想象力发挥后,这个美貌年轻的女孩飞跑的形象被描绘成"她笑着推开绣有芙蓉的门帘"。原文中的形象是动态的,译文则是静态的。仅从意象角度来看,译文要比原文的意象丰富,由一个行为动作变成了两个行为动作。再如,王红公将"红酥肯放琼苞碎"(《玉楼春》)译为"You permit your red crisp blossoms/ To be broken like pieces of jasper"。原文中的"琼"在中国古代诗歌中常见,表示"美好的"意思。"琼"的本义与字典义是"美玉",王红公在翻译过程中可能通过字典查到"琼"的本义,将这个形容词变成了名词"jasper"(碧玉),用"如碧玉般开裂"来形容花苞的确别具一格,新颖生动,这又是王红公基于原文字词,发挥联想的创造性翻译。

第二,基于原文字词拆字翻译以创造新意象。在"碧云笼碾玉成尘"(《小重山·春到长门春草青》)中,碧云笼是古人装茶叶的笼子,碧云,是形容茶叶的颜色。宋代崇尚团茶,将

---

[1] 华兹华斯:《抒情歌谣集·序言》,载刘若端编《十九世纪英国诗人论诗》,人民文学出版社1984年版,第5页。

[2] 钟玲:《美国诗与中国梦》,广西师范大学出版社2003年版,第18页。

[3] 徐北文主编:《李清照全集评注》,济南出版社1992年版,第89页。

茶叶调和香料压成团状,吃的时候再碾成碎末,称为"碾玉"。可能王红公觉得将这种中国古代习俗译成英文后并不诗意,于是,他基于原文意象,按字面意思进行了"硬译",将形容词"碧云"译成了"碧蓝色的云朵",将形容词改变为具体的物象。原文的意思是将茶笼子里的团茶碾压成碎末,结果原文的一句诗被译为两句——"碧云雕玉龙,玉粉成细尘"(Blue-green clouds carve jade dragons./ The jade powder becomes fine dust.),完全改变了原文的含义。其中,他将装茶叶的笼子译成"玉龙",dragon(龙)一词无疑是由"笼"的下半部分衍化而来,王红公进行了拆字翻译。类似的例子还有将《鹧鸪天·寒日萧萧上锁窗》中的"莫负东篱菊蕊黄"译为"I refuse to be burdened/ By the yellowing heart/Of the chrysanthemum/ Along the wall."译文中的"heart"(心)即是由"蕊"的下部分联想而来。

第三,将抽象物象与情感化为具体可感的意象。王红公将"红稀香少"(《怨王孙》)译为"The red lotus blossoms are few,/ Their fragrance is sparse."原文中的"红"是以抽象的色彩借代花朵,译文则具体化为荷花。"玉瘦香浓"(《殢人娇》)原文只是抽象地说香气浓郁,译文则具体形象化为"如檀香般的浓香"(Perfume thick as sandalwood),从嗅觉上更能刺激西方读者的感官。在"重门须闭"(《念奴娇·萧条庭院》)中,重门指屋内屋外多重的门,译者将之具体化为"外面的木制百叶窗"(The outer wooden shutters should all be closed),经过具体形容词限定修饰后的意象,比简单地译成"doors should be closed"要形象可感。

将含义晦涩的典故与情感指向抽象的套语转化为具体生动的形象,也是王红公翻译诗词的策略之一。典故与套语由于被诗人不断使用,积淀了丰富的文化信息,其本身只是抽象的符码。只有长期浸润本民族文化的读者,才能对这些已成定型符码的语汇展开丰富生动的联想。按照字面含义直译成目的语语言,难以唤起该民族文化读者的审美体验。对于此类套语化的文化意象词,王红公有以下几种处理方式。

其一,补充文化典故包含的内蕴。李清照《多丽·小楼寒》中包含了大量典故:"贵妃醉脸"、"孙寿愁眉"、"韩令偷香"、"徐娘傅粉"。在译文中,王红公对"偷香"与"傅粉"这两个特定语境中的典故予以补充说明:"You should not be compared to Chia Wu/ Who stole the imperial incense for her love./ Nor with the lewd Lady Hsü/ Who powdered only half her face/To make fun of her one-eyed husband, the Emperor."作者用定语从句对原典中的"韩令偷香"、"徐娘傅粉"的具体内容进行了阐释。再如:"蓬舟吹取三山去"(《渔家傲·天接云涛连晓雾》)译文为:"Until my little boat has been blown/ To the Immortal Islands/ In the Eastern Sea."三山是传说中渤海里的三座仙山蓬莱、方丈与瀛洲,据说神仙与不死之药都在这三座山上。王红公没有直接译成"three mountains",而是指出其地理方位(在东海)与隐含意(永生岛),便于西方读者阅读。

其二,将抽象词改写成生活意象。古诗词中常常有大量套语,尤其是表示情感特征的形容词十分抽象,王红公将之改造成生动形象的意象。诗人将"恨绵绵"(《怨王孙·帝里春晚》)译为"My sorrow is drawn out, endless as silk floss"。本句采用比喻法翻译,化抽象之"愁"为具体可感之"乱丝"(silk floss),此种译法深得中国古诗神髓,颇有李白"缘愁似个长"、李煜"问君能有几多愁,恰似一江春水向东流"等名句的美学神韵。在翻译"谁怜憔悴更凋零"(《临江仙·庭院深深深几许》)时,译者没有简单地将"憔悴"译为"languish"等词语,而是采用比喻手法,将主人公的憔悴比喻为"如去年的落叶般凋零飘落"(No one cares for me now./ I wither away like last year's/ Scattered leaves),形象可感。在翻译"人远天涯近"(《生查子·年年玉镜台》,The gates of Heaven are nearer/ Than the body of my beloved)时,原文中抽象概括的"人"被具体化为"我所爱之人"(the body of my beloved),原文中表示空间范围的"天涯"被改造成西方语境中读者所熟悉的"天堂之门"(the gates of Heaven)。

中国古诗中有大量的"风""雨"的意象,这些意象往往成为套语,营造一种凄清的氛围,渲染主人公孤寂的情怀。对"斜风细雨"(《念奴娇》[萧条庭院]),王红公将之扩写成"风儿将蒙蒙细雨吹成了无数条斜线"(The wind blows the fine rain into slanting lines),读者脑海中立刻闪现出春秋时节斜斜飘洒的毛毛细雨画面,如在目前。有时,王红公也将抒情与直叙改写成可感之形象与动作。"守着窗儿,独自怎生得黑!"(《声声慢》)的原文以口语入词,十分新颖,若将之直译为英文,便是"I wait at the window,/ how can I bear alone till the dawn comes",王红公显然觉得将之直译为英文不够诗意,于是改写成"静静地守在窗边,我凝望着不断聚集的阴云"(Motionless at my window,/I watch the gathering shadow),将一位孤寂、百无聊赖的女性形象刻写得鲜活生动! 王红公的改写无疑十分成功,而且与上下文意境与语境都十分吻合。再如,对"点滴霖霪。点滴霖霪"(《采桑子·窗前谁种芭蕉树》),王红公将原文直陈叙述性语言改写成可听、可感与可见的意象(Dien! Di! Dien! Di! Bitter cold, unceasing rain./ Drip! Drop! Drip! Drop! Bitter cold, unceasing rain),既描绘了雨的声音,又传递雨带给人的感觉(寒冷),还写出了雨的形象(连绵不停)。

其三,重视读者的阅读习惯与期待视野。王红公除了追求意象的具体、准确、形象外,还重视译入语符合英语读者的阅读习惯与期待视野,让诗歌形象、易懂。除了上面所述的,将中国文化特色语汇改造成西方读者易懂的西方语汇,如将表示空间距离的抽象词汇"天涯"改造成具体的具有宗教意味的"天堂之门",将"山枕"改造成"软垫",他还有意淡化中国文化习俗意象,将之改造成西方读者易理解易接受的意象。再如,王红公将"梅蕊宫妆困"(《生查子·年年玉镜台》)巧妙地译为:"Now my rouge/ And cream sicken me."梅蕊宫妆是一种梅花妆,古代贵族妇女在眉心间画五瓣梅花,暗含宋武帝女寿阳公主梅花妆之典故。但译者根本不提这一中国古代女性喜爱的妆容,代之以"口红"(rouge)、"乳霜"(cream)两种西方读者所熟悉的化妆品,虽然译文表现的仍是女主人公因心上人离开而对化妆毫无兴致的无精打采,但译者通过意象转换后,在西方读者头脑中映射出的不再是一位古代深闺的中国佳人,而是一位喜爱涂口红、抹乳霜的现代西方女性形象。

三、误译:字典释义与硬译误读

在跨异质文化语境中,受制于文化习俗、历史典故和思维模式等不同因素,王红公在翻译李清照词时有一些无意误读和内涵丢失。这种误读表现主要有二:其一一般为字面意义上的误解,其二为对古代中国的习尚文化不了解。

由于并未接受正规的中文学习与训练,王红公在翻译中国古代诗词时,一是参照其他语种译本,二是借助中英字典。据钟玲考查,王红公常参考的字典为《马修中英词典》(Mathew's Chinese-English Dictionary)。在与钟玲合作翻译诗歌之前,他在翻译中国古代诗词时,先将每个汉字的含义查出来,然后用诗意的语言替代字典上的释义,再将修饰语加到名词前面。① 这样翻译容易纰漏百出,特别是古代汉字以单音字居多,一词多义。他早期翻译的《中国诗百首》中有大量的误解,而一些无法理解的典故或习俗词便被忽略不译,或者按照字面义硬译。比如,《鹧鸪天·寒日萧萧上琐窗》中的"仲宣怀远更凄凉",在1956年的《中国诗百首》中译为"If I indulged my sad heart/ The days would be still more/ Frozen and sad",王红公并未翻译"仲宣怀远"所包含的思念家乡的典故。这一典故是理解全词的题眼,不明白这一典故便不明白主人公忧愁之心缘何而来,就不了解本词大概的写作时间与写作背景(即金兵南下,李清照遭遇国破家亡的痛楚)。1956年的译文仅译出"凄凉"(Frozen and sad)一词,1979年,王红公与钟玲合译的《李清照全集》的译文(I am more lonely and homesick/ Than Chung Hsüan)中,则译出了原典故思乡的内涵。

字典释义对王红公译文影响甚大,他常常依据字典、辞典释义,组合字典本义与字词衍生义,将之锤炼成诗意的语言,要是不明白他的翻译过程与翻译方式,读者肯定对下面一段译文感到捧腹与费解。《浣溪沙·髻子伤春慵更梳》写道:"玉鸭熏炉闲瑞脑,朱樱斗帐掩流苏,遗犀还解辟寒无。"其中,最后一句"遗犀还解辟寒无",王红公翻译成:"I eat melon seeds/I drink the tepid wine left over/ In the rhinoceros horn cups/ I try to keep warm/ Like the gold tree of the South."该词下半阕写女主人公闺阁内的环境,"遗犀"是一种可驱寒的植物。王红公则将这一句诗译成了五行:"我吃着瓜子,喝着牛角杯里剩下的温酒,如南国的黄金树一般,我设法取暖。"一副贵妇人悠闲的生活场景映入西方读者的脑海中,与全诗表现伤春怀人主题全然不相呼应。译文中出现的"瓜子"、"牛角"、"温酒"、"黄金树"诸意象都来自原文中"遗犀"这一词汇。王红公与钟玲查阅字典与各项资料,发现"遗犀"有三种解释:1. 剩余的瓜子;2. 牛角杯里剩余的酒;3. 南方交趾国进贡来的黄金树。② 也许是他们难以取舍该采用哪个意象,也许是他们觉得这几组意象构成一幅生动活泼的闺房图,便将这三组解释都融汇到了译文中。

在王红公早期译文中,最为明显的便是硬译,由于对原文一知半解,根据字典释义后,便开始发挥想象进行翻译。对照《中国诗百首》(1956)与《李清照全集》(1979)的译文,可更清楚地看出其中的变化。"寒日萧萧上锁窗"(《鹧鸪天》)中,"锁窗",也作"琐窗",窗棂作连锁形的图案叫锁窗。王红公在《中国诗百首》中将"锁窗"译为"closed window"(其所依版本很可能是"锁窗")③,将"锁"字译为形容词,取其本义。显然,当他与钟玲合作时,在《李清照全集》中,他将之改译为"window catches"④。

"酒阑更喜团茶苦,梦断偏宜瑞脑香"(《鹧鸪天》)译文,最能体现王红公早期译文的方式。根据汉英字典,他首先将关键词标注如下:苦(bitter)—梦(dream)—偏宜(enjoy)—脑

---

① See Ling Chung. "This Ancient Man is I: Kenneth Rexroth's Versions of Tu Fu". *A Brotherhood in Song*, *A Renditions Book*. Hong Kong: The Chinese University Press, 1985, p. 313.
② Rexroth, Kenneth and Ling Chung, Trans and eds. *Li Ch'ing-chao: Complete Poem*. New York: New Directions, 1979, p. 100 注释 24.
③ Rexroth, Kenneth. *One Hundred Poems from the Chinese*. New York: New Directions, 1956, p. 107.
④ Rexroth, Kenneth and Ling Chung, Trans and eds. *Li Ch'ing-chao: Complete Poem*. New York: New Directions, 1979, p. 40.

(head)—香(perfume)。然后,运用想象将之串联成诗句:"I lay aside my bitter revery,/ And enjoy the perfume that rises to my head."他用"revery"(梦想、幻想)替代"dream",并将上文形容茶的"苦"(bitter)字添加到"梦"(revery)的前面。瑞脑也叫龙脑,是一种香料,王红公没有弄明白,断章取义译成"head"(脑),并发挥想象,译成"熏香升腾到脑海"。1979年,在钟玲的指点下,他明白"瑞脑"是一种香料后,将之翻译成"Auspicious dragon incense"。瑞,字典释义为"吉祥的",他直译为auspicious,得知"瑞脑"也叫"龙脑"后,便又将"dragon"作为形容词放到意象"香料"(incense)前。

又如"负"有"负担"与"辜负"两个含义,"莫负东篱菊蕊黄"一句应取"辜负"一义,但在1956年译本中,他误译为"负担"(burden):"I refuse to be burdened/By the yellowing heart/ Of the chrysanthemum/Along the wall." 1979年,该句的翻译无疑更为准确:"I should not be ungrateful/For the yellow chrysanthemums/Along the Eastern wall."《凤凰台上忆吹箫·香冷金猊》中的"休休"意思是"罢了罢了",但译者翻译为"结束了、完了"(Finished、Finished)。"谢"在古汉语中有凋谢、感谢、谢绝等几种含义,王红公在理解《浣溪沙·小院闲窗春色深》中"难禁梨花谢"时出现了偏差,原文含义是"凋谢",但在《中国诗百首》中,作者将之理解成"感谢、歉意":"O bright pods/ Of the pepper plant, you do not/ Need to bow and beg pardon."《永遇乐》(落日镕金)中有"来相召,香车宝马,谢他酒朋诗侣",结合上下文应理解为"谢绝",但王红公将之译成"感谢"(thank)。将"谢"译成"谢绝"还是"感谢",会直接影响诗人的心境和全诗情感基调。学者普遍认为该词是李清照晚年的追昔伤今之作,上阕情感哀伤低沉,女主人对美好的春天也觉得索然无味,因此有友人热情相邀共度佳节,她也不想去。根据上下文的情感基调,应当译成"谢绝"更符合原意。如果译成"谢谢",暗示女主人公应朋友之邀赴会,与下文孤独寂寞的心境和憔悴衰老的面容不相吻合。因此,在《李清照全集》中,他在钟玲的帮助下将之改译为"谢绝"(decline)。

再如恨有"遗憾"、"痛恨"、"嫉妒"等多重含义,在《殢人娇》"今年恨探梅又晚"中,应该取"遗憾"之意,但王红公将之翻译成"憎恨":"This year I hate to visit the late blooming plums."晓,有"知晓"、"早晨"等含义,在《小重天·春到长门春草青》"留晓梦"中,"晓"无疑指"早晨",但王红公在《中国诗百首》中理解成"易懂、知晓":"In a dream that was too easy to read."过,有"度过"、"超过"等诸多含义,对"着意过今春"中的"过",王红公有过两次改动,在《中国诗百首》中,他翻译成"超过"(Today he returns,/ And my joy is already/ Greater than the spring),在《爱与流年》中,他译为"度过"(Now he is coming home, /And I will thoroughly enjoy this spring),但在1979年《李清照全集》当中,他又译成了"超过"。看来,他认为第一种翻译更为诗意。倦有"疲倦"、"慵懒"两个不同含义,当它们出现在诗词中时,情感与意境也是迥然有异的。在《武陵春·风住尘香花已尽》中有"日晚倦梳头"一句,联系上下文,表现的是女主人因为物是人非,他已不在,而无心再打扮自己,取"慵懒"义更为合适。但在《中国诗百首》中,王红公将之译成"疲倦、精疲力竭"(I have been too exhausted to comb my hair),这与女主人公的身份、上下文的语境均不大吻合。所幸,这一错误在《李清照全集》中得以改正。

王红公翻译中的其他误读则是由于对中国文化习俗不了解而导致的,比如《生查子·淡荡春光寒食天》中有诗句"玉炉沉水袅残烟","海燕未来人斗草"。"沉水"是一种香料名,沉木置于水中则沉,故也叫沉香;"斗草"则是古代年轻妇女儿童用草来赌输赢的一种游戏。二者具有中国文化习俗特色,王红公显然未能理解它们是有所特指的。他将"沉水"译为"丝线漂浮在水上"(silk thread floating in water),将"斗草"直译为"为草而战斗、竞争"(fighting for straws)①。这两种译文在1979年都得到修正,不过"斗草"一词,译者将之转化为"拾掇野花香草"(People are gathering wild flowers and herbs),淡化了原文的民俗色彩。

四、叛逆:三重翻译向度的评价

在跨文化交流和跨语际翻译中,由于译者的跨文化素养、翻译语境的规约、文化习俗的阻隔、时代话语的影响等因素,涵义的丢失、意义的增值、思想的误读、翻译的变异等诸种形态,必然会不同程度上以不同形式存在。故此,法国文学社会学家埃斯卡皮(Robert Escarpit)曾言,"翻译总是一种创造性叛逆"②,译文与原文固有的"差距也就注定了翻译中必定存在着'创造性叛逆'这个事实"③。从跨文化译介和译文学角度出发,王红公对李清照词的翻译主要呈现为改译、创译和误译三重向度,以叛逆性改译与创意性翻译为主,以无意误译和有意误读为辅,兼有直译与意译、归化与异化之法。其中,叛逆性改译主要表现为铺展译法,创意性翻译主要表现为意象营造,误译误读主要表现为传统习俗和文化典故误读。

从翻译评价角度而言,跨文化翻译和跨语际译介有创造性叛逆、变异性叛逆、误读性叛逆、破坏性叛逆等多种表现形态,并非全部值得褒奖和完全肯定,而要根据不同情况具体分析。在王红公译介李清照词过程中,叛逆性改译既有其关注英语文化传统和接受期待的合理成分,又有其诗歌意象变形和诗意丢失的欠妥之处;创意性翻译成功将中国文化特色与西方文化传统融合,实现了异质文化之间的交流与交融;误译误读虽无助于实现诗歌内涵与文化意象的诗意表达,但却展现出文化误读与诗歌翻译的多重面向。因此,对跨语际中的变异性叛逆和误读性叛逆,不能简单以翻译的信雅达或忠实规范优美等标准一概否定,而要关注以语义内涵为坐标的线性序列状态,注重话语的空间分散特性和知识的断裂传统。

---

① Rexroth, Kenneth. *One Hundred Poems from the Chinese*. New York: New Directions, 1956, p. 110.
② 埃斯卡皮:《文学社会学》,王美华、于沛译,安徽文艺出版社1987年版,第137页。
③ 谢天振:《创造性叛逆:争论、实质与意义》,《中国比较文学》2012年第2期。

明清诗词与十字门的历史景观及文学形象

王习雯[*]

摘　要：明清时期，中国诗人对"十字门"海域和澳门港给予特殊的关注，留下不少展现十字门山海风光和繁荣贸易的诗篇。同时，由于地理位置、宗教信仰等原因，明清诗人素喜将十字门与澳门"三巴寺"一起植入诗词意境之中，因而产生了奇特的文学景观。通过梳理有关十字门的诗词，不仅可以勾勒出明清时期十字门在中国文人心中的形象，揭示昔日澳门的历史变迁、中外文化交流的状况，也丰富了明清时期澳门作为中外经济文化交流要地的文学形象。

关键词：明清诗词；十字门；澳门；三巴寺

　　十字门海域位于澳门半岛的南方海面，曾是南宋末年的著名战场。南宋景炎二年（1278年）宋朝军队与南下元军在十字门展开一场殊死之战，史称"井澳海战"[①]。交战期间，宋元两方共投多达50万兵力，出动近千艘战船，是中国古代史上规模较大的海战之一。几番交手，宋军暂时胜利。但随后元军在广东新会的"崖山海战"中大败宋军，南宋王朝彻底宣告灭亡。硝烟过后，十字门恢复平静。明清时期，随着中外贸易的日渐兴起，葡萄牙等外国商船穿梭其中，十字门又一次热闹起来。

　　另一方面，澳门自明嘉靖中后期成为葡萄牙人的租借地后，遂与十字门海域的商贸活动相互牵连，形成了一个重要的商业、文化活动圈。众多岭南籍文人以及为官、旅居澳门的文人都对澳门给予了特殊的关注，数以千计的澳门诗词骤然而生。[②] 借与澳门的关系，十字门开始进入明清文人的视野，留下近40首直接或间接描写十字门海域，以及澳门通商贸易盛景的诗篇。它们不仅塑造了十字门海外贸易的文学形象，也可作为明清时期澳门历史文化的见证，在地域文学、澳门文学，以及历史、商业与文学关系上，具有重要的研究价值。

---

[*]　**作者简介**：王习雯，澳门大学中文系博士研究生，主要研究方向为中国文学与文化。
[①]　"井澳"在今广东省珠海市南横琴岛横琴山下深井附近的海湾一带，此次战役又称"十字门大海战"、"宋元氹仔海战"。
[②]　在现代学者中，将澳门明清诗词结集成册的有：冯刚毅《澳门四百年诗选》（澳门出版社1990年版），章文钦《澳门诗词笺注》（珠海出版社2003年版）。其中，章文钦对澳门明清诗词的整理较为全面，《澳门诗词笺注》分《明清卷》、《晚清卷》、《民国卷》（上下），一共4册。本文有关十字门的诗词，皆出自章文钦笺注本。

一、"十字门"的地理位置及其与澳门商业圈的形成

"十字门"之名,最初见于明嘉靖《香山县志》,其卷一《山川》云:"大吉山,山之东中水曰内十字门;小吉山,山之西北中水曰乾门;九澳山,山之东南,西对横琴水中曰外十字门。其民皆岛彝也。"由此可知,十字门有"内十字"和"外十字"之别。① 清代香山诗人李遐龄在《澳门海边晚步》中称"十字双门两放晴"②,即指这两个十字门。清乾隆初年的《澳门记略》上卷《形势篇》载,"濠境澳之名著于《明史》,其曰澳门,则以澳门南有四山离立,海水纵横贯其中,成十字,曰十字门,故合称澳门。或曰澳门有南台、北台,两山相对如门云"③。澳门名称的来源,显然和十字门海域的地理位置有一定的关系。清人薛蕴《澳门记》曾云:"遵澳而南,放洋十里许,右舵尾,左鸡颈。又十里许,右横琴,左九澳。湾峰表里四立,象箕宿,纵横成十字,曰十字门,又称澳门云。"据此,形成十字标志水域的"四山",分别是今澳门路环的叠石塘山、氹仔的小潭山(鸡颈),以及广东省珠海市的大横琴山、小横琴山(舵尾)。清代香山诗人陈官《澳门竹枝词》(其一):"澳门东接大洋边,十字门开天外天。"④就是形容十字门海域辽阔,一望无际。清代岭南诗人钟启韶《澳门杂诗十二首》(其六):"十字门当槛,零仃港近墙。都帆千里镜,直过九洲洋。"⑤则描述了十字门周边诸山林立,接零丁洋和九洲洋水域的情况。

据明代黄佐《广东通志》卷六十六《外志》所载,"布政司案:查得递年暹罗国并该国管下甘蒲沰、六坤州与满剌加、顺塔、占城各国夷船,或湾泊新宁广海、望峒,或新会奇潭、香山浪白、蠔镜、十字门,或东莞鸡栖、屯门、虎头门等处海澳,湾泊不一。"又嘉靖《香山县志》卷一《风土》云:"九星洲山九峰分峙,多石岩、石屋,灵草石上溜水甚美,为番舶往来所汲,曰天塘水。"由此可知,香山县的浪白、蠔镜、十字门等,均是明朝时广州沿海地区的重要航道,多有外国商船停泊。嘉靖《香山县志》曾描述十字门水域的状况:"十字门为最便泊船处,以东面有二高岛:南曰九澳,北曰大拔。九澳与大横琴东北角之间,有甚窄水道,仅深二十四尺。至近大拔处,仅深九尺至十尺。又大拔以西与马格里勒以东,其间深三拓半至四拓之处,亦便泊船。"十字门因良好的水域环境和岛屿形势,成为除广州港外最适合停靠船舶的栖息之地,故是来华贸易的外国商船的重要驻泊点之一。而通常所言的十字门,多指外十字门。因此,外十字门水道不仅是明清时期海外对华贸易商船的必经之地,也是中国对外贸易的经济要地。

另一方面,当时的十字门属香山县管辖。据《广东通志》卷三十一《政事志·兵防一》记

---

① 参见谭世宝《明清广东沿海史志地图的一些问题新探——以"十字门"的记述为中心》,《马交与支那诸名考》,香港出版社2015年版,第166—179页。按:该文详细探讨了"十字门"之名的源流、异变等问题。
② 章文钦笺注:《澳门诗词笺注·明清卷》,珠海出版社2003年版,第199页。
③ 印光任、张汝霖原著,赵春晨校注:《澳门记略校注》,澳门文化司署,1992年,第21页。
④ 章文钦笺注:《澳门诗词笺注·明清卷》,珠海出版社2003年版,第161页。
⑤ 章文钦笺注:《澳门诗词笺注·明清卷》,珠海出版社2003年版,第267页。

录的各澳兵夫、兵船等额数及开支①,可知明清政府曾设"十字门汛"负责海上防卫,所以十字门亦为昔日广东的海防要塞之一。清代岭南诗人游历澳门时曾目睹十字门山峦险峻、海面壮观的景象,如汪后来云"南环一派浪声喧,锁钥惟凭十字门"、叶廷勋云"十字海门天设险,月明千里瘴烟消"、邱对颜云"十字排鸡颈,拱揖让中镇"、蔡显原云"吾邑适当中路中,海门错杂途多歧"等。② 清末民初的文化遗民汪兆镛因民初粤地局势不甚明朗,曾12次往澳门避难,断断续续地居住了13年多。他在居澳期间创作了《十字门》诗:"纵横若十字,俯瞰排雄关。层叠分内外,险要见一斑。"③这些诗作都着重描绘了十字门是海舶出入的喉要地,山海地势险要,更是明清时期中央朝廷的军事防守重镇。

汉唐以来,广州港因天然的地理优势成为南中国对外贸易的中心港口城市,各国船舶云集于此,通商贸易最为繁荣。明朝时期,由于倭寇等武装势力的因素,中央朝廷在对外贸易上时开时禁,而以禁为主。同时,海上贸易实行"朝贡贸易制度",严禁私人进行海上通商活动,并规定外来番人只能以进贡天朝的贡使身份入境贸易;商船卸货后,必须立即返回本国,不可在广州港逗留,且不得随意接触中国平民。但常因季风气候和海上安全等因素,外来番人不能立即返程,需要等候季候风到来才可以起航回国,所以他们只能寻觅广州附近的合适港口暂作歇息。据嘉靖《香山县志》:"先是番舶泊无定所,率择海滨地之湾环者为澳,若新宁则广海、望峒,香山则浪白、濠镜、十字门,东莞则虎头门、屯门、鸡栖。"可见外国商船往往选择香山地域的浪白、濠镜、十字门等为停泊区域之一。

然而历史发展往往是曲折的,广州因是首府城市,又是内河港口;且自元末明初以来就曾发生过葡萄牙海盗骚扰及掠夺事件,中葡双方发生多次武装冲突。明朝政府出于安全的考虑,在嘉靖元年(1522年)宣布珠江口海岸全面实行海禁。海禁政策之后,外国商船逐渐转移到福建漳州月港和浯屿(金门岛)海域继续从事走私贸易,因而导致广东一带的经济财政陷入困局。嘉靖八年(1529年),两广巡抚林富出于增加国库收入、当地税收,减轻居民捐税负担,以及有利于社会稳定等因素的考虑,命黄佐代笔起草有限度解除广东海禁的《通市舶疏》奏折。此奏折内容立即引起中央朝廷的激烈讨论,出于增加国库收入、振兴经济的需要,最终当政者接纳了奏折的意见,采取一种对葡萄牙等国商人开放的态度,解除部分海禁,扭转了完全海禁的局面。

由于明朝政府考虑到广州港一带曾多次发生葡萄牙海盗骚扰事件,所以只开放"濠镜澳"(即澳门)作为广州的外港贸易舶口。濠镜澳因是半岛,具备大型商船停泊的水利条件,且与省城广州和珠江三角洲各县港口距离近,水路交通极为便利。这里需要说明的是,明嘉靖三十二年(1553年),"舶夷趋濠镜者,托言舟触风涛缝裂,水湿贡物,愿暂借地晾晒。海道副使汪柏行徇贿许之,时仅篷累数十间,后工商牟奸利者,始渐运砖瓦木石为屋,若聚落

---

① 黄佐《广东通志》卷三十一《政事志·兵防一》:"海道江道哨兵:东莞县南头、屯门、鸡栖、佛堂门、十字门、冷水角、老万山、伶仃洋等澳。募东莞县兵夫后生二百名,□名布政司月支工食银六钱;若追捕去远,仍每名月支行粮,人各三十。与该县民壮一百名,驾大乌艚民船四只,每只布政司月支十万斤以上,银一两二钱至一两五钱;十万斤以下月银一两。并该县大战船二只,委千户或指挥一员部领,自四月风迅起,至九月终止。有事留守,仍与一体支用。"

② 章文钦笺注:《澳门诗词笺注·明清卷》,珠海出版社2003年版,第101、193—194、286、298页。

③ 邓骏捷、陈业东编校:《汪兆镛诗词集》,广东人民出版社2013年版,第166页。

然。自是诸澳俱废,濠镜独为舶薮矣"①。隆庆六年(1572),葡人以每年缴纳地租500两黄金作为代价,获得明朝政府对其居住澳门及经营海上对外贸易活动的认可。此后的八十多年间,葡萄牙人在"濠镜澳"大量兴建房屋、开办教堂,以及进行通商贸易。这是澳门的全盛时代②,也是澳门和十字门海域的国际贸易进入明清时期的第一个黄金时代。

与此同时,澳门的东北与日本、琉球群岛相通,东南可达菲律宾,穿过西南方马六甲海峡到达东南亚各国等地。澳门的葡人大力拓展海上商品交易活动,开辟了中国与葡萄牙、日本、美洲等多条商贸航线,几乎垄断了中国的出口贸易。明末清初岭南诗人浦龙的"西来市舶水中龙",张穆的"古人建高蘙,楼船若鹅鹳"和"宝玉与夜珠,结市异光灿",以及屈大均以《澳门》为题的六首诗中的第一首就提到澳门港口"广州诸舶口,最是澳门雄"等。③ 这些诗词都道出了明末清初澳门是珠江口沿岸最繁荣的港口城市的事实。清代岭南诗人罗天尺游历澳门时曾作《送家漱公游澳门》:"壮游谁不羡,十字列成门。地势中华尽,涛声海市喧。"④诗中描绘的正是澳门已成为中外商贾云集的繁华都城,以及十字门港口的热闹场景。在巨大海上利益的驱动下,明末清初的澳门在社会经济、人口规模与城市建设等方面得到了空前发展,处于相当繁荣的状态,澳门逐渐成为远东地区的国际贸易中转站。

总而言之,澳门逐渐发展成为南中国最繁荣的国际港口之一,其中一个重要原因是十字门为葡萄牙及其他国家对华贸易商船的必经之地;十字门也因澳门这个唯一的中国南方通商口岸,而聚集了络绎不绝的外国商船。澳门与十字门的一点一面,遂形成了一个关系密切的商业圈。

二、"十字门"海外贸易的历史景观及文学形象

随着澳门和十字门的贸易繁荣,不少文人学士开始因各种原因踏足这个远离中原的地域。尽管目前还不能确定谁是歌咏十字门的第一人,但明朝著名文学家、戏曲家汤显祖毋疑是较早的一位。他于万历十九年(1591年)11月初,经广州直抵香山县,充满异国风情的澳门港给诗人留下了奇特的印象,而《香山验香所采香集口号》则描写了当时"采香"的情况:

> 不绝如丝戏海龙,大鱼春涨吐芙蓉。
> 千金一片浑闲事,愿得为云护九重。⑤

诗中不仅描绘了澳门海上商船所运载的奇珍异物,更指出中国官员为保证朝廷享用香料而一掷千金采购的繁忙景象。当时,明朝政府对海外香料需求极大,加之采购困难、价格昂贵,而且真假难辨,故在香山澳设立了专门的验香所,对在澳门采购的龙涎香等名贵香料

---

① 《广东通志》卷六十九《外志·澳门》。
② 黄文宽:《澳门史钩沉》,澳门星光出版社1987年版,第26页。
③ 章文钦笺注:《澳门诗词笺注·明清卷》,珠海出版社2003年版,第1、11、75页。
④ 章文钦笺注:《澳门诗词笺注·明清卷》,珠海出版社2003年版,第112页。
⑤ 章文钦笺注:《澳门诗词笺注·明清卷》,珠海出版社2003年版,第4页。

进行严格的检验。

汤显祖的另一首《听香山译者》(其一)也记录了洋舶为采香而奔赴东南亚各国,辗转贸易的情况:

> 占城十日过交栏,十二帆飞看溜还。
> 握粟定留三佛国,采香长傍九州山。①

诗人通过翻译得知,从占城乘坐有一桅数帆或桅多帆众的西洋船舶,十日便可抵达交栏山;然后通过握粟占卜的方式决定船舶的去留和航线,先在南海古国三佛齐(今印尼苏门答腊岛东部的巨港)的港口停留,再前往马来半岛西岸霹雳河口外的九州山采购龙涎香及其他香料。据屈大均《广东新语·舟语·洋舶》所载:"每舶有罗经三,一置神楼,一舶尾,一在半桅之间,必三针相对不爽,乃敢行海。"②其中的"神楼",就是西洋人供奉的耶稣、圣母及其他航海神灵。从诗中可知,自明代以来的外国商船,与信奉妈祖等神祇的中国航海者一样,依靠仿佛存在于冥冥之中的航海保护神来指引航路。③

关于"采香",嘉靖年间,朝廷因急需采购香料,特命户部派官员至沿海四处搜寻及采购。香料是其时皇宫御用的舶来珍稀贡品,每年地方官员均要到福建、广东两地海域倾力采办,其中以龙涎香最为上乘。澳门的开埠及葡人居澳,或与明朝嘉靖皇帝搜集龙涎香、沉迷炼丹及长生之术有很大关系。④

汤显祖的另一首《香岙逢贾胡》,则从一个侧面反映了明代中叶澳门海上贸易的繁盛:

> 不住田园不树桑,珴珂衣锦下云樯。
> 明珠海上传星气,白玉河边看月光。⑤

诗人游历澳门时第一次看到葡萄牙商人贩运奇珍异宝的情景,他们驾着巨大的帆船远道而来,穿着雍容华丽的衣裳,佩戴着玉石,明珠、白玉等在海上交易繁多,以至波澜壮阔的海面都染上了珠光宝气,与星光月色相映生辉。

明末清初,澳门的十字门海域是中国连接各国的商贸要点和必经的中转站,许多货物通过十字门运往世界各地。贸易的不断发展促成了澳门贸易史上的第一个黄金时期,澳门港的地位随之变得非常重要,成为16世纪后期和17世纪的国际贸易中心及中转港。⑥ 到了1644年,清朝建立,康熙初年为了防止反清复明的势力及台湾郑成功的反攻,再次实行全面海禁。自清顺治十二年(1655年)起,清政府先后五次颁布"禁海令",严禁官民等出海贸易。顺治十八年(1661年),清政府对沿海城市颁布"迁海令"。因在北京朝廷供职的汤若望

---

① 章文钦笺注:《澳门诗词笺注·明清卷》,珠海出版社2003年版,第6页。
② 屈大均:《广东新语》,中华书局1983年版,第481页。
③ 章文钦:《澳门的航海保护神崇拜与中西文化交流》,澳门《文化杂志》1997年冬季刊。
④ 金国平、吴志良:《龙涎香与澳门》,见金国平、吴志良《镜海飘渺》,澳门成人教育学会,2001年,第50页。
⑤ 章文钦笺注:《澳门诗词笺注·明清卷》,珠海出版社2003年版,第5页。
⑥ 黄启臣、邓开颂:《明代澳门对外贸易的发展》,澳门《文化杂志》1987年夏季刊。

和其他耶稣会传教士的多方交涉，澳门才得以被批准为免迁之区。

康熙二十三年（1684年），清政府宣布解除海禁，部分实行开海贸易。次年，又宣布开放广东广州、福建泉州、浙江宁波、江苏松江四个城市为对外贸易港口，之后分别设立粤海关、闽海关、浙海关和江海关。康熙二十七年（1688年），澳门粤海关成立关部行台，并在行台下设置大码头、南环、娘妈阁、关闸四间税馆来负责征收澳门的船钞货税，以及管理澳门的对外贸易事务，标志着清政府对澳门贸易的管理和控制。康熙五十六年（1717年），清政府禁止南洋贸易，但独许租住在澳门的葡人可往南洋贸易。澳门作为广州唯一外港城市，垄断了中国与南洋国家之间的转口贸易，澳门的海外贸易活动又开始繁荣起来。清代广东诗人潘宪动的《澳门曲》（两首）"川后天吴海禁开，花钱无数自洋来"、"海不扬波撼小城，番奴贾客共营生"①，都是描写开放海禁以后，澳门贸易恢复繁荣，中外商民安居乐业的景象。到鸦片战争前为止，澳门的对外贸易进入第二个相对鼎盛的黄金时代，再次成为南中国最繁荣的商港之一。

这一时期最值得注意的是广东番禺人屈大均（1630—1696年），他是明末清初的著名诗人、学者和"反清"志士，一生云游四海。屈大均对澳门投入了特殊的关注，他对澳门认识较深，了解较全，以至其描绘澳门的诸多诗文往往成为研究澳门历史文化的依据。②屈大均在《广州竹枝词》中的两首作品就点出了澳门和十字门航道与整个广州口岸欣欣向荣的对外贸易场面：

> 洋船争出是官商，十字门开向二洋。
> 五丝八丝广缎好，银钱堆满十三行。③

诗中的"十三行"是指广州对外贸易辖区内的13家牙行商人，外商与中国官府交涉，必须由十三行作中介，所以十三行几乎垄断了广东与外商的商贸活动。当时，中国的主要出口商品为原料生丝和丝绸等，从澳门出发途经多个国家，如经长崎销往日本，经印度果阿销往欧洲，也有经马尼拉销往美洲的西班牙殖民地等。④诗人目睹满载着中国丝织品的外国商船从澳门十字门航道远洋返程的情景，由此发出"五丝八丝广缎好，银钱堆满十三行"的感慨；亦将广州—澳门—十字门—西洋各国联系在一起，记录了明末清初澳门港和十字门海域是中国连通世界的节点。

清张甄陶《澳门图说》云："其西洋舶既入十字门者，又须由小十字门折而至南环，又折而至娘妈角，然后抵于澳。"⑤因此，清政府在澳门的南环设置关税口，防止外国人在澳门进行走私贸易；然后外国商船经由西湾至娘妈角，清政府又在此设置税口，防止福建、广东的商船在这里走私卸货；之后再绕过娘妈角而进入内港，在澳门的大马头税口停泊，交纳关税，接受检查，最后入关进澳门。屈大均的另一首《广州竹枝词》描写了诗人所见澳门海关

---

① 章文钦笺注：《澳门诗词笺注·明清卷》，珠海出版社2003年版，第165、166页。
② 屈大均是自明代以来记录澳门文字最多的人，参见汤开建《屈大均与澳门》，澳门《文化杂志》1997年秋季刊。
③ 章文钦笺注：《澳门诗词笺注·明清卷》，珠海出版社2003年版，第68页。
④ 参见全汉升《明代中叶后澳门的海外贸易》，《中国文化研究所学报》1972年第1期；黄启臣、邓开颂《明代澳门对外贸易的发展》，澳门《文化杂志》1987年夏季刊。
⑤ 张甄陶：《澳门图说》，《小方壶舆地丛钞》第九帙，杭州古籍书店1985年版。

盘查货物、征收船税的情景：

> 十字钱多是大官，官兵枉向澳门盘。
> 东西洋货先呈样，白黑番奴捧白丹。①

满载着东西往来货物的西洋船舶，船上由白人船长掌舵，身旁许多白人和黑人奴隶伺候着，竞相由十字门航道驶入澳门。屈大均在《澳门》（其四）"银钱么凤买，十字备圆方"②中也提及"十字"。两诗中所述的"十字"皆代表货币，很有可能是17世纪中叶葡萄牙人通过和西班牙等国转口贸易时获得。其正面图案为十字架，十字对角分别铸有狮子和城堡等，背面是早期西班牙国徽，纯手工打造，呈不规则块状，因而也称为"块币"、"切割银"，西方国家称为"COB"。③ 由此诗或可见，十字钱在当时的澳门已具备中国铜钱的价值及功能。这些银元成为葡国商人购买中国物品的流通货币，从澳门流入广州再流通江南乃至全国，直接地刺激了中国对外贸易的需求。此外，银元作为媒介在中国流通，促使中国成为世界贸易的一个重要组成部分，而其中最重要的关节点则是澳门与十字门海域的商贸活动。

无年号的西属墨西哥十字币加盖葡属巴西标记600雷斯

加盖葡属巴西标记1659年西属波利维亚十字币上

葡萄牙1807年400雷斯银币

---

① 章文钦笺注：《澳门诗词笺注·明清卷》，珠海出版社2003年版，第69页。
② 章文钦笺注：《澳门诗词笺注·明清卷》，珠海出版社2003年版，第78页。
③ 林南中：《早期葡萄牙银元流入闽南小考》，《中国钱币》2014年第1期。

每年夏秋两季,印度洋西南风盛行之时,众多洋舶从印度西海岸航行至澳门港口。清代广东诗人廖赤麟的《澳门竹枝词》(其二)"秋风八月来洋舶,六幅帆飞十字门"[1],描写的就是洋舶竞帆远航、破浪前行十字门的情景。而清代澳门葡国商船经常远航前往印度洋海岸果阿一带进行频繁的贸易活动,居住在澳门的葡人宗教活动中最重要的内容,就是祈祷亲人、朋友航海顺利出发和归来。清代广州十三行同文行第二代商人潘有度的《西洋杂咏》第十六首云:"十字门中十字开,花王庙里证西来。祈风日日钟声急,千里梯航瞬息回。"[2]可知番舶从印度西海岸返航时节,居住在澳门的葡人皆每日至教堂撞钟祈祷,盼望番舶一帆风顺,平安归来,而番舶和中国商船的航行出发及归来途中,都是必定经过十字门水道的。

乾隆九年(1744年),中央朝廷设立广州府澳门海防军民同知,第一任澳门同知印光任在任上留下了几首描写澳门贸易盛景的诗篇,其中两首写到十字门,《鸡颈风帆》云:

　　浩淼帆樯出,银涛拥一痕。
　　排云鹏鼓翅,挂日海分门。
　　四宇空无着,千山势欲奔。
　　飞腾何迅疾,疑是发昆仑。[3]

诗人目睹浩浩荡荡的商船进入十字门海域,帆樯簇拥,银涛接天,与十字门天水混茫、诸山林立所造成的气象融为一体。全诗气势雄肆,想象丰富,语言流转自然,境界开阔,在众多直接或间接描写十字门山海风光、贸易繁盛的诗词中,当属上乘之作。清代诗人刘世重游澳门青洲山,行船至十字门时写下了"望来缥缈疑三岛,板去鸿濛更十洲。银海星摇天地动,石门潮落水云幽"[4]。诗中如仙境般的十字门山海景观也与此诗的诗境有异曲同工之妙。

印光任的另一首诗《望洋灯火》,则描写了十字门贸易的繁华夜景:

　　望洋临绝顶,千树烛缤纷。
　　照海光摇电,烘天焰结云。
　　鹊桥疑入晓,银汉遥斜曛。
　　万里归帆近,灯花艳紫氛[5]。

诗人在夏秋之际的夜晚,登上澳门东望洋山,遥望十字门,写下归帆灯火灿若繁星,与天上银河互相辉映的奇景。此时正是印度洋西南风盛行的季节,从澳门出发前往西洋贸易的船只大多在这个时节返航,前来广州贸易的番舶也在这个季节到达。这首诗不仅是众多

---

[1] 章文钦笺注:《澳门诗词笺注·明清卷》,珠海出版社2003年版,第233—234页。
[2] 章文钦笺注:《澳门诗词笺注·明清卷》,珠海出版社2003年版,第258页。
[3] 章文钦笺注:《澳门诗词笺注·明清卷》,珠海出版社2003年版,第125页。
[4] 章文钦笺注:《澳门诗词笺注·明清卷》,珠海出版社2003年版,第56页。
[5] 章文钦笺注:《澳门诗词笺注·明清卷》,珠海出版社2003年版,第126页。

描写十字门海景及贸易繁荣的上乘之作,也堪称望洋诗中最别具一格的作品。

三、"十字门"与澳门"三巴寺"的文学联系

一般情况下,文人墨客不大可能登上十字门海域中的外国商船,他们只能到达澳门半岛,远眺十字门;而在澳门港口,"三巴寺"地处十字门海域附近。另一方面,"十"字是西方天主教信仰的标志,十字门水道与神秘莫测的三巴寺恰巧相映成趣,好似冥冥之中有着内在联系。明清诗人素来喜欢将十字门和三巴寺一起植入诗意之中,因此,众多描写十字门的明清诗词往往会把十字门和三巴寺联系起来。

三巴寺,位于澳门半岛的东北方,三面环海,靠近十字门海域。三巴寺的历史要追溯到耶稣会时期。15世纪末至16世纪初,世界新航路的开辟和西方宗教改革的兴起,打破了东西方相对闭塞的传统格局。以西班牙和葡萄牙为首的欧洲多国纷纷东渐,在扩大本国的殖民领地、追逐商业利益的同时,开始采取传播天主和基督信仰来企图征服他国文化的战略。① 而最早与葡国商船一道东来传教的,是由宗教革命而产生的天主教耶稣会。② 1565年,耶稣会于澳门建立耶稣会会院;1583年,耶稣会院的天主圣母堂被重新命名为圣保禄教堂。1593年,在圣保禄教堂与大炮台间建立一所学院——圣保禄学院,用来培训耶稣会传教士人才,一方面让亚洲区传教事业得以为继,另一方面有利于葡萄牙外交与商业事务的拓展。③ 当时所有入华的天主教传教士都需要在这里学习中国文化和汉语,然后再进驻内地,并以此促进耶稣会在澳门及内地的发展。学院于1594年竣工,命名为圣保禄学院。因为"圣保禄"的葡萄牙文(São Paulo)发音,与粤方言的"三巴"近似,再加上西方宗教的教堂往往被中国人认为相当于寺庙,所以明清诗人基本将圣保禄教堂及学院统称为"三巴寺"。三巴寺建筑材料多为木材,先后经历三次大火,学院及教堂全部焚毁,目前仅剩下花岗岩前壁的大三巴牌坊和壁前的68级石阶。

明末清初,刘世重是较早联系三巴寺与十字门的诗人,他旅经澳门时写下了"番童夜上三巴寺,洋舶星维十字门"④。诗人看到三巴寺的学教番童在夜间登上三巴寺的最高层观海,见到东西往来的帆船如同天上的星星一样多,密密麻麻地停泊在十字门海域。其他取意相同的作品,还有屈大均的《望洋台》,诗人从香山至澳门时写下了"舶口三巴外,潮门十字中"⑤,将十字门海域与澳门半岛的三巴寺作为明末清初澳门经济贸易区域的典型景象呈现在读者面前。又如,李光珠的"宝聚三巴寺,泉通十字门"⑥,诗人认为传教士将各种宝物藏聚于三巴寺中,而这些宝物又需经过十字门水道通往四方。诗中所谓的"泉",既指海水,也有可能是说如潮水般源源不断汇集于此的货币,一语相关,诗味悠长。这些明末清初的岭南诗人目睹承载着各种西洋货品的船舶,从四面八方汇聚到十字门海域的景象。东西方

---

① 郑妙冰:《殖民沧桑中的文化双面神》,(香港)明报出版社有限公司2004年版,第86页。
② 邢荣发:《明清澳门城市建筑研究》,(香港)华夏文化艺术出版社2007年版,第65页。
③ 吴志良、汤开建、金国平主编:《澳门编年史·明中后期》,广东人民出版社2009年版,第250页。
④ 吴志良、汤开建、金国平主编:《澳门编年史·明中后期》,广东人民出版社2009年版,第52页。
⑤ 章文钦笺注:《澳门诗词笺注·明清卷》,珠海出版社2003年版,第83页。
⑥ 章文钦笺注:《澳门诗词笺注·明清卷》,珠海出版社2003年版,第119页。

文明率先在澳门一地碰撞,令人深深地感受到十字门航道和三巴寺外热闹繁华的景象。

此外,还有其他岭南诗人将三巴寺与十字门连用,如陈官的"濠镜艨艟朝百粤,海门风雨涌三巴",黄呈兰的"海市远通门十字,蜃楼高耸寺三巴",李遐龄的"钟鸣月上三巴寺,风起潮生十字门",黄德峻的"潮落海门分十字,钟鸣山寺礼三巴",陈云的"浪打三巴寺,云横十字门"和"今朝浪拍三巴寺,昨夜云生十字门",赵均的"雨过三巴暗,潮来十字青",释纯谦的"远钟声彻三巴寺,番舶帆收十字门",等等。① 这些都是描写神秘而雄伟的三巴寺与一望无尽、波澜壮阔的十字门水道交相辉映的奇特景象,对偶工整,可谓难得的佳句。

说到三巴寺,熟悉清代人物者必定会联想到在此学道三年的中国籍传教士吴历。吴历(1632—1718年)字渔山,号墨井道人,精书画,工诗文,且擅琴,被称为"清初六家"之一。清康熙十九年(1680年),已年近五旬的吴历,决定随柏应理神父赴罗马朝见教皇。他原欲经澳门乘船赴欧洲,后因年纪原因停留在澳门三巴寺学习天主教教义。康熙二十一年(1682年),吴历加入耶稣会成为修道士,其诗集《三巴集》中的三十首《岙中杂咏》,皆是于三巴寺学道期间所作。第十五首云:"十字门前日欲晡,九洲霞散晚模糊。人过两处休回首,目断尘间泪易枯。"②诗人由十字门海域的景色联想到自己身世的坎坷、人生无常的境地,再加上在三巴寺学道期间的艰辛种种,由此借景抒情,发出人生如寄、尘世多难的感慨。

至于将十字门水道和浓厚西洋宗教色彩的三巴寺联系起来创作,且意境最为深远的是明末清初的广东高僧释迹删。释迹删是逃禅的明朝遗民,好孔孟之道,通老庄之学,以诗词杂文著称。清康熙三十一年(1692年),禅师出游澳门,夜宿澳门的望厦村普济禅院,写下了《游澳门宿普济禅院赠云胜师》:

  珠林遥隔水云村,百里寻僧日欲昏。
  行逐鲛人趁番市,渐闻缺舌杂华言。
  山钟近接三巴寺,海气晴分十字门。
  到处不妨吾道在,岛夷今识法王尊。③

诗人从香山县城经陆路到达澳门时,天色已晚;然而澳门的街市上仍旧人声鼎沸、热闹非凡,诗人听到熟悉的华夏语言中夹杂着澳门番商难懂的西洋话。此时,诗人行至三巴寺附近,听到普济禅院的钟声响起,旁边的海上天气晴朗,灯火通明的番市把十字门的山水景色映衬得格外分明,令人心旷神怡。然而,释迹删作为佛教僧人不禁因此情景而发出感慨:澳门这个华洋杂处的地方,虽然有佛教的一席之地;但今已由洋人主导,身在澳门的西洋人只知道三巴寺法王(即主教)的尊贵,却不闻博大精深的佛教的存在。诗人将此诗之意传达给普济禅院的云胜法师,虽然有慰藉和勉励之情,然更多的是对澳门佛教逐渐被西方天主教取代的一种无奈和惆怅。释迹删同时期的另一首《三巴寺》云:"暂到殊方物色新,短衣长

---

① 章文钦笺注:《澳门诗词笺注·明清卷》,珠海出版社2003年版,第159、169、208、250、251、252、283、328页。
② 章文钦笺注:《澳门诗词笺注·明清卷》,珠海出版社2003年版,第26页。
③ 章文钦笺注:《澳门诗词笺注·明清卷》,珠海出版社2003年版,第185页。

陂称文身。相逢十字街头客,尽是三巴寺里人。箬叶编成夸皂盖,槛舆乘出比朱轮。年来吾道荒凉甚,翻羡侏离礼拜频。"[①]此诗更加强烈地表达了诗人对澳门天主教繁盛,而佛教日渐衰落荒凉的无奈感慨。

由于三巴寺位于澳门的贸易经济繁荣地区,又与十字门关系紧密,所以引起了经澳居澳诗人的注意,这对于十字门在澳门文学中的形象有着重大的影响。而三巴寺作为天主教在澳门发展的历史见证者,几百年来矗立在十字门海域附近这片繁华之地,更加赋予了它历史的神秘感和独特的魅力。

四、结　论

十字门海域银涛接天,海面帆樯簇拥,它不仅是昔日南中国的海防重地,更是通往内陆广州和东南亚、欧洲等国的重要商旅航道。明清诗人曾对十字门和澳门港给予特殊的关注,留下不少诗篇,完整展现了十字门的山海风光和繁荣贸易,而十字门也见证了澳门海上贸易发展的兴衰历史。明末清初,澳门逐渐成为远东地区的国际海上贸易枢纽,也是"海上丝绸之路"的重要节点城市。以澳门为辐射地的国际贸易,对明清时期中西方经济繁荣起着直接的推动作用,更对澳门成为一个中西文化交融之城产生了巨大影响。由于地理位置、宗教信仰等原因,十字门在明清诗人眼中素与澳门半岛上的天主教三巴寺交相辉映,并产生了奇特的文学景观。诗篇中的三巴寺与十字门都满载着文人墨客的浪漫情怀,更是澳门历史文化的一种凝结与沉淀,以及中西方文化交流的结晶。借着这些诗词不仅可以了解十字门和澳门港在中国文人心中的形象,并探知十字门的发展历程,反观澳门的历史变迁,补充于澳门明清史的研究,也勾勒出明清时期的澳门历史记忆。

---

① 章文钦笺注:《澳门诗词笺注·明清卷》,珠海出版社2003年版,第90页。

人性的矛盾:《三国演义》中的刘备新议

许景昭　周昭端[*]

摘　要:《三国演义》中刘备的形象一向充满争议,普遍认为他的形象并不是十分统一,甚至充满矛盾、冲突。本文尝试透过刘备的性格形象,探讨其形象矛盾之根源以及所承载的思想价值。在刘备形象众多冲突、矛盾的表象下,埋藏着关于冲突、矛盾以至失败的根源,我们并不认为是简单的表里不一或是策略所致(作品叙述的自我解构),相反是人性当中情欲与道德冲突的深层次矛盾,藉此表现、探讨复杂的人性和内心的矛盾挣扎。伦理道德与情欲之间相辅相成,而又互有矛盾冲突。罗贯中质疑、颠覆了传统的价值观念,并极大程度地抒发和表现了情欲的张扬。与此同时,我们认为《三国演义》也突破了传统思想文化的藩篱,由此亦证明了文学思想与学术思想的发展之间的激荡和不安。

关键词:《三国演义》;刘备;道德;情欲

引　言

　　《三国演义》乃明代四大奇书之一,既成功开启了长篇章回小说的发展,也成为中国小说史的里程碑。无论学界对《三国演义》的评价孰褒孰贬,都不能否认它对中国文化、文学以至谋略、军事等方面的影响。就文学而言,其哲学思想及艺术特色乃研究重点。艺术特色如人物形象刻画、叙事技巧、情节铺排等已有一致的肯定,至于哲理思想方面,意见则比较分歧,如主题论有十多种说法,人物形象及其表现的价值观,也是众说纷纭、莫衷一是。[①]

　　本文尝试透过刘备的性格形象,探讨其形象矛盾之根源以及所承载的思想价值。罗贯中对刘备的书写,主要想探讨什么? 我们认为作者主要想探讨情欲与道德之关系,尤其是两者的冲突矛盾以及主角在当中所作出的选择,极大地书写了情欲之于道德上的张扬。

---

　　[*] **作者简介**:许景昭,香港明爱专上学院人文及语言学院副教授,主要研究方向为明清小说及先秦诸子思想;周昭端,香港明爱白英奇专业学校通识教育及语文学系主任,主要研究方向为先秦儒学及宋明理学。本文系香港特别行政区研究资助局(Research Grants Council,RGC)辖下"教员发展计划"(Faculty Development Scheme,FDS)拨款资助项目"哲学视域下的四大奇书:价值的颠覆及重建"(编号:UGC/FDS11/H03/17)阶段性研究成果。

　　[①] 可参考蒋正治《二十世纪80年代以来〈三国演义〉主题研究述评》,《古典文学知识》2007年第1期;张晓彭《近三十年来〈三国演义〉作者籍贯、成书年代及主题研究综述》,《社会纵横》总第23卷第2期(2008年2月)。

所谓"情欲",我们理解为人的自然情感与欲望;而"道德",则包括正统、仁、义、礼、孝、悌等观念,即传统儒家(包括先秦孔孟、宋明学者)所提倡的"理"(道理、理性)。

如果说伦理道德乃作者所赋予刘备形象的最大特征和个性(或要彰显的价值观),那么作者又怎样书写或安置刘备强烈的欲望?这是本文探讨的重点。本文将举具体事例以证明:(1)作者如何质疑、挑战或颠覆传统的价值观,并建构新的思想价值;(2)作者如何跨越或突破时代思想文化的藩篱,比后者走前一步。

一、时代思潮及小说发展

明代的理学发展,以程朱理学和陆王心学为主,初以程朱理学为依归,最终陆王心学成为主流思想,席卷整个明代学术。个中的此消彼长,根据王平《明代儒学的嬗替与小说的流变》一文的分析,明代的学术发展可以分为三个阶段:(1)明代前期(1368—1505年,洪武—弘治),以程朱理学为主,心学主张则初露端倪,不过价值取向仍泾渭分明,忠孝节义成为其审美理想,人物之间的矛盾以及人的内心冲突主要体现为伦理道德观念的内在矛盾,作品主要以《三国演义》《水浒传》为代表。(2)明代中期(1506—1572年,正德—隆庆),阳明心学渐渐成为学术思潮,人物的主体意识明显增加,伦理道德与人的情感欲望相互对立,作品以《西游记》为代表。(3)明代后期(1573—1644年,万历—崇祯),王学左派兴起,人的欲望得到同情与肯定,情与理的矛盾更为突出,作品以《金瓶梅》为代表。[①]

我们基本上认同将明代学术思潮划分为三个阶段,但小说所要表达或探索的主题/思想却不一定与三个阶段一一相对应。即使小说的成书时期属于某个阶段,然而主题内容并不一定只是反映传统价值观("反映论")或当时的社会文化及思想,而是文学与哲学之间互相影响、互相发展、互相建构的关系。文学可以超前于时代,也可以与一些萌芽的思想/意识对话,流露出一些新的观念意识,而不必被禁锢于固有的框架之中。

二、刘备的形象争议

归纳而言,刘备的形象一向充满争议,普遍认为他的形象并不是十分统一,如毛纶、毛宗岗父子便对刘备推崇备至,称之为仁君、英雄,赞其忠厚、机智、灵警、爱民等;[②]然而也认

[①] 王平:《明代儒学的嬗替与小说的流变》,《文学评论》2008年第1期。

[②] 第十二回夹批:"民心悦服如此,想见刘公平日德政。"第十四回夹批:"荀彧之计早被料破,可见玄德机智绝人,不是一味忠厚。"第二十一回回评:"英雄作事,须要审势量力,性急不得。玄德深心人,故有此等算计。"第二十一回夹批:"为甚说破英雄,便尔举止失措?曹操心多,安得不疑。亏此一随随机应变,平白地掩饰过去。""真是灵警。""爱民是玄德第一作用。"第三十四回夹批:"刘表下泪是儿女态,玄德下泪是英雄气。"第三十六回夹批说曹操:"先说玄德并非宗室,后说玄德并非好人,又全是欺妇人语。"第四十三回夹批:"又高抬玄德,美其爱民之德。"参见罗贯中原著,毛崇岗评点:《毛批三国演义》,天津古籍出版社2006年版,第81、99、150、153、155、252、266、320页。

为刘备有"造假之处",与曹操无异。① 鲁迅说:"刘备之长厚近似伪。"②浦安迪认为刘备表面仁义,实乃权谋之人,是表里不一的伪君子。③ 彼德·穆迪认为,在乱世之时,儒家的伦理道德、仁德形象往往与有效的政治谋略产生矛盾、不协调,甚至没有效用,因此仁德显然不适用于乱世,最终导致失败。④

我们同意刘备的形象的确存在很多冲突、矛盾。然而,关于冲突、矛盾以至失败的根源,我们并不认为是简单的表里不一或是策略所致,相反是情欲与道德冲突的深层次矛盾,借此表现、探讨复杂的人性和内心的矛盾挣扎。在建立势力的过程中,刘备形象出现的矛盾冲突,与他的真正欲望密切相关;但这充其量只能说是对刘备仁君形象带来冲击,并不是直接导致蜀汉失败的原因。

那么,更深层次的本质问题,即刘备真正的欲望(或志向)到底是什么?他在实现自己目标的过程中,有何成功之处,又遇到什么困难?他如何尝试解决?出现什么矛盾或冲突?又怎样导致失败?其欲望有没有出现突变?从中呈现作者什么价值观/思想?这些都是值得思考及探索的问题。

三、刘备的生平、欲望与政治资本

刘备根本的欲望/思想本质,乃成为天子。小说一开始便暗示刘备自幼便有帝王之志:

> 舍东南角上有一桑树,高五丈余,遥望童童独立貌如小车盖,往来者皆言此树非凡。相者李定云:"此家必出贵人。"玄德年幼时,与乡中小儿戏于树下,曰:"我为天子,当乘此羽葆车盖。"叔父责曰:"汝勿妄言!灭吾门也!"……玄德叔父刘元起见玄德家贫,常资给之。元起妻曰:"各自一家,何能常耳。"元起曰:"吾宗中有此儿,非常人也。"⑤

刘备幼时已有大志,叔父刘元起也注意到,赞他是"非常人也",又经常资给之。罗贯中在这里明显借用了《史记》中《高祖本纪》《项羽本纪》的叙述:

> 高祖常繇咸阳,纵观,观秦皇帝,喟然太息曰:"嗟乎,大丈夫当如此也!"⑥

> 秦始皇帝游会稽,渡浙江,梁与籍俱观。籍曰:"彼可取而代也。"梁掩其口,曰:"毋

---

① 第四十一回夹批:"或曰,玄德之欲投江,与曹操之买民心,一样都是假处。然曹操之假,百姓知之;玄德之假,百姓偏不以为假。虽同一假也,而玄德胜曹操多矣。"参见罗贯中原著,毛崇岗评点:《毛批三国演义》,第303页。
② 鲁迅:《中国小说史略》,上海古籍出版社1998年版,第87页。
③ 浦安迪:《明代小说四大奇书》,沈亨寿译,中国和平出版社1993年版,第355—369页。
④ Peter R. Moody:"The Romance of Three Kingdoms and Popular Chinese Political Thought," *The Review of Politics* 37 (Apr., 1975) 2, pp.175-199.
⑤ 罗贯中:《三国志通俗演义》卷一,上海古籍出版社1980年版,第4页。此即学界公认最接近罗贯中原本的版本:"嘉靖本"。下引《三国志通俗演义》原文,如无特别注明,皆出于此版本。
⑥ 司马迁:《史记·高祖本纪》,中华书局1959年版,第344页。

妄言,族矣!"梁以此奇籍。①

谓汉高祖及项羽皆有非常人之志,日后果然成为叱咤风云的大人物,项羽曾经号令天下,刘邦更成为汉朝的开国皇帝。这事运用在刘备身上,我们所要注意的是:结果并非最重要的,最重要的是刘备在实现欲望的时候,这个志向成为他一生努力不懈的奋斗目标,亦将成为他形象矛盾的根源。

其次,刘备乃一孝子:"备早丧父,事母至孝";早年游学,结交朋友:"年一十五岁,母使行学,与同宗刘德然、辽西公孙瓒为友","好交游天下豪杰,素有大志";他"少言语,礼下于人,喜怒不形于色",平时沉默寡言,待人亦谦恭有礼,乃一君子之表现。② 作者显然想将刘备塑造成一仁义孝顺之人。刘备的纯孝表现不需怀疑,除了上述事母至孝之外,他对下属之母也表示关心,如徐庶母亲被曹操捉去后,徐庶表示必须上京见母亲,下属劝刘备勿放走徐庶,刘备则厉声拒绝,并答应了徐庶的请求。③ 至于其他仁义之事,或有所实践,或有所抵触,如刘、关、张在桃园三结义时说"上报国家,下安黎庶"④,后来则变成以"共兴汉室""复兴汉室"⑤为目标。这些目标与刘备的欲望根源到底是相辅相成,还是冲突抵触?这些都是本文研究的主要内容之一。

最后,刘备拥有皇族的血统:

> 中山靖王刘胜之后,汉景帝阁下玄孙,姓刘,名备,表字玄德。昔刘胜之子刘贞,汉武帝元狩六年封为涿郡陆城亭侯,坐酎金失侯,因此这一枝在涿郡。玄德祖刘雄,父刘弘。因刘弘曾举孝廉,亦在州郡为吏。⑥

这个血统让刘备能够以正统论的继承者自居,也发挥了一定的号召作用,至于他是否由始至终拥护正统,这点则值得商榷。

综合而言,刘备所依持的政治资本,包括以下三方面:(1) 仁义道德之君;(2) 以兴复汉

---

① 司马迁:《史记·项羽本纪》,中华书局 1959 年版,第 296 页。
② 罗贯中:《三国志通俗演义》卷一,第 4 页。
③ 罗贯中:《三国志通俗演义》卷八,第 353—354 页。原文为:"徐庶览毕,泪似涌泉,持书来见玄德曰:'某本颍川徐庶,字符直,为逃难,更名单福。昨因荆州刘景升招贤纳士,特往见之。与之论事,方知无用之人也,故作书以别之,贪夜至司马水镜庄上诉说其事。水镜深责庶不识主,却说:"刘豫州在此,何不事之?"庶故作狂歌于市,以钓使君;幸蒙不弃孤陋,曲赐重用。争奈老母被曹操计囚于许昌,将欲垂命,持书来呼,不容不去。……'玄德哭曰:'子母之道,乃天爱也。元直毋以备为念,而割其天爱。待与老太君相见之后,再从听教。'庶乃拜谢。庶便欲行,玄德曰:'再聚一宵,来日相饯。'孙干等入见玄德。干曰:'徐元直乃天下之奇才也,久在新野,今回许昌,尽知我军中之虚实。若使此人归曹操,必重用之,来攻我军,势必危矣。望主公苦留,休教放去,使曹操见庶不去,必斩其母。庶知母死,必与母报仇,力攻曹操也。'玄德曰:'不然。使人杀其母,吾独用其子,乃不仁也;留之而不使去,以绝子母之道,乃不义也。吾宁死,而不为不仁不义之事也。'众皆感叹而去。"
④ 罗贯中:《三国志通俗演义》卷一,第 5 页。
⑤ 如卷十四:"云长变色而怒曰:'吾与兄桃园结义,誓同生死,共兴汉室。兄既以荆州与我,复令东吴取之,此何理也?这几郡大汉疆域,岂得妄以寸土与人!'"卷十九:"臣亮言:……今南方已定,兵甲已足,当奖率三军,北定中原。庶竭驽钝,攘除奸凶,以复兴汉室,还于旧都。……"见罗贯中《三国志通俗演义》,第 633、881 页。
⑥ 罗贯中:《三国志通俗演义》卷一,第 4 页。

室为目标;(3) 汉室宗亲之身份。三者之中包含了两种思想特质,即儒家所提倡的伦理道德与正统论,前者代表了一般的伦理道德,后两者代表了维护正统及继承正统的观念。三者(或两种思想特质)与刘备的本质欲望既相辅相成,却也互相矛盾,以至刘备的形象变得反复、复杂。在整部《三国演义》所要表达的哲理思想之中,充满探讨及分析的空间。

四、情欲与道德的相辅相成

具体而言,情欲与道德之关系可分为两种:(1) 相辅相成;(2) 互相冲突。我们先来看看相辅相成的部分。

无可否认,伦理道德思想具有一定的号召力,帮助刘备奠定了正统地位、聚拢了不少文臣武将及百姓民心,逐渐建立了自己的势力。可以说,刘备的仁德形象/谋略相当有效,甚至帮助刘备建立了庞大的蜀汉集团。但仁德背后的具体内容和特质是什么?实质上,刘备之所以特别能够吸引人才,在于他能够满足各人(文武官员甚至百姓)的欲望,充分展现"遂己之欲,达人之情",满足其他人的欲望,为自己积攒了丰富的声名及人才,也渐渐迈向达成己欲之路。

如三让徐州一事,表面上由于碍于道德名声的关系,刘备无论如何也不肯接管徐州,以至许多学者都认为他惺惺作态、虚伪造作。相反,我们认为这才是刘备高明的应对方式:满足众人的欲望。在整个三让徐州的过程之中,除了陶谦再三承让、刘备再三辞让之外,更多的是大臣包括糜竺、陈登、孔融、关羽、张飞等,以至徐州老百姓,皆劝刘备接管徐州。当百姓声泪俱下哭求时,刘备才答应接管徐州。① 这起事件的重大意义在于:首先,刘备的做法表明,他是为了满足他人/群众的欲求才权领徐州的,即所谓徇众要求,并非他有私心占领的。其次,我们知道,刘备是极渴望有立足之地,与群雄争霸天下的。因此,我们可以说,刘备实际上是将自己的情欲融入众人之中,隐藏在众人的欲望背后,事事以众人/百姓为先。创业前期(从桃园结义至赤壁之战),刘备相当成功地积聚了不少人脉,建立了良好的名声。与此同时,他在满足众人的欲望时,也一步一步向自己的欲望推进。

后来在登位一事上,也表现出"达人之情"的行为。首先,众人上表劝刘备称帝,后者固辞;诸葛亮用计称病,刘备起初仍推辞,尔后则有意拖延,最后在众官的泣谏劝进之下才勉强接受。他说:"陷孤受万代骂名,皆卿等也!"这仿如在说:是诸位希望我称帝,而非我想称帝,将来如有恶名,也是你们害的。事实上,他是将自己的欲望掩藏在众官背后,并非没有称帝之心。最令人侧目的是,诸葛亮及众官听罢刘备之话的反应,《三国演义》这样写:

> 汉中王曰:"陷孤受万代骂名,皆卿等也!"孔明奋然而起曰:"大事就已,便可筑台。"即时送汉中王还宫。孔明便差博士许慈、谏议郎孟光掌礼,筑台于成都武担之南。大礼既毕,多官整仗銮驾,迎请汉中王登坛,致祭天地。②

---

① 罗贯中:《三国志通俗演义》卷三,第 115 页。原文为:"徐州百姓哭拜于地,曰:'使君若不领此郡,我等皆死于贼人奸党之手矣!'因此玄德领徐州牧。"
② 罗贯中:《三国志通俗演义》卷十六,第 775 页。

可见根本没有人理会刘备的顾虑,反而是马上极速筹备登基典礼。学界解读这段情节时,一般认为刘备十分虚伪;但并没有注意到,官员渴望刘备称帝的意愿亦十分强烈,甚至表现得比刘备更为焦急。他们的推动力才是至关重要的力量。刘备所做的,只不过是简单的"达人之情",并将自己的欲望融入其中。最终的效果是:"两川军民,无不忻跃。"[①]达到了刘备称帝而众官拥戴、民心归向的结果。

五、情欲与道德的冲突矛盾

互相冲突,所指的是两者纠结交缠,甚至是情欲压倒道德。在刘备实践/躬行伦理道德的过程之中,与情欲出现多次冲突矛盾。刘备矛盾的表现与挣扎,最根本的原因乃刘备的情欲本质在于:称帝成为天子与仁德伦理、兄弟私义与国家大义这两方面存在严重的冲突。

在这过程中,除了标榜皇族身份及复汉目标之外,刘备还躬行仁义,如对汉室忠、对兄弟义、对百姓仁等,建立了仁义之君的鲜明形象。然而,在某些关键时刻,为了达到目的,却舍弃了仁义,表现与其仁义形象十分不协调。

刘备尝试以皇族身份、复汉目标及仁义道德来建立名声及势力,如衣带诏、救孔融、三让徐州、携民渡江、辅助刘琦等;然而也在实践过程中出现了许多不协调的情况,甚至有损仁义形象的行为,如建言曹操诛杀吕布、借荆州久假不归、夺取刘璋领土等事件。尤其是在后期,如夷陵之战不顾国家大义、拒绝所有文臣武将的谏言等,更突显到了关键时刻,情欲压倒道德的决断所导致的灾难性后果。以下就报复心态、益州事件、夷陵之战及正统观等四个方面分析当中的冲突矛盾。

(一)报复心态

当曹操击败吕布,捆绑吕布于白门楼时,曹操曾经问及刘备如何处置吕布。

> 操回顾玄德曰:"吕布欲如何?"玄德答曰:"明公不见事丁建阳、董卓乎?"操领之。布目视玄德曰:"是儿最无信者!"操遂令牵布下楼缢之。布回首曰:"'大耳儿'!不记辕门射戟时?"[②]

刘备提及丁原、董卓被吕布所害的下场,暗劝曹操应该杀掉吕布。操从其言,缢死吕布。吕布在临终前,骂刘备乃"最无信者",并非无因。话说袁术曾经准备出兵攻打刘备,其时吕布充当调停者,于辕门射戟,阻止了袁术进军,因此可以说吕布曾经对刘备有恩。在这之前,吕布穷途末路之时,刘备也曾经收留过吕布;然而,吕布却曾借小故(张飞偷马),夺取了刘备的下邳城,因此也有负于刘备。

如以孔子所说"以直报怨"对待吕布,似乎无可厚非,但却报答不了吕布的恩情,因此刘备之劝杀,使之仁德形象也备受质疑。如果"以德报德"的话,如吕布对刘备所言:"公为坐

[①] 罗贯中:《三国志通俗演义》卷十六,第776页。
[②] 罗贯中:《三国志通俗演义》卷四,第195页。

上客,布为阶下虏,何不发一言而相宽乎?"①对刘备的仁德形象当然大有帮助。如此两难的抉择,刘备最后选择了劝杀吕布。究其原因,虽然刘备表面上为曹操着想,劝后者不要忘却丁原及董卓之事,我们认为实际上却是对吕布忘恩负义的一种报复。可以说,刘备对吕布已经忍无可忍,遇上这绝佳的机会,正好借刀杀人。或者有人会说,刘备乃出于忌才这样的考虑,害怕曹操加上吕布会变得天下无敌;或说刘备应该做个"顺水人情",留吕布于曹操身边,日后好做策反计划之类……无论如何,刘备的私欲考虑皆十分明显,如今的劝杀言论,我们认为凸显了刘备的报复心态,与所谓的仁德行为相违背。

(二) 益州事件

赤壁之战后,刘备阵营占据荆州,并开始盘算诸葛亮三分天下之计,谋划进军益州,以为安身立命之所。此时,碰巧张鲁入侵汉中,刘璋决定听从张松之议,迎刘备军入蜀,抵挡张鲁军。其时,黄权、王累、李恢等先后死谏刘璋勿招刘备入蜀,刘璋拒纳谏言。三人之言行为刘备入蜀一事带来极大的张力,并预示了刘璋的悲惨结局以及刘备的"真面目"。

刘备当然知道入蜀的目的为何,然而在入川之前,仍有一番矛盾的挣扎,十分能够表现出刘备纠结的情感。他对法正说:"备一身寄客,未尝不伤感而叹息。常思'鹪鹩尚存一枝,狡兔犹藏三穴',况吾人乎?且蜀中乃丰余之地,非不欲之,奈刘季玉同一宗室。"法正劝说:"益州天府之国,非治乱之主,不可居也。今刘季玉不能用贤立事,刚无勇,柔过弱,此业不久必属他人矣。今付与将军,此机会不可错失。岂不闻'逐兔先得'之语乎?将军欲之,某当效死。"刘备听罢说:"暂请少歇,尚容商议。"法正之言,实未能消除他的顾虑。②尔后,刘备与庞统的内部商议,才详细地剖白心迹,释除疑虑:

> 当日席散,孔明送法正归馆舍。玄德尚自沉吟间。庞统不退,笑而言曰:"事有不决,疑惑其心者,愚人也。主公仁智高明,何太疑耶?"玄德问曰:"以公之言,当复如何?"统曰:"荆州荒残,人物殚尽,东有孙权,北有曹操,难以得志。今益州户口百万,土广财富,以为可资大业,而王霸诚足成也。幸张松、法正以为内助,此天赐也,何必疑惑哉?某故笑之。"玄德曰:"今与吾水火相敌者,曹操也。操以急,吾以宽;操以暴,吾以仁;操以谲,吾以忠;每与操相反,事乃可成耳。今以小利而失信义于天下,吾为此不忍也。"后史官看到这里,作诗赞曰:"累劝收川意已深,谁知玄德尚沉吟。不因小利忘仁义,便是当年尧舜心。"庞统答曰:"主公之言虽合天理,奈离乱之时,用兵争强,固非一道也。若拘执于礼,寸步不行矣,宜从权变用之。且'兼弱攻昧',五伯之常;'逆取顺守',古人所贵。若事定之后,报之以义,封为大国,何负于信?今日不取,终被他人取耳。历代以来,多以权变得天下,用仁义以守之。主公熟思焉。"玄德拱手而谢曰:"金石之言,当铭肺腑。"③

综合刘备与法正、庞统的对话,可知刘备十分希望拥有立足之地,以资大业,然而他内

---

① 罗贯中:《三国志通俗演义》卷四,第195页。
② 罗贯中:《三国志通俗演义》卷十二,第578页。
③ 罗贯中:《三国志通俗演义》卷十二,第578—579页。

心十分纠结,不想因此被指责为夺取同宗基业而背负不仁不义之名。这是因为,刘备十分了解自己的性格特征:宽和仁厚,并以此在四海之内建立了仁义名声;具体而言,即有许多文臣武将皆因仁义而慕名跟随他,如果他做了某些事而被视为不仁不义之人,恐怕众人会离弃他,更甚者或会断绝了贤士来投之路,后果不堪设想,因此他十分纠结。庞统给他的意见乃审时度势,"宜从权变",并举五伯(霸及)古先贤为例,说明逆取顺守的道理;然后是"逆取"后的补偿:"报之以义,封为大国"。刘备表示恍然大悟。

在稍后正式攻打益州时,刘备曾经以武王伐纣,前歌后舞,乃仁者之兵自居。① 结合此处所述,我们不妨将上文"五伯之常""古人所贵"中的"古人"理解为武王伐纣之同类事件。② 可见刘备、庞统君臣二人都在为夺取西川寻找正当的理由。

然而,庞统的理据其实是站不住脚的。春秋五霸提出"尊王攘夷"的主张,而武王伐纣的革命对象是历史公认的暴君商纣,而刘备所"革"的对象刘璋并没有什么劣迹的管治;虽然法正斥责刘璋"不用贤",但在之前及往后的情节发展中,却贤才辈出(包括张松、法正本身便是贤才,还有许多刘备主政西川后起用的大量人才),也是同样站不住脚的。刘备显然没有认真地理性思考,而是不加思索地接受了庞统的意见。他的"恍然大悟",除了忽然觉悟己军乃正义之师,亦忽然想通"逆取"西川后,可以如何补偿予刘璋。这种良好的自我感觉,正是仁德有亏的最佳注脚,也是令刘备宽心而继续实行逆取计划的重要措施。作者借这种喜形于色与补偿心理,表现出刘备的情欲开始压倒道德的本质行为。

益州事件,刘备明显是在尝试夺取同宗的领土。随着事态的发展,他们君臣之间的对话也愈来愈直接。刘备曾借故向庞统发怒,庞统则说:"主公只以仁义为重,今其意如何?"③ 刘备并不否认,更问庞统有何计策夺取益州。翻脸之快,令人咋舌。在斩杀杨怀、高沛二将后,君臣宴饮。作者更如此描写:

> 次日劳军,设宴于涪城公厅。玄德带酒,顾庞统曰:"今日之会,可为乐乎?"庞统曰:"伐人之国而以为乐,非仁者之兵也。"玄德大怒曰:"吾闻昔日武王伐纣,前歌后舞,此亦非仁者之兵欤? 吾视汝言,不合道理,可速退!"庞统闻之,全无惧色,大笑而起。左右亦扶玄德入堂。睡至四更酒醒,左右以逐庞统之言告于玄德。玄德懊悔无及,急穿衣升堂,请庞统曰:"昨因酒醉,有触于公,幸勿挂怀。"庞统谈笑自若。玄德曰:"昨日之言,惟吾有失!"庞统曰:"君臣俱失,何独主公乎?"玄德大笑,共乐如初。④

作者再一次借庞统醉言,暗示刘备在益州之事上早已偏离了仁德之道,并赤裸裸地说:"伐人之国而以为乐,非仁者之兵也。"刘备却佯装怒斥,并引古帝王之例反驳庞统,自比于武王伐纣,作乐象功,以正义之师自居。庞统非但没有生气,反而"大笑而起"。君臣二人俱

---

① 罗贯中:《三国志通俗演义》卷十三,第596页。
② 事实上,毛宗岗也注意到这里的描述不能呼应后文,因此直接改为:"且兼弱攻昧,逆取顺守,汤武之道也。"提到历史上为儒家所称道的"汤武革命"。见罗贯中原著,毛崇岗评点:《毛批三国演义》第六十回,第450页。
③ 罗贯中:《三国志通俗演义》卷十三,第594页。
④ 罗贯中:《三国志通俗演义》卷十三,第596页。

喜不自胜,真情流露,最后"玄德大笑,共乐如初"。在乐趣无穷的同时,也已将仁义道德完全压倒于争夺势力之下。至此,刘备身上以往展现的伦理道德受到极大的颠覆。

关于刘备夺取益州之事,我们应该探究的问题其实并不是仁义之道是否适用于乱世,是否为刘备的形象带来矛盾冲突。而是应该转为探究一个深层次的问题:刘备为什么甘愿冒形象受损的风险,即使违反伦理道德,也一定要夺取益州之地?根本原因在于:如果他想"遂己之欲",达成称帝之欲,就必须建立自己的势力范围。益州,已是刘备的最后机会;如果他再错过,恐怕终生也不能达成他的志向了。最终,在欲望与道德的冲突之下,他选择了遂己之欲。

(三)夷陵之战

公元219年,关羽兵败于麦城,被吴国将领马忠所擒,宁死不降,最后被孙权下令斩杀。

刘备确定噩耗后,伤心欲绝,"一日哭绝三五次,众官劝解,玄德三日不进水食,但痛哭而已,泪湿衣襟,斑斑成血"①。并誓言要提兵问罪于东吴,为关羽报仇雪恨。刘备对结义兄弟可谓情深义重。惟结义本属二人私事(再加上张飞,也不过是三人之事),然而由于刘备乃一国之君的关系,许多决策无可避免地涉及国家大事,以致兄弟之义与国家之义发生严重的矛盾冲突。

首先,有关出兵理由,乃为关羽报仇雪恨,已非真正的仁义之师,纯粹为报私仇。其次,刘备完全不听文臣武将的劝谏,坚持出兵伐吴,竟与一昏君无异。再次,倾尽全国之兵,置老百姓及国家安危于不顾。最后,完全忘却国家大义较之个人私义更为重要,因私忘公,为贤臣良将所不能认同。从赵云、秦宓及诸葛亮等的多次劝谏,可知此时此刻的刘备是多么的非理性、多么的意气用事:

> 却说先主欲起兵东征,赵云谏曰:"国贼曹操非比孙权也,宜先灭其魏,则吴自服矣。今曹丕谋篡汉帝,神人共怒。陛下可早图关中,屯兵渭河上流,以讨凶逆;关东义士必裹粮策马,以迎王师也。若舍魏而伐吴,兵势一交,岂能解焉?愿陛下察之。"先主曰:"孙权害了朕弟,又兼糜芳、傅士仁、潘璋、马忠皆有切齿之仇,恨欲食其肉而灭其族,方雪朕之愿也!卿何阻耶?"云又曰:"天下者,重也;冤仇者,轻也。乞陛下详之。"先主答曰:"朕不与弟报仇,虽有万里江山,何足为贵?朕意已决,卿勿复言。"遂不听赵云之谏,即发使往五溪蛮夷,各借番兵五万,共相策应;一面差使往阆中,迁张飞为车骑将军,领司隶校尉,封西乡侯,兼阆州牧。使命拜辞,赍诏而去。②

> 次日,先主整兵要行,学士秦宓出班奏曰:"陛下此行固为关公报仇,臣窃惟不可。陛下舍万乘之躯而成小义,古人所不取也。且关公轻贤傲士,刚而自矜,以致丧命,非天亡之也。愿陛下思之。"先主怒曰:"关公与朕犹一体也。大义尚在,岂可忘耶?"宓伏地不起曰:"陛下不从,必有大败。但可惜新创之业,又属他人矣!"先主大怒,曰:"朕欲兴兵,你出此不利之言!"叱武士推出斩之。宓面不改色,回顾先主而笑曰:"臣死无恨,免见川民之涂炭也!"文武官僚皆出奏曰:"宓乃良臣,愿圣上仁慈。"先主曰:"暂且囚

---

① 罗贯中:《三国志通俗演义》卷十六,第748页。
② 罗贯中:《三国志通俗演义》卷十七,第777页。

下,待朕报仇回时斩之。"却说孔明闻知,即上表谏之,以救秦宓。……先主看毕,掷表于地曰:"朕意已决,再谏者插剑为令!"①

赵云、秦宓、诸葛亮等先后申之以国家大义,劝刘备以天下为重,勿惦记私人小义。然而,刘备却勃然大怒、咬牙切齿地做出回应,并一锤定音出兵吴国,甚至将诤臣秦宓打入天牢。这样的刘备还是头一遭得见,相信不仅令众大臣,甚至是读者也感到十分陌生。以往的刘备总是能够"遂己之欲,达人之情",如今则只能够"遂己之欲",却无法"达人之情"。

刘备从原来一直最为重视的国家大义转向兄弟之义,情欲世界变化之大,实在难以捉摸、复杂多变。关羽之死固然是重要的转折点,然而埋藏在刘备骨子里的"义",却是更重要、更深层次的。这是怎样的一种"义"?借用牟宗三在《水浒世界》一文中对《水浒传》之"义"的定义,似乎也适用于刘备此时的举措,他说:

> 义是他们生命的着落点,只是没有经过理性的自觉而建立,所以不是随着孔子之路而来的。此只可说是原始的,气质的,所以只是一个健实的妩媚的汉子。他们的生命随时可以结束:完了就完了,并没有什么可躲闪回避的。飘忽而来,飘忽而去。但是来也必须来得妩媚,去也须去得妩媚:所以是个汉子。②

"原始的、气质的义",就是刘备在此时的强烈表现。刘备的情欲大爆发,表现得近乎失控,的确是属于一种原始的、气质的义,并非经过理性的自觉而建立的,非理性的情绪反应完全占据了他,导致往后一连串灾难性的决定出现,以致仁君形象似乎也毁于一旦。

当然,从另一方面看,则反映出刘备十分重视兄弟之情,完全将之凌驾于国家之上,最终选择了冒天下之大不韪而发兵攻打吴国,埋下了夷陵之战大败的伏线,却也赢得了桃园结义、义薄云天的美名。我们认为这正是罗贯中突破传统的价值观念,肯定情欲本质的书写创造。

至于说蜀汉最终的失败,其实并非刘备仁义策略的失败,最致命的原因是刘备发动夷陵之战,几乎耗尽全国兵力而势力毫无寸进,甚至带来亡国危机,个中的根本原因,也跟刘备的情欲密切相关。

(四) 正统观

所谓正统,皇甫湜曰:"王者受命于天,作主于人,必大一统,明所授,所以正天下之位,一天下之心。"③欧阳修曰:"正者,所以正天下之不正也;统者,所以合天下之不一也。由不正与不一,然后正统之论作。"④三国之前,无论是西汉还是东汉的大一统政权,其正统性均毋庸置疑。而有关三国时期正统的问题,后世史书颇为分歧,时而曹魏,时而刘蜀,未有统一的说法;民间则完全一致,皆以刘蜀为正统。学界普遍认为《三国演义》受民间的正统观

---

① 罗贯中:《三国志通俗演义》卷十七,第779页。
② 牟宗三:《水浒世界》,《书城》1998年第4期。
③ 引自饶宗颐《国史上之正统论》,新文丰出版股份有限公司2003年版,第112页。
④ 引自饶宗颐《国史上之正统论》,第121页。

念影响甚深,以致拥刘反曹的倾向甚为明显,从而证明罗贯中乃以刘蜀政权为正统,并寄托了仁政、仁君、贤相等政治理想。

刘备之于正统论,我们认为可以从两方面加以探讨:一是匡扶汉室的决心;二是接续正统的资格。先说第二点。《三国演义》从一开始便明确表明刘备乃中山靖王之后裔,拥有皇族血统。其后,刘备在觐见献帝时,经过宗正细查族谱后,确定了其皇叔身份。献帝也心中窃喜,以为可以对抗曹操弄权:

> 帝排世谱,乃帝之皇叔也。帝亦下泪,请入偏殿,却叙叔侄之礼。帝暗思:"曹操弄权,国务大事,分毫不由朕主。今得此英雄之叔,皇天指路矣。"帝设宴待之,令曹操议定官职。操拜玄德左将军之职,封宜城亭侯。玄德拜谢,恩毕出朝。自此皆称为刘皇叔。①

由皇帝亲自钦定的皇叔身份,连曹操这个握有实权的权臣也不得不承认刘备的身份。②因此,刘备在接续汉室正统的资格上,与刘焉、刘璋及刘表一样,应该说是十分明确的。

问题出于第一点,即刘备拥护汉室的决心到底有多坚持?当初,刘备曾在献帝的血书密带诏上签署,参与推翻曹操的秘密联盟。是次行动九死一生,十分凶险,但是刘备也义无反顾参与其中,证明了他拥护汉室的决心及勇气。③ 然而,从刘备后来对曹丕篡汉事件的反应及行动来看,他已经失去当初衣带诏的坚持,更多的考虑是直接继承大统,登基成为新的"汉"皇帝,与当初匡扶汉室的承诺,似乎互相矛盾。以下尝试分析这起事件。

公元220年,曹丕篡汉,献帝被逼禅让,贬为山阳公。消息很快传到了成都:"早有人到了成都,说曹丕废了汉帝,自立为大魏皇帝,于洛阳盖造宫殿,调练人马。"刘备更痛哭流涕一番,君臣直接相信了传言,认定献帝已死,并为献帝追谥:"汉中王闻知大惊,水食少进,每日痛哭,令百官挂孝,遥望许昌哭而祭之,谥曰'孝愍皇帝'。玄德因此忧虑,致染成疾,不能理事,政务皆托与孔明。"④君臣二人皆没有打算查明传言属实与否。⑤ 更甚者,听信献帝遇

---

① 罗贯中:《三国志通俗演义》卷四,第198页。
② 罗贯中:《三国志通俗演义》卷四,第198页。原文为:"操回府,荀彧等一班儿谋士入见操曰:'今天子认刘备为皇叔,恐无益于主公乎。'操答曰:'玄德与吾结为昆仲,安肯外向耶?'刘晔曰:'吾观玄德世之杰士,非池中之物也。'操曰:'好亦交三十年,恶亦交三十年。好恶吾自有主意。'于是操与玄德出则同舆,坐则同席,美食相分,恩若兄弟。"
③ 罗贯中:《三国志通俗演义》卷五,第205—206页。原文为:"于是取衣带诏令观之,玄德不胜悲愤。又将义状出示,上止有六位:一,车骑将军董承;二,长水校尉种辑;三,昭信将军吴子兰;四,工部侍郎王子服;五,议郎吴硕;六,西凉太守马腾。玄德曰:'既公有匡扶社稷之心,备岂不效犬马之力。'承顿首拜谢。玄德曰:'既奉明诏,万死不辞。'承曰:'请书大名。'玄德亦书'左将军刘备',押了字,付承收了。承曰:'尚容再请三人,共聚"十义",以图国贼。'玄德曰:'切宜缓缓施谋,且行事不可轻泄。'共议到五更,承相别去了。"
④ 罗贯中:《三国志通俗演义》卷十六,第773页。
⑤ 真实与传闻,当时人似乎都是选择性地接受的,如对待关羽死讯,诸葛亮劝刘备勿轻信传言。当关羽死讯传至蜀国,诸葛亮、许靖奏告刘备时,认为传闻未必是真,着刘备不要轻信:"适来所言,皆虚疑之事耳,未足深信。愿王上宽怀,勿生远虑。"见罗贯中《三国志通俗演义》卷十六,第747页。与刘备、诸葛亮选择相信献帝已死的传言,竟有天渊之别。

难后,却不发丧讨伐曹丕,反是先称帝,后举兵伐吴,先让自己接续正统,后为关羽报仇,却完全没有打算为献帝讨伐曹魏——哪怕是故作姿态地调兵遣将,纯粹给予了一个"孝愍皇帝"的谥号。不得不令人质疑,刘备到底对汉室还有几分忠心?是否真心想匡扶汉室?作者巧妙地借东吴使臣诸葛瑾之言,迂回地带出了这种质疑:

> 先主问曰:"子瑜远来,必有事故也?"瑾曰:"臣弟久事陛下,臣故托弟不避斧钺之诛,特来奏荆州之事也。近者关公居于江北,吴侯数次求亲不得。更兼吕蒙与关公不睦,累被关公辱骂吴侯,因此积怨,一也。后关公取襄阳,曹操再三以天子为由,遣使吴侯,命将令袭荆州,吴侯深不肯许。吕蒙蒙眬启于吴侯,却擅自兴兵,误成大事。吴侯因吕蒙仇害关公,悔之不及,此乃吕蒙之过,非吴侯之事也。今吕蒙已死,冤仇已息。孙夫人久慕陛下,恨不能见面。今吴侯令臣为使,愿交割荆州,仍还其降将,送归夫人,永结盟好,共灭曹丕,以正篡逆之罪,未审圣意若何?"先主怒曰:"彼害了关公,是废朕之股肱也,今日敢以巧言令色来说乎!"瑾曰:"臣请以轻重大小之事,与陛下论之。陛下乃汉朝皇叔,今汉帝已被曹丕篡逆,却不报之,而为异姓之亲,自率大军,涉山川之险,来决雌雄,是舍大义而就小义也。中原乃海内之地,两都皆大汉创业之方,陛下不取,而但争荆州,是弃重而取轻也。天下皆知陛下即位,必兴汉室,恢复山河,今却为一将之忿,而屈万乘之君,是失其较量也。陛下察之。"先主大怒曰:"杀吾弟之仇,不共天地同日月也!若要朕罢兵,除死而休!不看丞相之分,先斩汝首!今且容忍放回汝去,与孙权说知:洗颈就戮!朕削平江南,方雪万分之一也!"诸葛瑾见先主不可说,自回江南。①

相信理性的读者看罢《三国演义》,都会认为蜀汉失去荆州,主要原因乃关羽刚愎自用、骄傲自满以及不善外交所致。诸葛瑾所言,虽非句句属实,然亦情理兼备,更能低声下气,希望以大局为重,以孙刘联盟、以正篡逆之罪为大前提,与刘蜀重归旧好。诸葛瑾并没有质疑刘备为汉室皇叔的身份以及称帝的合法性,而是质疑他不分轻重大小之事的行径,与我们所论相同:刘备到底是否仍在拥护汉室?蜀吴两国的共同敌人乃曹魏,刘备更是汉朝皇叔,而"今汉帝已被曹丕篡逆,却不报之,而为异姓之亲,自率大军,涉山川之险,来决雌雄,是舍大义而就小义也",在情在理都是说不过去的。刘备的响应除了重申对结义兄弟的重视之外,却对诸葛瑾的指斥未能答上半句话,只是一直在回避问题以及坚持出兵的决心。

如果以正统论,刘备的身份并不需要质疑,然而匡扶汉室的目标却每况愈下,不能维持。刘备得到曹丕篡汉的传闻后,无论献帝在世与否,其实也不应该称帝,而是必须立即兴兵勤王,以示对汉室的支持。可惜,他和群臣的选择是继承汉室大统。刘备所做的,显然违反了维护正统的目标,建立了一个具道德争议的"后续正统"。这点连刘备自己也十分纠结,并表示强烈反对,因此也不愿登上帝位;后来在诸葛亮及大臣多次劝谏、用计下,才"继承大统",对"汉室"国家大义显然已抛诸脑后。无论刘备是真心还是假意推辞,最终他还是称了帝。因此我们实不能说,小说表达了所谓维护正统的主题。更明显的是,表达了刘备

---

① 罗贯中:《三国志通俗演义》卷十七,第786—787页。

称帝的野心以及满足了群臣的欲望。

刘备是否真的不能躬行仁义，做一位具有皇室血统的真正仁者？孔子曰："我欲仁，斯仁至矣。"又云："为仁由己，而由人乎哉？"只要你想"行仁"，就能做到，刘备也一样。例如，当时天下尚有那么多皇室宗亲，刘备大可选择辅助，如刘岱、刘表、刘璋等皆同姓宗亲，甚至也可选择如荀彧般，留守许都，守护汉帝，一旦不幸事与愿违，即以死殉汉。因此，即使是乱世，也可以躬行仁义，只看当事人如何选择而已。显然，刘备既没有殉国的念头，也没有辅助同宗的想法，更甚的是违反仁义，夺取了同宗的领土，并不是一位真正的仁者。各个问题看似各不相干，实质上，根源都出于"情欲"二字。

六、结　语

作者借着书写刘备的形象性格，探讨伦理道德与情欲之关系。从伦理道德与情欲之间的相辅相成到矛盾冲突，作者质疑、颠覆了传统的价值观念，并极大程度地抒发和表现了情欲的张扬。

伦理道德与情欲之间相辅相成，而又互有矛盾冲突。在创业奋斗的过程中——特别是前期，刘备以伦理道德为号召，情欲满足为实质；在追求满足自己欲望的同时，也极大程度地满足其他的需求/欲望，使他的集团组织发展越来越庞大，人才也越来越多。而他个人的情欲都似乎隐没在众人背后，事事以众人/百姓的利益为先，甚至给人一种别无所求、只为百姓谋利的态度。表面上推崇仁义，内里仍是以满足情欲为实。

到了创业后期，益州事件成为伦理道德与情欲书写的转折点。刘备与庞统的几次对话，让我们了解到，刘备内心的矛盾冲突是十分激烈的。到了后来，从刘备的内心交战到豁然释怀及得意失言，显示出刘备的情欲已开始压倒道德：为了满足欲望，除了仁义的形象之外，更需要透过其他方式（军事力量、政治手段等）得到。这不再是禁忌，可以宣之于口。再往后发展，夷陵之战所突显的，正是情欲凌驾于伦理道德之上。

这些冲突矛盾的出现，不禁令人思索刘备所表现出来的，到底是否属于传统意义上所论述的正统、仁义？我们认为作者并非纯粹借刘备的形象反映传统意义上的正统、仁义，而是重新思考、探索并建构了一些价值观念。简而言之，《三国演义》透过叙述及探讨刘备的帝王之志、兄弟之情相对于正统观、伦理道德，显示出作者并非完全接受这些传统的价值观念，突显了有别于传统的价值观念。帝王之志令人质疑刘备维护汉室正统的真正决心；兄弟之情则表达出兄弟之义较之仁德之道、国家大义更为重要，颠覆了传统的价值观念，重新建构了伦理道德的典范。

从这个意义来说，《三国演义》所欲表达及探讨的情欲意识，显然较明代中期提倡思想解放的阳明心学更早出现。至少在明代前期——甚至更早的元代后期，已经有这些情欲意识的抒发。因此，我们认为《三国演义》突破了时代思想文化的藩篱，比后者走在更前的位置上，由此亦证明了文学思想与学术思想的发展并不一定是同步进行的。

《牡丹亭》与汤显祖的"戏教"思想

黄若舜*

摘　要：根据汤显祖思想渊源所示，《牡丹亭》一剧内含了他的"戏教"思想，以及从心学角度对"克己复礼"这一道学命题的理解。考察《牡丹亭》的内在观念，可体认汤显祖以戏剧作为耕种"人情之田"之"礼器"的社会教化观。他意图以杜丽娘读《诗》致病与医病的情节，反思儒家经典作为士子"精神救药"的意义；丽娘回生的剧情则是关于"克己复礼"的隐喻。

关键词：牡丹亭；戏教；经典观；克己复礼

汤显祖《滕王阁看王有信演牡丹亭》诗云："韵若笙箫气若丝，牡丹魂梦去来时。河移客散江波起，不解销魂不遣知。"①在融和骀荡的春光里，佳人杜丽娘因"《毛诗》感动"逡巡入园，眼见"姹紫嫣红"都付予"断井颓垣"而兴起幽情，竟至于一梦香杳，古今痴情男女无不为之"黯然销魂"。时至今日，《牡丹亭》早已成为公认的中国文学经典，可正如汤氏诗中"不解销魂"的叹息所暗示的，这部儿女沾巾的才子佳人剧并不容易理解，当中还怀藏着其个人思想、情感的世界。汤显祖思想驳杂，这点早已为前贤所指出，在此基础上探索《牡丹亭》文本背后的意蕴也有难度。但如果梳理该剧的观念与剧情架构，会发现其创作理念实承自王守仁、罗汝芳一脉的心学思想。②《牡丹亭》所标举的"至情论"隐含了汤氏以戏剧作为耕种"人情之田"之"礼器"的平民教化理想；丽娘读《诗经》致病与医病的剧情设计，则隐喻汤氏以"心学化"之后的儒家经典作为士子"精神救药"的经典观；而丽娘回生的情节，实际上展现了他对"克己复礼"命题的独特解悟。综括而言，该剧并非一味"抒情"之作，反而意在融通"人情之大窦"与"名教之至乐"，最终实现"克己复礼，天下归仁"的人文理想，其中内含复杂的儒家教化意图。

一、"至情"论与"戏教"观：《牡丹亭》的思想基础

研究汤显祖，多少会面临一种"分裂感"。从戏剧的角度出发，汤显祖创作以《牡丹亭》

---

* 作者简介：黄若舜，南京大学文学院特任助理研究员，主要研究方向为古代文论、诗学、文章学。
① 钱南扬、徐朔方笺校：《汤显祖集》，上海人民出版社 1973 年版，第 780 页。
② 参见戴琏璋：《汤显祖与罗汝芳》，台湾《中国文哲研究通讯》第 16 卷第 4 期；左东岭：《阳明心学与汤显祖的言情说》，见《明代心学与诗学》，学苑出版社 2002 年版；刘东颖：《论杜丽娘习〈诗〉的反理学意义》，《文艺研究》2006 年第 11 期。

为代表的"临川四梦"可谓"因情成梦,因梦成戏","四梦"中展现出的强大情感力量在当时颇显异端色彩。而考察汤氏的生平与文章却面目迥异:他"意气慷慨,少有志天下事",即使"一发不中,穷老蹭蹬"①,亦自云"天下忘吾属易,吾属忘天下难也"②。蒋士铨观临川一生大节,以"忠孝完人"③称誉之,这是符合事实的。更为重要的是,他遍参三教诸学,而北面泰州后学近溪先生罗汝芳,是一位终生不能忘情于"性命之微"与"圣贤事业"的心学之儒,其讲学徐闻之时,学官子弟争相承学,"义仍为之抉理谈修,开发款启(肯綮),日津津不厌"④。如此看来,痴缠于情、梦的汤显祖与忠孝完人、心学之儒汤显祖似乎很难联系到一起。

然而,这种分裂感显然只是错觉,真正的儒者从来都是深情的,汤显祖正是一位深情的儒者。细读代表其戏剧观的纲领性文献《宜黄县戏神清源师庙记》,一个托"戏"为"教"的儒者形象跃然纸上。文中高标戏剧"生天生地生鬼生神,极人物之万途,攒古今之千变"的魔力,认为戏剧的价值正在于以"情"来感发各式各样的平民观者,最终则是欲"合君臣之节"、"浃父子之恩"、"增长幼之睦"、"动夫妇之欢",通过戏剧的强大感染力实现和谐仁爱的社会理想,即"以人情之大窦,为名教之至乐"⑤。汤氏的这一"戏教"意图前人即已表出,朱廷海论云:"惟《清源戏神》一记,实抉'二梦'之原,因世不可与庄语也。托之戏以转移风俗,维持道术,直令死者活而醉者醒,非特为沉湎之资,谐浪之藉而已,可以兴观群怨,迩之事父,远之事君,故曰:观于君子之言,而五经之教可知也。"⑥在朱氏看来,临川"情"、"戏"异端正指引着事父事君的人伦正道,这种见解与《庙记》中的论述不谋而合。"抉'二梦'之原"当指《南柯》、《邯郸》二梦,但同样的道理推之于《牡丹亭》也理当成立。如果《牡丹亭》只是一部流连于抒情的作品而不带任何教化的意图,那汤显祖的戏剧观和创作就会完全脱节,这几乎不可想象。

由此我们也开启了认识《牡丹亭》的新视角,但要理清隐藏在剧情背后的观念基础仍有困难。全剧的思想基础无疑是《题词》中的一段"至情"论,但这段话显得难以理解。为何所谓的"至情"必须让人生而能死,死而复生?情与汤显祖的"戏教"思想有何具体联系?从戏剧角度看来,杜丽娘以其至情出生入死,究竟内蕴了汤氏怎样的哲思?

二、耕田之喻:"情"、"戏"与汤显祖贵生思想的关系

要回答以上问题,须综合考察汤显祖的思想体系。其实《牡丹亭》至情论非但无悖于《庙记》中的戏教思想,且汤显祖恰视"情"为戏剧发挥兴感教化功能的基础,而这种认识当建立在其带有浓厚心学色彩的"贵生"思想之上。用汤氏借《礼记·礼运》所设的"耕田"之

---

① 钱谦益:《列朝诗集小传》丁集中《汤遂昌显祖》,上海古籍出版社1983年版,第563页。
② 《答牛春宇中丞》,见钱南扬、徐朔方笺校:《汤显祖集》,上海人民出版社1973年版,第1393页。
③ 蒋士铨:《临川梦自序》,见周妙中点校《蒋士铨戏曲集》,中华书局1993年版,第209页。
④ 刘应秋:《贵生书院记》,《刘大司成集》卷四,引见徐朔方《汤显祖年谱》"万历二十三年乙未",《徐朔方集》第4卷《晚明曲家年谱》,浙江古籍出版社1993年版,第354页。
⑤ 《宜黄县戏神清源师庙记》,见钱南扬、徐朔方笺校:《汤显祖集》,上海人民出版社1973年版,第1127—1128页。
⑥ 朱廷海:《玉茗堂尺牍序》,见毛效同《汤显祖研究资料汇编》,上海古籍出版社1986年版,第359页。

喻来说，人情犹如一方田地，象征着天理自然的"生机"；而要把田种好，则有赖于"戏剧"这一耕种"人情之田"的"礼器"。戏剧的意义正在于培养观者自然之情的生长发用，最终实现"致良知"的广大教化理想。质言之，汤显祖的"戏教"说与冯梦龙以"情"为化生万物之力的"情教"说，本质上并无太大区别，他们的"情"实际上都是指道德情感，目的在于以真情感发的方式重建儒家的名教伦理及道德价值，只不过前者特别凸显了"戏"为"礼器"的作用而已。① 可以说《牡丹亭》正是玉茗堂恢弘其教化理想的一次重要尝试，他以戏剧的方式生动地展现了自然人情生长发用的过程。

在《汤显祖集》中，一组与《牡丹》、《南柯》、《邯郸》三梦写作时间颇为接近的"田记"之文不常受人关注，这组文章对于理解汤显祖的哲思而言尤为重要，其中共同提及了一个"人情之田"的譬喻。② 如《南昌学田记》中汤显祖以田作比讲论心性之学，勉勖士子美学，无令学田荒废，最后总结云："是故圣王治天下之情以为田，礼为之耜，而义为之种。然非讲学，亦无以耨也。于是乎获而合于仁，安之乐，至于食之肥，而天下大顺。"③ 类似如《临川县新置学田记》中借知县刘孕昌之口说道："法王以众生为田，吾圣王亦以人情为田。"④ 此喻典出《礼记·礼运》：

> 故人情者，圣王之田也。修礼以耕之，陈义以种之，讲学以耨之……故治国不以礼，犹无耜而耕也；为礼不本于义，犹耕而弗种也；为义而不讲之以学，犹种而弗耨也；讲之于学而不合之以仁，犹耨而弗获也……⑤

通观汤显祖"情"、"戏"诸论，不难发现《礼运》篇对其思想体系的意义，如《庙记》中"以人情之大窦，为名教之至乐"一句，亦本自《礼运》"所以达天道，顺人情之大窦也"。在《礼运》篇中，"人情之田"象征着弗学而能、天然生长的人类本能。关于这点，汤显祖的老师罗汝芳亦有类似的看法。《明儒学案》评近溪云："先生之学，以赤子良心、不学不虑为的。"⑥ "不学不虑"的"良知良能"取义孟子，可见汤显祖之"情"与乃师所倡"良知良能"都强调人的本源和自发。

近溪论"情"，同样以"田"作喻。面对后学追问不虑不学之意，他接引到："是非不虑而知也耶！子何谓赤子之心不在，而与圣人不同体乎？……今日为学，第一要得种子，《礼》谓：人情者，圣王之田也，必仁以种之。孔门教人求仁，正谓此真种子也。"⑦ 可见以人情为

---

① 冯梦龙《情偈》指出："天地若无情，不生一切物。一切物无情，不能环相生。生生而不灭，由情不灭故。四大皆幻设，惟情不虚假。有情疏者亲，无情亲者疏。无情与有情，相去不可量。我欲立情教，教诲诸众生。子有情于父，臣有情于君。推之种种相，俱作如是观。"这种将自然人情作为化生万物之力，进而推导出名教伦理的"情教"论，与汤显祖以人情象征"生机"，"以人情之大窦，为名教之至乐"的看法是一致的。
② 按：据徐朔方考证这些文章的写作时间大致为：《南昌学田记》（1599—1605）、《临川县新置学田记》（1599—1605）、《续天妃田记》（1586）、《临川县古永安复寺田记》（1593）。
③ 《南昌学田记》，见钱南扬、徐朔方笺校：《汤显祖集》，上海人民出版社1973年版，第1117页。
④ 《临川县新置学田记》，见钱南扬、徐朔方笺校：《汤显祖集》，上海人民出版社1973年版，第1119页。
⑤ 郑玄注，孔颖达疏：《礼记正义》卷二十二，北京大学出版社1999年版，第709—711页。
⑥ 黄宗羲：《黄宗羲全集》第八册《明儒学案》下册卷三十四"泰州学案"，浙江古籍出版社1992年版，第3页。
⑦ 罗汝芳：《近溪子集》卷数，见《罗汝芳集》，凤凰出版社2007年版，第212页。

田,在此基础上播撒仁义的善种正出于心学对儒家经典的阐发。近溪从"寻常人情"发悟致良知的办法,汤显祖"人情之田"的认识即承此而来。进而言之,这种人情自然生长的"赤子"状态,又植根于所谓"生生"之旨。《传习录》云:

> 先生一日出游禹穴,顾田间禾曰:"能几何时,又如此长了。"范兆期在傍曰:"此只是有根。学问能自植根,亦不患无长。"先生曰:"人孰无根?良知即是天植灵根,自生生不息;但着了私累,把此根戕贼蔽塞,不得发生耳。"①

与汤显祖"圣王之田"的说法类似,在阳明这里"田"作为"生"的隐喻被提出,天之大德曰生,倘若说不学不虑的良知是"天植灵根",那这颗"仁种"必须在自然人情的"圣王之田"里成长。汤显祖的"贵生"之论正是在此义上发挥师说,其《贵生书院说》以"天地之性人为贵,人反自贱者何也"②开宗明义,以《周易》"观"卦作解,发明"大人之学,起于知生,知生则知自贵,又知天下之生皆当贵重"之旨,便是试图激发人情与良知的生机。据此,再回看汤氏《庙记》中的文字:

> 人生而有情。思欢怒愁,感于幽微,流乎啸歌,形诸动摇……奇哉清源师,演古先神圣八能千唱之节,而为此道……生天生地生鬼生神,极人物之万途,攒古今之千变。一勾栏之上,几色目之中,无不纤徐焕眩,顿挫徘徊。恍然如见千秋之人,发梦中之事。③

"生天生地"之说固源出老庄,却也是心学里重要的话头。阳明云:"良知是造化的精灵,这些精灵,生天生地,成鬼成帝,皆从此出,真是与物无对。人若复得他完完全全,无少亏欠,自不觉手舞足蹈,不知天地间更有何乐可代。"④近溪则云:"夫大哉乾元!生天生地,生人生物,浑融透彻,只是一团生理。"⑤心学里的"良知"和汤显祖所描述的"戏神"清源师其实非常相似,都是激发自然生机的造化精灵,人情便在此天然本真状态下率性而发。而"戏剧"正是汤显祖知生体仁,以耕种"人情之田"的"礼器",是他为达致"名教之至乐"所施展的"礼乐工夫"。⑥ 阳明曾论戏剧的礼乐风化之用,认为今日的戏剧与古礼乐意思相近,《韶》、《武》之乐都是古圣的戏本,"圣人一生实事,具播在乐中",今日的戏曲应绝去淫俗,"只取忠臣孝子故事,使愚俗百姓人人易晓,无意中感激他良知起来,却于风化有益"⑦。

---

① 吴光、钱明、董平等编校:《王阳明全集》,浙江古籍出版社2010年版,第111页。
② 钱南扬、徐朔方笺校:《汤显祖集》,上海人民出版社1973年版,第1163页。
③ 《宜黄县戏神清源师庙记》,见钱南扬、徐朔方笺校:《汤显祖集》,上海人民出版社1973年版,第1127页。
④ 吴光、钱明、董平等编校:《王阳明全集》,浙江古籍出版社2010年版,第115页。
⑤ 罗汝芳:《近溪子集》卷礼,见《罗汝芳集》,凤凰出版社2007年版,第28页。
⑥ 按:戴琏璋《汤显祖与罗汝芳》认为:"汤氏的回应更值得注意:他晚年坦承自己'为情作使,劬于伎剧',原来这在他心目中正是一种讲学方式,通过剧场演述人情,与高坐讲坛谈论天性,其实并无二致。"笔者赞同此论,见第256—257页。
⑦ 吴光、钱明、董平等编校:《王阳明全集》,浙江古籍出版社2010年版,第124页。

戏剧和"礼乐"相似,其并不遏阻生机,而是用一种感性的方式令人自然兴起,身心"趋向鼓舞,中心喜悦……譬之时雨春风,沾被卉木,莫不萌动发越,自然日长月化"①,故而具备教化功能。基于此便不难理解汤显祖在戏中时时流露的风教情怀,他本就欲以"礼乐"(戏剧)兴起观者。《牡丹亭·劝农》、《南柯记·风谣》中都描绘了轻徭薄赋、里仁为美的和谐乡社,这明显与阳明、泰州学派的社会实践思路相关。② 诚如左东岭所言:"这是一个充满生机而人人自足的有情世界,也是汤显祖的理想世界。这个世界的核心是体现生生之仁的情,所以他说'圣王治天下之情以为田,礼为之耜,而义为之种'。可知倘若没有情这块田地,礼义是无从施展的。"③

汤显祖以人情为田,以戏为礼器的心学思想,须置于万历时期的政治环境中加以认识。他热切呼唤"有情"、"生机"的"姹紫嫣红",正说明当时天下有法而无情,恰如死气沉沉的"断井颓垣"。他所体认的这种社会危机还与张居正的反讲学运动有关。清人张履祥云:"江陵为相,得罪天下后世者,毁书院、复淫院二事为最。禁天下讲学,与商鞅废井田、李斯焚书何异?"④万历年间,张居正试图釜底抽薪,从经济上绝断私学的出路,严禁"别创书院,群聚徒党,及号招他方游食无行之徒,空谭废业"⑤。此一剥夺天下士子"致知"之道的"嚣然"之举,与汤显祖兴办"书院",恢复"学田",鼓励"讲学以耨之"的做法截然相反。在这一背景下,"学田"作为书院讲学的经济基础,在汤显祖这里也就成了关乎心性生死的"人情之田",显得格外重要了。

理清了汤显祖以情为田、以戏为教的风教理想,再读其《牡丹亭记题词》中的名言"情不知所起,一往而深,生者可以死,死可以生",或当别有所感。不妨说,《牡丹亭》便是汤显祖以戏剧形式精心耕种的一方充满生机的"人情之田","至情"令人由"生"入"死"、由"死"复"生"是《牡丹亭》全剧的主线,杜丽娘的身心在戏里出生入死,观众则在"观其生"的过程觉知人情之田的存有,终能深受感化而"观我生",这便是玉茗堂的用意。但理清了《牡丹亭》创作的观念基础,仍需深入分析剧情的隐喻结构。以下即以丽娘读《诗》致病与医病、丽娘死而复生两大核心剧情展开论述。

三、原心体经:"病——医"情节所体现的心学经典观

《牡丹亭》是一个充满生机的有情世界,而最能体现这点的无疑便是主人公杜丽娘。需

---

① 吴光、钱明、董平等编校:《王阳明全集》,浙江古籍出版社2010年版,第95页。
② 按:阳明、泰州学派十分重视乡村教化的制度建设,"乡约"便是其中一项重要举措,著名的如王阳明《南赣乡约》,见吴光、钱明、董平等编校:《王阳明全集》,浙江古籍出版社2010年版,第635—640页。
③ 《明代心学与诗学》,学苑出版社2002年版,第345页。
④ 张履祥:《备忘二》,《杨园先生全集》卷四十,中华书局2002年版,第1116页。张相毁学不代表他全然反对心学,只是因为讲学不合于其政学合一的理念。其赠罗汝芳赴守宁国的文章中即指出"士不徒学,而惟适用之贵",若真是"体认经书",就当"任本实"入朝为官,"别标门户,聚党空谭"之徒驰骋其"肤言阔论"复有何益?见《赠罗惟德擢守宁国叙》,《张太岳先生文集》卷八,明万历唐国达刻本。另参见陈时龙《明代中晚期讲学运动 1522—1626》,复旦大学出版社2007年版,第122—140页;左东岭《论张居正的心学渊源及其与万历士人心态之关系》,见《明代心学与诗学》,学苑出版社2002年版,第298—321页。
⑤ 《请申旧章饬学政以振兴人才疏》,见《张太岳先生文集》卷三十九,明万历唐国达刻本。

要注意的是,为人所乐道的《闺塾》一出对于全剧的"生机"显然具有开启的意义,在《闺塾》中丽娘"为诗章,讲动情肠",继而因情入梦、由生入死、死而复生地辗转于对至情的追寻。丽娘读《诗》对于《牡丹亭》剧情上的意义不断为学者所阐释,然似犹有不足。笔者以为《闺塾》与其后的《诊祟》一出明显组合为情节上的"病——医"结构,这不但包含一个关于"生机"的重要暗示,更可见出汤显祖从心学角度对儒家经典的认识。

很显然,《闺塾》中丽娘读《诗》的剧情乃玉茗堂匠心独运之处。① 读《关雎》篇时,陈最良"依注解书"引发了丽娘的不满,于是解说了一番"有风有化,宜室宜家"②的诗教大义,闺门风雅、诗思无邪的旧旨被说教一番;而春香却在一旁插科打诨,曲解《关雎》原意,丽娘缘此而始终处在腐儒"经"教与俏婢"戏"说所营构的张力之中。读《关雎》之前的丽娘是孝顺的大家闺秀,其至情与生机隐而未发;而这之后,一切开始起了变化:"读到《毛诗》第一章:'窈窕淑女,君子好逑。'悄然废书而叹曰:'圣人之情,尽见于此矣。今古同怀,岂不然乎?'"③被诗章讲动情肠,并在春香的怂恿下步入后花园。

"袅晴丝吹来闲庭院,摇荡春如线",《诗经》感动了情肠,情肠鼓荡了生机,"游春"与"窥园"无疑令这种气氛更氤氲弥漫。与之对比的则是丽娘的老师:一个不会"伤春"也不"窥园"的腐儒。然"不到园林,怎知春色如许"④,一面是"姹紫嫣红"的"生机",一边是"断井颓垣"的"死气",对心学家汤显祖而言这些并非无意义的闲笔。"春"意在理学家看来从来便是天理生机的显现。朱熹著名的《出山道中口占》诗云:"川原红绿一时新,暮雨朝晴更可人。书册埋头无了日,不如抛却去寻春。"王心斋初见阳明时亦云:"孤陋愚蒙住海滨,依书践履自家新。谁知日日加新力,不觉腔中浑是春。"自理学兴起之后,宋明儒便已不做"三年不窥园"的董子,转而在天理自然的流行处体道安仁;"天命之谓性",融融熙熙的春光原"与自家意思一般",是"有情"与"生机"的示范。

综合剧中暗示来看,丽娘致"病"的原因不言而喻:陈最良依"经"所作的陈腐说教与丽娘自己读经原"心"所得的"圣人之情"、游园伤春感受到的"自然之情"牴牾不协,在惊梦之后终于影响到了自己的"生机"。而此时陈最良又在《诊祟》中出场为丽娘医治,他先充满暗示性地说了一句"《毛诗》病用《毛诗》医",之后一反之前的依注解书,颇不雅驯地"戏说"了《风雨》、《摽梅》诸诗,如将"既见君子,云胡不瘳"说成用史君子抽一抽,将"三星在天"说成天南星专医男女及时之病,以此治病救人。⑤ 倘对这个有趣的"病——医"结构稍作提炼,不难看出汤显祖的"微言大义":"传统"的解经之法扼滞了丽娘的"生机",若要救生,甚至要依

---

① 《闺塾》的情节,并不见于《牡丹亭》可能的蓝本,即何大抡《燕居笔记》所收话本《杜丽娘慕色还魂》当中。据《牡丹亭记题词》,汤显祖特别提及关于丽娘读《诗经》的灵感,或来源于《列异传》与《搜神记》所载"谈生故事",可见其用心深刻。又《太平广记》引《列异传》"谈生故事"有异文,今中华书局本所用底本明嘉靖无锡谈恺刻本作:"谈生者,年四十,无妇,常感激《诗经》。夜半有女子,可年十五六,姿颜服饰,天下无双,来就生为夫妇。"《搜神记》卷十六作:"汉,谈生者,年四十,无妇,常感激读《诗经》。夜半,有女子,年可十五六,姿颜服饰,天下无双,来就生为夫妇之言。"可参。
② 《牡丹亭·闺塾》,见钱南扬、徐朔方笺校:《汤显祖集》,上海人民出版社1973年版,第1832—1833页。
③ 《牡丹亭·肃苑》,见钱南扬、徐朔方笺校:《汤显祖集》,上海人民出版社1973年版,第1841页。
④ 《牡丹亭·惊梦》,见钱南扬、徐朔方笺校:《汤显祖集》,上海人民出版社1973年版,第1845页。
⑤ 《牡丹亭·诊祟》,见钱南扬、徐朔方笺校:《汤显祖集》,上海人民出版社1973年版,第1882页。

赖对经典戏说、瓦解式的非常手段。

缘此,"经教"、"戏说"不但成为对丽娘性命攸关的大事,更暗示了汤显祖对儒家经典的看法:经典唯有原心而得,唯有得圣人之情、自然之情才有生机与活力。一生出入于"举子事业"与"圣贤事业"的汤显祖接受过系统的儒学训练,他看待经典的这番态度不难窥测。万历三十三年(1605)汤氏作《惠州府兴宁县重建尊经阁碑》,文中借好友史懋文之口道明心衷。他认为将经典束之高阁"以辨以文,弗躬弗亲","庋阁之,镭管之",那经典也就失去了生命力,谓之"尊经"不过是"蠹经"而已;视经典为生机之源,"如父母、如天、如生","性命形色之微"与"文章事业之大"皆从中取用,这才是正确的尊经之法。① 对于视经典为"孔翠珠碧之玩"的现象,汤显祖从不吝付以尖锐的讽刺。《邯郸记·极欲》里卢生获颁女乐,他先是连引《陈风·月出》与《卫风·硕人》中的诗句以示"皓齿蛾眉,乃伐性之斧……相似这等女乐,咱人再也不可近他",最后却说"礼云:'不敢虚君之赐'。所谓却之不恭,受之惶愧了"②,四书五经用于虚狡伪饰,如此"读经",焉能不"病"?

汤显祖亲近经典,并用之于性命、济之于事业的态度,及其独特的"疗救"之策实与制举有关。时文写作本就容易造成生员不读原典,惟"窃取他人之文记之"③的弊端,如此一来对经典自然是"弗躬弗亲"了。在此意义上,"经学之病"转而成为"精神之疾",经典不再使人安身立命,反而在急功近利的制举考试中点燃了读书人的"心火"。

而科举之弊还进一步加剧了理学、心学之争。万历三年,张居正《振兴人才疏》中建言国家取士"以宋儒传注为宗",务将三部大全等书"课令生员,诵习讲解",而"剽窃异端邪说,炫奇立异者,文虽工弗录"④。张相尊理学、排异端的做法与心学流行干系甚大;而汤显祖的经典观则恰与官学异趋,乃承心学而来。王阳明《稽山书院尊经阁记》中的看法无疑颇能代表心学对经典的独到见解,他认为经典是"吾心之常道",六经所载便是己心之"阴阳消息"、"纪纲政事"、"歌咏性情"诸端。经本身无"病"可言,但这个真理之所以不明于世久矣,实在于种种"乱经"、"侮经"、"贼经"之行,世人之"尚功利"、"习训诂"、"侈淫辞"便是致"病"之由。⑤ 显然汤显祖的尊经思路与阳明一脉相承,他们都试图从"内求"的角度重新激活经典,以心会心地体察圣贤的精神,凡是阅读经书"要在致吾之良知,取其有益于学而已"。客观而言,这种原心体经、一空依傍的思路对经典解释学本身具有某种瓦解作用,但心学家则视其为医病之方,是在死气沉沉的大环境下重启生机的策略。

巧合的是,汤显祖的老师罗汝芳同样有一段因经书而"病",以心学为"医"的人生经历。这与丽娘读经致病与医病的情节设置颇为相近。近溪幼习四书,以制举为业,却因"心火"而致"气体屡弱";以道学自任,却以"屏私息念,忘寝忘食"为克己工夫。这种"制欲"的方法不但不能疏导其血脉,反而滞阻了"生机",致其频频生病;而自先君"示以《传习录》一编,不肖手而读之,其病顿愈,而文理亦复英发"。⑥ 因此,"如何读经"在阳明心学这里是关乎儒家

---

① 钱南扬、徐朔方笺校:《汤显祖集》,上海人民出版社 1973 年版,第 1137 页。
② 《邯郸记·极欲》,见钱南扬、徐朔方笺校:《汤显祖集》,上海人民出版社 1973 年版,第 2409 页。
③ 顾炎武著,黄汝成集释:《日知录集释》卷十六"三场"条,上海古籍出版社 2006 年版,第 994 页。
④ 张居正:《请申旧章饬学政以振兴人才疏》,见《张太岳先生文集》卷三十九,明万历唐国达刻本。
⑤ 吴光、钱明、董平等编校:《王阳明全集》,浙江古籍出版社 2010 年版,第 270—272 页。
⑥ 罗汝芳:《近溪子续集》卷乾,见《罗汝芳集》,凤凰出版社 2007 年版,第 231 页。

天人生生之德与体道育人之法的大问题,明乎此旨才能进一步理解丽娘回生这一情节设置的用意。汤显祖试图告诉我们的其实是一个"发乎情,止乎礼义"的故事:杜丽娘原已心体悟到了经典中的圣人之情和春光里的自然之情,"经说"与"心解"的冲突却让自己致病、致死,然而"至情"的自然生长却让生机得以陶化,"回生"也就意味着"复礼"。

四、克己复礼:杜丽娘回生剧情的心学内涵

汤显祖曾为归仁书院题一联曰:

未尝不知噩噩已中来复,如有所立循循天下归仁。①

上联语出《周易》而下联取典《论语》,意在以《易》之"复卦"与《论语》之"复礼"相互发明。这副精彩的对联适足以概括汤氏思想菁华。戴琏璋早已发现《牡丹亭》以丽娘死而"复"生为中心的剧本结构,与汤显祖对"复"卦的解释有极大关联。② 然笔者以为尚有未尽之处,那便是"礼"的缺失。汤氏《明复》诸文看似阐发《易》学、穷研复卦,但这样做的目的其实是为了"复礼",《明复说》最后说道:"今欲希孔,先希颜乎。其功自复礼始。复者,乾知之始。"③可见工夫论而不只是本体论意义上的"复礼",在其思想体系中有着重要地位。综而论之,"丽娘回生"隐喻的不仅是汤氏个人的《易》学见解,还包含了他从心学理路出发对"克己复礼"这一核心道学命题的创见,他要讲述的是丽娘通过对"乾知"的领会"发乎情",最终"止乎礼"的过程,唯有"克己复礼"方能见出"戏教"的意义。

要理解汤显祖对"克己复礼"的认识,先要把握该命题在道学脉络中的演变过程。自理学兴起,宋贤对"礼"作出了著名的阐释,即以"理"释"礼"。最典型者莫如朱熹对《论语》"颜渊问仁"章的解释,他认为"仁"是"本心之全德",而"克,胜也;己,谓身之私欲也;复,反也;礼者,天理之节文也"④,本心全德本当为天理所充满,却常常为人欲所坏,因此仁者应不断克胜自己的私欲,回复到礼(理)的状态,《朱子语类》中颇为精练地解释云:"克去己私,复此天理,便是仁。"在理学家眼中,天与人只是一个"理",则人之"礼"自然地被推导为"天理之节文",自其本体泉源处观之礼与理便是一物,并无分别。缘此,复礼也就成了复理。在这点上,理学在向阳明心学的发展过程中未显歧出之处,《传习录》云"'礼'字即是'理'字。'理'之发见可见者谓之'文','文'之隐微不可见者谓之'理',只是一物"⑤。

如果说朱子与阳明对礼的本质认识上无异,那他们的分歧自然就在于如何"克己复礼"。朱子以"克"为"胜",必待"日日克之,不以为难,则私欲净尽,天理流行,而仁不可胜用矣"⑥;而阳明则"要此心纯是天理,须就'理'之发见处用功","发见处"即是"心",阳明暂时

---

① 《题归仁书院》,引见毛效同《汤显祖研究资料汇编》,第58页。
② 参见戴琏璋《汤显祖与罗汝芳》,第245—260页。
③ 见钱南扬、徐朔方笺校:《汤显祖集》,上海人民出版社1973年版,第1165页。
④ 见《四书章句集注》卷六,中华书局1983年版,第131页。
⑤ 吴光、钱明、董平等编校:《王阳明全集》,浙江古籍出版社2010年版,第7页。
⑥ 见《四书章句集注》卷六,中华书局1983年版,第132页。

悬置了"制欲"的问题,而重视从内心体会天理。不妨说此间差异即是"制欲"与"体仁"之别。徐爱总结师说云"心犹镜也,圣人心如明镜,常人心如昏镜。近世'格物'之说,如以镜照物,照上用功,不知镜尚昏在,何能照? 先生之格物,如磨镜而使之明,磨上用功,明了后亦未尝废照"①可谓一语破的。明乎此,便不难理解罗汝芳初见颜山农时的这段对话:

    见颜山农先生。某具述昨遘危疾,而生死能不动心;今失科举,而得失能不动心。先生具不见取,曰:"是制欲,非体仁也。"某谓:"克去己私,复还天理,非制欲安能以遽体乎仁哉?"先生曰:"子不观孟子之论四端乎? 知皆扩而充之,如火之始然,泉之始达。如此体仁,何等直截? 故子患当下日用而不知,勿妄疑天性生生之或息也。"某时大梦忽醒,乃知古今道有真脉,学有真传,遂师事之。②

未见山农之前近溪着力于制欲,是为"逆己";既见之后,山农示以天然生知之旨,反本体仁之道,是为"顺己"。缘此他便由"逆"而"知",由"知"而"止",由"止"而"顺"。在阳明后学的眼中"照上用功"的"制欲"自然比不得"磨上用功"的"体仁",沿此思路,近溪借《大学》"克明峻德"诸语与陆象山"能以身复乎礼"解"克己"为"能己",即是由"逆"导"顺"。

然而问题只解决了一半,可以说至此"克己复礼"的问题便简化为"复"之一字,而近溪学说的贡献恰在此处,即以《易》"复"卦中"一阳来复"之说发明"复礼",为"复礼"工夫找到了心学本体论上的依据:

    问:"孔子于《易》言复而未尝言礼,乃告颜子而必曰'复礼'者,何也?"罗子曰:"复者,阳而明者也。'黄中通理,正位居体',是身之阳所自明也。'畅于四肢,发于事业',是阳之明所必至也。故《礼》曰'天理之节文',而又曰'礼,时为大,顺次之'。夫复则天,天则时,时则顺而理,顺而理则动容周旋、四体不言而默中帝则,节而自成乎文矣。"③

朱熹《周易本义》解"复"卦云:"积阴之下一阳复生,天地生物之心几于灭息,而至此乃复可见。"④冬至之时,天道"剥"极;恰在此刻"一阳之气"自地中生,万物重现生机,因此剥极而复最能体现天道"恻隐"、"不忍"的"仁心",故曰"复,其见天地之心乎"。而人道同样"复以自知",通过身体所接之一阳地气,自然地反身独照,发见"不虑不学"的仁心与良知,这便实现了"黄中通理,正位居体"。而仅是"复以自知"尚有不足,最后须"反之身心意"⑤、"畅于四肢,发于事业",回到人伦日用中践履"复礼"工夫。可以说近溪使"复礼"的行为找到了符合心学理路的方法,即不假外铄、由自然诚心而动,这就像王心斋《复初说》所说的"复其不

---

① 吴光、钱明、董平等编校:《王阳明全集》,浙江古籍出版社2010年版,第22页。
② 黄宗羲:《明儒学案》,中华书局2008年版,第26—27页。
③ 罗汝芳:《近溪子集》卷射,见《罗汝芳集》,凤凰出版社2007年版,第83页。
④ 朱熹:《周易本义·象上传》,见《朱子全书》(第一册),上海古籍出版社、安徽教育出版社2002年版,第95页。
⑤ 《顾泾凡小辨轩记》,见钱南扬、徐朔方笺校:《汤显祖集》,上海人民出版社1973年版,第1106页。

善之动":"故诚者,圣人之本。圣,诚而已矣。是学至圣人,只复其不善之动而已矣。知不善之动者,良知也;知不善之动而复之,乃所谓致良知以复其初也。"①

汤显祖《明复》诸说于"复礼"的理解固一遵师训,却也别有创获,其要便在于以《大学》"知止"之说释"复"。《顾泾凡小辨轩记》云:"言复者,莫辨于大学之道'知止而后有定'。以能虑止者,复也。不复不止。止则虑,则其辨也。"②《明复说》云:

> 如天性露于父子,何以必为孝慈。愚夫愚妇亦皆有此,止特其限于率之而不知。知皆扩而充之,为尽心,为浩然之气矣。文王"缉熙光明",故知其中有物而敬之,此知之外更无所知,所谓"不识不知,顺帝之则"也。③

依汤显祖的解释,颜子"复礼"的关键,便在于"知止",而"知止者,知至善只在吾心,元不在外也,而后志定"④。"知止"是一种"知之外更无所知"的"不知",即"天然"的"止于至善",人自然地任其赤子之"诚"实现良知的明觉,再将良知转化为日常的躬行践履,如此便由"知"而"止"构成了完整的"复礼(理)",在不知不觉中合于天然自有的中庸之道,即"吾儒日用性中而不知"⑤。这一"不知"之"知",天然"止于至善"的看法或受到李贽沾溉。《读律肤说》云:

> 盖声色之来,发于情性,由乎自然,是可以牵合矫强而致乎?故自然发于情性,则自然止乎礼义,非情性之外复有礼义可止也。惟矫强乃失之,故亦自然之为美耳,又非于情性之外复有所谓自然而然也。⑥

这种融通"情"(道德情感)与"理(礼)"(伦常礼法),进而强调"复礼"源于自然人情的见解,正见出明代中后期"情教"思潮对于儒学义理的更张和变异。细绎《牡丹亭》戏文,不难发现杜丽娘的"回生"便是关于"发乎情,止乎礼义"之"复礼(理)"的精心构喻。自《闺塾》始,丽娘便面临"经"教"逆己之知"与"心"教"顺己之知"、"自然之知"的冲突。陈最良"圣人千言万语,则要人'收其放心',但如常,着甚春伤,要甚春游,你放春归,怎把心儿放"⑦的发问,便是欲借外向度的礼法约束丽娘的心性。然而恰在蕴含"圣人之心"的《诗经》与怀藏"天地之心"的牡丹亭里,"自然之知"如"天植灵根",从她的人情之田上萌蘖,使她"知"晓了"今古同怀"的"圣人之情","知"晓了天地间的"春色如许",也"知"晓了自己"一生儿爱好是

---

① 王艮:《王心斋全集》,江苏教育出版社2001年版,第28页。按:龚鹏程反对牟宗三《从陆象山到刘蕺山》的观点,认为罗汝芳"以在日用常行间做工夫为宗旨",笔者亦以为近溪之学的核心即是"复礼"之学,因而赞同此论。见龚鹏程《晚明思潮》,商务印书馆2005年版,第38页。
② 见钱南扬、徐朔方笺校:《汤显祖集》,上海人民出版社1973年版,第1106页。
③ 见钱南扬、徐朔方笺校:《汤显祖集》,上海人民出版社1973年版,第1164—1165页。
④ 吴光、钱明、董平等编校:《王阳明全集》,浙江古籍出版社2010年版,第28页。
⑤ 《明复说》,见钱南扬、徐朔方笺校:《汤显祖集》,上海人民出版社1973年版,第1165页。
⑥ 李贽:《焚书》卷三《读律肤说》,岳麓书社2011年版,第225页。
⑦ 《牡丹亭·肃苑》,见钱南扬、徐朔方笺校:《汤显祖集》,上海人民出版社1973年版,第1841页。

天然"。于是她的"情"从"天理"之中激进而出,"圣人之情,尽见于此矣。今古同怀,岂不然乎","天呵,春色恼人,信有之乎","可惜妾身颜色如花,岂料命如一叶乎"。这种无以复加的"生机"与"自然之情"至于极处,便是因情入梦与情郎幽会媾和,继而"寻梦"、"写真"。总之死前丽娘的作为虽极具突破性,在汤显祖的观念里却并不违"仁"背"礼",因为"名教之至乐"便是天理生机之自然,丽娘所知所为无不若合符节。这固然源于个体生命本源的召唤,却更象征天道自然的帝力庞洪,恰如《周易》云"天地絪缊,万物化醇,男女构精,万物化生"。

然而不当忘记"自然发于情性",便应"自然止乎礼义",因为"非情性之外复有礼义可止"。如果"情"发用而不"止",那就是"喜怒之无节,则天理灭"①了。丽娘的"还阳"之旅在此意义上便可提炼为由"知"而"止"的"复礼"过程。汤显祖先是借春香之口以《大学》"知止"章里的"可以人而不如鸟乎"作出暗示,而后让丽娘在"地府"之中因"宿情"逃离"枉死城","阳禄还长在,阴司数未该"②,恰似"一阳之气"自"地"中"复",给了她再生的机会。《冥誓》中丽娘自云:"奴家虽登鬼录,未损人身。阳禄将回,阴数已尽。前日为柳郎而死,今日为柳郎而生。"③

而丽娘真正的"止乎礼"便体现在与柳梦梅见面后的对话中,"秀才有此心,何不请媒相聘?也省的奴家为你担慌受怕","待要说,如何说?秀才,俺则怕聘则为妻奔则妾,受了盟香说",终于他们在阴阳之际礼承合卺:

〔生、旦同拜〕神天的,神天的,盟香满爇。柳梦梅,柳梦梅,南安郡舍,遇了这佳人提挈,作夫妻。生同室,死同穴。口不心齐,寿随香灭,〔旦泣介〕〔生〕怎生吊下泪来?〔旦〕感君情重,不觉泪垂。(《冥誓》)

〔旦〕秀才可记的古书云:"必待父母之命,媒妁之言。"〔生〕日前虽不是钻穴相窥,早则钻坟而入了。小姐今日又会起书来。〔旦〕秀才,比前不同。前夕鬼也,今日人也。鬼可虚情,人须实礼。(《婚走》)④

"鬼可虚情,人须实礼"令人联想到《礼运》引孔子之言:"夫礼,先王以承天之道,以治人之情。故失之者死,得之者生。"⑤柳梦梅不以"礼",则不能显其"情重",而杜丽娘用自然灵心"复"得此"礼(理)",故回生之时"异香袭人,幽姿如故"⑥。因此,《牡丹亭》的思想世界告诉了我们这样一个故事:杜丽娘因灵根自植,原己心从圣人经典中发悟真情,因"经说"之"制欲"与"心灵"之"体仁"的冲突而致"疾"、致"死",却在"自然良知"的生机陶钧之下"止乎礼(理)",终于回生复礼。这一切既是天理生机的布露,亦见人伦至道的摘展。

---

① 罗汝芳:《近溪子集》卷御,见《罗汝芳集》,凤凰出版社 2007 年版,第 126 页。
② 《牡丹亭·冥判》,见钱南扬、徐朔方笺校:《汤显祖集》,上海人民出版社 1973 年版,第 1913 页。
③ 见钱南扬、徐朔方笺校:《汤显祖集》,上海人民出版社 1973 年版,第 1954 页。
④ 见钱南扬、徐朔方笺校:《汤显祖集》,上海人民出版社 1973 年版,第 1973 页。
⑤ 郑玄注,孔颖达正义:《礼记正义》卷二十一,上海古籍出版社 2008 年版,第 662 页。
⑥ 《牡丹亭·训女》,见钱南扬、徐朔方笺校:《汤显祖集》,上海人民出版社 1973 年版,第 1816 页。

五、余 论

通过本文的梳理可知,"牡丹亭"实则便是"天地之心"的隐喻,玉茗堂至情论的真意乃在于弥缝"情"、"礼"之裂,重新疏融"人情大窦"与"名教至乐",其中隐含了心学独特的社会风教理想,倘失察于此,全剧的意图也会被大为扭曲。进言之,《牡丹亭》以情感人、激发社会生机的广大教化背后,还暗含着狂者进取式的成圣心志。王思任评《牡丹》的这段话颇能说明问题:

> 古今高才,莫高于《易》。《易》者,象也;象也者,像也……能言其所像人亦不多……我明王元美、徐文长、汤若士而已……若士自谓一生"四梦",得意处惟在《牡丹》……况其感应相与,得《易》之咸;从一而终,得《易》之恒。则不第情之深,而又为情之至正者。①

临川深研《易》学,伎剧不但是其"观生"的礼器,或亦是其为天下人"立象"的工具,其便欲执"戏礼"之耒耜,在生生不息的"人情之田"上耕植。《易》咸卦象传云"天地感而万物化生,圣人感人心而天下和平,观其所感,而天地万物之情可见矣",不妨说"立象以感人心"方为汤显祖至情论的真谛。明乎此,我们也许能尚友古人并得其"心传"。

---

① 王思任《批点玉茗堂牡丹亭序》,见《王思任批评本牡丹亭》,凤凰出版社2011年版,第1页。

詹熙的生平和创作

魏爱莲(Ellen Widmer) 撰　王碧丝 译*

一、詹熙生平

詹熙生活在1850—1927年①。据地方历史记载,他曾分别以"肖鲁"和"子和"为笔名、斋号。除这些记载之外,我们还可以在这名单的后面再加上一个:"绿意轩主人"。他是家里的七个孩子——四个男孩、三个女孩当中,年龄最大的。他们的父母(译者按:即父亲詹嗣增、母亲王庆棣)发表的诗集中只谈论了两个较年长的男孩,尽管詹嗣增后来的未发表的集子提到了另两个年纪较小的儿子。一些地方记载只把詹熙列为这对夫妻的孩子②。詹熙年纪很轻的时候就成为一名贡生,继而是秀才,他成为副榜是在1882年,那年他32岁③。这意味着,他参加过并且差一点通过举人考试,但严格来说,他仍一直是个秀才④。仅13年后,他便开始创作小说,小说将考试系统刻画成危害整个国家的一种无用的痴迷。

詹熙有很多兴趣和天赋。《花柳深情传》中的自传性内容以及其他地方历史资料可以证实,他对几乎所有艺术感兴趣,包括金石学、书法等;他还作为商人和鉴赏家旅行至北京、上海、苏州等城市⑤。他也涉绘画,且至少有三幅画作传世⑥。詹熙父母的作品具有纯粹的审美目的,相比他们而言,詹熙的艺术生命似乎更以营利为目的。另一项获取报酬的工作

---

*　**作者简介**:魏爱莲,美国卫斯理学院东亚系讲座教授,主要研究方向为中国文学;王碧丝,南京大学文学院博士研究生,主要研究方向为比较文学、英美文学。本文译自魏爱莲(Ellen Widmer)所著《小说家族:詹熙、詹塏与晚清女性问题》(*Fiction's Family: Zhan Xi, Zhan Kai, and the Business of Women in Late-Qing China*)第三章中有关詹熙其人及小说《花柳深情传》的部分内容。参见 Ellen Widmer. *Fiction's Family: Zhan Xi, Zhan Kai, and the Business of Women in Late-Qing China*. Harvard University Asia Center,2016. 除本条外,以下注释均为本书作者原注。

① 衢县志编纂委员会:《衢县志》,浙江人民出版社1992年版,第557页。
② 例如,见《衢县志》,第557页。关于下面的一个兄弟,詹朗,我们知道得很少,只知他没有通过任何考试。詹朗字次侪。应进一步指出的是,詹熙和詹朗的别号都出自詹嗣增的别号,鲁侪。
③ 《衢县志》,第557页。关于"副榜",见 Hucker, *A Dictionary of Official Titles in Imperical China*, p. 219。关于他的年纪尚轻,参见詹家骏《詹熙,詹麟来事略》,衢县文史资料,中国人民政治协商会议、浙江省衢县文史资料研究委员会编,第二卷,衢州委员会,1989年,第93页。
④ 在《花柳深情传》中,这一相同的等级被给以小说人物郑芝芯。见詹熙(萧鲁甫)《花柳深情传》,北京师范大学出版社1992年版,第142页。
⑤ 《花柳深情传》,前言,第一章,第三十一至三十二章;《衢县志》第557页。
⑥ 保留下来的画作可见诸衢州博物馆。

则是写作。《花柳深情传》在作者介绍中,讲到他上海卖文,特别提到他在天津的一家出版社编辑教材①。至于其他文字作品,我们已经看到 19 世纪 70 年代早期他在《申报》的文学增刊上的发文,总共有三篇。1897 年他还在《游戏报》发表了一组关于底层妓女的诗歌、一篇花谱②。所有或大多数的这些活动,很可能都是有报酬的。第三个收入来源是做教师。1895 年他在苏州做一份教师工作,遇到傅兰雅(John Fryer)小说竞赛的广告,接着在 1895 到 1897 年间写了《花柳深情传》③。这部小说第十四章收集了他为低等妓女所作的诗,且将之归在"绿意轩主人"名下,这是他的一个较为人所熟悉的笔名。诗作用妓女们的声音讲述了她们自己的悲惨经历。

  小说以多至三个不同的标题,进行了数次再版。小说里面提供的书题是"醒世新编",但实际上它可能从未作过全书题目④。我不曾见过所有的重印版本,但我见过一个叫作"除三害"的版本⑤。据说《除三害》出版于 1899 年⑥。它与《花柳深情传》没有太大的不同⑦。

  詹熙似乎是在上海/苏州地区,而不是衢州,从事他所有或大部分的绘画或写作工作。经济窘迫是他很多活动的驱动力,也促使他广泛旅行、游历。他在 1900 年或早一些的某个时候回到家乡。1900—1901 年间,他写了一份未出版的、关于苏州的中国官员和 11 位天主教传教士遭遇大屠杀的目击报道。像他的小说一样,这份报道据说有几个标题,其中一个叫"衢州奇祸记"。⑧ 詹熙的另一类写作则是一部关于当地名人赵抃(1008—1084)的年谱。⑨ 今天,一份放大后的文本复印件,使衢州的赵抃祠熠熠生色。詹熙的诗集,《绿意轩诗稿》,可能从未发表,但他的几篇诗作保存在《龙游县志》中。这部地方志由他儿子的朋友余绍宋(1885—1949)编撰。⑩ 就我们目前所知来讲,这后三项写作中所有或大部分似乎都是在衢州完成的。它们不具有商业目的。

---

 ① 詹熙(萧鲁甫):《花柳深情传》,北京师范大学出版社 1992 年版,第 1 页。
 ② Hanan, Patrick. "The New Novel before the New Novel: John Fryer's Fictional Contest." In *Writing and Materiality in China: Essays in Honor of Patrick Hanan*. edited by Judith T. Zeitlin and Lydia Liu. Cambridge: Harvard University Asia Center, 2003, pp.332, 337.
 ③ 这本书藏于哈佛-燕京图书馆(Harvard-Yenching Library)及其他图书馆。
 ④ 像"除三害"一样,这是一个敏感的标题。见第三十二章,第 143 页。樽本照雄的《新编增补清末民初小说目录》一书,给出三个小说标题:除三害,花柳深情传,醒世新编。见樽本照雄《新编增补清末民初小说目录》,齐鲁书社 2002 年版,第 76、274、817 页。
 ⑤ 它被收在至少两个中国的图书馆中——浙江图书馆和上海图书馆。我没有作完全的查阅,但似乎"除三害"和"花柳深情传"两个版本在字面上几乎是完全相同的。《除三害》一个细微的不同在于,最初版本的文本中所暗示的书的题目,"醒世新编",被"除三害"这个标题取代了。见第三十二章。另一个不同是,《除三害》中最初的前言部分脱漏了。
 ⑥ 樽本照雄:《新编增补清末民初小说目录》,齐鲁书社 2002 年版,第 76 页。在同一个或另一个标题下,此书列出了小说的十个更早的版本。
 ⑦ 据说詹熙是《花柳深情传》的作者,而萧鲁甫是《除三害》的作者。小说的一些评论者猜测他的姓氏是萧。参见,例如,张兵《五百种明清小说博览》(下),上海辞书出版社 2005 年版,第 1727 页。如上面提到的,萧鲁是詹熙的笔名。
 ⑧ 其他的则包括"衢州教案之祸"、"庚子奇祸记"。一份手抄本以"衢州奇祸记"为标题而刊印,见刘兆佑编《中国史学丛书三编》(第一卷),台湾学生书局 1988 年版,第 76—91 页。
 ⑨ 《民国衢县志》,郑永禧编,上海书店,1993 年(1926 年),14:26a。
 ⑩ 《龙游县志》,余绍宋纂修,京城印书局,1925 年,28:43a。

对詹熙的少年雄心来说,回家意味着一次失败,然而他后来的事业至少和他之前的一样成功。①。这第二项事业主要在衢州的地域范围内进行,主要聚焦在教育、教育改革方面。甚至在他迁回家乡以前,可能早在1890年,他和其他绅士便协力从地方寺院手中夺去一个小寺庙的控制权,理由是寺院违反了法律(众绅士当中有一个便是詹塏)。② 在当时中国,这种类型的没收很常见——为了在公立教育普遍出现之前,建立现代学校,有进步头脑的绅士们力图获得建筑场所以及其他资源。③

随着时间的推移,詹熙将成为衢州地区新式教育的带头人和支持者。在接下来的25年内,他将建立多至六所学校,他或可能担任校长,或是投入组织性的资源。之前在科举考试中获得的成功,成为他担任这些工作或其他的学术工作的证明书。他的一个专长,是在初等教育中工作。他的名字可以与至少两所这类型的学校相联系。④ 他还是1914年一所叫作"贫儿院"的学校的建立者。⑤。这个学校以教授孩子实用的手艺为目的,包括缝纫、印刷、种植蔬菜、培育蘑菇、用科学方法除害虫等。⑥。对这项事业的兴趣可能来自光绪皇帝对这个主题的支持,如"百日维新"的公布那样。⑦ 他另一个重要的专长在女子教育方面。詹熙在(衢县)淑德女子小学校的校董中占据高位,该校建立于1906年,致力于推进男女平等的思想。学校的堂长是一位女性,但詹熙必定也担负一些管理职责。⑧ 他可以担负如此多的任务,一个原因是他的每项任职只持续很短的一段时间,之后便将职位转给他人。他可能有时只是一个挂名领导,但他在教育和管理两个领域均有天赋,这一方面是有充分的资料证明的。他从事教育工作,一直到年近花甲。他享受所有与他的学生一起进行的活动,包括印刷、种植和其他贫儿院里教授的实用技能。⑨

他活跃在另外两个领域中:粮储、经济。他在主持粮储管理时,一度受到有不当经济行为的指控,不过他成功为自己辩护,获得清白。有一段时间他在税务部门任职,根据家族传说、记载,他因为官清廉而闻名衢州。他曾反对税收增长,并获得支持。他身居高位、受到

---

① 见他给余庆龄的诗,"我亦年来非得志"。《龙游县志》,40:33a-b。

② 《民国衢县志》,3:24ab;20:21a。詹熙、詹塏在这些文章中都以绅士的身份出现("绅士詹塏";"绅詹熙")。没收的原因是和尚帮一些家庭处理掉那些他们不想要的女婴。在伍佳生统治时期,1888—1890年,这一措施最为典型。见《民国衢县志》,10:25b。更多关于这样的没收的情况,见Sally Borthwick, *Educational and Social Change in China: The Beginnings of the Modern Era*. Stanford: Hoover Press Publications, 1983, p.97.

③ 对这一过程的宽泛的解释,特别地参见 Prasenjit Duara, *Rescuing History from the Nation: The 1911 Revolution in Hanan and Hubei*. Berkeley: University of California Press, 1976, pp.147-175.

④ 詹熙与樟潭小学有关联,见《民国衢县志》,32:27a。他的名字听上去也像是与一个初等教育模范学校相联系,这学校在一个叫长竿龄的地方;学校的名字是长竿龄模范小学校。见柯城区志编纂委员会《柯城区志》,第955页。与他相关联的另一个学校——求益学堂,则几乎可以肯定地说,不是一所小学。更多关于求益学堂,见本书第七章。

⑤ 《民国衢县志》,32:28。

⑥ 例如,见衢州市教育志编纂委员会编《衢州市教育志》,杭州出版社2005年版,第405页。

⑦ 见 Jonathan Spence, *the Search for Modern China*, New York: Norton, 1990, pp.227, 229.

⑧ 关于女校长,见《衢州市教育志》,第405页。她是学校的建立者之一郑永祚的母亲。郑永祚是詹熙的朋友,郑永禧的兄弟。另见 Mary Rankin, *Elite Activisim and Political Transformation in China: Zhejiang Province, 1865-1911*. Stanford: Stanford University Press, 1986, pp.230-231,386, nn.59, 66.

⑨ 《衢州市教育志》,第405页。

关注,又履行市民责任,于是闻名一方、受到敬重。①

在教育和管理这两项事业的基础上,詹熙还几次被选为市级和省级的地方官员,其中包括1907年的衢州教育会和1909年的浙江谘议局。② 那时教育和政治的工作之间,交叉非常普遍。事实上,人们常因教育领域的工作而获得投票选举政治候选人的资格。③。他甚至在民国政府中担任公职。④ 凭借个人能力或关系网络,詹熙成功地在几十年里位居其所在地区有权势的位置,其中包括从清朝到民国的易代时段。

最后的焦点是作为编辑的工作。1922年,衢县建立了一个编辑办公室,十个人被委任于此,他是其中之一。⑤ 我们尚不清楚他负责编辑的是什么类型的文字。这时他恰逾古稀,享受了长久而丰富的事业人生。

二、詹熙的创作:《花柳深情传》

詹熙仅存的一部小说,有关"三害":鸦片、缠足、八股文,它具有明显的图解观念的特点,一定程度上反映了詹熙的家族经历。它在三个情节或故事中展开,其中两个非常显豁,且二者彼此不同(一个主故事和一个框架故事);第三个则隐晦一些。在回顾这三个情节之后,我将转向詹熙的另一部仅存的叙事文,他对1901年发生在衢州的大屠杀的描写。《衢州奇祸记》是报道,而非小说,但当与那部小说并置时,它便暴露了一些隐含在《花柳深情传》背后的理想主义。⑥ 我这里的意思是,这部小说有关终止鸦片使用、废除考试文章、停止缠足行为的观点具有如此明显的积极意义,以至于仅仅将其提出,便可改变每个人的思想。这种并置也提供了用其他方法所不能获得的、詹熙的传记性材料。

主故事(main story)和框架故事(frame story):
詹熙的《花柳深情传》唤起一个特定的时间和空间。或者,更确切地说,它唤起两个特定的时间和空间。它的二元时间图式(dual time scheme)同时包含主故事和一个关于此文本如何形成的框架故事。粗略地讲,其中第一个时空,与成年詹嗣增、王庆棣在衢州的时间(大约他们刚过30岁的时候)相一致;第二个则在时间上对应于詹熙的更成熟的人生时期(大约47岁),地点主要是上海。

---

① 詹家骏:《詹熙,詹麟来事略》,第94页。
② 关于衢州教育会,见《民国衢县志》,3:20a. 关于浙江谘议局,同见上书,13:38a. 据家族传说,詹熙在衢州以他在税收方面的清廉而闻名,他在这一领域负责过一段时间。见詹家骏《詹熙,詹麟来事略》,第92—98页。更多关于这样的议会,见 Joshua B. Hill "Voting as a Rite: Changing Ideas of Elections in Early Twentieth Century China." Ph.D. dissertation, Harvard University, 2011, 特别是第2章(Chapter 2),以及 Joan Judge, *Print and Politics: 'Shibao' and The Culture of Reform in Late Qing China*, Stanford: Stanford University Press, 1996, pp.161-197. 另见 Jonathan Spence, *the Search for Modern China*, pp.245-268。
③ Joshua B. Hill, "Voting as a Rite", 特别是第2章(Chapter 2)。
④ 《柯城区志》第955页给了一些例子。这包括在经济方面的职责(财政科长)、粮食贮存方面的职责(田粮处处长)。
⑤ 《衢县文史资料》,4:63;黄吉士,"鞠育后人勤耕砚田的徐映璞"。
⑥ 手稿藏于台北的"中央图书馆"。它被复制在《中国史学丛书三编》中,vol.1, 第76—191页。

主故事持续的时间远远长于框架故事。这在花费的页数与故事时间流逝两个意义层面上,都可见出。主故事开始于太平天国运动爆发,这一时间在小说中被记录为1847年(第41页)。故事时间跨越了魏氏家族的三代人。他们包括一位曾任高官、现已退休的祖父,一位蹭蹬科场、让烟瘾毁了生活的父亲,及五个兄弟姐妹,其中四个是男孩。年纪较长的三个男孩分别沉溺于三"害":鸦片烟、缠足女人、八股文。在小说进程中,祖父和父亲去世,孩子们长大成人,结婚生子。主故事中的主要部分开始于第十章,在第三十一章的第一部分接续下去,它聚焦于太平军对衢州的占领及其后果。它结束的时间是1895年。

　　框架故事包含和解释了主故事。在苏州正做着一份教师工作的作者看到了傅兰雅小说竞赛的广告,于是创作了这部小说。这一次要情节结束在1897年——小说于上海出版。还可以从章节的角度描述这一情节:序言,第一章第一部分,第三十一章最后一部分,第三十二章全部。有趣的是,三十二章中有一个做梦的场景,小说的整个逻辑都在其中受到质疑,接着又写作者做了个决定,他决定漠视这虚构出来的社会反抗,而且要找到一家出版社。① 在第十四章有一段将主故事打断的简短插曲,它提及绿意轩主人,讨论了他写低等妓女的诗作,尽管此人并未出现。② 第十四章和三十二章的插曲都触及上海青楼女子的世界,此为绿意轩主人诗歌主题之所在。

　　一个叫郑芝芯的人物在这两个故事中起了作用。他明显是故事中作者的一个代言人。他一开始处在颇为"外围"的位置上,遇到这个家庭,但后来却转而领导其他人,克服"三害"。他与西方人交往,尤其是一个叫得里马的人,他对新知识也抱同情态度。也正是他见证了故事被转交给绿意轩主人书写。绿意轩主人一接手,郑芝芯便消失了。除了在第十四章简短的插曲中提到了绿意轩主人(但没有实际出场)之外,两个故事完全是分离的。一个故事是另一个的框架,但人物并不在两个故事间跨越。历史地讲,从太平军入侵衢州到1897年,时间跨度超过40年,但在小说中这被压缩为十年(第139页)。詹熙这么做可以说是为了符合傅兰雅的征文要求,即递交的小说应是关于"近在手边"③的事件的。为此,相比实际情况而言,他将太平军入侵的时间写得更近当下一些。

　　像时间一样,地点也将两个故事分开。框架故事发生在上海。关于主故事的地点,作者故意留下空白:例如,在一部分叙事中,作者"忘记了"一个人物所居之山的准确名字(第143页)。另外,主故事中提到的主要地理区域是浙东,而非衢州所在之浙西,④故事中的人物也被说成是从"西溪村"这个镇子来的。"西溪"这个名字一般与杭州相联系。但如果细加审视却可明显见出,衢州地区才是故事的聚焦点。一个游历至西溪村的小说人物,他的

---

① 关于"青楼小说(red-light novels)"中的框架故事如何运用梦,参见 Chloe F. Starr 所著 *Red-Light Novels of the Late Qing*, Leiden: Brill, 2007, pp.75 – 124. 这些运用的例子中没有包括《花柳深情传》中的梦,《花柳深情传》中,作者自己的梦变成了关于小说所提议改革的一个噩梦。

② 插曲提到他写妓女的诗作,这些诗实际上刊印于故事中说明的那个日期。见 Patrick Hanan, *Chinese Fiction of the Nineteenth and Early Twentieth Centuries: Essays by Patrick Hanan*. New York: Columbia University Press, 2004, p.138.

③ Hanan, "The New Novel", p.324.

④ 衢州和与之毗邻的金华一度均被明确归在"东浙"地区(见第14页)。也许东浙和西浙的指称多少有点流动性。晚清的杂志,《东浙杂志》,包括了衢州、金华及邻近地区。关于这份杂志,见本书第六章。

路线时不时地被呈现给我们。尽管作者提供地点的时候遮遮掩掩，这些路线图却显示出，这个镇子或在衢县内，或靠近衢县。① 在仍属浙江境内、大约一百里外的地方，有一片山区，故事中一些人即逃向此地（第131页）。借由一个小说人物从此处山地到北京的一次旅行，亦可准确地找到这个地区。它显然是江西的玉山。② 或者，当一个中间人为了安排家庭成员的一场婚礼，从玉山游历至西溪村，他是穿过了常山的。③ 常山在衢县之西。

这个在我们见到的时候已经三世同堂的家庭在太平军入侵时被打散了。叛军突然入侵，打破了他们平静的或说是愚昧的生活状态；军队后来亦撤退。秩序最终得以恢复，是由于左宗棠和他的同僚们举行的战役，他们逐渐打败太平军，将这一地区纳入掌控之中。与此同时，家庭成员在逃亡，一些去到很远的地方，直到大约三年之后，所有人才得以返回。甚至在那以后，太平军的散兵游勇复又将生活的痛苦和不确定延长了几年。随着情节的展开，又出现了其他原因，促使这些个体迁移或旅行至中国的不同地区，包括苏州和上海，甚至短暂地及至印度、英格兰，及国外的其他地方。然而衢州或其附近的老旧家宅，仍然是小说的地理兴趣之中心所在。一旦左将军为此地恢复秩序，所有情形便都开始好转。恢复的另一个层面是引进新措施，此由郑芝芯和他的外国朋友得里马领导。仅到了最后一章，文中写到要誊抄并在上海出版这小说的时候，衢州才被置于一边。

尽管作者遮遮掩掩、造成困惑，然而小说还是让我们较明确地知道了时间和地点。与关于国家（national）或关于国际（international）相反的是，《花柳深情传》在相当程度上是关于地方的（local）。在"地方的"这一类型含义里，这部作品聚焦在一个单独的家庭上面，而不在意它周围的其他城镇。④ 它的主要兴趣在于，一些不怎么具有现代头脑的相互关联的人物，如何学着抛却那些拖他们后腿的根深蒂固的行为习惯。当每个家庭成员都看到一丝光亮，那么在其他的人身上产生的效果就可以累积了。总之，人们期望——特别是当把这些进步之处转换为小说形式之时——这些进步将为整个中国指明道路，消除它的贫弱，正是这贫弱导致中国甲午战争的战败。小说写作开始于1895年，即战败的那一年。这一时间突出了这场战争与小说创作的关联。西溪村作为一个相对于上海来讲落后的地方，被加以表现。它被当作一个个案，借以阐明新知识、新习惯可以带来积极的作用。小说在地理方面的另一个特点，是虚构的事件和詹熙的家族经历之间的联系。我们已知道，"长毛"（太平军）分别在1856年、1857年、1860年、1862年迅速占领衢州。詹母和詹父的诗作让我们进一步回想起，这一家人几次离家，去到一个叫作西村的地方，有一次还去了王庆棣的家乡杭州。诗作把逃亡的各个时间定在1855年、1856年、1858和1860年。

有趣的是，王庆棣和詹嗣增都曾在诗作中表示，这种大规模的家庭迁移对孩子们来

---

① 见第80页。例如，在那页中，其中一个儿子把朋友带回家，经过杭州和衢州，至位于衢州之西的玉山。下一个句子表明，他们先去杭州，乘上江山的船只。他们乘船到富阳、严州、兰溪。到达龙游的时候，他们便知道快要到达了。龙游恰在衢州的东面。

② 见第75页。从那里到北京的路线，从河口出发，至鄱阳、湖口、九江、镇江、上海、天津、通州，最后到达北京。

③ 见第77页。

④ 太平军一离开，衢州就被提到，这时魏家到那里去寻求供应。我们知道这一地区的物价已极大地上涨，这里距离他们的家庭用地多少有点距离。见第52页。

说是多么不易。我们看到这种担忧在王氏的诗中有如下表达:"世乱常恐儿女小,家贫难慰姑舅愁。"①而詹嗣增两年之后的这首诗则表达出相似的无助之感:"儿女不知三窟意,牵裾犹说要归家。"②

在 1885 年到 1886 年间,詹熙将可能长至五岁到十岁的样子,能够记住家族创伤了。小说的其他特点可能基于詹氏家族历史。例如,王宝华(译者按:王庆棣的父亲、詹嗣增的岳父)是一位族长,住处距詹嗣增和詹家不远。尽管他是王庆棣而非詹嗣增的父亲,他仍给詹熙留下很深的印象,并可能成为詹熙所构思的魏家族长的原型。家族中孩子们的分布方面,也说得通:四个儿子加一个女儿,最大的和最小的之间有 11 岁的年龄差距,这很可概括詹熙家庭的家庭形态(除去那些早夭的兄弟姐妹),尽管这些关联不是作者有意而为之的。

有几个要点可以以模糊些的方式联系在一起。小说中的一个人物,即八股文教师孔先生,暂时为将军工作了一段时间;但他很不喜欢他的上司,最终离开了工作——这一切意味着什么?这段情节有什么非虚构的、传记性基础吗?据说詹熙的父亲曾离开左宗棠幕下,去照顾他生病的母亲;③但他也可能是在任职期间遇到过一个像孔先生一样的滑稽人物,抑或,小说可能仅是在反映"八股文体毫无用处"这样的一般观念。④ 有趣的是,在小说的前面,孔先生赞扬了八股文体在赵抃写作的时候还具有的优点——赵抃是一个宋代的人物,詹熙曾书写他生命的故事。小说在其他地方也评论道,这种考试文体在明代是有功用的,那时杰出的文学大师能真正理解把握文体背后的实际写作对象。但在那以后,这一文体就堕落了(第 69 页)。

詹熙的家族关于"三害"的经历是怎样的,这一点尚不清楚。那些一次又一次努力通过科举考试的人物们可能与詹熙自己的父亲有共同之处,后者为科举成功而努力数年。⑤ 无疑,詹熙的母亲、妹妹和其他亲戚可能缠足,因为据说这一地区所有上层阶级女性都有缠足经历(第 8 页)。此外,我们知道詹熙自己的女儿直到 1903 年才放足。詹熙的家族是否像魏家一样被鸦片深深伤害,这个问题我们无法回答;但詹熙对鸦片成瘾状况的形象描绘表明,鸦片出现在他们生活的某个地方或在一些熟人的经历中,这确实是十分可能的。⑥ 我们知道他家族的一些成员或生病,或突然死亡,但在我们知晓最多的案例里,鸦片似乎并不是罪

---

① 王庆棣:《织云楼诗词集》,手抄本,1984 年,藏于衢州博物馆。第一个系列,6b。
② 詹嗣增:《扫云仙馆诗钞》,杭州,1962 年,藏于上海博物馆、浙江省博物馆。第一集,3:13ab。
③ 《民国衢县志》,23:58a。
④ 关于考试文章在这一时期终结的讨论,见 Benjamin Elman, *A Cultural History of Civil Examinations in Late Imperial China*. Berkeley:University of California Press, 2000,pp.585 - 594。
⑤ 詹嗣增至少在"秀才"考试中失败过一次。参见他关于 1849 年应试的诗作,《扫云仙馆诗钞》,第一集,1:3a。如上所述,他最终于 1873 年通过考试。
⑥ Keith McMahon 所著 *The Fall of the God of Money* 提供了大量来自中国和西方资料、关于当时中国吸鸦片现象之普遍性的解释,其中就包括对《花柳深情传》的引用,比如第 148—151 页。Keith McMahon. *The Fall of the God of Money*:Opium Smoking in Nineteenth - Century China. Lanham, MD:Rowman and Littlefield, 2002.

魁祸首。① 我们的确知道詹嗣,增曾为自己的酗酒而担忧,且至少有一次戒掉此病,但是,酗酒和吸食鸦片并不一样。②

简而言之,我们有理由说詹熙在他的小说中利用了家族历史,将其作为主故事的基础。这并不是说,小说确实是自传性的。它之所以不是,可以在转变来临之时对于三害的愤怒的程度,及其时间,这两方面见出。不合时代的时间被用在这个家族中。在太平军造成的直接后果影响之下,魏氏可能确实很进步,他们致力于革除三害。如果我们举天足的例子来看,詹雁来(詹熙的女儿——译者按)的信件告诉我们,衢州第一个天足社团直到1904年才成立,而在40年之前,太平天国政权就已终结。

框架故事讲了如何写作和发表这部小说。它同样很可能是现实和创造的混合物。据我们所知,詹(熙)1897年的时候在上海,小说即在这一年发表。这可被《游戏报》的几篇描写证明。另外,他那讲述低等妓女的诗,即他对一位叫蔡良卿的风尘女子的简述,以及他为卖自己的画而张贴出来的三份不同的广告,都证明了此时的他身在上海。③ 然而小说中郑芝芯的重要作用却无疑是一个创造。在小说里郑芝芯用魏家的故事引起作家绿意轩主人的注意,继而将小说交付出版商。毕竟,郑芝芯与绿意轩主人应分别被理解为传记性人物詹熙的两面:一个是主故事中作者的代言人,另一个则是框架故事中,作为人物角色的作者(当然,在其他地方他将把这用作笔名)。④ 郑芝芯与绿意轩主人这两个人都是小说策略(devices),二者之间的划分乃是人为的。他们共同创造了传记性的詹熙与小说叙述的事件之间有距离的幻觉。

正如主故事的一些方面可由詹熙本人的所历和所思来加以解释,框架故事同样具有来源于作者个人经历这样的特点。詹熙(作品)的前言和开篇一章对促成他小说创作的那些进展持轻视的态度。他在苏州的时候听到了小说竞赛的消息,花了几个星期写了小说,又在两年的时间里携之四处游走,这期间他转向艺术事业。所有这些可能暗示,写作于他来讲并不具有优先的地位,他的小说是迅速、匆忙地完成的。前言中提到,他后来修改了小说,修改版可能内容充实,但作者/叙述者的解释无法给我们那种他花费了大量心血写此小说的感觉。不过从一些方面来讲,小说似乎是细致安排的作品。这在故事被架构的方式和虚构事件本身这两个方面,都是如此。

我们知道,具有一个框架故事,这在一些特定种类的晚清的写作中是很典型的。帕特里克·韩南(Patrick Hanan)曾借詹(熙)的小说情节安排,来展示小说中的"介入作者(involved author)"。克洛伊·斯塔尔(Chloe Starr)对"青楼小说(red-light novels)"的分析也触及了这一话题,尽管说《花柳深情传》属于另一不同文类。两位学者的研究都证明了《花

---

① 王庆棣的哥哥,王庆治,便是一个例子。她在诗作的一个注释中提到,他们一起在四川学写诗的时候,她的哥哥算得上是一个花花公子,参见《织云楼诗词集》的一个注释,9a:"兄在名山署中,日惟饮酒赋诗,不与俗事"。这听上去不像是一个瘾君子。詹塈同样是英年早逝的,但他极力反对吸食鸦片,这一点可在本书后面的章节见出。
② 《扫云仙馆诗钞》,第二集,2:85。
③ 根据詹塈的《花史》,第107页,詹熙第一次见到蔡良卿是在十年以前,1885年秋季。然而,此书在接下来的十年之内不会刊印出版。见詹塈《花史》,作新社,1907(1906),藏于浙江省博物馆。
④ 另一个代言人是最小的儿子,月如。这个笔名在其他地方的使用,参见,例如,《龙游县志》,40:35a。

柳深情传》不是第一部像这样将写作过程戏剧化的小说。①邹弢的《海上尘天影》(1894)是另一部这样的作品。因为詹熙在他小说的第十四章提到了邹弢的小说,我们便有很好的理由将邹作视为一个影响的来源。

在这众多的叙事设置细节中,我们还可以加上邹弢与詹熙两个人在人生经历方面的相似之处。两个人都出生于1850年。此外,他们都在旧秩序中通过了科举考试,且都对教育改革深感兴趣。②他们并非来自同一个城市,邹弢来自无锡,但他的家族在深受太平天国动乱之苦方面,与詹熙相同。如在本书最后一章将讨论到的,很有可能的是,邹弢与詹熙至少是相互认识的,他们更可能是朋友关系。至少,我们知道他们有一个共同的熟人杜晋卿,当然了,他们都认识詹壿(詹熙的弟弟——译者按)。③

另一个传记性方面的兴趣点在于,詹熙为小说能赢得作家王韬的支持付出了努力。我们不清楚是什么促使詹熙这么做,但我们知道王韬(像邹弢和詹熙一样)是《申报》增刊的投稿人;且王韬为邹弢的《海上尘天影》作序。不幸的是,詹熙的希望因王韬的健康状况而破灭了。1897年春,詹熙见到王韬时,王韬已生命垂危,于1897年5月去世。詹熙的前言所能讲到的仅仅是,王韬给了《花柳深情传》以口头赞赏,但没有任何表示认可的书面文字留世。

还应该考虑到另一种类型的影响因素:越来越多的用汉语写的传教士小说,以及非传教人士的具有基督教目的的小说翻译,如斯托(Stowe)的《汤姆叔叔的小屋》(*Uncle Tom's Cabin*)。一个人先成为"三害"之一的受害者,继而又从这状态中恢复过来,这种快速而彻底的人物转变,在汉语基督教写作中也能找到。④斯托的作品是傅兰雅的小说竞赛背后的启发力量之一。⑤詹熙写小说时不可能直接了解《汤姆叔叔的小屋》(它1901年才被翻译过来),但小说可以加快改革进程的想法,却是他的核心观念之一。我们可能永远不能确定无疑地知道是什么促使詹熙选择这样一种创造性的方式去架构他的小说,但可以猜想,这里面有西方和中国两种观念的结合。

《花柳深情传》中的三种修辞策略:

初看时,詹熙的小说似乎相对浅直。它是一个说教的、以情节为驱动的作品,如果不加注意,人们就可能忽视隐藏在表面之下的诸多策略。这里有三个例子。

---

① 关于更多架构小说的方法,见 Starr, *Red-Light Novels*, pp.73 - 124;以及 Des Forges, "From Source Text To Reality Observed", pp.67 - 84。

② 关于教育改革,见朱德慈,《近代词人考录》,中国社会科学出版社2004年版,第138页。

③ 另有一部青楼小说可能影响到詹熙——俞达(1797—1870)的《青楼梦》(1878)。在詹熙的小说出现的25年之前,俞达是另一个为《申报》增刊写文章的作者。俞达以"吟香氏"为笔名。

④ 对这类小说中的某一些的描述,参见 Patrick Hanan, "The Missionary Novels of Nineteenth-Century China", In *Chinese Fiction of the Nineteenth and Early Twentieth Centuries: Essays by Patrick Hanan*. New York: Columbia University Press, 2004, pp.58 - 84, 75 - 76。

⑤ Hanan, *Chinese Fiction*, p.77。

太平军

　　第一个修辞策略是对太平叛军的运用,它作为一个危机,将所有事件调动起来。这是个聪明的(如果说有点冒险的)动作。这里的风险是,太平军可能被描绘为"三害"的不可替代的敌人。对魏家来说别有意味的是,任何笃嗜八股文、鸦片或小脚的男人都越来越深地陷入叛军带来的危险之中,缠足的女人同样如此。然而,从逻辑上讲,事情的这般状况可以转换为一个前提,即太平军是一项有价值的事业的倡导者——除去一个事实,那就是他们的方式显得残忍和可怕。

　　在太平军进犯的过程中魏家实际上失去了两个家庭成员(赵姨娘和女仆春云)。因为孩子们的母亲在小说开始之前就已去世,赵氏实际上主持着大家庭,但她却显示出德性的缺乏。贪婪的品性使她在危难之时偷走了家族中的烛台,再加上她的一双小脚,这些限制了她的活动。她死在入侵者的手里,死于可怕的强奸和焚烧。春云的死略微体面一点:她仅仅是从树上掉下来。太平军进攻的暴力性掩盖了一个事实,那就是从意识形态上来讲,他们的政治议题与詹(熙)所努力推行的理想政策是相合的。

　　詹熙借助几种方式,弥补了这一可能性造成的尴尬情况。第一,在太平军涉足西溪村之前、也在祖父(以及父亲)垂死的禁令之中提出了改革,这样,"三害"在家庭成员的眼中便已经被证明是有害的了。他进一步引入了第二个、也是更好的一套使魏家拒绝三害的原因,它们与太平军无关。随着情节的进展,活下来的家庭成员自己逐渐对为何三害有如此大的危害有了了解。尽管太平军的入侵是魏氏家族自我提升的最直接的原因,但却是天足和摆脱毒瘾带来的自由,以及西方知识——这些东西的明显优势,使他们最终离开了原有的生活方式。

孔先生

　　小说的第二个策略,把考试文章教师孔先生与一系列次要情节和关注点联系在一起。如果不是孔先生,小说就不会对当代事件有如此广泛的报道;在第十一章里,魏氏成员也不太会知道,在家乡受到灾难性的进攻之后,如何能相互找到彼此。然而从表面上看,他却像是一个笨手笨脚的老傻瓜。

　　开始的时候孔先生是四个男孩和一个女儿的家庭教师。这一家的祖父,魏老先生,在小说的第十章、太平军刚要到来以前去世。吸鸦片上瘾的父亲也是在这时去世。这肯定不是巧合。这一系列事件给家族的经济带来了不确定性,也结束了孔先生作为孩子们的教师的工作。如今孔先生漂泊不定,他承担了一项新任务:充当家庭成员之间的纽带。他从未主动担任这一角色,而是它落在他身上,因为他认识他们所有人,也因为他在如此多的工作中失败,以至于必须频繁在迁移于各地。一开始,他努力在一个乡村寺庙建一所旧式学堂,但太平军来了以后此事便无法继续下去。这些事件使他想要成为左将军军营中的一个幕友(詹嗣增自己也曾任此职),但在军营里,他那些过度雕饰的句子让他陷入困境。他接着尝试上海,他试着在那儿找一份报社记者的工作,但是他那些无病呻吟的句子再一次暴露了他的所谓的博学是毫无用处的。更糟糕的是,他太天真,抓不住青楼文化的要点,最后自己大出洋相。这些失败强调了他操用和践行的那种语言及行为方式是过时的。但它们也为读者提供了一个窗口,由此可以看到军营世界、青楼世界。

从第十四章到几乎是小说结尾，孔先生都在四处漂泊，告诉魏家的人这个在哪儿、那个在哪儿，由此使魏家家族成员之间相互联系。他们彼此知道了别人所在的地点，最终设法回到家乡，或与已经到家的人重建联系。正如我将要在第五章指出的那样，晚清的评论者们对这一时期的后来的几部小说的描述，都是基于《水浒传》的经典范本而作出的，这样做的目的是以一种能让读者理解的方式将（小说）事件有序化。评论者们的意思是，有一个人物，他（或她）自己并非特别重要，但却使重要人物之间建立起交流的渠道，众多人物这样就被串在一起。詹熙的小说中没有一个字提到《水浒传》，但孔先生把其他人物联系起来，这样的方式，当时的读者可能是很熟悉的。①

女性和阶级

通过另一种方式，孔先生成为一个联系性的手段策略。像孔先生这样一个受过教育的人——小说中他去杭州参加过一次乡试——最不可能娶一位农民为妻，但这却是詹熙构想出来的情节。孔先生的妻子，劳氏，有一双天足，尽管她不能读写，可在实际事务方面的能力很强，这一点恰与她的丈夫相反。当她丈夫丢了在魏家的工作时，她依靠娘家的资源、儿子的帮助，成功建起一个农场。随着小说的进展农场经营得越来越好，因而多亏了妻子，倒霉地各处漫游的孔先生才能有家可回。农场最严重的问题是缺水，但这也使西方的新知识在小说最后有了展示其实用价值的机会。

现实当中，我们从《民国衢县志》中了解到，在衢州，只有少数民族女人是不缠足的。这些少数民族的人生活在山上。这些女人不可避免地被雇佣为劳动力。②这个少数民族的人被叫作"徐客"。在小说中，作者以同样的名称来称呼他们（第14页）。这些人并非一定要和当地人交往，但小说塑造的是一个理想世界，其中，人们能像孔先生和劳氏这样跨越阶级而结为夫妻，同样，一个保有天足的女人也可以进入上层阶级的人物世界。若不是这些本来不可能发生的跨阶级的婚姻的出现——当然了，若不是太平军带来的毁灭，魏家（以及小说的读者们）就永远不可能理解，天足是如何的有用。

在魏氏家庭内，我们发现了第二个、也是更重要的一个关于不识字的女人如何在可能的情况中引领风潮的例子。（太平军）入侵的一个直接后果是，仆人雪花被推到了前台。由于魏家女儿阿莲不能快走，所以是这位女仆——她来自广东、保有天足——背着女主人，护送、转移她，徒步走了三天，先是把她藏到一个洞里，接着将她带到江西的安全地带。到了江西，雪花继续照料女主人。她先是为她们两人找了一份为左将军加工弹药的工作，接着避开了一个可能的攻击者。在那之后，她为女主人弄到了一个临时的家，与一位合适的闺秀及其丈夫住在一起。在故事讲述中我们（通过阿莲的预示性的梦）了解到，一位菩萨目睹并掌控着这一系列冒险性的奇遇，且雪花最后会成为她的真爱、魏家次子的妾，而此时这个魏家公子正沉迷在考试文章当中。最后，阿莲在

---

① 更多的此种模式，参见 David Rolston, *How to Read the Chinese Novel*. Princeton: Princeton University Press, 1990.
② 《民国衢县志》, 8:12b。

江西出嫁，育有一子，但丈夫死后她回到了西溪村的联合家庭之中。

与此同时雪花已经在她的女主人到来之前回到家，是她，开始将功能失调的魏家整合起来。别的人都不能接管这个任务。长子（镜如）被鸦片消耗得如此严重，以至于做不成任何事；次子（华如）正身在苏州，追求仕途经济，此时很不快乐，尽管他最终使事情变得好起来；第三个儿子（水如）是一个陷在对小脚女人的迷恋之中的败家子，而第四个儿子（月如）则尚在幼年。此外，赵姨娘不在了，魏家就没有了管理者。雪花做出表率，她展现着意志和个性的纯粹力量，把一片土地改造成一个自给自足的农场；她避免了女人们的懒惰和相互中伤，维持着局面，直到所有的女人一个接一个地放足，并取得自己的成功。最后，当阿莲回家的时候，她同样受到启发，放开双足，生活质量也跟着提高。

不出所料，雪花被华如当作女子中的英雄而称赞（第131页）。孔先生的妻子，劳氏，则是第二位英雄人物。赵姨娘是一个负面典型，而阿莲（最有名望的闺秀），在她学着雪花的样子放足，为经营家庭贡献天赋和才智以前，还算不上是一个女英雄。然而与表面所见相反的是，这部小说的心态，并非要赞扬下层阶级相对于上层阶级而言的长处。作为一个测试案例——闺秀们如何在新秩序中自处，阿莲最终在重要性方面超过了雪花，在小说的结尾，她达到一个新的精神高度。小说家可能想要借这个形象，对无论如何数量还很有限、活在他心目中的女性读者，发出呼吁或做出指引；更有可能的是，作者设计这一形象是为了开拓男性读者的眼见，使他们相信，一个上层阶级女性可以为社会做出贡献。随着小说的推进，针对缠足的修辞越来越少地聚焦在行走能力上，而是更多地关注这一习俗如何削弱了女子力量——使她虚弱、被动（第105—106页）——的问题。雪花作为一个反例进一步说明，拥有天足使得女性在面对一个捕食者一样的男人的时候少了一些弱势（第85页）。

在阿莲的案例中，关键不是她天生懒惰或被动。其实她在写作、绘画两方面都展现着很高的天赋和才智（第28—29页）；确切地说，她是被缠损双脚消耗了精力。从她的例子中，我们可以得到线索，知道詹熙如何想象未来上层阶级的女性。她一旦摆脱了累赘，便开始把自己的天然力量和后天训练带来的好处都利用起来。这意味着阿莲可以帮助雪花管理财产。由于雪花最终成为她所爱之人、魏家次子的妾（随着小说进展她的形象渐渐变得苍白，她变得更加女性化），雪花不再有志于管理，所以阿莲去担任这一角色是可能的。这个时候，家中其他的几个女人，包括魏家次子的正房妻子（邹小姐），都放了足，转变了现实状况。最终，阿莲成为一个富有的女人，她的儿子在广东，也在生意上获得了成功。

第三个情节：女主人和女仆。

第三个情节可从《花柳深情传》推断出来。它嵌套在主要情节当中。就小说的基本结构来讲，缠足问题被设置成魏家第三子对小脚女人的痴迷；因而，它与长子的鸦片成瘾、次子对考试文章的沉迷是平行的。按理说，第三子向天足的"转变"，应该可解决所有的缠足问题了。然而，在这里"转变"过程的运作与另外两"害"不同。第一，较低阶层的女性指明了道路，于是阿莲不是从某个兄弟，却是从女仆雪花那儿知道了天足的好处，这是从这两个女人在太平军那儿的可怕经历当中得来的教训。第二,甚至是在每个人都安全回家以后:魏家的人见到了雪花的行动,于是,所有的女人开始自觉地要求天足。这其中包括邹小姐,她是魏家老二的正房妻子,雪花与她共事一夫。是她们掀起的热情浪潮,使相对清醒的老二和相对来说较为堕落的老三意识到了缠足这个问题,而不是别的问题。这"第三个情节"被引入,以加强主故事里三个转变的其中一个。它延续了主情节的逻辑,但强调了女性的自主力量,从而形成一个意外的变化。

我们可以毫无困难地确定这部小说第一个和第二个情节所受到的影响。第一个情节是被傅兰雅小说竞赛这种术语所塑造的,而第二个(框架故事),则可归因于"青楼小说"的文体实践,以及其他在那一时期受到欢迎的小说创作实践。① 那么第三个情节是从哪里来的呢?其中一个可能性关乎汤宝荣,他是小说《黄绣球》的作者。从汤宝荣为他的朋友徐珂(1869—1928)的诗集写的一个补充说明中,我们得知一个事件,它可能对第三个情节背后所蕴含的思想有启发作用。事情似乎是这样的:当汤宝荣某次生重病时,他的妻子史潇偕曾不得不频繁地从一位西医那里买药;一天,一个大脚女仆意兰到了汤家,她随同史氏一起去医生那里;西医的妻子那天便向史氏讲述天足的好处。后来,汤宝荣偕妻子搬到了上海,那里提倡天足的势头正盛。意兰死了,此时的史潇偕已年及半百。她未受阻于年龄,勇敢放足。② 史氏做出决定,多多少少是受到这个女仆一些间接的影响。汤宝荣对此印象是很深刻的。他于是写了一个报道,描述发生了什么。同样的故事对徐珂来说也印象颇深刻,以至于他把汤宝荣的报道与自己的一首诗放在一起出版。

这段情节如何与詹熙联系起来?我的意见是,詹可能从汤,或其他住在苏州的人那里听说了这个故事。汤宝荣那时在苏州,卧病在家,这发生在徐珂的诗作出版"十年"之前。这些诗的出版日期是1903年,"十年"的说法把我们带回到大概1893年,因而在某一段时间(1896年)前后,根据汤宝荣的诗作,他那时病得很重。③ 根据《花柳深情传》的序言,詹熙1895年也在这个城市,此时他听到小说竞赛的消息,写了小说的大部分。他有可能并未直接与汤宝荣交谈吗?或可能从共同的朋友那里听到这段情节故事吗?尽管阿莲与雪花、史潇偕与意兰之间,关系是不同的(不是正房妻子和女仆的关系,而是年轻小姐和女仆的关系),但我们确实见到正房夫人学习女仆/二房夫人雪花的事情。这最好的例子,乃是邹小姐。

---

① Starr, *Red-Light Novels*, pp.73 - 124.
② 这段情节在 Dorothy Ko 所著的 *Cinderella's Sisters* (pp.18 - 23) 中有所讨论。另见徐珂《天苏阁丛刊》,丛书集成续编,集部,第一六一卷,上海书店1994年版,第120—121页。
③ 见汤宝荣《颐琐室诗》,2:2a. 他那年写的诗暗示他病了。汤宝荣:《颐琐室诗》,汤氏家刻,(苏州?),1890年,藏于苏州图书馆。

汪东致盛静霞论词丛札考释

楼　培*

摘　要：汪东致盛静霞未刊手札12通，其时间跨度从1945至1960年，内容主要为汪、盛师弟切磋讨论词体创作，盛静霞后与夏承焘合作编注《唐宋词选》，亦多向汪东请益问学，得到汪东的详细指教。从中可见汪东词学功力深厚，汪、盛师徒关系融洽，亦稍稍折射出20世纪中期的时代变迁与学术转向。

关键词：汪东；盛静霞；夏承焘；《唐宋词选》

汪东(1892—1963)，原名东宝，后改名东，字旭初，号寄庵，别署寄生、梦秋等，江苏吴县(今苏州)人。1903年就读于上海震旦学院，与于右任、邵力子等同学，1904年东渡日本留学，先后入东京陆军预科成城学校和早稻田大学。同时结识孙中山并加入同盟会，任《民报》编撰。为章太炎高弟，与黄侃、钱玄同、吴承仕同列章氏四大弟子，或加上朱希祖，并称"章门五王"。民国后历任总统府咨议，内务部佥事，浙江象山、於潜、余杭、桐乡等县知事。后任中央大学中文系教授兼主任、文学院院长。1938年，应震旦老同学于右任之邀，出任监察院监察委员，1944年起担任国立礼乐馆馆长。抗战胜利东归后，又担任国史馆修纂。晚年留在大陆，颇寄情于词，恭楷缮录编定《梦秋词》二十卷，近1400首。

盛静霞(1917—2006)，字弢青，江苏扬州人，1936年入中央大学中文系，为吴梅、汪辟疆、汪东、卢前等名教授之得意门生，曾在之江大学、杭州大学任教，著有诗词集《频伽室语业》。其夫蒋礼鸿(1916—1995)，字云从，浙江嘉兴人，曾就读杭州之江文理学院国文系，受教于钟泰、夏承焘、徐昂诸先生，后执教于之江大学、蓝田国立师范学院、中央大学、杭州大学等，著有《敦煌变文字义通释》《商君书锥指》等，为现代著名语言学家、敦煌学家、辞书学家。

承云从先生哲嗣蒋遂老师慨允，今将其家藏汪东书札按时序稍加整理考释，以飨同好，并略补文献之阙①。因信函内容关涉词人词作为主，故统命以"论词丛札"。汪东曾经说过：

---

* 作者简介：楼培，杭州师范大学人文学院讲师，主要研究方向为中国古代文学与文献。本文系浙江省哲学社会科学重点课题(17NDJC003Z)、教育部人文社科研究青年基金项目(19YJC751024)、浙江省教育厅课题(Y201533719)、杭州师范大学科研启动项目(4065C5021820455)阶段性成果。

① 目前搜集汪东诗文最全的当属苏州大学薛玉坤先生整理的《汪东文集》(河南文艺出版社2015年版)，包括《梦秋词》《寄庵诗存》《寄庵文存》《杂著》《随笔小说》等部分，《寄庵文存》收有汪东致钱玄同、柳亚子、龙榆生等共11通书函，本文披露者未见。

"中央大学出了两位女才子,前有沈祖棻,后有盛静霞。"这句话被引用不少[①],但真正了解盛静霞及汪、盛师弟关系的人却似寥寥,本文披露的书札或可为此语添一个注脚。

一、1945年8月3日函

弢青足下:

前得七月三日手书,适匆匆以事入城,淹滞半月,始得返碚[②],致稽裁覆。而足下嘉礼又复后期失贺,深用歉然。读倡和词,风华旖旎,难为优劣,知闺房之乐,必不减于赵李、赵管[③]也。女子自作新婚词者,记《小檀栾汇刻闺秀词》中有孙氏一首,忘其名,中两句云"算只有,菱花知侬心喜",彼时境俗不同,故犹未能尽情言之耳。暑后任教何处,仍盼嗣音。专颂

俪福。不一。

汪东顿首
八月三日

1945年7月24日,蒋礼鸿与盛静霞在重庆结婚。从此札看,盛氏7月3日即有函致汪东,或有邀请恩师莅临婚礼之意,汪氏"以事入城,淹滞半月",无从答复,遑论出席。嘉礼成后,盛氏又奉上夫妇唱和之词报喜兼请政:

瑶台第一层(蒋礼鸿)

民国纪元三十四年六月十六日(今按:阴历),与弢青结婚渝州。嘉宾不弃,惠然肯来,爰乞题名,以留永念,并制慢词为引。

连理枝头侬与汝,人天总是双。瑶华小谪,回头蓦见,只是迷藏。分明相见惯,怯此度烛底轻狂。难回避,催人密誓,长命鸳鸯。　风光,联翩裙展,筵前共看杜兰香。华镫泄绮,羞霞酡玉,幽意无量。更房栊窈窕,笑语里、送入仙乡。记情芳、向浅红罗帕,翠墨行行。

前调(盛静霞)
和云从婚筵韵

明镜台前肩并处,笑看恰一双。罗衾雪粲,宝奁月满,密幄云藏。相携还试问,问者番可许轻狂?低回煞,怕仙云梦邈,迷了鸳鸯。春光,筵开图画,氤氲都是酒红香。无

---

① 蒋礼鸿、盛静霞:《怀任斋诗词·频伽室语业》,参黄征《前言》,香港天马图书有限公司2004年版,第1页;陆蓓容:《萧条异代使人愁——沈祖棻与盛静霞》,收在其著《更与何人说》,中华书局2011年版,第139页;沈卫威:《文学的古典主义的复活——以中央大学为中心的文人禊集雅聚》,《文艺争鸣》2008年第5期。按:沈祖棻(1909—1977年),字子苾,别号紫曼,浙江海盐人,生长于江苏苏州。1931年入南京中央大学,1937年与程千帆结缡。曾任教于多所大学,为现代著名女词人、学者,著有《涉江词》《涉江诗》《微波辞》《唐宋词赏析》《唐人七绝诗浅释》等。

② 重庆北碚,当时国立礼乐馆所在地。

③ 赵李,即赵明诚与李清照;赵管,即赵孟頫与管道昇。一般认为两者皆是古代才子佳人、琴瑟和谐的夫妻典范。

端凝坐,怎禁羞涩,不许思量。又纷纷催说,说早早、好入花乡!郁芬芳、有流苏一地,烛影千行。①

汪东读后赞为"风华旖旎,难为优劣",又联想到徐乃昌辑《小檀栾室汇刻闺秀词》中孙氏之词。孙氏名荪意,有《衍波词》一卷,其自作新婚词调寄《洞仙歌》,词云:"画堂银烛,照氤氲瑞气。吉日良时是谁筮。看门阑、喜聚冰上人来,人争羡、两座辀轩太史。　晓妆云鬓掠,玉镜台前,试点青螺晕眉翠。偷捡彩罗箱,条脱双金,循环意、袖中私系。怪无语、人前镇含羞,算只有、菱花知侬心喜。"②

撰《寄庵随笔》时,汪东也特意表彰《小檀栾室汇刻闺秀词》和他的填词女弟子:"古今女子以诗文名家者,代不数人,词则自李易安、朱淑真后,能手辈出。南陵徐氏有《小檀栾室汇刻闺秀词》,虽网罗未尽,亦云巨观。盖词以绮丽绵密为尚,正女子性情所宜也";"余女弟子能词者,海盐沈祖棻第一,有《涉江词》传钞遍海内,其《蝶恋花》《临江仙》诸阕,杂置《阳春集》中,几不可辨";"又有尉素秋者,萧县人,亦卒业中央大学……出其词,音节伉爽,与祖棻之凄丽婉曲者异,盖各如其人也";"盛静霞,仪征人。学词后于沈、尉……其词轻倩流利,极可玩讽";"湖北冯润琴,初从潘重规学,有志于词,因重规介,寄其所著《论词》一编请益。其中颇有见到语,复书奖之,遽请受业";最后总结道:"上述数家,皆闺中之隽,异日有续《小檀栾室汇刻》者,必当搜采及之也。"③

二、1947年3月20日函

弢青足下:

前夕自沪返京,获手书词札,不胜快慰。曩闻人告言,足下应浙江大学之聘。今乃知为之江之误也。杭州仆少年时几于每岁必到,西湖之胜,梦寐不忘。然如足下所述清景,则犹未尝领略。春末若能重寻旧游,必诣访于六和塔下也。仆久迁居馆中,室在三层楼上,亦足眺远。楼下长河一湾,映以垂柳,颇有诗意。惜隔岸人家芜秽杂乱,远不若足下所处境界之幽静。惟京尘十丈中,得此亦差胜耳。写示数词极轻倩绵邈,但晦黯过甚,不知何以为此也。昔祖棻谓仆词过哀,仆谓祖棻亦尔,不意又有足下,岂词人心灵大都郁伊善感耶?讽慨之余,偶和《采桑子》一首,录如别纸,望直指其疵谬为幸。仆整理平生词稿及近作者,都三百余首,写为五卷,异日相见,必付足下校定之也。云从在京是否仍教中大?余不一一,手问起居。

东顿首
三月廿日

---

① 蒋礼鸿、盛静霞:《怀任斋诗词·频伽室语业》,第209—210页。
② 徐乃昌辑:《小檀栾室汇刻闺秀词》第一集,清光绪二十一年至二十二年(1895—1896年)南陵徐氏刻本。该集卷首有词人姓氏介绍:"孙荪意,原名琦,字秀芬,一字碧玉,仁和(今浙江杭州)人。孙震元女,训导萧山高第室,举人丙曦湖南盐道枚之母。工诗,著《贻砚斋诗集》,洪亮吉为之序。爱猫,著《衔蝉小谱》。"
③ 汪东著,薛玉坤整理:《汪东文集》,河南文艺出版社2015年版,第490—491页。

采桑子

秦淮自绕孤城住,涨绿滴空。镜影重重,想入华严帝网中。　　如何万里登楼日,独望遥峰。市地回风,不送南屏月下钟。

据夏承焘先生《天风阁学词日记》1946 年 3 月 14 日:"得云从重庆函,托为其夫人问下期之江大学事。"①当时蒋、盛对教职已未雨绸缪。蒋礼鸿虽仍执教中央大学中文系,但 1947 年被莫名解聘,随即携妻同到之江任职。盛静霞"写示数词"已难确指,但其中《采桑子》一阕原作尚存:"满江摇漾寒光碎,塔影凌空。月影千重,一叶银帆缓缓中。　　飞潮咽咽如倾诉,云乱孤峰。人立秋风,独自吟哦闻夜钟。"②汪东和作续有改订,见下函。"词人心灵大都郁伊善感"之叹,汪、盛皆有词作,亦见下函。"整理平生词稿及近作者,都三百余首,写为五卷",大致即今《梦秋词》前五卷,起己酉(1909 年),迄丁亥(1947)。

三、1947 年 4 月 16 日函

弢青足下:

复书快悉,数词均有意味。"神京"二字夏君③以为不妥者,或嫌此称犹帝王时所专用也。仆则以为"便到"二字似过分表示满意,虽故反言之,然不显豁,倘改"也算归程"四字,不知能适符足下之意否?仆前寄《采桑子》词,匆匆和成,其中用佛典语,终觉于词不宜,故已改前四句为"秦淮自绕孤城住,绿净涵空。桃李花重,仿佛簪花镜影中"。或较妥允。亦望足下直指其是否也。兹更和《浣溪沙》一阕如下:

谁道温柔即是乡,春归人去两茫茫。此时欲断已无肠。　　桃树身僵休待李,蚕蛾丝尽只留桑。玉箫新谱换伊凉。

前半脱口而成,后半则极费苦思,盖桑、凉韵似易实难,不免拘窘。足下以为可存否?下月或可到杭,如不遂愿,即盼足下暑假来京畅论词理也。余不一一。手问起居。

东顿首
四月十六日

盛静霞到之江拜谒夏承焘先生后,由蒋礼鸿手录其诗词精华一册,题为《碧蒩词》,送呈夏先生览正。夏先生对盛静霞的诗词才华颇为赞赏,一一加批,于卷末写道:"以作家相期,故多刻核之评,谅之勉之。"④又《天风阁学词日记》1947 年 11 月 25 日记载:"早阅盛静霞词卷,为评泊一过。最爱其《鹧鸪天》云:近来处处成酣睡,何必佳人锦瑟旁。《蝶恋花》云:的

---

① 夏承焘:《天风阁学词日记》,《夏承焘集》(第六册),浙江古籍出版社、浙江教育出版社 1997 年版,第 636 页。

② 蒋礼鸿、盛静霞:《怀任斋诗词·频伽室语业》,第 230 页。

③ 夏承焘(1900—1986),字瞿禅、瞿髯,别号谢邻、梦栩生,室名月轮楼、天风阁等。浙江温州人,曾任之江大学、浙江大学、杭州大学教授,毕生致力于词学研究和教学,著有《唐宋词人年谱》《唐宋词论丛》《姜白石词编年笺校》等,是现代词学的开拓者和奠基人之一,被誉为 20 世纪"一代词宗"。

④ 杭州市政协文史委员会编:《之江大学的神仙眷侣:蒋礼鸿与盛静霞》,杭州出版社 2012 年版,第 29 页。

的心膏煎复煮,信他一刹能明汝。望其能躬行实践,乃是真词人。"①细籀书札之意,盛静霞当将夏先生修改意见告知汪东,汪氏则另有看法,所论之词应是《浪淘沙·寄云从南京兼怀祁姐》:"楼外已双扃。断没人行。跫跫自数一声声。踏遍空楼千万遍,也算归程。江上月孤明。风起前汀。论诗常记一灯清。犹有幽人芳躅在,未是伶俜。"②可见今《频伽室语业》本已遵从汪东建议改为"也算归程"。汪东对己作亦是呕心沥血,惨淡经营,前函中的《采桑子》词改订数句,收入《梦秋词》时即以此为本,此札中的《浣溪沙》词后来又有修润,可参《寄庵随笔》记载:

前数年,余有所怅触,偶作《浣溪沙》云:"谁道温柔即是乡,春归人去两茫茫。此时欲断已无肠。桃树身僵休误李,蚕蛾丝尽只留桑。可能沉醉换悲凉。"寄示静霞,得其报书,云:"短令沉着绵邈,何可企及。词人多郁伊善感者,当缘此人间世本是苦多乐少。言为心声,而词境婉曲,不如诗之较放,故益见纤结耳。"附和章云:"一堕瑶华即恨乡,无端万感总茫茫。那从字里见回肠。见说词人都一例,几番碧海换红桑。有情终古是凄凉。"观其言,可以知其词境。③

四、1948 年 3 月 3 日函

云从、弢青足下:

还苏度岁,归展手书。人事纷繁,又稽裁复,良歉然也。闻获掌珠,弥深欣慰。诗词各擅胜场,想见唱和之乐。祖棻则久无讯来,或因保育辛劳,遂致无暇握管耳。西湖是仆第二故乡。胜利东还,每思访旧,然蹉跎至今,固由俗尘牵绊,亦感物力艰难。旅费游赀,不堪负担,虽言之可笑,而确是实情也。《礼乐半月刊》第廿四期已在付印,俟出齐后,当更重令并寄。此颂

俪佳。

东顿首
三月三日

丁宁女士④未知消息,弢青能介绍一谈,良所愿也。

《礼乐半月刊》由复员南京后的国立礼乐馆创办,总共发行 24 期,前 20 期于 1947 年刊出,后 4 期于翌年印行,第 24 期正是 1948 年 3 月发行。又蒋、盛"掌珠"即长女盛逊,诞于 1947 年 12 月 6 日,故此札当作于 1948 年 3 月 3 日。

---

① 夏承焘:《天风阁学词日记》,《夏承焘集》(第六册),第 738 页。
② 蒋礼鸿、盛静霞:《怀任斋诗词·频伽室语业》,第 231 页。
③ 汪东著,薛玉坤整理:《汪东文集》,第 491 页。其《采桑子》、《浣溪沙》词,见《汪东文集》,第 64、67 页。盛静霞《浣溪沙》词,见《怀任斋诗词·频伽室语业》,第 232 页。
④ 丁宁(1902—1980),字怀枫,号昙影、还轩,出生于江苏镇江,第二年即随父举家迁居扬州。后生母与父亲相继去世,依嫡母生活。又出嫁后爱女早夭,离婚独身终老,晚景凄凉。曾在南京私立泽存书库、中央图书馆等处任职,1953 年起在安徽省图书馆负责古籍部工作,直至去世。为现代著名女词人,有《还轩词》存世。

关于欲见丁宁事,下函续有涉及。"诗词各擅胜场,想见唱和之乐",《寄庵随笔》亦有论述:"(盛静霞)适蒋云从,情好至笃,尝作《小重山令》云:'细语流香沁齿牙。小庭风不断,漾窗纱。银河偷向枕函斜。良夜永,同梦到瑶华。郎臂印红霞。晓来猜不透,遍寻拿。阿侬贪睡太无邪。云鬟畔,落下凤仙花。'云从长考据之学而词弗逮,与赵明诚、李易安同。即静霞此词,亦不减易安《采桑子》《浣溪纱》诸阕也。"①

五、1948年4月4日函

弢青足下:

前日自苏州返馆,始见三月十八日所发书,慰悉丁女士既懒酬接,自不相强,俟晤柳翁②,当一问之也。示词两首,皆凄婉,"羞眸"一联,颇能曲达仆意,可仍之。惟《减兰》第四句嫌直,全首似小山,而此语类东坡③,故宜斟酌,还质足下,以为如何?祖菜病腕不能书,故无信来。浙山之美,为贤伉俪所独擅,新春有作,勿吝嗣音。匆覆,手问起居。

东顿首
四月四日

丁女士即丁宁,柳翁即柳诒徵,当时同在南京国史馆。察函意,汪东有晤面之愿,而丁宁似作婉拒。"示词两首"之《减兰》不见于今本《频伽室语业》,另首有"羞眸"一联者,《寄庵随笔》也有录存评议:

《鹧鸪天》云:"一递红笺意已谐,酒边花气最难排。羞眸怨黛分明说,夜雨残灯宛转猜。　新泪眼,旧钿钗。十年闲恨渐沉埋。休言一去无消息,依旧频频梦里来。"使人读之,真有我亦欲愁之感。年来(蒋盛)夫妇同教之江大学,西湖佳媚,堪箸斯人。④

该词后以《鹧鸪天·改旧作》之题收入《频伽室语业》,字句略有更动,"新泪眼,旧钿钗"改为"天未许,愿终乖",其余一仍其旧⑤。

六、1948年5月23日函

弢青足下:

仆于上月廿三日返苏州,本月一日赴沪,所约游杭之伴,已不及相待,又值复旦校

---

① 汪东著,薛玉坤整理:《汪东文集》,第491页。按此《小重山令》今本《频伽室语业》失收。
② 柳诒徵(1880—1956),字翼谋,晚号劬堂,又号龙蟠迂叟,江苏镇江人,近现代著名史学家、古文献学家、图书馆学家,曾多年执教于南京高等师范学校、东南大学、中央大学,并任江苏省立国学图书馆馆长,1948年当选为中央研究院第一届院士,著有《中国文化史》、《国史要义》等。
③ 小山,晏几道;东坡,苏轼。
④ 汪东著,薛玉坤整理:《汪东文集》,第491页。
⑤ 蒋礼鸿、盛静霞:《怀任斋诗词·频伽室语业》,第236页。

友节为于公①祝寿,酬酢纷繁,前议势不得不罢。至十九日事毕返京,获手书并词两首,极为欣慰。和《浣溪沙》词因凉字韵仍不惬意,故未收稿中。待足下他日相见,再商定之也。示改旧作,皆咏物托意,甚合古法,惟遣辞琢句,仍落清人气息,故不如短令之幽峭也。仆意长调风格,足下所近者为白石、碧山,试心摹而手追之,然后参以清真、梦窗,必当有得。(玉田亦可参观,苏、辛不必学也)②

足下才情,近实罕觏,于吾言定有默契耳。专覆不尽,手问起居。

东顿首
五月廿三日

复旦大学创始人之一于右任1948年过七十大寿,老友汪东赴沪祝寿,事毕返宁,见到盛静霞"手书并词两首",以为其长调不如小令,落入清词窠臼,并指示门径,开出药方,要以两宋词家为导引。《寄庵随笔》中亦有涉笔:"(盛静霞)喜读清初诸家作,余导之以两宋,未遽改也。"③

七、1954年3月5日函

静霞足下:

前岁别后,遂无音问,不知仍在之大否? 仆近从苏州回,家人告言,有杭州来人曾以电话相讯,是女子姓沈云云。细思杭州无相识姓沈者。沈祖棻在苏,不应从杭州来。或是足下,盖"盛"之音误听为"沈"耳。姑作此书相问,即臆度错误,久隔亦应一通消息也。云从想仍任课。足下前曾辍业,顷复如何? 词恐久不作,祖棻亦是如此。仆则他学俱废,唯专倚声,聊以自遣,他日能流传与否,正不必问也! 此书若达,可覆数行。余不尽。即问

俪佳。

汪东顿首
三月五日

从前揭数札,知汪东有游杭之议,亦有邀盛赴宁之念,此函"前岁别后"可见师弟终究晤面,然"前岁"有前年、去年、前几年等数义,目下似难确指何年。问盛"仍在之大否",作为教会学校的之江大学1951年被浙江省文教厅接收,盛静霞因故遭新的校政解聘,或是函中"足下前曾辍业"之本事。1952年经过全国高等院校院系调整,之江大学被拆分至浙江大学、复旦大学等而宣告结束。其国文系与浙大文学院等合并成立新的浙江师范学院,盛静霞于当

---

① 于右任(1879—1964),原名伯循,字诱人,后改右任,别署骚心、髯翁、晚年自号太平老人等。陕西三原人,祖籍泾阳。早年系同盟会成员,南社诗人,国民党元老,长年在国民政府担任高级官职,同时也是近现代著名书法家、教育家。曾与人一起创办了复旦大学、上海大学、国立西北农林专科学校(今西北农林科技大学)等多所高校。

② 白石,姜夔;碧山,王沂孙;清真,周邦彦;梦窗,吴文英;玉田,张炎;苏、辛,苏轼、辛弃疾。

③ 汪东著,薛玉坤整理:《汪东文集》,第491页。

年4月入职该院图书馆,在采编组协助从事图书采购业务,具体担任图书登记及缮写订购片等工作①。1953年11月,盛静霞转至古典文学研究生班做辅导。②

又"沈祖棻在苏",据《程千帆沈祖棻年谱长编》,沈氏自1952年9月至1955年夏,卜居苏州,陆续在苏南师范学院、江苏师范学院任教。此前在武汉,此后到南京、武汉。汪东"从苏州回",称沈在苏,想不至误。其夫子自道"他学俱废,唯专倚声",虽有谦逊,亦系实情。感慨"词恐久不作,祖棻亦是如此",盛静霞从20世纪50年代以来填词极少,沈祖棻自1932年在汪东的词选课上所作《浣溪沙》(芳草年年纪胜游)颇获好评,从此爱上古典诗词创作,但1957年程千帆被错划为右派分子,沈祖棻也受到牵连,此后20年间,她几乎再未作词。③

综上合观,并参考下函内容,此札似作于1954年。

八、1954年3月9日函

静霞足下:

得复书具悉,电话果是足下,且备悉近状甚慰。古典文学将来仍有复兴之日,惟在目下,则非其所急,随顺环境,多习新知,亦甚善也。所问后主词,以足下及云从所说为近是。大抵盛衰兴亡之感,人情所同,何况身受?当其下笔,万感茫茫,无数情绪萦结于一语之中,必有所指,亦无所确指,惝恍迷离,乃真词中要境也。晰言之,盖谓前之盛时乃天上,今则人间,而盛衰一例,去不复留,年光一逝,万象皆空,今之盛开,又安能必其长保邪?触类引申,读者尽可以意领会。若谓自指及指宫女(其实即是盛衰递变中之一角。不加说明而自亦包括在内),则死在句下矣。仆后日返苏,十八日再来沪。专此即问

俪佳。

东顿首
三月九日

夏承焘先生1954年初开讲唐宋词课,盛静霞在2、3月间多次前往商讨词学课讲稿④,正与此札写作时间相符。"所问后主词",当是李煜《破阵子》:"四十年来家国,三千里地山河。凤阁龙楼连霄汉,玉楼琼枝作烟萝,几曾识干戈。 一旦归为臣虏,沈腰潘鬓消磨。最是仓皇辞庙日,教坊犹奏别离歌,垂泪对宫娥。"⑤盛静霞对李后主词甚有会心,1955年春完成论文《论李煜词》,探讨李煜在词史上的地位。

---

① 浙江大学档案馆 HD-1958-DQ-0154-005、080。
② 夏承焘:《天风阁学词日记》,《夏承焘集》(第七册),第361页。
③ 此段论沈祖棻处,参徐有富编著《程千帆沈祖棻年谱长编》,南京大学出版社2013年版。
④ 参夏承焘《天风阁学词日记》,《夏承焘集》(第七册),第381—387页。
⑤ 李璟、李煜撰,王仲闻校订:《南唐二主词校订》,中华书局2007年版,第63页。

九、1955 年 1 月 8 日函

静霞足下：

　　本月六日书具悉。仆于四十日前又迁回原处，唯路名已改为乌鲁木齐中路，此后来信可照封面写。

　　足下近方佐瞿禅先生致力于词，闻之甚慰。昔人云"诗无达诂"，盖谓其言隐约，函义多方，不可拘泥也。词亦犹是。故注释之道，举典尚易，解意为难。兹姑就所问者略答如下：

　　藕丝秋色，自是指绮罗之色，以此剪为人胜，亦即指人胜之色也。下两句皆言头饰，互相关连，不必再托衣服。

　　宝函恐是镜函，下又出鸾镜也。钿雀金鸂鶒，即镜函之饰，既不言钗，无由知钿雀为钗，鸂鶒则更非钗饰矣。与欧词全不相同。彼写燕昵之情，此指离别之感。一有人在旁，一独居凝想也。

　　九华当如《词源》说。

　　喜眃犹善眃，头目瞑眩，亦是酒病，作睡者非。

　　《青玉案》结语所谓赋而比也。既以实写好静之女子，又以寓不趋炎热、冷落独甘之意。

　　碧山故国之思甚深，凡咏物词皆有寄托，各就所见言其大略可耳，不可句句确指，转成讔谜。

东顿首
一月八日

　　上海麦琪路，后称迪化中路，1954 年改为乌鲁木齐中路，即汪东居处所在。"近方佐瞿禅先生致力于词"，指盛静霞与夏承焘合作《唐宋词选》。中国青年出版社于 1954 年 3 月约请夏先生为青年读者编《词选》[①]，至 12 月称"重选唐宋词，与静霞合作，年内恐不能交稿也"[②]。由上可知此札作于 1955 年。盛氏为《唐宋词选》作注释，故而有请教汪东之举。

　　"藕丝秋色"出自温庭筠《菩萨蛮》："水精帘里颇黎枕，暖香惹梦鸳鸯锦。江上柳如烟，雁飞残月天。　　藕丝秋色浅，人胜参差剪。双鬓隔香红，玉钗头上风。"[③] "宝函""鸾镜"等出自温氏另一阕《菩萨蛮》："宝函钿雀金鸂鶒，沉香阁上吴山碧。杨柳又如丝，驿桥春雨时。　　画楼音信断，芳草江南岸。鸾镜与花枝，此情谁得知？"[④]

　　"喜眃"涉及辛弃疾《沁园春·将止酒，戒酒杯使勿近》词："杯汝来前，老子今朝，点检形骸。甚长年抱渴，咽如焦釜；于今喜睡，气似犇雷。汝说'刘伶，古今达者，醉后何妨死便

[①] 夏承焘：《天风阁学词日记》，《夏承焘集》（第七册），第 388 页。
[②] 夏承焘：《天风阁学词日记》，《夏承焘集》（第七册），第 428 页。
[③] 刘学锴：《温庭筠全集校注》卷十，中华书局 2007 年版，第 900 页。
[④] 刘学锴：《温庭筠全集校注》卷十，第 933—934 页。

埋'。浑如此,叹汝于知己,真少恩哉! 更凭歌舞为媒。算合作人间鸩毒猜。况怨无小大,生于所爱;物无美恶,过则为灾。与汝成言:'勿留亟退,吾力犹能肆汝杯。'杯再拜,道'麾之即去,招亦须来'。"其中"喜睡"元大德年间广信书院十二卷本《稼轩长短句》作"喜眩"①。《青玉案》即辛氏元夕词:"东风夜放花千树。更吹落、星如雨。宝马雕车香满路。凤箫声动,玉壶光转,一夜鱼龙舞。 蛾儿雪柳黄金缕,笑语盈盈暗香去。众里寻他千百度,蓦然回首,那人却在,灯火阑珊处。"②

十、1955 年 6 月 10 日函

静霞足下:

　　前送余杭章先生③葬到杭州,曾一到六和塔。彼时适足下以参观苏联馆赴沪,遂不相值。顷展手书,并浙江师院专辑一册,具悉胡适④于一切学问都极浅薄,而好为大言妄论,无一是处。今受批判,已觉其迟。专辑未能逐篇细看,因字小且横排,文字极不惯习此。批判《词选》一篇,议论甚当(胡氏于此本无新知)。碧山并不晦涩,但在亡国之后而怀黍离麦秀之痛,不得不隐约其词耳。咏物诸篇多有寄托,所谓"称文小而其旨极大,举类迩而见义远"者,若概以隐迷示之,非惟背于知人论世之义,亦并不知文也。聊复数言为足下张目,余不一一。手问起居。

东顿首
六月十日

　　瞿禅先生前致意,云从均此。

　　章太炎 1936 年逝世,汪东即撰有《余杭章先生墓志铭》,但国民政府的"国葬"迟迟未能实施,灵柩暂厝于苏州。后经过抗战与内战,直至 1955 年 4 月 3 日,甫由人民政府安葬于杭州,实现章氏生前依张苍水墓长眠之心愿⑤。札中"前送余杭章先生葬到杭州"即指此事。
　　大陆学术文化界在 1954 年掀起了一场全面批判胡适思想的大规模运动。盛静霞(第二作者)与夏承焘共同申报的浙江师范学院 1954—1955 学年第二学期科研计划《胡适〈词选〉

---

① 辛弃疾撰,邓广铭笺注:《稼轩词编年笺注》(定本)卷四,上海古籍出版社 2007 年版,第 398—399 页。"喜眩"另有《宋六十名家词》本作"喜溢",邓氏取"喜睡",从汲古阁影宋钞本、吴讷《唐宋名贤百家词》本《稼轩词》。
② 辛弃疾撰,邓广铭笺注:《稼轩词编年笺注》(定本)卷一,第 20 页。
③ 章炳麟(1869—1936),字枚叔,又改名绛,别号太炎,后以号行。浙江余杭人。中国近现代著名的革命家、思想家、学者。一生著述宏富,在哲学、历史学、语言学、文学、医学、佛学等方面都有精深的造诣,其著作后汇为《章太炎全集》。
④ 胡适(1891—1962),字适之。安徽绩溪人。中国近现代著名的思想家、文学家、哲学家。以倡导白话文、领导新文化运动闻名于世。主要著作有《中国哲学史大纲》《尝试集》《白话文学史》《胡适文存》等,后人编有《胡适全集》。
⑤ 参章念驰《章太炎营葬始末》,收在其著《我所知道的祖父章太炎》,上海人民出版社 2016 年版,第 147—159 页。

批判》,按计划于 1955 年 4 月完成①。胡适《词选》于 1927 年由上海商务印书馆出版,旨在为白话文运动推波助澜。汪东读过夏、盛批胡文后,亦以碧山词"多有寄托"为例,对胡适大加挞伐②。至于称"胡适于一切学问都极浅薄,而好为大言妄论,无一是处",虽是当时批胡风气使然,也隐隐透出太炎学派与新文化派的微妙关系。

十一、1955 年 9 月 1 日函

静霞足下:

得书知新遭大故,失于吊唁,幸营葬事了,仍理旧业,差堪解除悲痛为慰。词须讲诵者多,须注释者少。所问各条,略答如下:

《菩萨蛮》(红楼别夜)一首乃韦庄词,来书误举为温庭筠,其中所指似系两人,瞿禅言不误,盖红楼为暂时游冶之地,虽未免有情,不如归觐家室。韦本北人,流寓于蜀,时有故土之思,此词即前人诗"异乡虽云乐,不如早还家"意,惟出之益微婉耳。翠羽为琵琶饰,足下言是。钗既无饰,且从无以钗拨弦者,华③强作解事,大非。

《蝶恋花》(几日行云)一首乃冯延巳词,误举为韦庄。此词语意甚怨,盖身世之感,托之男女,当系用女子口气写。行云、泪眼皆不限男女,香车虽应属女子,然此类正不必拘泥。假设男女同车而游,何尝不可谓香车邪!

沉檀有香,且有黄色,宫中贵侈,或以汁点唇,未可知也。古今妆饰有异,用具亦殊,如以金贴额,以黄涂颊,皆后世所无。审美观念亦不同,今人以眼重为美,昔以眼单为美。宋词中例证甚多,郑叔问④不知此,遂疑清真词"可惜微重"(《看花回·咏眼》)句读为轻重之重,又以为不应用去声,拟改为熏,真无事自扰也。因论此附及之。

分钗为别离之征,不必用杨妃事,但举以为说,亦无不可。云□□记,纵令检及,亦非辛所本也。

妮有严谨义,盖指燕兵恐惧戒备,而终不足以当汉势之盛。辛自述少年功名,故辞特夸盛,妮字比捉所函为广,若竟以为捉之假借,亦当作把握解,□□作捕获解。惟银胡䩮不知为何物,或以盛矢箭者耶?

---

① 浙江大学档案馆 HD - 1958 - DQ - 0146 - 007。据《浙江省八年来科学研究成就登记表》(浙江大学档案馆 HD - 1958 - DQ - 320 - 002~018)介绍该文:胡适的"词选"在新中国成立前曾经迷惑过青年读者,实际上这本书是充满毒素的。他选作品的标准完全是形式主义的,认为辛弃疾只有小令才是"绝妙之作",很多富有爱国热情的代表作都没有选。南宋末年的名作家王沂孙也被他一刀斩于马下,认为那些"咏物词"都是"做谜""做八股"。至于其中的亡国之痛,以及产生那些咏物词的社会根源却丝毫不提。他就是这样的抽掉作品的思想性和现实性,其用心非常毒辣。本文的目的就在于批判其毒辣的用心,以便青年不再受其毒害。
② 胡适说,"细看今本《碧山词》,实在不足取。咏物诸词,至多不过是晦涩的灯谜,没有文学的价值","姜夔、吴文英、王沂孙的咏物词……都只是做谜,都只是做八股,不是托意"。见胡适选注《词选》,中华书局 2007 年版,第 317—318 页。
③ 华连圃(1906—1988),字钟彦,以字行。辽宁沈阳人。1933 年毕业于北京大学国文系。曾执教于天津女子师范学院、东北大学、东北师范大学、河南大学等。著有《花间集注》《戏曲丛谭》等。
④ 郑文焯(1856—1918),字俊臣,号小坡、叔问、瘦碧、大鹤山人。奉天铁岭(今属辽宁)人,正白旗汉军籍。晚清著名词人,与朱祖谋、况周颐、王鹏运并称"四大家"。著有《樵风乐府》《词源斠律》等。

匆匆所答，未必无误，仍望细考之。仆手头无书可查也。两月前移居"八仙桥青年会五一八室"，以后来信可径寄此。西湖别后二十年，颇萦怀想，以无闲费，遂不果游，容徐图之。专复，即问

俪佳。

汪东顿首
九月一日

"新遭大故"指盛静霞母亲陈春生1955年去世。

韦庄《菩萨蛮》词："红楼别夜堪惆怅，香灯半卷流苏帐。残月出门时，美人和泪辞。琵琶金翠羽，弦上黄莺语。劝我早归家，绿窗人似花。"① 汪东斥为"强作解事"者，即华钟彦《花间集注》释琵琶二句云：

> 金翠羽，谓美人之钗也，王粲《神女赋》："载金羽之首饰，珥照夜之珠珰。"孟浩然《庭菊》诗："骨刺红罗被，香粘翠羽簪。"是其例。黄莺语，琵琶之音也。白居易《琵琶行》："间关莺语花底滑，幽咽泉流水下滩。"此言美人别情悲切，乃以金钗为我拨弄琵琶一曲，哀惋之音，如黄莺语于弦上也。《唐音癸签》云："琵琶之奏，旧皆用木拨，唐贞观中裴洛儿始废拨用手，所谓搊琵琶者是也。"窃按琵琶用拨，唐元和间犹未能废，白居易《琵琶行》云："转轴拨弦三两声。"又云："沉吟放拨插弦中。"皆其例。五代时，自当有沿用者。此云金翠羽之为以钗代拨无疑。②

冯延巳《蝶恋花》词："几日行云何处去。忘却归来，不道春将暮。百草千花寒食路，香车系在谁家树。　泪眼倚楼频独语。双燕飞来，陌上相逢否。撩乱春愁如柳絮。悠悠梦里无寻处。"③

"沉檀"出自李煜《一斛珠》词："晓妆初过，沉檀轻注些儿个。向人微露丁香颗，一曲清歌，暂引樱桃破。　罗袖裛残殷色可，杯深旋被香醪涴。绣床斜凭娇无那，烂嚼红茸，笑向檀郎唾。"④牵连所及周邦彦《看花回·咏眼》，郑文焯曾评："此词似专咏美目盼兮，故先点出明眸，直到收句，仍属一意流转，与龙洲咏眼有别。"⑤郑氏校勘词集数量甚夥，功绩甚大，汪东虽举其校《清真集》之小误，未可由此一言而全面抹煞也⑥。

所论"分钗"似指辛弃疾《祝英台近·晚春》："宝钗分，桃叶渡，烟柳暗南浦。怕上层楼，

---

① 韦庄著，聂安福笺注：《韦庄集笺注》，上海古籍出版社2002年版，第407—408页。
② 华钟彦《花间集注》，上海商务印书馆1935年初版，此据河南大学出版社2008年重印本，卷二第64页。
③ 曾昭岷等编撰：《全唐五代词》，中华书局1999年版，第655页。该书以四印斋本《阳春集》为底本，此篇词牌名作《鹊踏枝》。
④ 李璟、李煜撰，王仲闻校订：《南唐二主词校订》，第15页。
⑤ 郑文焯著，孙克强、杨传庆辑校：《大鹤山人词话》，南开大学出版社2009年版，第80页。又蒋礼鸿作有《大鹤山人校〈清真词〉笺记》，收入《蒋礼鸿集》（第四卷），浙江教育出版社2001年版，第289—296页。
⑥ 详参吴熊和先生《郑文焯批校梦窗词》，收入《吴熊和词学论集》，杭州大学出版社1999年版，第294—322页。

十日九风雨。断肠片片飞红,都无人管;更谁劝啼莺声住。　　鬓边觑。试把花卜归期,才簪又重数。罗帐灯昏,哽咽梦中语:是他春带愁来,春归何处,却不解带将愁去。"①"娖""银胡觮"出自辛词《鹧鸪天·有客慨然谈功名,因追念少年时事,戏作》:"壮岁旌旗拥万夫,锦襜突骑渡江初。燕兵夜娖银胡觮,汉箭朝飞金仆姑。　　追往事,叹今吾,春风不染白髭须。却将万字平戎策,换得东家种树书!"②

十二、1960 年 2 月 5 日函

静霞仁弟足下:

　　先后得手书并所寄《唐宋词选》一本,久不相问而忽如对晤,喜慰可知也。《词选》尚未暇细读,略加翻撷,觉适应今时所需要,去取之间极有斟酌,今人或有不尽同意处,所关极微,它日见时当可论耳。东自五六年十月以后,回苏主持民革,即不常驻沪,嗣又兼政协常务副主席,工作较繁。在党领导关怀之下,幸免大过。然从前于政治不甚关心,今则非挂帅不可,过程良复艰钜。词亦偶作,欲以辛、刘③之体摹写新事物,殊未成功,但一洗绮罗之习矣。匆复不尽,手问起居。

　　云从均此。朤禅先生前并致意。

东顿首
立春日

　　1959 年 12 月,夏承焘作《前言》、盛静霞作注释,两人共同审定的《唐宋词选》第一版由中国青年出版社出版问世。据《天风阁学词日记》,夏先生 1960 年 1 月 7 日收到出版社寄来《唐宋词选》样书多本,其后陆续寄赠唐圭璋、马茂元、胡云翼、陈友琴、余冠英、陈翔鹤、周汝昌等友人,1 月 20 日还特别记载:"静霞示蒋雪逸扬州师范学院函,称许《唐宋词选》,尤誉前言。"④蒋氏之书自是盛静霞寄赠。以此而推,可以想见盛静霞亦当同时呈书业师汪东,并致问候。故此札当作于 1960 年立春即 2 月 5 日。

　　《唐宋词选》选词近二百首,以苏、辛一派为重点,也注意到其他流派与风格,并选取若干民间词,基本上能反映出唐宋词的总体面貌,乃新中国成立后第一部普及性的词选读物,得到学术界的重视与好评,汪东也称其"适应今时所需要,去取之间极有斟酌"。

　　以上 12 通手札,时间跨度从 1945 至 1960 年,内容主要为汪、盛师弟切磋讨论词体创作,盛静霞后与夏承焘合作编注《唐宋词选》,亦多向汪东请益问学,得到汪东的详细指教。从中可见汪东词学功力深厚,汪、盛师徒关系融洽。而他们二人在当代词学、文学研究中湮没不彰,更值得表而出之,此丛札之文献价值自不待言。再者,汪东不但是词人、学者,也是书法名家,初学董其昌,后习颜真卿、米芾,在书札中亦有体现,且不乏以篆书笔法入行楷

---

① 辛弃疾撰,邓广铭笺注:《稼轩词编年笺注》(定本)卷一,第 99 页。
② 辛弃疾撰,邓广铭笺注:《稼轩词编年笺注》(定本)卷四,第 500—501 页。
③ 辛、刘,即辛弃疾、刘过。
④ 夏承焘:《天风阁学词日记》,《夏承焘集》(第七册),第 790—792 页。

者,圆润隽雅,别具风味。此外,汪东从国立礼乐馆到人民政协的任职,古典文学研究在20世纪50年代的式微,批判胡适运动的开展等,在丛札中均有所反映,亦稍稍折射出20世纪中期的时代变迁与学术转向。

从奥维德、卡尔维诺到拉康：
论俄耳甫斯神话变奏中的爱欲问题

涂险峰　汪奕君[*]

摘　要：俄耳甫斯与欧律狄刻的爱情神话最早见于维吉尔的《农事诗》和奥维德的《变形记》，而卡尔维诺小说《宇宙奇趣·无色》则成为这一神话在20世纪的现代变奏。《无色》变更了俄耳甫斯神话诸要素，并以现代性目光重审原始神话所遮蔽的爱的缺失主题。其中，正在生成的宇宙同人类精神之间存在某种呼应关系，而主人公在史前时空的经历则可被看作一场自我与爱欲的发现和失却。它既暴露了古典教化中的遗留问题，又影射现代人独自面对欲望客体断裂时的无所适从。爱的缺失根源于主体自身的异化，它以"美"为幻想媒介，总是企图以"爱"弥合"欲望"之断裂。从奥维德神话到卡尔维诺神话，爱情的原始的外部干预因素虽被去除，却被主体内化为更深的阻碍。此时，失去"大他者"的主体在面对爱的必然缺失之时，会不断发觉和意识到爱与欲的无法弥合，从而陷入更深的虚无。主人公的境遇标示着古典爱欲在后伦理时代的命运，这同拉康精神分析学说所关注的问题有着天然契合。

关键词：卡尔维诺俄耳甫斯神话；爱欲；伦理；拉康精神分析

俄耳甫斯与欧律狄刻的神话最早见于古罗马诗人维吉尔的《农事诗》(*Georgics*)和奥维德的《变形记》(*Metamorphoses*)，讲述俄耳甫斯深入地府向冥王索回爱妻欧律狄刻，却最终痛失所爱的悱恻故事。后世对这一神话有诸多引用或改编，而尤以20世纪意大利作家卡尔维诺的《宇宙奇趣·无色》("Without Colors" in *Cosmicomics*)的改编最为独特。在《无色》中，主人公成为史前无色地球中的一对恋人 Qfwfq 与 Ayl，对外部世界色彩变化的不同态度造成了他们的永恒分离。对比原型神话，《无色》进行了值得玩味的细节变奏，新的史前环境为这对恋人解除了原始神话中的外部禁令之干扰，但结局却依旧是失去。

奥维德神话中的突出矛盾，是作为禁令发布者的冥王同行动主体俄耳甫斯之间的矛盾。冥王对俄耳甫斯的观看禁忌，既反映了古典时代受到"大他者"干预的伦理情形，又遮蔽了爱欲主体自身（俄耳甫斯同欧律狄刻）可能出现的内部矛盾。在改编自这一神话的《无

---

[*] 作者简介：涂险峰，武汉大学文学院教授，主要研究方向为外国文学及其与哲学的相关性研究；汪奕君，武汉大学文学院博士研究生，主要研究方向为外国文学与精神分析研究。

色》故事中,卡尔维诺营造了一种伦理"免疫"的史前时空,但这并未造就新的恋情之完满,反而使恋人之间的矛盾更加凸显且不可弥合。

目前,国外学界对《宇宙奇趣》的关注大多围绕卡尔维诺"乌利波"[①]时期的文本实验及其宇宙思维[②],偏重对其逻辑和理性层面进行解析,而针对其欲望、情感层面及无意识领域的精神分析批评则颇为罕见。个别例外来自罗伯特·拉辛(Robert Rushing)的论文。此文从齐泽克的理论出发,分析了主人公的幻想(fantasy)所表现出的"重复性强迫症"、"阉割焦虑"等症状以及主人公的自我意识之建构,同时注意到了这一神话与奥维德《变形记》的关系[③]。国内学界不乏对俄耳甫斯与欧律狄刻神话的研究,譬如吴琼撰文分析奥维德《变形记》中的观看叙事[④]。但纵观国内外学界,对《无色》一文较少展开专门分析,而对卡尔维诺的神话变奏之精神分析的研究更是欠缺。罗伯特·拉辛虽从精神分析视角展开论述,但并未足够重视卡尔维诺对俄耳甫斯神话的改写本身,且他所沿用的齐泽克式的欲望分析根源于拉康,而绕过拉康谈论欲望,显然制约着他的阐释之纵深。

与既有研究均不相同,本文在探讨"俄耳甫斯神话"从奥维德到卡尔维诺文本中的变奏时,一则揭示被原始神话遮蔽的问题及其在新神话中如何展开;二则从拉康的精神分析理论出发,对两则神话共同关涉的"缺失"主题进行分析,指出原始神话所规避的痛点与新的神话如何对这一痛点进行反思性书写;三则从精神分析学说出发探讨爱欲同美的关联,厘清爱与爱欲之区分,以及以爱弥合缺失的爱情中的"合一"倾向;最后,本文试图表明,卡尔维诺并未停留在反映层面,而是在故事结尾继续揭示现代爱欲的迷思:失去"大他者"的主体独自面对爱的缺失本质时,并未更加自如或有力,而是陷入一种更深的虚无之中。其主人公的境遇标示着古典爱欲在后伦理时代的命运,这同拉康精神分析学说所关注的问题有着天然契合。

一、从奥维德到卡尔维诺:神话的遮蔽与改写

俄耳甫斯的故事最早出现于希腊神话:在伊阿宋远航途中,俄耳甫斯用竖琴弹奏的英雄乐章盖过塞壬女妖的靡靡歌音,令英雄们恢复神智从而立下功勋,而最为后世所知的则是他与欧律狄刻那令人唏嘘的爱情悲剧。这一神话通常熟知的版本来自维吉尔的《农事诗》和奥维德的《变形记》,情节内容大体相同。奥维德版本生动描述了欧律狄刻因误踩毒蛇而失去性命,以及悲痛至极的俄耳甫斯深入地府寻妻的故事。在冥府中,他一面弹奏竖

---

① 乌利波,译自 Oulipo,为法语 Ouvroir de littérature potentielle 缩写,意为"潜在文学工厂"。它是法语界作家与数学家结成的松散团体,旨在寻求新的创作形式进行文本实验,1960 年由雷蒙·格诺(Raymond Queneau)创立。卡尔维诺于 1968 年加入该组织。

② 参见 Anna Botta 论文 "Calvino and the Oulipo: An Italian Ghost in the Combinatory Machine?" *MLN*, 112.1(1997), pp. 81-89. 以及 Marco Caracciolo 论文 "Naive Physics and Cosmic Perspective-Taking in Dante's *Commedia* and Calvino's *Cosmicomiche*." *MLN*, 130.1 (2015), pp. 24-41.

③ Rushing, Robert. "What We Desire, We Shall Never Have: Calvino, Žižek, and Ovid." *Comparative Literature*. 58.1(2006), pp. 44-58.

④ 参见吴琼《观看与惩罚——奥维德〈变形记〉中的观看叙事》,《外国文学评论》2012 年第 3 期。

琴,一面深情泣诉,打动了众鬼魂、复仇女神甚至统治者冥王冥后。他们同意让他带走欧律狄刻,条件是"不出阿维尔努斯山谷不准回头看她,否则就要收回成命"。但就在即将走出冥府疆界时,俄耳甫斯忍不住回头凝望爱妻,欧律狄刻于是对他说了一声"再见",便再次且永远地沉入下界。①

到了现代作家卡尔维诺笔下,这一母题被保留下来,但叙事元素发生了较大变更。在这部以宇宙洪荒为背景的超人类历史想象故事集《宇宙奇趣全集》(*The Complete Cosmicomics*)中,卡尔维诺两次向这一爱情神话致意,其中《无色》一篇的改写虽更为隐晦,却也更具反思价值。它讲述了一则新的爱情故事:具有化学分子式般奇特姓名的男女主人公 Qfwfq 和 Ayl 相逢在大气层形成之前、处于无色状态的地球上,那时紫外线普射大地,人们无法从视觉上区分自我与他人;Qfwfq 在无色世界第一次看到这道闪电——Ayl 的目光,被其吸引并同她嬉戏交往。然而他们对于外部世界的颜色有深重分歧:Qfwfq 追求世界的变化,而 Ayl 则喜爱不变的无色世界。但世界终归在改变,一次地震之后,Ayl 躲进地震造成的地缝中;焦急的 Qfwfq 深入地球腹地寻找并试图用谎言骗她出来,而 Ayl 则提出了那一熟悉的要求——"只能按照我喜欢的样子看我。你在前边走,不要转过身子来。"② Qfwfq 却因提前回头而永远失去了爱人。

较之原始神话,卡尔维诺带来了以下内容的变奏:其一,增添了爱人之间发生内部矛盾的细节。原始神话并未涉及俄耳甫斯和欧律狄刻更多的相处细节,新的故事则引入了恋人之间的矛盾焦点,即导致二者相聚和分离的色彩变化。其二,取消了外部禁令与惩罚。原始神话中冥王的禁令被 Ayl 自身的拒绝所替换,发布禁令的主体(冥王)和对象(欧律狄刻)在 Ayl 身上合二为一,惩罚与欲望亦融为一体,跌入地府的惩罚于她而言是正中下怀。

这些变奏向我们展现一种新的情形。卡尔维诺将世界平移到一个超史前时空,其中由话语建构的道德与法则尚未存在,而可见世界又初具雏形,人们因而可以自由观看而不受限制。这意味着主人公更加直观面对的是美的事物之吸引,是欲望;而非某种经由音乐、话语而升华的,甚至"去欲望"的形式。按理说,这对爱情不受干预地自由发展是有利的,但男女主人公显然未能持续地相爱下去。也就是说,卡尔维诺设想了一种矛盾状况,当外部禁忌不存在,新的俄耳甫斯与欧律狄刻的爱情反而出现裂痕。

这则故事看似简单地将一对情侣的日常矛盾平移到宇宙之中,讲述了他们因矛盾而造成分离的不完满。这本为爱情常态,似乎并无特异之处,但值得注意的是,一旦加诸俄耳甫斯-欧律狄刻的神话意象,这对令人唏嘘的爱人之间,被他们的共同"敌人"冥王所掩饰的问题便浮出水面。它表明卡尔维诺的书写并非单纯对原始神话的致意,而是对其中某些主导逻辑发出强烈质疑,即冥王通过禁令对俄耳甫斯与欧律狄刻爱情的外在干涉,究竟是不是导致二者分离的根本原因?

要明晰这一问题,必须对冥王的禁令本身进行辨察。冥王"不准提前回头看她"的命令反映出两个关键问题:首先,"不准提前"是对神人之间界线的严格划分。走出冥府所在的阿维尔努斯山谷才能观看,是一种有条件的折中,意在表明神意统治的范畴仍然神圣不可

---

① 奥维德:《变形记》,杨周翰译,人民文学出版社 2008 年版,第 200—202 页。
② 伊塔洛·卡尔维诺:《宇宙奇趣全集》,张密、杜颖、翟恒译,译林出版社 2015 年版,第 48 页。

侵犯。其次，对"观看"行为的抑制根本上是对爱欲的抑制。美、观看、欲望常常紧密联系，美引发欲望，而为了获得美，人们必须进行观看。在诸多文明的传统神话中，观看之欲常常同美相连，并往往引发罪恶及灾难（譬如西方的美杜莎和中国传统神话中幻化为人形的狐妖）。在《图腾与禁忌》（Totem and Taboo，1913）中，弗洛伊德指出禁忌源于对本能欲望的抑制，它由对"魔鬼"的内在恐惧支配。这一心理机制是社群伦理与法则最初的基础，禁忌的本质便是权力阶级主导下逐渐从心理状态过渡到传统、伦理、法律的形式。[1] 冥王的举动正是文明进程之投射，想要社会有序发展，必须抑制个体的某些欲望，甚至将其设定为一种古老禁忌，人类便可利用自身的恐惧来统治自身而不僭越。就俄耳甫斯而言，在冥王的法则中，想要得到欧律狄刻就必须暂时抑制自己的观看欲望。这显示出一种基本的欲望悖论：文明之中，必须抑制欲望才能维持欲望的存在。

神话所传达的伦理教训即在于此：人要听从神的指令，懂得节制与抑制自身欲望。倘若仅从原始神话的叙事逻辑出发，俄耳甫斯与欧律狄刻的分离便可轻易解释——违抗禁忌者必须受到惩罚。处在不可控的命运主导之下，悲剧便是可解释且必然能够形成道德教化的，这也是传统神话的伦理功能。但问题是，如果将神话放在现代语境中进行理解，这一叙事逻辑容易给人造成一种假象。它会令读者倾向于认为一旦去除冥王这一禁令施与者，由俄耳甫斯遵从自身的欲望而救出欧律狄刻，他们便能够幸福美满。

卡尔维诺的改写，正是对这一原始叙事逻辑及其引发的思维惯性之破除。它有意取消冥王这一角色，使得俄耳甫斯-欧律狄刻之间的矛盾暴露，并以之作为新神话的主线，旨在对原始神话中罕受关注的根本创痛进行深刻发问：当外部禁令被撤销，爱情并未因之而完满，这一缺失的原因究竟是什么？

二、卡尔维诺与拉康：精神分析视域中的缺失主题

虽然改换了主人公和场景，《无色》的故事主题显然仍是原始神话的延续，只不过在原先故事基础上凸显了恋人之间的内部矛盾，并把原神话的"缺失"问题进一步放大。表面看来，卡尔维诺的写作似乎是反精神分析式的：主人公对异性的冲动并非来自力比多的驱动，而是由纯粹的光学因素引起（"突然，我看见一闪而过之后又迅即消失的一道什么光，我还没弄清是什么，就已经爱上这光，跑去追寻那 Ayl 的目光"[2]），这使得 Qfwfq 与 Ayl 的爱情似乎完全是"去性化"的。然而，随着地球大气层形成，外部世界变得五彩斑斓。倘若真正吸引 Qfwfq 的只是灰色世界之外的光线，那么此时 Ayl 的离别对他而言便应毫无影响，但结果并非如此。Qfwfq 被牵动的那根痛苦的神经，并非指向"Ayl 目光的不在"，而是"Ayl 的不在"（"现在，这些美景对于我竟显得那么索然无味，那么虚假，那么平庸……我痛苦地意识到我被可怕地留在这边……而 Ayl 的那个完没的世界，我永远地失去了它"[3]）。他的

---

[1] Freud, Sigmund. *Totem and Taboo: Some Points of Agreement between the Mental Lives of Savages and Neurotics*. Trans: James Strachey Routledge, 2004, pp.21-30.
[2] 伊塔洛·卡尔维诺：《宇宙奇趣全集》，张密、杜颖、翟恒译，译林出版社 2015 年版，第 41 页。
[3] 伊塔洛·卡尔维诺：《宇宙奇趣全集》，张密、杜颖、翟恒译，译林出版社 2015 年版，第 49 页。

情感困苦,是由于 Ayl 作为完整个体同他的断裂,这使他意识到自身欲望的一种永恒断裂:他所欲望的客体,无法充盈这一欲望本身,缺失是必然存在的。因此,《无色》亦可看作主人公对自我与爱欲之发现。但这一重要叙事层面又相对隐蔽,于是,借助拉康精神分析理论而深入阐发主体的行为动机便显得十分必要。

在精神分析视域中,自我与他者的断裂始于镜像阶段的一次认同。1949 年,拉康在《作为"我"之功能形式的镜像阶段》("The Mirror Stage as Formative of the I Function")的主题发言中探究了人之意识的诞生。他认为:婴儿最初从镜中看到自己并意识到自己同身体的关系,这种认识同时也是一种误认,是混淆"我"与"我的构型"关系的开端,从此便开始了自身的异化过程。我将自身认同为一个他者,一个"理想自我"(Ideal-I),这种认知之下的"我",其实是我与支配我的幻影的结合。我所认知的世界也是这一模糊关联中,趋于完成的那个自己创造的世界①。

倘若把卡尔维诺小说中宇宙的无色时期看作人类高度抽象的无意识阶段,便可诞生一组颇为有趣的关系——人和宇宙历程之间的某种相互映射。如此,看似高度理性地建构起来的宇宙秩序,实则拥有某种值得考察的精神结构。婴儿的精神变化与这一无色宇宙的演化有着相似的逻辑:从混沌到有序是宇宙的发展脉络,而从无意识到产生自我意识则是精神生长的过程。生物学研究表明,新生婴儿(0—4 个月)处于视觉上的黑白期,对颜色既无视觉敏感更无区分意识;《无色》中 Qfwfq 的意识结构与宇宙的关系,恰是通常人类意识发展与周遭环境之关系的倒置:他前在地具有区分的视觉和意识,而客观世界却是视觉上无法区分的:

> 我们缺乏的是很多必不可少的东西,你们要明白,没有颜色还是个次要的小问题:即使我们知道存在着颜色,也会把它看成超乎寻常的奢侈。唯一不适的是视觉,若要寻找什么东西或什么人,由于一切都毫无颜色,就没有在人或物前后左右加以明显区别的什么形式。②

在没有镜子与其他对象的无色宇宙中,Qfwfq 最初无法将自身和环境做出区分,而 Ayl 的目光之出现适时地充当了这面"镜子",让他完成了一次拉康意义上的镜像实践——他看到 Ayl 的目光,意识到他们是同类,也从 Ayl 那里看到了自身。这是 Qfwfq 第一次获得认知主体的路径。他所认知到的是一种纯粹的他者而非自身之镜像,因此,在他初建的意识里面,自我与他者并未全然区分开来。他虽然知晓"你不是我"③,但是在行为上依旧不断追求两者"合一"的可能。步入自我与他者之关系的 Qfwfq 开始面临第一次分裂之困惑。

> 我们怎么才能互相理解呢?这世界没有谁比我们更能通过目光相互表达对对方的情感。我渴望从陌生的震动中抓住一些什么,而她却把一切都缩到物质无色的最根

---

① Lacan, Jacques. *Écrits: The First Complete Edition in English*. Trans. Bruce Fink. New York: Norton, 2006, pp.75 – 77.
② 伊塔洛·卡尔维诺:《宇宙奇趣全集》,张密、杜颖、翟恒译,译林出版社 2015 年版,第 41 页。
③ 伊塔洛·卡尔维诺:《宇宙奇趣全集》,张密、杜颖、翟恒译,译林出版社 2015 年版,第 42 页。

本的实质后面。①

Qfwfq 在意识到同 Ayl 的差异之后,并未尝试接受这一差异,而是试图用同一性泯灭差异。然而差异是固有的,矛盾在所难免,他们的交往本身建立在这种幻觉制造出的"同一"假象基础上。那一"目光"看似弥合了这一裂隙,但事实上,创伤从一开始便潜伏在看似理想的"等同"关系之中。这便如同人类自身的异化过程:拉康式镜像阶段建立起的自我认知只是一种暂时的幻想,而随着孩童的成长,外部律令(父亲)会介入并剥夺它同母亲合一的原初欲望,最终,主体认同这一法则,进入象征秩序②,获得自身主体性③。在卡尔维诺的新神话中,冥王这一"大他者"固然被撤销,却依然以新的形式继续制造障碍——Ayl 的意志。这是一种有趣的变奏,主导命运的外部"大他者"(神明)看似消失,实则内化为主体内在的超我指令,也就是说 Ayl 同冥王的身份合一其实意味着主体自身的分裂:衍生出一个超我式的内部权威,代替外部权威颁布禁令。

不仅仅是《无色》中的这一故事,在《宇宙奇趣》的其他神话里,这种爱而不得的情况也屡次出现:《月亮的距离》里 Vhd Vhd 太太化作月亮的一部分只能仰望追忆,《一切于一点》的 ph(i)nk 夫人在宇宙爆炸中成了碎片化的回忆,《水族舅老爷》的 Lll 追随了不同种属的水族舅老爷,《恐龙》里由于身份阻碍与蕨花咫尺天涯……Qfwfq 追逐他的爱情,仿佛是面向某种不可能的追逐,缺失才是始终存在的主题。

新的故事解除了原始神话中的道德束缚和外在权威,然而阻碍却直接化身为爱的对象本身不断制造新的缺失。对 Qfwfq 而言,他想步入的新世界,恰是那一有色、有序、区分井然的象征秩序,这正是 Ayl 回避的世界。在传统的俄耳甫斯神话中,伦理困境来自命运的暴力,只能听从;而变奏神话中新的伦理困境则来自欲望客体之谜,它无法把握,总在逃离、躲避象征世界给定的表意秩序。改换的世界,祛魅的命运,然而结果却依旧是永恒的缺失;而与之呼应,那一不断完成的科学宇宙,因此而时常处于一种"未完成"状态。宇宙的完善和爱情的合一是 Qfwfq 的愿望,却总是受阻而遗憾。

---

① 伊塔洛·卡尔维诺:《宇宙奇趣全集》,张密、杜颖、翟恒译,译林出版社 2015 年版,第 44 页。
② 拉康提出存在的三种基本界域(或秩序),分别为想象域(the Imaginary)、象征域(the Symbolic)和真实域(the Real)。想象域同意识和自我意识相关,即人的自我构成,主要体现在镜像阶段所形成的自我构型与自我-他者关系认知。象征域即我们所处的语言世界,它同风俗、制度、法律等社会文化层面相关,人在镜像阶段之后的俄狄浦斯阶段即开始进入象征秩序。在这一阶段,父亲的禁令开始介入,主体必须服从乃至认同这一法则并内化为自身的原则;无意识通常同一秩序相关而具有语言的结构。真实域不是我们日常的物质真实,而是一种缺席的在场,它是想象-象征秩序的必然剩余和失败,指涉某种创伤性的或无法言说的情形,拉康在谈论享乐(*jouissance*)、性差异、客体小 a(*objet petit a*)时通常同这一秩序相连。70 年代起,拉康将这一想象-象征-真实三重秩序,同他的博罗米恩环(Borromean Knot)相合,三环两两紧扣,一个断裂而整个环节便断开,强调三种秩序的互相依存。
③ Lacan, Jacques. *The seminar of Jacques Lacan*, book V: *The Formations of the Unconscious*. Trans. Cormac Gallagher, 1957. (Unpublished), pp.137–140.

三、从古典神话到现代真实:爱欲的本质与幻灭

在这两则同"缺失"相关的神话中,原始神话所营造的是一种以"大他者"为主导的模式,其主人公的缺失仍是可以解释的,而新神话则探讨了一种"大他者"被内化为主体自身超我的情形,这实则是一种"后伦理时代"的伦理真实。从这种伦理真实出发,对两种神话进行观照的核心点便是"爱"与"欲望"的问题。要辨析这一问题,首先要厘清的是"爱"(love)、"爱欲"(sexual desire)乃至"爱若"(爱神)(Eros)①的各自定性问题。

在"移情"(Transference)研讨班上,拉康阐释了柏拉图探讨爱的文本《会饮》(*The Symposium*)②。在斐德若、包萨尼亚、阿伽通等人那里,爱同至善联系在一起,他们指出诸神钦佩的爱是一种美德之爱。而到了苏格拉底那里,他借用异邦女子第俄提玛③(Diotima)的话指出,爱神"爱若"(Eros)居于一种中间状态,它是神人之间的媒介,同时也象征着不断生成的过程,即永远贫乏、追求美好、爱好智慧。至于爱情(love),它的核心问题便是缺失,爱(love)是围绕缺失建立起来的。④ 所谓"爱欲"(sexual desire)是更加精神分析式的描述,它建立在欲望伦理基础上,更加强调"爱"(love)的欲望内核,而欲望不是本能,是对美的事物之追逐,是能指之表意,是各种规则之下身体的持续混乱。⑤ 三者之中,爱是一种对缺失的弥补,一种合为一体的渴望,是对不存在之"物"的想象式发明。

对缺失的弥合,正是爱的无意识趋向,它以圆满为自身的喜好,对他者之"爱"的背后是对"合一"的需要。在这一过程中,人们往往会为自身预设某种完满的爱情对象,并将其提升至"物"(*das Ding*)的高度,然而缺席是本质的,这一"物"之对象永远无法得到,只能以失去的形式保留在幻想当中。

另一方面,这种爱又同"美"密切相关,它是对美的欲求。早在"精神分析的伦理学"

---

① 爱神(爱若)是丰饶神波若斯(Πόρος)和匮乏神柏尼阿(Πενια)的孩子,因为是丰饶和匮乏的儿子,它生于阿芙洛狄忒生日当天,生性爱美。希腊名称见于刘小枫版本《柏拉图的〈会饮〉》原文注疏,第76页。

② 本文所引用的柏拉图的《会饮》主要基于耶鲁大学出版社1991年R.E.Allen所译版本,中译本参考刘小枫译注版本[《柏拉图的〈会饮〉》(华夏出版社2003年版)。刘译本参照Dover、Ute Schmidt-Berger、R.E.Allen三部权威笺注底本与希-德对照的古典译本,使用中国古典"训诂"的旁训与释典模式,较为严谨]。本文对柏拉图这一对话集的译名采用的是刘小枫译本的《会饮》而非《会饮篇》,取其前言中所提到的"恢复柏拉图对话录戏剧特征",而减弱其"哲学论文色彩"(张辉语,见本书前言第5页)。事实上,不论在拉康的解读中还是本文的写作层面,都更多地将这部对话集视为一部文学文本而加以引用。而对某些名称的译法,譬如为了保持中文同"爱情"的并列,将Eros译为"爱若"而非"爱若斯"。因论文以文本分析为重,在名称训诂方面保证知识性准确而不作具体音形深究,在引用时考虑到普遍接纳度而尽量采用通译名称。

③ 《会饮》中苏格拉底在阿伽通发言之后,借用曼提尼亚女人第俄提玛(γυναικός Μαντινικης, Διοτιμας/Diotima of Mantinea)的话来进一步展开对"美"和"爱若"之探讨。第俄提玛的意思是"宙斯赋予的荣耀",而是否为柏拉图虚构不得而知。

④ Lacan, Jacques. *The seminar of Jacques Lacan*, book VIII: *Transference*. Trans. Bruce Fink. Cambridge: Polity, 2015, p. 124.

⑤ Lacan, Jacques. *The seminar of Jacques Lacan*, book VIII: *Transference*. Trans. Bruce Fink. Cambridge: Polity, 2015, p. 97.

(The Ethics of Psychoanalysis)研讨班中,拉康通过安提戈涅之"美"来纠正传统伦理之中以"善"为核心的观念:美不同于善,它同欲望直接关联,且它自身便具有一种诱惑结构,帮助我们适应欲望,而不是像善那样以他物欺骗和迷惑我们。① 在"移情"(Transference)研讨班,拉康进一步强调爱与美的密切关联,他借用柏拉图《会饮》中第俄提玛的说法,指出爱的本质就是对美的渴望,是通过在美中生育来接近一种不死之状态②。如此,那一看似同价值判断无涉的美,被拉康纳入了伦理范畴:它是一种生成性的,是凡人突破自身界线的媒介,沟通着两极,一边是同永恒的关系,另一边则是同繁殖的关系,包括腐烂和毁灭③。美在幻想的层面帮助人们实现不朽。繁殖是人类赖以延续的方式,但同时又为一部分人(譬如萨德侯爵)所深恶痛绝,它看似维系"永续生存"的必然手段,却也意味着肮脏、苍老和会腐烂的肉身。人们一方面希望自己能同永恒相连,但悖论的是,他们只能通过创造另一种生命来"投入"当下的生命,以有涯追赶无涯。美并非神力本身,并非真的可以帮助人们达到不朽,它只是从幻想层面侵入两种死亡之间的位置,掩盖与不朽之物接近的不可能性。它不断制造新的客体,不断转移人的欲望目标,维持人类的某种美好假象。人们纵然知晓那一终极渴望无法获得,却总以为自己在接近它。

  爱与美的关联在两则神话中有着充分体现。在奥维德版本的神话中,失去爱妻的俄耳甫斯在冥府门前枯坐七个昼夜之后,转而发誓永不娶妻,然后将欲望重新"转移到少年童子身上"④,但是他只是"爱着他们短促的青春年华和如花的妙年"⑤,也就是说,失去挚爱的俄耳甫斯对此采取的弥补方式,是不断转换爱欲对象。他欲望的投射对象并非一个个体,而是具有某种"美"之特征的个体集合。因此,在失去欧律狄刻之后,俄耳甫斯的情感模式不再是此前那般伦理式的,而是更偏重审美式的。而在卡尔维诺的《无色》中,Qfwfq 的爱情经历更是以视觉为主导,整个故事充斥着主人公对宇宙之美的迷恋:蔚蓝色新生的大海、由红向紫而堆积的云层、苔藓和蕨类漫布的绿色山谷、唇红齿白的玩闹的女孩……事实上,Qfwfq 这个名字本身便是对称之美的显现,它表明这一主体对于美之秩序所具有的认知,以及对它的强烈欲望。

  但是两位主人公付出的代价与结局却并不相同。在原始神话中,俄耳甫斯纵然失去了欧律狄刻,"痴坐了七天,什么都不吃,每日以忧思、悲伤和眼泪充饥,埋怨地府之神太残忍"⑥,但是爱情却仍能以完满的幻象保留在他脑海中,且他可以解释自己的失去:造成至爱缺失的并非他自身或他们之间的矛盾,而是扮演命运或"大他者"的冥王。他可以将同欧律狄刻分离的原因归结为诸神的"残忍",旋即改换自身的欲望客体,不断追逐新的人物定式,

---

  ① 参见 The seminar of Jacques Lacan, book VII: The Ethics of Psychoanalysis. Trans. Dennis Porter. New York: Norton, 1997, p. 239.
  ② 参见 Plato. The Symposium: The dialogues of Plato, Volume 2. Translated with analysis by R.E. Allen. New Haven and London: Yale University Press, 1991, pp. 150–151, 206c–207a.
  ③ Lacan, Jacques. The seminar of Jacques Lacan, book VIII: Transference. Trans. Bruce Fink. Cambridge: Polity, 2015, p. 127.
  ④ 奥维德:《变形记》,杨周翰译,人民文学出版社 2008 年版,第 202 页。
  ⑤ 奥维德:《变形记》,杨周翰译,人民文学出版社 2008 年版,第 202 页。
  ⑥ 奥维德:《变形记》,杨周翰译,人民文学出版社 2008 年版,第 202 页。

保持欲望在幻想层面的连贯。而《无色》这篇故事，则在 Ayl 离开，Qfwfq 独自一人在有色世界中怅惘的位置，戛然而止。它虽未讲述 Ayl 离开后 Qfwfq 的爱情状况，却留下一种更为抑郁的结局："我永远地失去了它，以至都无法想象出她的样子，哪怕是最遥远的记忆也没有留下，只有那座冰冷的灰色岩壁深刻在脑海中。"①

这描述了一种古典情形向现代伦理真实之转变。结局的不同其实是源于主体对于爱欲及其缺失之体验的深切程度不同。古典神话中，主体的爱欲虽则被外在暴力制衡，但其精神体验却是极致的：外在权力机构提供惩罚和中断爱情，主人公的一段爱情以绝望的战栗和沉痛的哀悼结束，其中自然不乏因丧失爱人而引发极致的痴苦癫狂，但也正因为这种并非自身造成的中断，使他可以旋即转向另一极致的爱欲追逐。而卡尔维诺的故事中，虽然主体看似被赋予了更大的选择与自由，虽然主体对"爱的逻辑"之洞穿更加直接与主动，却没有一个外在机构告诉他这一切缘何发生——既没有告诫来令他防备，也没有惩罚来使他明了，一切都自然而默然地发生。这里不牵扯美德是否足够、他是否触犯某物，在这场失去之中是没有可以解释的对错之分的。主体面对的是一种更加直白却无解的断裂，因此，在这之后他陷入一种更深的不安，一种瓦莱里式的"虚无"(nothing)——对当下没有感觉，对过去没有回忆，对未来没有想象。它接近于克里斯蒂娃所描述的一种现代爱情状态，即爱的"幻灭"，面对缺失，人们无甚宣泄，只能陷入一种精神麻木的冰冷无意义之中。②

原始神话突出了在"大他者"约束之下，人面对爱之缺失时的精神痛苦。新的神话虽基于史前宇宙背景，却打造了一种理想中的爱之自由及其重负。在这种变奏中，爱的逻辑得到更明白的彰显，而爱欲自由的伴生问题也纷至沓来。所谓爱的逻辑正是一种"合一"逻辑，也因对"合一"的渴望而极易成为一种"牺牲"逻辑。另一方面，"在美中生育"是爱的原始渴望，但这种欲望本质上便是缺失的反证，因此，爱之逻辑容易陷入一种"至善"的逻辑之中，通过幻想机制来维持对完满的想象。但这仅仅是 Qfwfq 失去 Ayl 的原因，或言爱欲之中固有的缺失肇因。卡尔维诺的改编在洞穿原始神话所掩盖的"失去"本质并揭示爱之缺失之后，想要进一步引入的正是现代爱欲主体的精神状态。它表明即使戳破了传统神话用爱缝合矛盾的崇高谎言，人们也未必能够使自身在这场爱的追逐中得到豁免。原初阻断爱情的外部禁令被代之以对象自身谜一般的不可得，他们要面对的是更加消解的外在和更加无解的内核。在"大他者"的干预下，人们固然要接受命运的布局与剥夺，但剥夺了"大他者"具象之后，人同欲望客体的断裂问题却显得更为逼仄。缺失之后并无新的意义之填补，这是一种后伦理时代的不幸——面对"自由"的主体，它并不提供替代，只是布下深渊。

---

① 伊塔洛·卡尔维诺：《宇宙奇趣全集》，张密、杜颖、翟恒译，译林出版社 2015 年版，第 49 页。
② Kristeva, Julia. *Black Sun: Depression and Melancholia*, trans. Leon S. Roudiez. New York: Columbia University Press, 1989. pp. 228-229.

后形而上学视域中的视觉文化理论

吴天天*

摘 要:20世纪80年代兴起于西方社会的视觉文化研究在理论来源方面深受现象学和后结构主义影响。现象学和后结构主义在对形而上学的二元对立(理性/感性,超验/经验,本质/现象,主体/他者)原则的质疑和反思方面存在对话之处,与此相关,视觉文化理论的核心特征在于具有一种后形而上学诉求。该诉求涉及对视觉形而上学,特别是对现代时期以笛卡尔透视主义为代表的视觉体制的批判与超越。

关键词:视觉文化理论;后形而上学;现象学;后结构主义

视觉文化研究于20世纪80年代兴起于西方社会,最初主要涉及的是从文化研究角度对后现代时期大量涌现的视觉媒介予以考察。但后来视觉文化研究无论在研究对象还是研究方法方面都日益拓展,不仅深入到艺术、文学、哲学以及社会学等诸多学科领域,还将视野范围延伸到现代甚至前现代时期。那么,视觉文化理论的核心特征是什么?我们认为,视觉文化研究作为一个带有后现代烙印的研究课题,在根本层面关涉到对现代性以及"现代性的视觉体制"(scope regimes of modernity)的批判,而我们能从该批判中发现,视觉文化理论的核心特征在于具有一种后形而上学诉求,即超越形而上学的二元对立(理性/感性,超验/经验,本质/现象,主体/他者)原则,捍卫感性、他者、主体间性、多样性等被形而上学所排斥的因素。

作为视觉文化研究的两种重要的思想资源,现象学和后结构主义为我们揭示出,以柏拉图为代表的形而上学在现代时期衍变成了以笛卡尔为代表的主体形而上学。现代时期居主导地位的视觉体制深受主体形而上学影响,而现代时期的视觉形而上学主要是一种主体形而上学。视觉形而上学在很大程度上体现为视觉中心主义(Ocularcentrism),现代时期的视觉中心主义主要具有三个特征:一是将视觉的地位置于其他感官之上;二是对理性和光[我们可以从"启蒙运动"(Enlightenment)一词中发现这二者之间的联系]的推崇;三是将透视法尊为镜式再现或表象(representation)的最佳代表。与此有关,视觉文化理论一方面包含对视觉形而上学的批判,另一方面包含对后形而上学视觉(postmetaphysical vision)

---

* **作者简介**:吴天天,湖北大学文学院讲师,主要研究方向为西方文论和美学。本文系国家社会科学基金重大项目"二十世纪域外文论的本土化研究"(12&ZD166)、湖北省社会科学基金项目"崇高美学:从现代到后现代"(2017071)研究成果。

的寻求。本文试图以后形而上学为视域揭示视觉文化理论的核心特征,在此过程中围绕现象学和后结构主义这两大思想资源,考察一系列视觉隐喻(visual metaphors)("视觉隐喻"这一说法暗示出,视觉不仅是种感知经验,还是种文化修辞)。

一、笛卡尔透视主义及其在 19 世纪的动摇

马丁·杰伊(Martin Jay)在《现代性的视觉体制》一文中认为,现代时期通常被视为主导性的,甚至完全是霸权式的视觉模式可以被等同于文艺复兴时期视觉艺术中的透视法观念,以及哲学领域中笛卡尔式的主观理性观念。马丁·杰伊将这种视觉模式简称为"笛卡尔透视主义"(Cartesian Perspectivalism)。① 笛卡尔透视主义可以被视为视觉形而上学以及视觉中心主义在现代时期的典型代表。

现代时期以笛卡尔为代表的思想家对视觉的理解可以上溯至古希腊时期视觉占有的高贵地位。汉斯·约纳斯(Hans Jonas)在《视觉的高贵:对感官现象学的研究》一文中以古希腊思想为例,对视觉被赋予的高贵地位与形而上学之间的关联分析说:"视觉本身与听觉和触觉等感官相比在时间性方面不明显,故而视觉倾向于将稳定的存在(Being)提升到高于动态的生成(Becoming)的位置,将固定的本质提升到高于短暂的现象的位置。"此外,约纳斯指出:"视觉的外在性使得观察者能够避免与其所凝视的对象的直接接触","对广大的视野范围的凝视强化了希腊的永恒观"。②

在艺术领域,人们通常认为19世纪末印象派绘画的兴起标志着透视法的动摇。而在乔纳森·克拉里(Jonathan Crary)看来,以笛卡尔为代表的视觉模式在19世纪初(1820—1840年)就开始土崩瓦解。克拉里对该视觉模式的分析直接针对的并非透视法,而是与透视法在原理方面具有相似性的暗箱(camera obscura)。克拉里指出,在 17、18 世纪"无论对科学家还是艺术家,经验主义者还是理性主义者来说,暗箱都是能确保人们获得关于世界的客观真理的手段。在对经验现象的观察方面,以及在一种自我反射(reflective)的内省和自观方面,暗箱都被尊为模型"。克拉里进一步对笛卡尔思想与暗箱之间的联系分析说:"对笛卡尔而言,暗箱展示了观察者如何'独一无二地凭借心灵的感知'来了解世界……暗箱的封闭、黑暗以及与外部的绝对分离证实了笛卡尔在'第三沉思'中的宣言:'我将闭上双眼,停止聆听,忽视感官。'如果笛卡尔的部分方法暗示出了对人类视觉具有的不确定性的逃避,那么暗箱则能满足他的一种需要,那就是将知识建立在对世界的纯粹客观认识这一基础之上。暗箱上的小孔对应的是一个唯一的、精确的固定点,凭借这个固定点,世界可以被合乎逻辑地演绎和再现(re-presented)。建立在自然法则,即几何光学基础上的暗箱为我们认识世界提供了一个准确无误的、优越的视点。在对这种机械的、单目的机制——其可靠性不容置疑——的认同中,对身体有这样或那样的依赖性的感官明证性被排斥了。"③

---

① Hal Foster,ed. *Vision and Visuality*. Bay Press,1988,p.4.
② (quoted from) Martin Jay. *Downcast Eyes:The Denigration of Vision in Twentieth-century French Thought*.University of California Press,1993,pp.24-25.
③ Hal Foster,ed.*Vision and Visuality*.Bay Press,1988,pp.31-32.

马丁·杰伊在论及笛卡尔透视主义的瓦解时引用了克拉里《观察者的技术：论十九世纪的视觉和现代性》一书中的观点，即在19世纪初"可见的事物从无时间性的暗箱秩序中逃逸，而落定在另一装置中，通向不稳定的生理机能和人类身体的暂时性"①。在克拉里看来，19世纪初暗箱模式的解体主要得益于身体之于视觉经验的意义开始受到人们的重视。克拉里指出，这种对身体的重视典型地体现在歌德的《色彩论》(1810)中——歌德所关注的主要是与视网膜后像(afterimage)及其渐变有关的经验。克拉里针对后像对暗箱模式的动摇解释说："很显然，后像自古代起就已被注意和记载，但这只发生在光学领域的外部和边缘。后像被视为幻觉，具有欺骗性、错觉性以及非真实性。但这些原本表征着身体的弱点和不可靠性的经验在19世纪早期却构成了视觉的明证性。而或许更重要的是，作为视觉生产者的身体具有的优先性开始冲击内部和外部之间的区分——暗箱所依赖的正是这一区分。"②

在《低垂的眼睛：20世纪法国思想对视觉的贬低》(*Downcast Eyes: The Denigration of Vision in Twentieth Century French Thought*)一书中，马丁·杰伊将笛卡尔透视主义和视觉中心主义在19世纪的动摇归纳为哲学方面的三个变化："第一个变化关涉到透视的去超验化(detranscendentalization of perspective)，第二个变化是认知主体的再身体化(recorporealization)，第三个变化是对时间之于空间的优势予以重估。"③克拉里的观点揭示了第二个变化；伯格森对时间的重视印证了第三个变化；尼采的视角主义(perspectivism)推动了第一个变化。马丁·杰伊认为，对笛卡尔透视主义和视觉中心主义的批判尤为明显地体现在20世纪的思想家，特别是20世纪的法国思想家身上，这些思想家主要包括梅洛-庞蒂、列维纳斯等现象学家，以及德里达、福柯、拉康、利奥塔等后结构主义者。在对这些思想家之于后形而上学的启示予以详细探讨之前，让我们首先考察一下他们在解读19世纪绘画的过程中对笛卡尔透视主义的批判。在这方面，梅洛-庞蒂、福柯以及利奥塔的相关论述较具代表性。

梅洛-庞蒂在对塞尚绘画的解读中，试图借助忠实于身体和现象来超越主客对立等形而上学因素。在《塞尚的怀疑》一文中，梅洛-庞蒂指出："通过在其对透视法的研究中忠实于现象，塞尚发现了近期心理学家所阐释的东西：我们实际上所感知到的'活的透视'(lived perspective)并非几何式的或照相式的。"这种"活的透视"先于主客二分以及视觉与其他感官之间的分离："我们看到物体的深度、光滑、柔软以及坚硬；塞尚甚至声称我们看到气味。"④

与梅洛-庞蒂有所不同，利奥塔对塞尚的解读让我们看到了尼采的视角主义。尼采在《道德的谱系》中阐释视角主义时指出："我们的观看只能是一种视角性的观看，我们的认识也只能是一种视角性的认识；我们越是被允许用不同情感言说同一个事物，越是能用更多

---

① 克拉里：《观察者的技术：论十九世纪的视觉与视觉性》，蔡佩君译，华东师范大学出版社2017年版，第110页。
② Hal Foster, ed. *Vision and Visuality*. Bay Press, 1988, pp.34 – 35.
③ Martin Jay. *Downcast Eyes: The Denigration of Vision in Twentieth-century French Thought*. University of California Press, 1993, p.187.
④ Maurice Merleau-Ponty. *Sense and Nonsense*. Hubert L. Dreyfus, Patricia Allen Dreyfus, trans. Northwestern University Press, 1964, pp.14 – 15.

的、不同的眼睛观察同一个事物,我们与该事物有关的'概念'就会越完整,我们对该事物的理解就会越'客观'。"① 利奥针对塞尚后期以圣维克多山为题材的绘画指出,这些绘画中不同视角的并置"展示出视场边缘的曲面对焦点区域的解构。它不再通过遵循几何光学来使某个'彼处'变得可见,而是呈现出处于过程中的圣维克多山或正在使自身变得可见的圣维克多山,换言之,呈现出带有扭曲、交叠、暧昧和分歧的风景"②。利奥塔还在谈到塞尚之后的画家保罗·克利时说:"当克利追求绘画中的复调,追求不同视角的同时性,简言之,追求间世界(interworld)的时候,他离塞尚最近。"③

与梅洛-庞蒂以及利奥塔相比,福柯更加重视绘画的物质性(materiality),并认为绘画可以通过强调自身的物质性来超越镜式再现或表象。福柯在其关于印象派先驱马奈的讲座中指出,在文艺复兴以来的西方绘画中,"绘画的这种物质性,这个平面的、长方形的、被某种外部实光照亮的表面——所有这些都被绘画自身再现的东西所掩盖和回避;另外,绘画再现出的是一个被侧光照亮的深度空间,如同从某一理想位置看到的景观"。基于此,福柯认为马奈为绘画带来的最大革新是,在强调绘画的物质性的过程中动摇了文艺复兴以来西方绘画的根基,"马奈再次发明(也可能是发明)了绘画-物(picture-object),作为物质性的画,被着色的、被外部光照亮的画,观者面对它或围绕它而转动的画"④。

二、现象学与后形而上学视觉

如果说尼采是第一位自觉批判整个西方形而上学传统的思想家,那么海德格尔则在20世纪拉开了思想界批判西方形而上学传统的序幕。克拉里在阐发笛卡尔思想和暗箱之间的关联时指出,该关联印证了海德格尔所说的"世界图像时代"。⑤ 根据海德格尔的阐释,世界图像(Weltbild;world picture)"并非意指一幅关于世界的图像,而是指世界被把握为图像了"⑥。海德格尔试图用"世界图像时代"这一概念揭示现代时期存在者之被表象状态。他对"表象"(Vorstellen;representation)这一富有视觉隐喻意味的概念解释说:"表象在此意谓:从自身而来把某物摆置(stellen)到面前来,并把被摆置者确证为某个被摆置者。这种确证必然是一种计算,因为只有可计算状态才能担保要表象的东西预先并且持续地是确定的。……表象不再是'为……自行解蔽',而是'对……的把捉和掌握'。"⑦

进而言之,在海德格尔看来,"世界之成为图像,与人在存在者范围内成为主体,乃是同

---

① Friedrich Nietzsche. *On the Genealogy of Morals and Ecce Homo*. Walter Kaufmann, R. J. Hollingdale, trans. Vintage, 1967, p.119.
② Jean-Francois Lyotard. *Discourse, Figure*. Antony Hudek, Mary Lydon. trans. University of Minnesota Press, 2011, p.197.
③ Jean-Francois Lyotard. *Discourse, Figure*. Antony Hudek, Mary Lydon. trans. University of Minnesota Press, 2011, p.231.
④ Michel Foucault. *Manet and the Object of Painting*. Matthew Barr, trans. Tate Publishing, pp.30-31.
⑤ 克拉里:《观察者的技术:论十九世纪的视觉与视觉性》,蔡佩君译,华东师范大学出版社2017年版,第87页。
⑥ 海德格尔:《林中路》,孙周兴译,上海译文出版社2004年版,第91页。
⑦ 海德格尔:《林中路》,孙周兴译,上海译文出版社2004年版,第110页。

一个过程"①。对世界图像时代的批判亦即对形而上学在现代时期的主导模式——主体形而上学——的批判。海德格尔在阐发以笛卡尔为代表的主体形而上学时指出:"对笛卡尔来说,ego cogito(我思)在所有 cogitations(思维、表象)中都是已经被表象和被置造的东西,是在场者、无疑的东西,是不可怀疑的并且向来已经处于知识中的东西,是真正确定的东西,是先于一切而固定不变的东西,也即作为那种东西,它把一切摆置到自身那里,并且因而把自身摆置入与它者的'对立'之中。"海德格尔还针对主体形而上学中的二元对立原则、表象原则指出,认识论之所以从现代形而上学中产生出来,是因为"存在者之存在状态被思考为对有所确保的表象而言的在场状态。存在状态现在就是对立状态。关于对立状态的问题,关于对立的可能性(即有所保证、计算的表象)的问题,就是一个关于可认识性的问题"②。

根据海德格尔的理解,在主体形而上学中,正如人们对 eidos(理念、外观、形式)的理解偏离了"解蔽"(aletheic)意义上的真理观,变成了符合论真理观(亦即变成了观看的正确性,表象的正确性),③人们对理论(theory)的理解同样如此。"理论"一词对应的希腊语词源(θεωρια)有"观审"的意思,代表着对现实的观察;在现代时期,科学作为"与现实有关的理论"成为表象:"在场者,诸如自然、人类、历史、语言,作为现实在其对置性中展现自身,与之一体地,科学变成理论,一种追踪现实并且在对置性方面确保现实的理论。"④

海德格尔对形而上学及其视觉模式的批判同时也为人们探求后形而上学视觉带来了启示。视觉文化研究者大卫·米歇尔·莱文(David Michael Levin)在这方面指出:如果说一种以对正确性和表象的寻求为特征的凝视(gaze)建立了形而上学话语的历史的话,那么海德格尔的工作则是对主导该话语的真理进行批判;然而,他的工作同时也是对一种"解蔽"的凝视的探求,这种凝视向着可见者与不可见者之间的游戏、在场与不在场之间的游戏敞开自身,该游戏使本体论差异的礼物(the gift of the ontological difference)变得可见,为人类视觉的建立打开了一方澄明之地。⑤

与海德格尔相比,梅洛-庞蒂在对主体形而上学的批判方面具有的特色在于,将该批判与对身体的再思考相结合。与此有关,梅洛-庞蒂后期在《眼与心》一书中对笛卡尔著作《屈光学》评论道:"对于一种不再想栖居于可见者中,而是按照思维模式来重构可见者的思想来说,《屈光学》是'必备书'。"⑥笛卡尔在《屈光学》中认为进行感知的是心灵而非身体,并从这一观点出发强调,绘画的目的不是与事物相似而是使思想的构想能力被激发出来:"根据透视法,通常更适合用来再现圆形的是椭圆形而非圆形,更适合用来再现方形的是菱形而

---

① 海德格尔:《林中路》,孙周兴译,上海译文出版社 2004 年版,第 94 页。
② 海德格尔:《演讲与论文集》,孙周兴译,生活·读书·新知三联书店 2005 年版,第 72—73 页。
③ Martin Heidegger. *Introduction to Metaphysics*. Gregory Fried, Richard Polt, trans. Yale University Press, 2000, p.197.
④ 海德格尔:《演讲与论文集》,孙周兴译,生活·读书·新知三联书店 2005 年版,第 52 页。
⑤ David Michael Levin, ed. *Modernity and the Hegemony of Vision*. University of California Press, 1993, pp. 211-212.
⑥ Maurice Merleau-Ponty. *The Merleau-Ponty Aesthetic Reader: Philosophy and Painting*. Galen A. Johnson, ed. Northwestern Press, 1993, p.130.

非方形——这种规律也存在于对所有其他形状(图形)的再现方面。这通常导致的结果是,为了使形象更为完美,也就是说,为了使对事物的再现更为完美,形象恰恰不能与事物相似。我们正是需要以此方式思考在头脑中形成的形象,我们唯一需要做的是,懂得形象如何将感受事物的诸种特质的手段提供给思想,而非懂得形象如何与事物相似。"[1]而梅洛-庞蒂则强调,人的身体性决定了人并非像科学那样俯视万物,而是栖居于万物之中。该观点在他后期的肉身(flesh)本体论中有集中体现。根据他对肉身的阐发,"肉身不是物质,不是精神,不是实体",而是"存在的'元素'"。[2] 肉身的特征是交错(chiasme)或者说可逆性(reversibility):从触觉角度来看,我的右手在触摸我的左手的过程中也被左手所触摸,但当我感觉右手对左手的触摸时不能同时感到左手对右手的触摸;同样,从视觉角度来看,我的身体既能注视又能被注视,我在注视事物时意识到自己和事物一样是可见的,事物如镜子般让我反观自身,但这不意味着我在看事物的同时看到自己。这种触摸和被触摸之间以及看者与可见者之间交织但不重合的关系即是交错或可逆性。在从绘画角度阐发肉身时,梅洛-庞蒂谈到了保罗·克利等人在注视树木时所感到的"被树木注视"。[3] 可见,梅洛-庞蒂的肉身本体论试图用主体与他者之间、主体与世界之间的可逆性来超越形而上学的二元对立原则。

在对主体形而上学予以批判的现象学思想中,与后结构主义更具亲缘性的是列维纳斯的他者伦理学。大卫·米歇尔·莱文在论述德里达、福柯对视觉问题的思考时指出,与海德格尔相似(或许还受到海德格尔影响),列维纳斯同样试图批判"哲视主义"(theoretism)、"理论帝国主义"(imperialism of theoria)。[4] 正如德里达在《暴力与形而上学:论埃马纽埃尔·列维纳斯的思想》一文中指出的,列维纳斯质疑"光与暴力之间古老的、隐秘的关联,以及理论的客观性与政治—技术性支配之间的古老联盟"。列维纳斯在对现象学自身——特别是胡塞尔现象学——的批判中,将主体之于他者的暴力与光之间的关联揭示为"所有在光中给予我的事物都呈现为我自己给予我的事物"[5],这种关联意味着将他者纳入自我中,将差异消弭在同一性中。而根据列维纳斯的他者伦理学,"与他人的关系不能被设想成与另一个自我发生关联;也不能被设想成旨在消弭其异质性的理解;亦不能被设想成是与他者围绕几个第三项而发生的共通(communion)"[6]。列维纳斯提倡与他者在一种无中介、无协调人的关系中"面对面"(face to face),以及主体借助他者的异质性打破自身的封闭性和确定性。在列维纳斯看来,艺术的使命即在于这种对主体性的超越,在于重视他者带给我们的"异域感"(exotisme)。异域感在对再现或表象的超越中将主体引向自身的外部:"现代

---

[1] (quoted from) Jean-Francois Lyotard. *Discourse, Figure*. Antony Hudek, Mary Lydon. trans. University of Minnesota Press, 2011, pp.182–183.

[2] 梅洛-庞蒂:《可见的与不可见的》,罗国祥译,商务印书馆2008年版,第172—173页。

[3] Maurice Merleau-Ponty. *The Merleau-Ponty Aesthetic Reader: Philosophy and Painting*. Galen A. Johnson, ed. Northwestern Press, 1993, p.129.

[4] David Michael Levin, ed. *Sites of Vision: The Discursive Construction of Sight in the History of Philosophy*. the MIT Press, 1997, pp.406–407.

[5] Jacques Derrida. *Writing and Difference*. Alan Bass, trans. Routledge, 2001, pp.113–114.

[6] 列维纳斯:《从存在到存在者》,吴蕙仪译,王恒校,江苏教育出版社2006年版,第104页。

绘画为反抗现实主义而进行的研究就产生于这种世界终结的感受,以及由于这种感觉而可能实现的对再现的拆解。如果认为,一个画家面对大自然时的自由来自艺术家的创造性想象或其主体性,那么这种自由的意义就没有被正确地估量。"①

三、后结构主义与后形而上学视觉

虽然现象学为我们探寻后形而上学视觉带来了重要启发,但现象学自身与形而上学之间的牵连也不容忽视。我们可以从现象学创始人胡塞尔后期对前期思想的超越,后来的现象学家对胡塞尔思想的批判与推进,以及诸现象学家之间的对话与分歧中,发现现象学为使自身克服形而上学而做出的不懈努力。与现象学相比,后结构主义在对形而上学的批判方面更为自觉和明确。在对形而上学的二元对立原则、表象原则等的批判方面,后结构主义不仅与现象学一脉相承,还将这种批判发展为对差异的捍卫。我们将重点结合德里达和福柯的思想来揭示后结构主义为后形而上学视觉带来的启示。

与海德格尔相呼应,德里达针对现代时期主体形而上学具有的特征指出:"与理性原则在现代时期的统治地位密切相关的是将存在者的本质解读为客体,该客体以表象的方式在场,被放置在主体面前。因此,主体——这一说着'我'(I)的人,这一坚信自身确证性的自我(ego)——确保了自身对存在者整体的技术性统治。"②进一步来看,德里达本人对形而上学的批判主要体现为对在场的形而上学(metaphysics of presence)的批判。对德里达而言,视觉形而上学植根于在场的形而上学,以及与之相关的逻各斯中心主义、语音中心主义。

为了解构在场的形而上学,德里达采取的一项关键策略在于,强调语言的物质性或不透明性。与此有关,马丁·杰伊在揭示德里达对视觉形而上学的动摇时,结合鲁道夫·加谢(Rodolphe Gasché)的著作《镜子的锡箔:德里达和反思哲学》(*The Tain of the Mirror: Derrida and the Philosophy of Reflection*)指出,"根据《镜子的锡箔》,镜像可能意味着自我反思(self-reflection)的纯粹知识,意味着一面完完整整地映照出自我本身的镜子"③,而"一旦锡箔变得可见,镜子就丧失了反射能力;一旦语言的物质性被突显出来,能指就不能仅仅被当作对其所意指的东西的重复,亦即不能被视为意指过程的透明工具"④。

在德里达看来,语言的物质性或不透明性对立于现象学所强调的直接性。对此,马丁·杰伊指出:"根据德里达的观点,现象学在对知觉的首要性的依赖中使直接性成为可能,将在场(presence)放置到优于其他时间模式的位置。"⑤在德里达对现象学与视觉形而上

---

① 列维纳斯:《从存在到存在者》,吴蕙仪译,王恒校,江苏教育出版社2006年版,第60页。
② (quoted from) David Michael Levin, ed. *Sites of Vision: The Discursive Construction of Sight in the History of Philosophy*. the MIT Press, 1997, p.420.
③ Martin Jay. *Downcast Eyes: The Denigration of Vision in Twentieth-century French Thought*. University of California Press, 1993, p.31.
④ Martin Jay. *Downcast Eyes: The Denigration of Vision in Twentieth-century French Thought*. University of California Press, 1993, p.504.
⑤ Martin Jay. *Downcast Eyes: The Denigration of Vision in Twentieth-century French Thought*. University of California Press, 1993, p.499.

学之间的关联的揭示方面,较有代表性的是他在《声音与现象》一书第五章《符号和瞬间》(*Signs and the Blink of an Eye*)中对胡塞尔思想的解读。德里达在该章写道:"一旦我们承认在原初领域——原始印象和原始停留共属原初领域——中,现在和非-现在之间具有连续性,感知和非感知之间具有连续性,那么我们就承认他者被引入了瞬间(Augenblick)的自我同一性中,也就承认非在场(nonpresence)和非自明性被引入了瞬间(the blink of an instant)之中。在眨眼(the blink)中有一种延留,这带来眼睛的关闭。事实上,这种异质性(alterlity)正是在场(presence)、表现(presentation)以及一般意义上的表象(Vorstellung)的条件。"①大卫·米歇尔·莱文对德里达这里的观点解释说:"胡塞尔的视觉中心主义现象学被某种他未能看见的东西颠覆了,他未能看到:瞬间的眨眼(the blink of an instant),或一种对持续性的监视予以拒绝的关闭(closure)废除了持续性的占有,并开放了一种领域——眼睛曾徒劳地试图为自身的他者描画出该领域的界限。对胡塞尔以及笛卡尔来说,这种眨眼(blink)在他们的文本的创作过程中发挥着'盲点'作用。"大卫·米歇尔·莱文还指出,德里达所说的"替补"(supplement)就是一种盲点,"一种对可见性起打开和限制作用的非可见(not-seen)"②。

从德里达提出的替补、延异(differance)、播撒(dissemination)等解构主义思想来看,他并不认为我们能完全站在形而上学的对立面。同样,虽然列维纳斯的他者伦理学对光的暴力的批判启发了德里达,但德里达并不认为我们可以像列维纳斯认为的那样完全站在光的对立面。德里达在《暴力与形而上学》一文中指出:我们的语言是由隐喻组成的,"光"是其中的根本性隐喻之一;没有语言能够逃脱光的隐喻,列维纳斯所说的他者的面孔(face)和他者的"神显"(epiphany)亦不能逃脱光的隐喻。③

那么,德里达意义上的后形而上学视觉意味着什么呢?大卫·米歇尔·莱文在这方面指出:"如果说哲学传统中的凝视造成了在场的形而上学,那么德里达的作品诱使我们追求的凝视则无中心,非永恒,不稳定,非确定,不可预见。"④概括说来,德里达的后形而上学视觉具有的根本特征是对差异的肯定。而这种概括同样适用于福柯的后形而上学视觉。

正如德勒兹在其论福柯的著作中强调的,福柯思想的一个重要特征是强调看与说(可见者与可说者)之间不可化约的异质性和非连续性。⑤ 这种异质性和非连续性指出了看与说之间的非表象关系。福柯在解读马格利特以"这不是一只烟斗"为题材的绘画时指出,有一条长期统治西方绘画的重要原则是"将相像这一事实(the fact of resemblance)与对表象关系的确认(the affirmation of representative bond)相等同"⑥。福柯认为,马格利特绘画却

---

① Jacques Derrida.*Speech and Phenomena and Other Essays on Husserl's Theory of Signs*.David B.Allison,trans.,Northwestern University Press,1973,p.65.

② David Michael Levin,ed.*Sites of Vision:The Discursive Construction of Sight in the History of Philosophy*.the MIT Press,1997,pp.419-420.

③ Jacques Derrida.*Writing and Difference*.Alan Bass,trans.Routledge,2001,p.114.

④ David Michael Levin,ed.*Sites of Vision:The Discursive Construction of Sight in the History of Philosophy*.the MIT Press,1997,p.425.

⑤ Gilles Deleuze.*Foucault*.Sean Hand,trans.University of Minnesota,1988,p.61.

⑥ Michel Foucault.*This is Not a Pipe*.James Harkness,trans.University of California Press,1983,p.34.

展示出"图像与文本之间的一系列交错——或者说由一方对另一方发动的袭击,射向敌方的箭,颠覆和摧毁,一支支长矛和一处处创伤,一场战争"①。进一步来看,与德里达对在场的形而上学的批判相似,福柯对表象所依赖的中心、起源、本质等进行了消解。在这方面,福柯主张用仿似(similitude)取代相像(resemblance):"相像有一个'模型',这种'模型'作为起源性因素(original element)对越来越不忠实的复制品予以排序和划分等级。相像预设了一个进行规定和分类的原始参照物。而仿似物(the similar)所由之产生的系列则没有开始和结束,能从这个方向或那个方向被跟随,不遵从等级划分,而使自身在细微的差异中蔓延开来。"②这种对仿似和相像的区分不仅呼应了德勒兹在《差异与重复》等著作中提出的差异观,还与波德里亚对仿真(simulation)的论述形成了共鸣。

与德里达、德勒兹等后结构主义者一样,福柯也深受尼采的视角主义影响。此外,福柯还对尼采的谱系学思想有重要借鉴,这种借鉴主要体现在福柯对监狱、疯癫以及医疗等问题所做的考察中。福柯在《尼采,谱系学与历史》一文中就视角主义与谱系学之间的关联指出:"一旦历史认识被一种超历史的视角所主宰,形而上学就能将这种历史认识用于自身的目的。……从另一方面来看,如果历史认识能拒斥绝对者的确定性的话,它就能避开形而上学,并成为谱系学的首要工具。"③福柯认为,"历史学家费尽心机试图消除他们的工作中的一些因素,这些因素暴露出他们建基于个别的时间和空间,暴露出他们在论辩中的偏爱——他们的激情形成的不可避免的障碍。"④历史学家试图消除的这些因素恰恰是视角主义和谱系学予以彰显的东西。

在对现代社会的视觉模式的批判方面,海德格尔对世界图像时代的批判在福柯这里对应于对"全景敞视主义"(panopticism)的揭露。福柯在《规训与惩罚》(*Discipline and Punish*)一书中就边沁于18世纪末发明的全景敞视监狱分析说:"全景敞视建筑是一种对看与被看之间的二元结构进行分离的机制:在环形外围,人完全被看到,但从来不能看;在中央瞭望塔,人能看到一切,但从来不被看到。"⑤与阿多诺、霍克海默对启蒙辩证法的揭示相呼应,福柯从全景敞视主义看到"'启蒙运动'发现了自由,也发明了规训"⑥。大卫·米歇尔·莱文在解读福柯对全景敞视主义的批判时,不仅认为"全景敞视是在场的形而上学的政治对等物",还认为"全景敞视主义是座架(Gestell;'enframing')——海德格尔发现座架统治着我们的时代——的政治表现形式:由控制技术造成的普遍强制"⑦,"只有在现代性中,我们文化中的视觉中心主义才能呈现为全景敞视主义:将行政机制和规训实践的系统组织起

---

① Michel Foucault. *This is Not a Pipe*. James Harkness, trans. University of California Press, 1983, p.26.
② Michel Foucault. *This is Not a Pipe*. James Harkness, trans. University of California Press, 1983, p.44.
③ Michel Foucault. *This is Not a Pipe*. James Harkness, trans. University of California Press, 1983, p.87.
④ Michel Foucault. *This is Not a Pipe*. James Harkness, trans. University of California Press, 1983, p.90.
⑤ 福柯:《规训与惩罚:监狱的诞生》,刘北城、杨远婴译,生活·读书·新知三联书店1999年版,第201—201页(据英译本有改动)。
⑥ 福柯:《规训与惩罚:监狱的诞生》,刘北城、杨远婴译,生活·读书·新知三联书店1999年版,第222页(据英译本有改动)。
⑦ David Michael Levin, ed. *Modernity and the Hegemony of Vision*, Berkeley. University of California Press, 1993, p.7.

来的,是一种普遍的、工具化的理性与先进的可见性技术这二者形成的联合体"[①]。

  我们重点以现象学和后结构主义为思想依据考察了视觉文化研究对现代性的视觉体制的批判,并在此过程中将视觉文化理论的核心特征揭示为具有一种后形而上学诉求。我们的用意并不在于强调早在视觉文化研究兴起之前,现象学和后结构主义就已经展开了视觉文化研究;毋宁说,我们的用意在于强调视觉文化研究通过激活已有的思想资源,增加了自身在社会文化批判方面的深度和广度。此外,我们之所以强调现象学和后结构主义这两大思想资源对视觉文化研究的重要影响,是因为这两大思想资源有助于我们整体地、深入地揭示视觉文化研究的核心特征。而从更大的范围来看,后形而上学诉求同样见于后马克思主义、女性主义、后殖民主义、身体理论等视觉文化研究的其他思想资源。

[①] David Michael Levin,ed. *Sites of Vision: The Discursive Construction of Sight in the History of Philosophy*, the MIT Press, 1997, p.441.

出版说明

1992年,原南京大学中文系(现南京大学文学院)开始编辑出版学术论文集《文学研究》,由南京大学出版社出版。1997年,中文系与中国社会科学院文学研究所《文学评论》编辑部合作,以《文学评论丛刊》的名义编辑出版,共出版15卷。因合作期满,2014年,南京大学文学院决定重新编辑出版《文学研究》,内容包含文艺学研究、中国古代文学研究、中国现当代文学研究、比较文学研究等领域的学术成果。

《文学研究》依托南京大学中国语言文学学科,坚持严格的学术研究规范和优良的学术传统,努力编辑高水平学术论文,追求学术深度与广度,推进文学理论、中国文学与比较文学的研究,依循严格的送审与推荐程序,认真持久地办好论文集。

欢迎学界同仁提供高质量的学术成果,对《文学研究》的编辑工作给予批评和帮助。

图书在版编目(CIP)数据

文学研究. 第5卷. 2/徐兴无,王彬彬主编. —南京:南京大学出版社,2019.10
ISBN 978-7-305-10222-6

Ⅰ.①文… Ⅱ.①徐…②王… Ⅲ.①文学研究—文集 Ⅳ.①I0-53

中国版本图书馆 CIP 数据核字(2019)第 235250 号

出版发行	南京大学出版社
社　　址	南京市汉口路22号　　邮　编 210093
出 版 人	金鑫荣
书　　名	文学研究(第5卷·2)
主　　编	徐兴无　王彬彬
责任编辑	荣卫红　　　　　　　编辑热线　025-83685720
照　　排	南京紫藤制版印务中心
印　　刷	常州市武进第三印刷有限公司
开　　本	787×1092　1/16　印张 13.75　字数 335 千
版　　次	2019 年 10 月第 1 版　2019 年 10 月第 1 次印刷
ISBN 978-7-305-10222-6	
定　　价	48.00 元

网　　址：http://www.njupco.com
官方微博：http://weibo.com/njupco
官方微信：njupress
销售咨询热线：(025)83594756

* 版权所有,侵权必究
* 凡购买南大版图书,如有印装质量问题,请与所购图书销售部门联系调换